小学館文庫

ハーフムーン街の殺人

アレックス・リーヴ
満園真木　訳

小学館

＊おもな登場人物＊

レオ・スタンホープ……………………………解剖医の助手
ハースト先生……………………………………ウェストミンスター病院の解剖医
ジャック・フラワーズ…………………………テムズ川で溺死した男
ロージー…………………………………………ジャック・フラワーズの妻
アルフィー・スミス……………………………リトル・パルトニー街の薬局の店主。
レオの大家
コンスタンス……………………………………アルフィー・スミスの娘
ジェイコブ・クライナー………………………レオのチェス仲間
リリヤ……………………………………………ジェイコブの妻
ジェーン・ヘミングズ…………………………レオの姉
エリザベス・ブラフトン………………………ハーフムーン街の娼館の女主人
マリア・ミレインズ……………………………娼館の娼婦
オードリー・ケリー……………………………娼館の娼婦
ジェームズ・ベンティンク……………………娼館のオーナー
ナンシー・ゲインズフォード…………………ベンティンクの帳簿係
ヒューゴ・クーパー……………………………娼館のドアマン。ベンティンクの手下
ルイザ・モロー…………………………………フィンズベリー街の産婆
オーガスタス・ソープ…………………………陸軍少佐
リプリー、パレット、クローク………………ロンドン警視庁の警察官

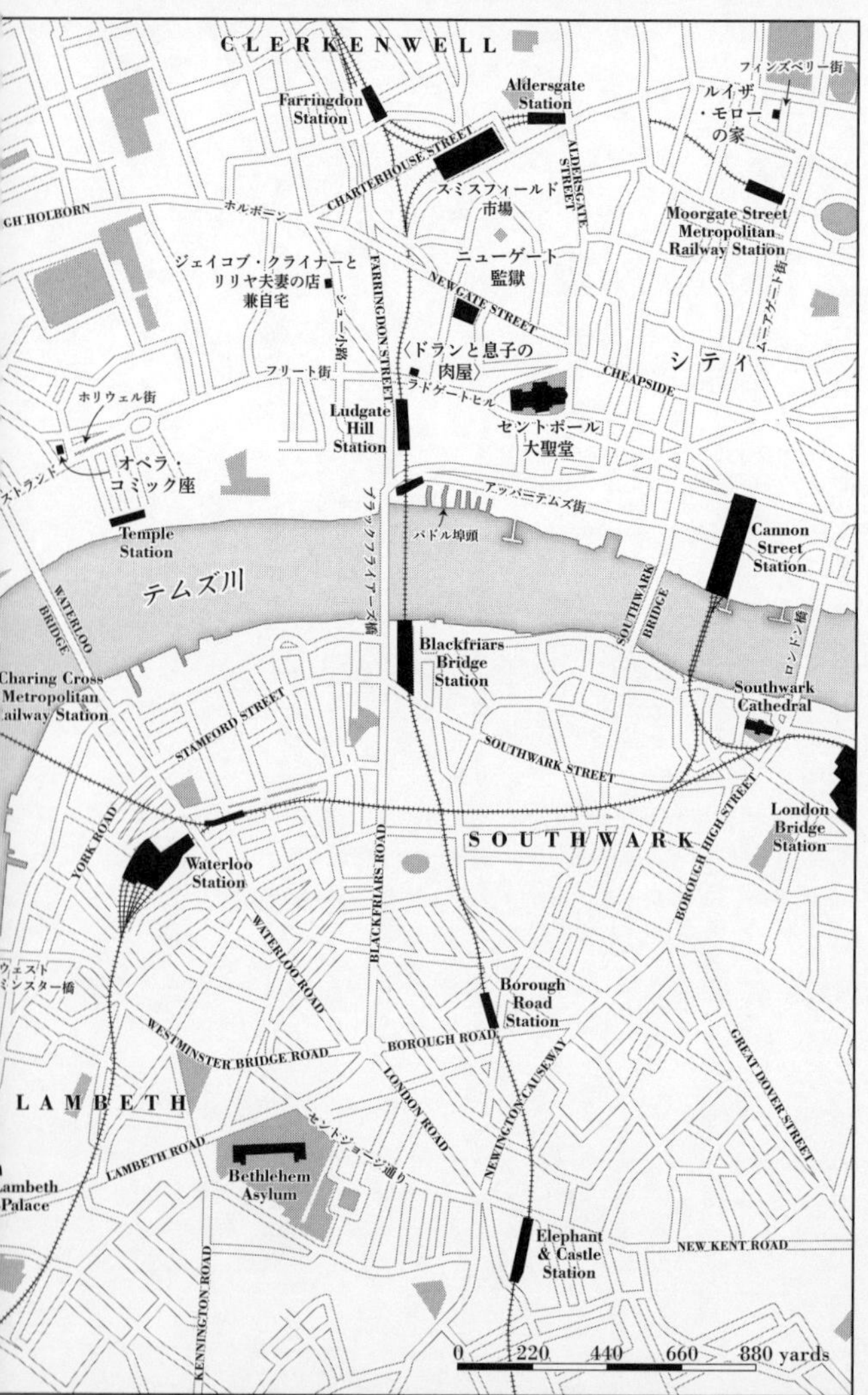

CLERKENWELL
Farringdon Station
Aldersgate Station
フィンズベリー街
ルイザ・モローの家
CHARTERHOUSE STREET
ALDERSGATE STREET
スミスフィールド市場
GH HOLBORN
ホルボーン
Moorgate Street Metropolitan Railway Station
ニューゲート監獄
ジェイコブ・クライナーとリリヤ夫妻の店兼自宅
ジュー小路
FARRINGDON STREET
NEWGATE STREET
ムーアゲート街
〈ドランと息子の肉屋〉
シティ
フリート街
ラドゲートヒル
CHEAPSIDE
ホリウェル街
Ludgate Hill Station
セントポール大聖堂
オペラ・コミック座
ストランド
ブラックフライアーズ橋
アッパーテムズ街
パドル埠頭
Temple Station
Cannon Street Station
テムズ川
WATERLOO BRIDGE
SOUTHWARK BRIDGE
ロンドン橋
Blackfriars Bridge Station
Charing Cross Metropolitan ailway Station
Southwark Cathedral
STAMFORD STREET
SOUTHWARK STREET
London Bridge Station
YORK ROAD
SOUTHWARK
BOROUGH HIGH STREET
BLACKFRIARS ROAD
Waterloo Station
WATERLOO ROAD
ウェストミンスター橋
Borough Road Station
BOROUGH ROAD
GREAT DOVER STREET
WESTMINSTER BRIDGE ROAD
NEWINGTON CAUSEWAY
LONDON ROAD
LAMBETH
セントジョージ通り
LAMBETH ROAD
Bethlehem Asylum
Lambeth Palace
Elephant & Castle Station
NEW KENT ROAD
KENNINGTON ROAD
0 220 440 660 880 yards

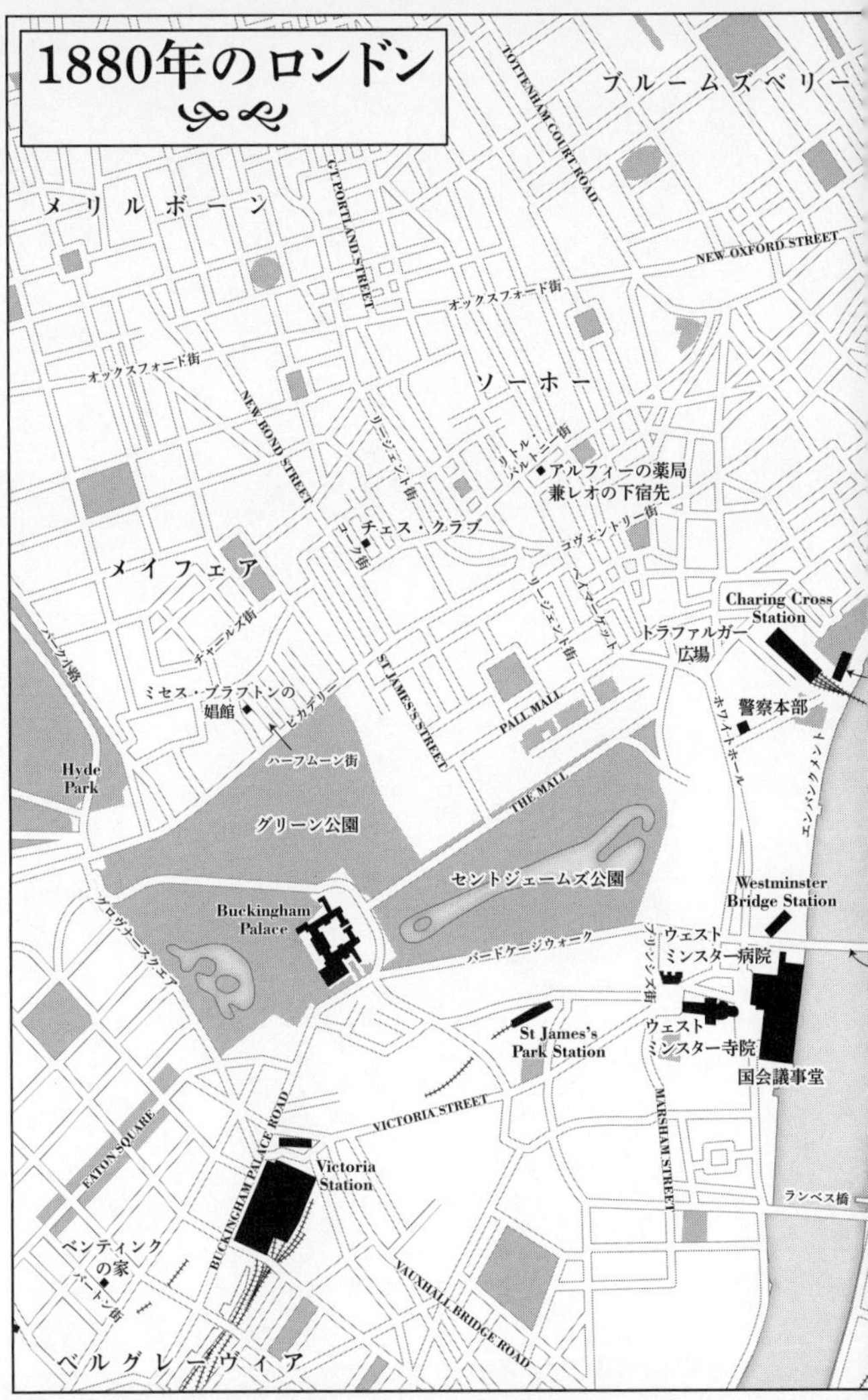

1880年のロンドン
ブルームズベリー
TOTTENHAM COURT ROAD
GT. PORTLAND STREET
メリルボーン
NEW OXFORD STREET
オックスフォード街
オックスフォード街
ソーホー
NEW BOND STREET
リージェント街
リトル・パルトニー街
アルフィーの薬局
兼レオの下宿先
チェス・クラブ
ヨーク街
コヴェントリー街
メイフェア
リージェント街
ヘイマーケット
Charing Cross
Station
トラファルガー
広場
チャールズ街
パーク小路
ミセス・ブラフトンの
娼館
ピカデリー
ST JAMES'S STREET
PALL MALL
警察本部
ホワイトホール
ハーフムーン街
Hyde
Park
THE MALL
エンバンクメント
グリーン公園
セントジェームズ公園
Westminster
Bridge Station
Buckingham
Palace
グロヴナースクエア
バードケージウォーク
プリンシズ街
ウェスト
ミンスター病院
St James's
Park Station
ウェスト
ミンスター寺院
国会議事堂
VICTORIA STREET
MARSHAM STREET
EATON SQUARE
BUCKINGHAM PALACE ROAD
Victoria
Station
ランベス橋
ベンティンク
の家
バートン街
VAUXHALL BRIDGE ROAD
ベルグレーヴィア

ミシェルのすべてに

ハーフムーン街の殺人

1

ハースト先生が血のついた手を流しで洗い、タオルで拭くとピンク色のしみがついた。

一月の底冷えのする日だったが、暖をとるすべはない。解剖室は病院の半地下にあり、壁はタイル張りで、高い位置についた窓——といっても外の通りと同じ高さだが——の曇りガラスごしにわずかな日が射しこむだけだ。ハースト先生は寒さを苦にする様子もない。肉づきのいい身体(からだ)に熱をたくわえているのはもちろん、その赫々(かくかく)たる名声に内側からあたためられてもいるのかもしれない。

先生は業界では知らぬ者のない随一の外科医だ。もっとも、たいていの患者が文句を言わないのは、すでに死んでいるからだが。打ちあげられたり、突き落とされたり、掘りだされたりした、死因のはっきりしない哀れなロンドン市民が専門なのだ。先生が彼らの遺体を開き、内部をあらためる。ぼくはそれをできるだけもとどおりに縫いあわせ、先生の所見を警察向けに記録する。

「溺死だな。肺に川の水が入っており、全身が膨張している。争った形跡はない。あざも刺し傷も縛られた跡も認められない。事件性はないだろう。書きとめたかね」

折り畳み式の机に向かって背を丸めたぼくは、震えながらうなずいた。

「酔って川に落ちたに違いない。この世から愚か者がひとり減っただけのことだ」ハースト先生が懐中時計をたしかめた。「あとはまかせる。食事の約束があるのでね」

そう言うと、先生は外套(がいとう)をはおって出ていった。

　死体はラドゲートヒルに住むジャック・フラワーズという男で、まだ二十六歳——ぼくと同年輩——だった。結婚して六年になるという。そのことに、ぼくはつかの間の嫉妬をおぼえた。

　男はライムハウス地区の船着き場のそばに浮かんでいるのを発見された。上着のポケットには未開栓のバークレイズ・ライトエール・ビールの瓶が入っていた。ぐっしょり濡(ぬ)れた財布には五ペニーと一ファージング。男を引きあげた艀(はしけ)の乗組員はずいぶん正直者だったようだ。また絵葉書もあった。こちらも濡れてほとんど透けている。何も書きこまれてはいないが、凝った装飾のほどこされた桟橋を背景に、ふたりの女が浜辺でたわむれる姿とともに〈サウスエンド＝オン＝シー〉の文字が印刷されていた。

哀れな男だ。太陽のもとの休日を夢見ながら、結局は秋に開いた花のように胸を開かれて冷たい台に横たわっているのだから。

最期のとき、彼は何が起こっているのかわかっていたのだろうか。臭い汚泥が鼻に入り、テムズ川の波が顔にあたり、真っ黒な岸壁の向こうに見える人々には手も届かず、何も聞こえず、冷たい水に呑みこまれてもがく腕は力を失っていく……

「きみが泥酔していたならいいんだが」そうつぶやいた。ジャック・フラワーズに息はない。

ぼくの声が壁に反響し、息が白く曇った。ジャック・フラワーズに息はない。ハースト先生が彼の肺をとりだして重さをはかり——右が三十オンス、左が二十六オンス——そのあと胸に戻した。

ジャック・フラワーズは熊を思わせた。足も腕もずんぐりと太く、黒々とした縮れ毛が頭から顔、胸を覆い、股間から脚、さらには足の指にまでびっしり生えている。

ぼくは〝男〟とノートに書いた。

開創器を流しで洗い、壁にかける。すべてのフックに、そこにかける器具の名前を書いて貼ってある——カリパス、骨のこぎり、ものさし、導管、はさみ、ペンチ、さまざまな大きさのメス。水は凍りそうなほど冷たく、手が赤くなってひりひりする。手袋と厚手のベストと首に巻くマフラーがほしいところだった。

財布と鍵はあとで未亡人に返すためにどけておき、それ以外のものは処分用のかごに放りこんだ——中身は燃やされるか、貧しい者にほどこされることになる——が、エール・ビールの瓶だけはべつにした。きっと小使いの誰かが、テムズ川に浮かぶ死体のポケットに入っていたことなど気にせず飲むだろう。

瓶を流しで洗うと、ラベルに何か書かれているのに気づいた。顔を近づけて見ると、〝MERCY〟という単語が読みとれた。ビール瓶に書きこむには妙な言葉だ。瓶は栓があけられていないから、悪魔の飲み物を口にする言いわけだったのか、禁酒の最後の試みだったのか、あるいは神への供えものか、赦(ゆる)しを乞う祈りだったのかもしれない。いずれにせよ、その祈りが聞きとどけられることはなかったのだが。

「もう終わるよ、ジャック」

胸に刺した針は、とくに抵抗もなくすっと皮膚に貫通した。

縫い終わると、死体を霊安室へ運び、解剖報告書をとりにきた警察官のパレットを探した。

夕方の病院は静かで、ぼくはこの時間が好きだった。大半の医師が帰り、もっと添え木を持ってこいとか、そこを照らせ、違うそこじゃない、などとがみがみ言う者がいなくなり、看護婦たちはほっと肩の力を抜いている。

男子病棟から声が聞こえてくる。夕食を待つ患者たちのがやがやとした話し声に、ツーペアをスリーカードで負かしたときの歓声が時折まざる。食後はいっそう騒がしはくなる。ときには言い争いが喧嘩に発展することもある。そもそもここへ来たのとはべつの理由で誰かが命を落とし、ぼくの報告書に名前を書かれることになるのもそうめずらしいことではない。

パレットは看護婦詰所にいた。コフトゥン看護婦が顔をあげてほほえんだ。彼女の物腰には落ち着いた気品があり、どこか遠くの滅んだ国の公爵夫人のようだ。

「彼を探してるのかしら」と、なんとなく落ち着かない様子で壁に寄りかかるパレットをペンで指す。

「さっきからそわそわして、セシリアを待ってるの。あ、ラスムッセン看護婦のことよ」

パレットが耳まで赤くなった。「そんなんじゃないよ。どこかで待たなきゃならないだろ」

「ついに制服を着られるようになったんだもの」コフトゥン看護婦がペンを上から下に傾けてみせる。

「彼女に見せて感心させたかったのよね」

パレットにとっては新たに着る制服だが、決して新品ではない。ヘルメットはケーキの上のチェリーのようにちょこんと頭にのっていて、上着は多くの人間の着古しだ。大柄なパレットにはきつそうだし、ボタンはちぐはぐで、血か何かのしみもついている。それでも、それは三度めの挑戦にして、ようやく見習いから正式な警察官に昇格した証しなのだ。

ただ、パレットはいいやつだが、有能とはお世辞にも言えなかった。溺れ死んだ酔っぱらいの死亡報告書をぼくのような者から受けとるのに、警察が並はずれて優秀な人間をよこすはずもないのだが。

彼に報告書を読んで聞かせるのには、一分もかからなかった。

「遺族が礼拝室で待ってるわ」コフトゥン看護婦が眼鏡ごしにこちらを見て、ペンで指した。「未亡人は話が聞きたいでしょう」

「それを言うのは病院の仕事じゃ？」パレットが抵抗した。「事件じゃなかったんだから」

「いいえ。遺体は検死官の指示で解剖されたの。だから病院じゃなくてそちらの担当よ。ミス・ラスムッセンはどう思うかしら」

パレットが肩を落とす。「でもなんて言やあいいんだ」

「事故だったと言えばいいのよ。ご主人は誤って川に落ちたんです。頭を殴られたり、強盗に襲われたりしたんじゃない、犯罪じゃありませんって」

「あと、これを渡してくれ」ぼくは言った。「鍵と財布だ。そして、彼は苦しまなかったと言ってやるといい」

「そうなのか？」

「たぶん違う。でも遺族の慰めにはなるだろ」

　パレットがうなずいて口髭(くちひげ)をなでた。大きな図体(ずうたい)のわりに薄くまばらな髭で、ぼくのほうがまだましなくらいだ。「溺れた。殴られたのではなく、事件性はない。苦しまなかった」

「そうそう、それでいい」

　パレットはそれでもその場を動かない。コフトゥン看護婦とぼくは目を見かわした。

「わたしは仕事があるから」

　ぼくはため息をついてパレットに顔を向けた。「わかったよ、ぼくも一緒に行く。だけど、話はきみがするんだぞ。それから、そのヘルメットはぬいだほうがいい」

　パレットは言われたとおりにヘルメットを胸の前にかかえた。「助かるよ、ミスター・スタンホープ。あんたはいいやつだ」

　礼拝室は病院の奥にある部屋で、白い壁に十字架が描かれ、向かいのウェストミンスター寺院から払いさげられたおんぼろの会衆席が備えつけられている。小さな男の子とその妹が追いかけっこをして歓声をあげていた。もっと幼い男の子がその騒音をものともせずに身体を丸めて寝ている。その隣にすわっているのが母親だろう。ぼくと同年配で、腰まわりの豊かな身体にショールをまとい、眼鏡をかけている。子供たちを見守るその顔には絶望が浮かんでいた。

ぼくたちが入っていくと立ちあがったが、背丈はぼくの肩ほどまでしかなかった。ぼくたちが自己紹介をすると、彼女はどうもと礼を言った。

「ご亭主は溺死です」パレットが言った。「事故ですね。殴られたりしたんじゃなくて」

未亡人が目を閉じた。その頬にあざがあることにぼくは気づいた。

「つまり、うちの人はうっかり川に落ちたってこと?」

「そういうことです」とパレット。「これを。引きあげられたとき、ご亭主が身につけてたものです」

パレットが鍵と財布を差しだした。未亡人はそれに目もくれずに言った。「鞄は?　あの人がいつも持ってた鞄。毎日持ち歩いてたんだけど」

「残念ながらありませんでした。たぶん沈んでしまったんでしょう」ぼくは言った。

彼女がうなずき、会衆席のあいだを走りまわる子供たちに目をやった。「じゃあ、これで終わり?　もう何もなし?」

「まだ何か気になることでも?」

未亡人がうっすらとほほえんだ。「あの人には悪い知りあいがいたもんだから」

「犯罪の痕跡はないとハースト先生はおっしゃっていました。ぼくが自分で書きとめたのでたしかですよ」

「じゃあそうなんでしょうね」

彼女の態度に少し驚いた。死んだ者の遺族はたいてい、無言でうなずいてそそくさと立ち去るものだ。ぼくを〝先生〟と言ってくれる人もなかにはいる。ミセス・フラワーズは思いつきもしなかったようだが。

「痛ましい事故でした」パレットが言った。それで慰めの言葉は終わりかと一瞬思ったが、そこで思いだしたようだ。「ご亭主は苦しまなかったみたいです」

未亡人が深呼吸をひとつして、ぐっすり寝ている一番下の子を抱きあげた。「出会ったころのジャックは素敵な人だったわ。いつも冗談を言って笑わせてくれて。あの人はスミスフィールドで働いてて、わたしは父さんの肉屋を手伝ってたから、よく顔を合わせてたの。夏にはハックニーへ行って、うちの人は兄弟と一緒に池で泳いでたわ」

「それは楽しそうですね」ぼくは相槌を打ちながら、あまり話が長くならないよう願った。

「ええ。午後じゅうずっと、何時間もね」彼女がそこでするどくこちらを見た。「問題はそこよ。ジャックは泳ぎが得意だったの。魚みたいに」

仕事を終えたぼくは、外套を掻きあわせてプリンシズ街に面した通用口から外に出た。

ウェストミンスター病院で働きだした当初は、毎日正面入口を使い、ウェストミンスター寺院と国会議事堂の威容を眺めては、その場所に立つことに特別な感じを味わっていたのだが、そっちは遠まわりなうえに通りも混みあっているので、いつしか使わなくなっていた。

寒さのせいか悪臭もさほどきつくない。せいぜい一マイルほどの遠くない道のりを、ほとんど走るように急いだ。今夜のことを想像すると、早く帰ってしたくをしなければと気がはやる。トラファルガー広場の人ごみを縫い、無表情なエマ・ハミルトンもそばにいないままで柱に固定された気の毒なネルソン提督のそばを通りすぎ、ヘイマーケットを抜けて、黒光りする扉や石の柱や蔦の吊りかごで飾られた邸宅の並ぶチャールズ街の馬車をよけながら進む。

コヴェントリー街を過ぎたあたりは、窓に格子がはまり、扉には頑丈な錠がとりつけられた貧しい長屋が通りぎりぎりまでせりだすように建ちならんでいた。人夫たちが建物を壊して道を広げようと、大槌を壁に打ちつけ、盛大に粉塵を巻きあげている。彼らはこの天候にもかかわらず上半身裸で、ズボン吊りを剝きだしの肩にかけたり、腰紐で縛ったりしてズボンをとめている。

ぼくは子供のころから人前でシャツをぬいだことはない。夏の蒸し暑い日に庭で遊んでいたとき、母からそうしたらとすすめられたことがあったが、父が止めた。訪ねてきた教区民に見られたらどう思われるかと。父、アイヴァー・プリチャード牧師は、むやみに肌をさらすべきではないという考えだった。その点だけは、ぼくも父と同意見だ。

ソーホーのリトル・パルトニー街——貧民街すれすれの界隈——に建つ古びた薬局にぼくは間借りしている。薬局の主人はアルフィー・スミスという軍隊あがりの男やもめで、コンスタンスという十一歳の娘がいる。小さくて痩せっぽちだが、なかなか目端の利く賢い子だ。

店に客はいなかった。コンスタンスがカウンターを押しては、腰かけたスツールを回して遊んでいた。コンスタンスはぼくの姿を見るや勢いよく立ちあがり、目が回ったのかふらつきながら叫んだ。

「甲虫の粉末！」

「え、なんの粉末だって？」

「甲虫。なんだと思う、ミスター・スタンホープ？」

「ええと、ちょっと考えさせてくれ」ぼくは棚に目を走らせた。床から天井まで、壺や瓶に入った薬がぎっしり並んでいるが、手がかりになりそうなものはない。「動悸かな？」

「はずれ」コンスタンスがいたずらっぽい笑みを浮かべてぴょんぴょんと跳ねた。

「降参？」

「まだだ。あと二回答えられるだろ」ぼくが睨んでも、コンスタンスは動じなかった。

「うーん、湿疹とか？ いや、いまのは入らないぞ。ちゃんと答えたわけじゃないんだから」

「だめ。あと一回」

「あと一回？ なんて思いやりのない子だ。年長者はもうちょっと敬うものだぞ。せめてヒントはないのかい」

「わたしはそんな馬鹿じゃないもの。あと一回よ」

「わかったよ。じゃあ、できもの」

「はずれ！」コンスタンスが手を叩いた。「肉刺よ！ 肉刺の薬。またわたしの勝ち。これでわたしの八勝、あなたの五勝よ」

「勝ち誇るのはまだ早いぞ」ぼくは自信なく言った。

ぼくの計算では、もうすぐコンスタンスにリージェント街のフランス風ティーショップでクリームペストリーをごちそうしなければならない。

最初はぼくが四回連続で勝った。コンスタンスは自分の知識だけを頼りにしていて、とくに有名で恐ろしい薬に偏っていたからだ。たとえば、腹痛に効くいっぽうで骨を破壊する燐や、マラリアの治療薬になるいっぽうで毒薬でもある砒素は、どちらも薬局に置いてあり、たやすく当てられた。ところが、コンスタンスが父親の薬学の本を使ってあまり知られていない薬を調べるようになってからは、ぼくにも太刀打ちできなくなった。甲虫の粉末だって？　いやはや。

階段をのぼりながら、土曜日の午前中に洗濯屋へ行かなければと考える。ぼくが勝ったらコンスタンスがシャツを全部洗濯してくれることになっていた。当初は悪くない賭けだと思っていたのだが……。

裏庭を見おろす二階の狭い一室がぼくの部屋だ。窓際に読書用の椅子が一脚、隣にはくぼんだマットレスののった木のベッド、整理箪笥、その上にほぼ揃ったスタントンのチェスセット——白のクイーンだけは、ずいぶん前に嫉妬深い家臣たちによって追放され、反逆の皮肉なしるしにワインのコルクがかわりを務めている——、それに大きすぎるマホガニー材の衣装箪笥が置いてある。

ぼくは上着と山高帽をかけ、シャツをぬいで衣装箪笥のなかにほうった。次に、胸に巻きつけた二ヤードもの長さの包帯をはずしていく。一日のなかで一番いやな瞬間だ。包帯には、腋の下の皮膚がこすれてついた血のしみがいくつもある。毎日きれいな部分をあてようとしては毎日二カ所に新たなしみができる。ぼくはこれを、修道僧が苦行のために着た馬の毛の衣になぞらえて毛衣と呼んでいる。もっとも、ぼくは罪人ではなく神の残酷ないたずらの犠牲者であって、この不快なしろものを身につけるべきは神のほうなのだが。

きょうの死体の男、ジャック・フラワーズは、きのうの朝起きてから、着がえて仕事に――あるいは仕事を探しに――出かけ、夜、酒に酔って前後不覚になるまでのあいだ、ただの一度も自分の身体について考えることなどなかっただろう。自分の体毛についても、肌についても、鼻の大きさについても、指の太さについても。それがどんなに恵まれたことか、彼はわかっていなかっただろう。だが、ぼくにそんな贅沢は許されない。四六時中、自分の身体について考えないわけにはいかない。

塗った膏薬がしみて、ぼくは顔をしかめた。そのままベッドにあおむけになってぼんやりとした感触を楽しんだ。鳥肌が立ったがそれも心地いい。

十分間の至福を味わったあと、ひきだしからべつの毛衣を出し、生まれながらの胸の形を押しつぶすようにきつく巻きつけた。下着姿でもぼくは少年のように細く、丸みはほとんどない。目を閉じるとあるべき自分の姿が思い浮かぶ。肩幅、足の大きさ、腿のたくましさ、脚のあいだにぶらさがるものの重み。だが目をあけても、あいかわらずぼくは子供が描いた線だけの男のように、強さもたくましさもなく、男を男らしく見せる部分がまったく欠けていた。

ズボンを穿き、股間に縫いつけた丸めた布の位置をなおす。それがそこにあることにも、すわったときのふくらみや腿にあたる感触にも、いまはもう慣れた。最初のころは男の身体にまったく不慣れだったので、それをどこにどうおさめておけばいいのかわからなかった。兄のオリヴァーがまだ子供だったころ、一度だけ風呂で裸を見たことがある。兄の脚のあいだで泳ぐ小さな魚の姿に目が釘づけになった。大人になるとそこもより大きくなるのは知っていたが、どれほどの大きさになるのかわからなかった。そこで丸めた布の長さや太さをいろいろ試してみたら、すれ違った人に何度かおかしな目で見られたり、一度はいかがわしい写真家にモデルの仕事を持ちかけられたこともあった。

今夜はとっておきのきれいなシャツを着ていかなければならない。カーナビー街の店で去年の夏に運よく見つけた真っ白な綿のシャツ。ここぞという大事な夜には、襟に〝四年、J・キングスミル〟と刺繍されたシャツを着る。

急いで帰ってきたのでまだだいぶ早いことに気づいた。待つしかない。多くはない本棚の本――ディケンズとメレディスが中心だが、サッカレーにトロロープ、バトラーなどもある――に目を走らせ、結局もっとも落ち着けるなじみの一冊で、端に置かれたしみだらけの『バーナビー・ラッジ』に手を伸ばした。

本がぼくの教師だった。十一歳のとき、父はぼくを上から下まで見て、小さいが無視できない胸のふくらみに非難めいた視線を向けたあと、もう勉強はしなくていいと告げた。ぼくはクラスで一番の成績で、先生がいないときはかわりにほかの生徒たちに教えるよう指名されていたほどだったのに、学校を退学させられた。

それからは下手なヴァイオリンの練習や花壇の世話——苗木を枯れさせてばかりだったが——の合い間に書斎の本を読むことしかできなくなった。父は幅広い分野の蔵書を持っていた。トーマス・ハーディにホメーロス、ブラウニングにカーライル、ダーウィン、ジョン・スチュアート・ミル、さらには解剖学や鳥類学の本まで——父は犬と神の次に鳥が好きで、おかげでぼくは八歳のころにはスズメとミソサザイの見分けがついたが、そのいっぽうで母の好きな音楽や園芸への情熱はとんと身につかなかった。ぼくが父の趣味ばかりを受け継いだことに母は悲しみ、ぼくはとまどったが、父は気づいてすらいなかったと思う。

ようやく時計が七時を指し、出かける時間になった。裏口をあけると、コンスタンスが声をかけてきた。「ミスター・スタンホープ、薬についてもっと勉強する?」

「いや、ミス・スミス。ぼくはチェスをしにいく。それなら勝てるからね」

でもそれは嘘だった。小雨の降るなか、寒さに身をすくめて西へ歩きチェス・クラブまでは行ったものの、その前を通りすぎ、そのまま毎週水曜日にしているようにピカデリーの入りくんだ路地に入っていった。

道に人気（ひとけ）はなく、街灯がまた壊れていた。一匹の犬が早足でぼくを追いこしていった。舌を出した犬は大きくてたくましく、後ろ足で立ったらぼくの背丈ほどもありそうだ。いかにも自信に満ちたその足どりに、ぼくは付き従うように暗がりを進んだ。思わず顔がほころぶ。いまこの瞬間はなんだって可能に思える。このまま一歩ずつ歩を進めていけば、心からの思いがかなうのだ。

エリザベス・ブラフトンの娼館（しょうかん）はハーフムーン街にある。高貴で裕福なメイフェアと、にぎやかでごみごみしたピカデリーとをつなぐ通りだ。両隣を大きな建物にはさまれ、道から少し引っこんだところに建つその館は、本棚で分厚い本にはさまれた薄い本のように見える。

ミセス・ブラフトンのところを見つける前に、ほかの一般的な娼館にも行ってみたが、どこもひどいものだった。娘たちは代金ぶんの仕事はしても、ぼくのことをわかってはくれなかった。ほとんどはぼくを女扱いしようとするか、混乱した顔でじっと寝ているかだった。ひとりかふたりは努力して、次々にレパートリーを繰りだし、悦（よろこ）びの声をあげてみせてくれた。気持ちはありがたかったが、新聞売りが繰りかえし見出しを叫んでいるように聞こえるばかりだった。

ミセス・ブラフトンの娼館をすすめてくれたのは年配のユダヤ人で、ポーンの無駄な動かしかたに独特のこだわりを持つチェス・クラブの友人ジェイコブだった。それ以来毎週通うようになって、もうすぐ二年になる。ぼくの懐具合では週に一度が精いっぱいだが、もし金があれば毎日、一日じゅうでもマリアと一緒にいたい。

ミセス・ブラフトンは応接間にいた。着飾った姿でマントルピースに片腕を置いている。未亡人で年は四十五歳前後、背筋を伸ばし、朽葉色にまじる白いものが目立たぬよう、ぴっちりと髪を結いあげている。外で会ったらこんな商売をしているとはとてもわからないだろう。彼女はここで働く女たちを自分の娘のように扱い、客たちが家に遊びに来る友人であるかのようにふるまう。こちらもみなそれに合わせている。

「こんばんは、ミスター・スタンホープ。お元気そうね」その声は美しく、口調にも品がある。はるか昔に教育を受けたことがあるに違いない。

「ありがとう、おかげさまで」

大佐が椅子にもたれかかっていた。身体はすっかりしぼんで小さくなり、ピンク色のつるりとした禿げ頭だけが服を着ているようだ。本当に大佐だったのか疑わしいが、ミセス・ブラフトンはそう呼んでいる。習慣なのかお情けなのかわからないが、彼女が自らもてなす唯一の客だ。ここのおしゃべりスズメたちによれば、大佐は近ごろはもう歳でできないらしく、会って話をするためだけに金を払っているらしい。寝室の扉の向こうから編み針の音まで聞こえてくるという。

「ミス・ミレインズが二階の部屋でお待ちかねよ」ミセス・ブラフトンが笑みを浮かべて言った。少女のような口に銀行家の目。

ぼくはドレッサーに置かれた柳模様の鉢に半クラウン銀貨を二枚入れた。

階段の途中で、小さなオードリーが追いこしざまにウィンクしてきた。その後ろからついてきた太鼓腹の客は、大汗をかき息を切らしている。彼の妻は、この擦り減った靴を履いた汗っかきの商店主をきっと愛しているのだろうが、それでもオードリーのようなことはしてくれないだろう。

ぼくも最初のころに一度だけオードリーと夜をともにしたことがある。彼女の部屋の壁には手枷がかけられ、棚には縄や締め金や枝鞭が並んでいる。小柄でたおやかなオードリーが、二シリング出せば赤むけになるまで叩いてくれ、六シリング出せばお返しに叩くこともできる。でもぼくの好みではなかった。ぼくは伝統主義者なのだ。

そして、ぼくは恋をしている。きょうはそれを証明する日だ。

途中の部屋からもかすかな物音が聞こえた。足音、低くくぐもった声、女の笑い声に嬌声。ぼくはマリアの部屋の前で足を止めた。彼女と抱きあう前の、この数秒を噛みしめたかった。一週間待ったのだ。マリア・ミレインズ。日記に書いたその名前を目にするだけで胸がいっぱいになり、その名を口にすれば、舌に蜂蜜漬けのプラムのような味わいが広がる。マリア・ミレインズ。

彼女の祖母はイタリア人で、姓を三音節でミ・ラ・ネーズと発音していたという。だが、彼女の亡き母はそれが外国人風すぎると思って二音節に変え、最後の音節は"ドレインズ"や"マンディンズ"（マリアはぼくがこの言葉を知らないのではないかと心配するようにおずおずと口にした）のように発音することにした。ぼくが笑って、"マンディン"に複数形はないと告げるとマリアはふくれてそっぽを向いたが、そのうなじに顔を寄せ、きみは決してありふれて（マンディン）なんかいない、出会った誰よりも特別だとくと、ようやく機嫌をなおしてくれた。

ぼくは扉をノックした。ノックなんてしないほうがよかっただろうか、叩きかたが馬鹿みたいじゃなかっただろうかと不安になったが、関係なかった。

マリアが扉をあけ、ぼくの首に腕を回した。

「レオ」耳もとでささやく。「好きよ、レオ」

そして、マリアがぼくにキスをした。

2

「嬉しい、来てくれて。一日不安だったのよ、ひょっとして来ないんじゃないかって」

「もちろん来るさ。いつもそうじゃないか」

「一度来なかったことがあったわ。ずっと待ってたのに」

「言っただろう、体調が悪かったんだ」月ごとの出血が予定より早く来てしまって、心身のつらさで家を出られなかったのだ。「どうしたんだい、愛するマリア」

彼女はベッドに腰かけ、裸足のかかとを枠にとんとんと打ちつけている。ここはオードリーの部屋とはまるで違う。ぞっとするような道具はなく、カーテンやベッドカバーはフリルとレースつきで、マントルピースには金メッキの時計が置かれ、楕円形の鏡つきのドレッサーに数えきれないほどの瓶や容器が並んでいる。かわいらしい娘のかわいらしい部屋だ。

　ぼくのマリアはどこをとってもしなやかな丸みでできている。硬そうなところも骨ばったところもいっさいない。笑った頰に、息を吸いこんだ胸に、蹴りだしたふくらはぎに、そのやわらかさは絶えずあちこちに移動する。髪の毛でさえ生きているように、マリアが頭を動かすたびにはずんで波打ち、抱きあったぼくの顔をくすぐる。

　マリアの唯一の欠点――と思っているのは彼女であって、ぼくはまったくそう思わないのだが――は、顔のあざだ。鼻から頰、そして顎にかけて広がる、白いシーツに黒イチゴの果汁をこぼしたようなあざ。マリアはおしろいやボンネットのリボン、ときには手や扇子でそれを隠しているが、その懸命さがまた愛おしい。

「待ちどおしかった。早く会いたくて。一週間がすごく長くて、あなたが遅いから心配で。馬鹿みたいよね」

「遅くないよ」時計はちょうど七時三十分を指している。マリアが少し悲しげに肩をすくめた。

「どれだけ一緒にいられる？」

「ずっとさ」

「そうじゃなくて、本当はどれだけ？」

「二時間だよ。今夜のところは」

　マリアの顎に手をかけ、慎み深くそっとキスをすると、彼女のほうはより情熱的に、あたたかく濡れた唇と舌で応じてきた。

「まだだ」ぼくは身を引き、まもなく訪れる瞬間への期待をしばし楽しんだ。

マリアがドレッサーに置かれていたビールのピッチャーに手を伸ばし、ふたつのグラスに注いでひとつを差しだした。「レオとマリアに。いつまでも」

グラスを合わせ、ベッドに並んで腰をおろす。この数カ月、何時間もここでこうしてすごしてきた。マリアが話し、ぼくはそれほど心を開いてもらえたことに気をよくして、ひと言も聞き漏らすまいとじっと耳を傾け、そうしているうちにそれがもはや他人の話というより自分の頭のなかの思考の流れのように思えてくる。マリアはいつも、あざがぼくから見えなくなるようにすわった。何も恥ずかしがることはない、きみは魅力的なんだからと毎回言っているのだが。

「きょうはちょっと提案があるんだ」

「あら、なあに。今夜したいこと?」

笑って首を振ると、マリアは少しほっとしたように見えた。「違うよ。あげたいものがあるっていうか。あとで話す」

マリアが頬に触れてきた。もう我慢できなかった。ぼくはもう一度キスをしながら、彼女の背中に手を回した。マリアが立ちあがり、うっすらと笑みを浮かべてコルセットのホックをはずした。ペチコートもぬいで裸になると、身を乗りだしてぼくの額に唇をつけた。その胸の谷間から汗とジンジャーミントのにおいがした。

マリアが熱いキスをしてくる。舌が触れ、歯がぼくの唇を嚙む。マリアの手がぼくの腕に、そして肩に伸びて、あわただしく上着をぬがせ、シャツのボタンをはずす。次には膝をついてぼくの靴をぬがせ、誘うような、挑むような目で見あげてきた。そして、ぼくの飢えたような表情に笑い声をあげて立ちあがり、毛衣をとった。

「まあレオ、血が出てるじゃない」

傷にマリアの指が、次いで舌が触れると、思わずびくっと身じろぎした。

「痛いのね、かわいそう」

マリアはドレッサーにかがみこみ、ぼくにはたまらない姿勢で、たくさんの香水や化粧品のなかから何かを探しはじめた。見たこともない人形のまわりに容器が並んでいる。見ひらいた陶器の目に、キスをするように尖らせた赤い唇。だが、人形は昔から嫌いだ。おばたちに押しつけられた冷たい偽物の赤ん坊。どうしてマリアはこんなものを目立つように置いているのだろう。

マリアが軟膏を取りだして、ぼくの傷に塗った。彼女の髪をなでる。マリアはベッドにぼくをすわらせ、ズボンをぬがせた。自分の裸はマリアと並ぶと骨と皮ばかりのガーゴイルのようだ。恥ずかしくて両手で身体を隠す。

「隠さないで」マリアが言ってぼくの恥毛に触れた。

枕もとにはぼくの道具が置かれている。やわらかな革を棒状にしたもので、ストラップで腰に巻いて股間に固定するようになっている。マリアはぼくがそれを着けるところを見るのが好きだ。手で握ったり、ときには口にくわえたりもする。感触はないが、それでもたまらなく興奮する。マリアがさっきの軟膏をまた手につけ、さするようにしてたんねんにそれに塗りこんだ。

「わたしもつけてみようかしら」マリアがささやいた。

「きみのそんな姿は見たくない」考えるだけでぞっとした。

「でも気持ちいいかもしれないわよ」

「ありえないよ」

マリアがにやっとした。さらにからかうつもりかと思ったが、口を開くとまじめな調子で言った。「わたしの身体は好きなのに、どうして自分の身体は嫌いなの?」

ぼくはそっと彼女を抱き寄せた。「きみの身体が完璧だからさ」

「ごまかさないで。どうして?」

ふだんはあえて見ることのない自分の身体を見おろす。女の身体とは思えないほど痩せて角張っている。肉がついて女らしい体型になるのを防ぐため、あまり食べないようにしているからだ。でももちろん男の身体でもない。じゃあなんなのか。たぶん、ぼくとは切り離された何かだ。脳と魂の容れものとして維持する必要はあるが、それ以上の価値はない。誰かが好きになるはずもない。

「これはぼくじゃない。ぼくのあるべき姿じゃない」

マリアが両手でぼくの顔をはさみ、目を覗きこんできた。「レオ、あなたが……」そこで言葉を切って考えこみ、やがてそっと口づけた。「あなたにいいことがたくさんありますように」

だが、それはマリアが最初に言いかけたことではないような気がした。

ことが終わると、ぼくは腰からはずした道具を床にほうった。ふたりでシーツに横たわって汗ばんだ胸を上下させ、外の通りを行きかう馬車や荷車の音に耳を傾ける。マリアが身体を寄せてきてぼくの肩に頭をもたせかけ、脚をからめた。息がかかり、まばたきとともに睫毛が肌をこする。マリアからはふたりのにおいがした。

しばらくしてマリアが身を起こし、シーツを巻きつけた。髪が肩に落ちかかる。

「逃げたくなったことない、レオ？　完全に」

「何度もあるけど、どうして？」

「最初はいつ？」

「最初は……少し早まって、失敗してしまった」指先がうずく。衣装簞笥に吊るされた兄の上着とズボンの布地の感触をいまも思いだせる。

「何があったの。教えて」

「十二歳のときだった。母がオリヴァーとジェーンを昼食に連れだした。ぼくは何かをした罰で、家で父の説教を書きとらされていた。最後まで書き終わると、父は庭に説教の練習をしに行って、ぼくはひとり残された」

そこでためらった。言うのが耐えられないことがある。たとえマリアにでも。

あの日、父は外で朗々たるバリトンを響かせ、カササギやツグミに向かって罪のいましめを説いていた。家にはほかに誰もいなかった。だから少しだけやってみたくなったのだ。おしゃれをするように。いけないことだとわかっていたが誘惑にあらがえなかった。

オリヴァーのシャツをハンガーからはずし、シュミーズの上に着てみた。シャツはぶかぶかで、身体の線がすっかり隠れた。考える前にスカートをぬいでグレーのフランネルのズボンに脚を通し、黒いボタンのついた青のブレザーをはおっていた。袖をまくってズボン吊りの長さを調節し、髪をまとめて兄のツイードの帽子に押しこんだ。

鏡の前に立つと、ぼくの面長の顔に小さな目を持つ少年が向こうから見かえしてきた。かわいくも美しくもなかったが、しっくりきた。ぼくが笑うと彼も笑い、男の子がするように両手をポケットに突っこんでみると、彼もそうした。彼は胸を張り、顎をあげた。帽子を少し傾け、足を開いて立ち、目に見えない葉巻を吸って大きく煙を吐きだした。彼がぼくの目を見て、ぼくがウィンクすると彼もウィンクを返した。そのときに悟った。ぼくがこっちにいて、彼が鏡のなかにいるのではない。逆なのだと。「家を出ようと決めたんだ」ぼくはマリアに言った。「いままでにない気持ちになった。どこへでも行ける、列車に飛び乗って、べつの誰かになるんだって」

彼はそこらの若者と同じように腕を振って道を歩いた。軽く口笛すら吹いて。このうえなく新鮮だった。スカートを持ちあげる必要もなく、ボンネットをおさえる必要もない。下着がこすれたり締めつけられたりすることもない。その短い散歩のあいだに何かが変わった。自分でもうまく説明できなかったが、心のどこかでわかった。この盗んだズボンにぶかぶかのブレザーを着た名なしの少年こそが自分だと。あるべき自分の姿なのだと。

でも、それも長くは楽しめなかった。

「オリヴァーは母とジェーンと別れて、友達と会ってたんだ。道の向こうからやってきた彼らに見られてしまって、牧師館に逃げ帰るしかなかった。次にやろうと思うまでにはそれからずいぶんかかったよ」

彼らは囃(はや)したてながらぼくを追いまわした。帽子から髪がこぼれ落ちた。オリヴァーは蔑むような表情を浮かべていた。やがて彼らが飽きて離れていくと、ぼくは走って家に帰り、服を着がえ、ベッドで一時間ほど泣いた。母とジェーンが帰ってきて、ピアノの稽古に付きあわされるまで。

「かわいそうなレオ」マリアが言ってぼくの手をとった。「一緒に逃げようか。きみが望むならぼくは病院の仕事を辞めてどこへでも行くよ。きみの好きなところへ」

「まあ、素敵な考え」マリアはぎゅっとぼくの手を握ったものの、申し出を受けいれるつもりはなさそうだった。受けいれてくれたなら、すぐにでもそうするだろう。その場で彼女と手に手をとり、着の身着のままで、あてもなく飛びだしていくだろう。

マリアが起きあがって下着を穿いた。いつもなら明かりを消したまま裸で横たわり、ぼくがその週にしたことや会った人のことを話すのがお決まりだ。ぼくはその時間がそれに先立つ行為より好きといってもいいほどだった。まだ時間は一時間以上もあった。

「どうしてできるの？」ベッドの端に腰かけたマリアが言った。「死体と一日じゅうすごすなんて。ぞっとするでしょう。人だったものが、もうなんでもないんだもの」

起きあがって彼女に腕を回し、肩に頭をもたせかけた彼女のにおいを嗅ぐ。マリアは去年母親を亡くしたばかりで、いまも折に触れて悲しみが湧いてくるのだ。

「なんでもなくはないさ。ぼくは死者と向きあう。そして何があったのか、どうして死んだのかを明らかにしなきゃいけない。それが本人と家族に対するぼくらの責任だからね」

「きょうも家族が来てたの？」

「うん。奥さんが子供を連れてきてた。子供たちは小さくて何もわかってなかったけどね」

きょうの午後に感じた以上に、あの母子への同情が湧いてきた。ここでくつろいでいるいま、あの家族が父親を失ったことがなぜかより痛ましく感じられる。

「その奥さんの名前は？」

とっさになかなか思いだせなかった。「ええと……フラワーズ。ご亭主はジャックだよ。溺死だった。でもどうして？」

マリアの表情は、笑いころげる顔から悲しみにくれる顔まですべて知っているつもりでいたが、その顔は見たことのないものだった。心がどこかへ行ってしまったようにうつろな表情で、目は部屋もベッドも見ていない。

やがて首を振ると、またいたずらっぽいマリアに戻った。

「ジャック・フラワーズなんて、素敵な名前ね」

「そうだね。ハースト先生は酔っぱらっていたんじゃないかって。ポケットにビールの瓶が入ってたんだ」

「ポケットに？　ということは、死体は服を着たままで運ばれてくるの？　知らなかったわ」

「病院まではね。到着したら、霊安室の助手かぼくが服をぬがせる」

マリアが目をみはった。「女の人も？　下着も何もかも？　まさか、あげたいものって、死んだ女の人のペチコートなんかじゃないでしょうね？　そんな贈り物はいやよ」

「どんな贈り物だったらいいの？」

「そうねえ、嬉しい贈り物もあれば、そうでないものもあるわ。贈った男の人が喜んでるだけのようなものも多いし」

　マリアがまた茶目っ気たっぷりに笑ったが、たとえほのめかす程度であっても彼女の客の話は聞きたくなかった。自分自身がそのうちのひとりだとは思っていない。

「もっとずっといいものだよ。一緒に芝居を観(み)にいかないかなと思って。『軍艦ピナフォア』っていう音楽劇の切符があるんだ」ぼくは裸のままベッドを出て、外套のポケットから切符を出した。「きっと面白いと思う。一緒に行けたら嬉しいんだけど、来てくれる？」

「まあレオ、本気で言ってるの？　ミセス・ブラフトンが規則にうるさいのは知ってるでしょ。絶対にいい顔しないわ」

「黙ってればわからないさ。土曜日の二時からだよ」切符を彼女の手に握らせる。

「芝居を観にいくだけだから」

マリアが切符をみつめた。「レオ……」

「歌もある。歌、好きだろう？　ときどき歌ってるよね」

「知ってるでしょ、わたしは舞台の下で生まれたんだから。血なのよ」

「ああ。きみは舞台に立てるほど歌がうまい。いつか本当にそういう日が来るかもしれないね」

マリアが笑って顔のあざを指さした。「まさか！　こんな顔で」

「誰も気にしないよ、きみの歌を聞けば。それはともかく、どうか行くと言っておくれ。いい服を着て、ほかのみんなみたいに」

マリアが息を吐いた。「でもレオ……」

「お願いだよ」

「わかった、行くわ。ありがとう、レオ」

マリアがぼくにキスをした。それは彼女としたどんなことよりもすばらしかった。ひとりの女が愛する恋人にするただのキス。マリアがぼくの腕のなかにもぐりこんできた。

「レオ！　もうすぐ十時よ！　行かないと」

気づくとマリアに揺り起こされていた。

ぼくはまだ夢からさめきらずに目をこすった。夢のなかでぼくらは朝日が斜めに射しこむ家にいて、ひねもすごろごろしたり、本を読んだり、愛を交わしたりするだけの一日が始まるところだった。

マリアにふたたびゆすられた。「ミセス・ブラフトンに怒られちゃう」

ぼくはあくびをした。「ミセス・ブラフトンは時計を見ていないかもしれない」

マリアが両手でぼくの顔をはさんだ。「見てるに決まってるでしょ。べつのお客が来るのよ。怒らないでね、レオ。わたしがどういう人間か知ってるでしょう」

「ああ、きみは世界一かわいい女の子だよ」だが、そんな空っぽのお世辞にマリアは笑顔も見せなかった。

ぼくはベッドから出てズボンを穿き、あわただしく毛衣を巻きつけ、靴をつっかけると、最後にマリアにキスをした。「ストランド街のオペラ・コミック座で、土曜日の二時に。いいね」

「ええ」

「復唱して」

「土曜日の二時にオペラ・コミック座で」

「そのとおり。じゃあね、愛してるよ」

階下では、ミセス・ブラフトンが肘かけ椅子にすわり、鼻眼鏡で冊子をめくっていた。大佐はすでに帰ったようだが、三人の男が待っていた。そのうちのひとりの、長身で身なりのいい、顎鬚をきれいに整えた男がぼくを睨んだ。

ミセス・ブラフトンが口をすぼめた。「時間を過ぎてるわよ、ミスター・スタンホープ。気をつけてもらわないと、あなたもミス・ミレインズも」

「どうかマリアを叱らないでやってくれ。ぼくが悪いんだ。眠ってしまったから」

「眠ってしまったですって？」ミセス・ブラフトンが信じられないという顔でぼくを見て、男のひとりが目をぐるりと回した。

「そのぶんの代金は払うよ」

ミセス・ブラフトンが手を振ってその申し出を退けた。「そういう問題じゃありません」それから、やや口調をやわらげた。「でも、もうしないこと。いいですね」

ミセス・ブラフトンが長身の紳士に目を向けると、彼は軽くうなずいて階段をのぼっていった。

憎しみをつのらせてその後ろ姿を見送る。マリアが扉をあけ、何やら言葉を交わすのが聞こえた。本当はそいつの顔に唾を吐きかけ、ぼく以外の男とはもう決して寝ないと宣言してほしい。さもなければ悲鳴をあげてほしい。そうしたらぼくは駆けあがってやつをマリアから引き離し、階段から投げ落としてやるのに。やつがこの館から這って逃げだし、馬の小便にまみれて側溝に倒れこむまでぶちのめしてやりたい。そしてマリアと手に手をとって逃げ、誰もぼくたちのことを知らない遠くの町でともに新生活を始めたい。

ミセス・ブラフトンが咳払いをし、黒革の予約帳を開いた。「来週も同じ時間でいいかしら、ミスター・スタンホープ」

「あの紳士は――」

「ミス・ミレインズの次のお客さまよ」

ぼくが帰らなければ、ミセス・ブラフトンはヒューゴを呼ぶだろう。ドアマン兼守衛のヒューゴはぼくより三十ほども年上だが、いまもサイのように強く猛々しい。雨の日も風の日も、ベスト姿で庭の蜂の巣箱のそばに立ち、太い腕に蜂をまとわりつかせながらダンベルをあげるのが日課なのだ。

「ああ、もちろん。来週も同じ時間で」

外に出ると、うつむいて視線を落とす。ときどきマリアは帰るぼくに窓を叩いて合図し、投げキスをしてくれることがあるが、きょうはそれもない。振りかえって窓に浮かぶ忌まわしいシルエットを見るのも耐えられない。ぼくは外套の前を掻きあわせ、暗がりに足を踏みだした。

家に帰りついたところで、鍵がないことに気づいた。マリアの部屋であわてて服を着たときにポケットから落としてしまったに違いない。でも、とりに戻ることはできない。ミセス・ブラフトンにどんな顔をされることか。

アルフィーの寝室の窓に向かって小石を投げ、入れてくれと頼むと、ぶつぶつ言いながらもおりてきて、中へ入れてくれた。人が寝ていてもおかまいなしの迷惑な酔っぱらいの下宿人め、という文句は本気ではなく、ぼくの肩を叩いておやすみと言うと、アルフィーは部屋に戻った。

ぼくは店の奥の部屋の、薬の在庫の箱に囲まれたテーブルにかけ、突っ伏した。マリアがなりわいにしていることはいやだったが、それがなければ出会うこともなかった。でも、分かちあわなければならないのはマリアの身体だけだ、と自分に言い聞かせる。身体だけで、それ以外は違う。土曜日の二時にオペラ・コミック座で彼女と落ちあうのはぼくだ。露店の飴(あめ)を彼女と一緒に食べるのはぼくだ。そのあとの帰り道、並んで歩きながら――ときどき指が触れることもあるだろう――彼女とおしゃべりをするのもぼくだ。

彼女が愛しているのはぼくなのだ。

3

木曜日の夜はチェス・クラブへ行った。これがぼくの〝男の趣味〟だ。限られた生きかたしかできない女という存在を捨てて、より広い生きかたのできる男の世界を選んだのに、結局のところ踏み入ることのできない領域が多い。チームメートとボールを蹴ったり、レスリングで相手を組み伏せたりしたくても、どだい無理な話だ。すぐにばれてしまう。でも、チェスならできる。

クラブはコーク街の居酒屋の二階にある。一階の〈ブルー・ポスト〉は界隈の服屋や印刷工に人気の店で、パイプをくわえ、大きなジョッキを手にした男たちが通りにまではみだして肩を並べている。名前を知らないチェス・クラブの会員がちょうどやってきて、人ごみを掻きわけていく。これ幸いとぼくもあとに続いた。

二階にあがると煙が目にしみ、喉を刺激した。盤を睨んで考えこむ指し手たちを重い空気が覆っている。

ジェイコブはもうすでにベルマンという学生との勝負に没頭していた。髪をぴったりなでつけたベルマンは、駒を動かしたあと、そのまま盤をあらゆる角度からためつすがめつしてからでないと駒から手を離さないという鬱陶しい癖の持ち主だ。ジェイコブがあくびをすると、手にした葉巻からいつもの上着に灰が落ちた。晴れだろうが雨だろうが毎日着ているその上着は、葉巻とビールとウイスキーのにおい、それに営む金細工店の金臭さがしみつき、もはや切っても切り離せない彼のトレードマークになっている。

ベルマンはせいぜいが並みの指し手であり、ぼくにそばで見られて動揺したのか、ジェイコブのルークを軽率にとりにいってナイトを失った。それ以降は完全に劣勢となり、骨を前にして舌なめずりするブルドッグよろしく盤に前のめりになったジェイコブに、残りのナイトとビショップを続けてとられてしまった。それから十分もしないうちに、ベルマンはふてくされて居酒屋へ引きあげていった。一階と二階を行ったり来たりしている店員にジェイコブがビールをふたつ注文し、盤に駒を並べ、おもむろに葉巻に火をつけなおして音を立てて吸いこんだ。ぼくをじらしているのはわかったが、気にならなかった。すべてはジェイコブお気にいりの前置きなのだ。

きょうはぼくが白の番だ。ポーンをキングの四のマスに動かすと、ジェイコブが歯のあいだから息を漏らした。「あいかわらず定跡どおりだな、レオ」

ぼくは盤のジェイコブ側に向けて手を振った。「ナイトをまず動かしたいならそうすればいい。どうぞ。定跡を打ち破ってみたまえ」

ジェイコブが何やらぶつぶつ言ってから、ポーンをシシリアン・ディフェンスの位置に動かした。ぼくが目をぐるりとさせると、肩をすくめる。「先手のおまえさんがそう来るなら、こっちは合わせるしかないだろう」

ぼくがクイーン側のナイトを動かすと、ジェイコブはべつのポーンを動かし、椅子にかけなおした。「それでどうだった？」

ついにやけてしまった。「うまくいった。マリアが承諾してくれたよ」

「じゃあ、彼女をギルバートとサリヴァンの芝居に連れていくんだな。歌って踊っての騒々しい劇だったがリリヤはなぜか気にいっていた」

ぼくは逆側のナイトを動かし、それからしばらく黙ったままたがいにさくさくと定跡どおりの手を指しあった。ボーイが盆にのせたビールを運んできたときも、ゲームはまだ絶妙の均衡を保っていた。ジェイコブはぼくがひと口飲むか飲まないかのうちに、ウイスキーをふたつと自分用にビールのおかわりを頼んだ。

そして身を乗りだすと、自分ではささやいているつもりの声で言った。「ところで、彼女はおまえさんの事情をわかってるのか」マリアとミセス・ブラフトンとあの館の娘たちをのぞけば、ぼくが生まれながらの男ではないことを知っているのは彼——ともうひとり――だけだ。

「もちろん。知らないはずないじゃないか」

ジェイコブが肩をすくめる。「おまえさんが彼女と何をしてるのか、何をどこにどうしてるのかは皆目わからんよ。こっちは結婚して二十年以上だからな。目新しさなんてもうどこにもない。履き古した靴下に足を入れるようなもんだ」

「リリヤはいい人じゃないか」

「ああ、もちろん。いい人だし、いい妻だ。このおれに我慢してくれてるしな、たいていは」

「聖人だね」

「はっ、牧師の子のくせに何もわかってないな。聖人なんてものはこの世にいないさ」

ジェイコブがジョッキの中身を飲みほし、ぼくのジョッキに手を伸ばした。これで少なくとも四杯めだ。「だが、もしいるとするなら、たしかにリリヤは聖人だな。忍耐の守護聖人だ」

「チェック」いつものパターンだ。ジェイコブはしらふなら理知的かつ慎重なのだが、夜ふけとともに向こう見ずな攻めを繰りだすようになり、ぼくのつけいる隙が生まれるのだ。

ジェイコブがクイーンに守られたポーンで防ぐと、ぼくはナイトを動かした。するとキングをキャスリングしてきたがそれは予想ずみで、ビショップでふたたびチェックをかける。ジェイコブが渋い顔で盤をみつめた。「近ごろじゃ、おまえさんのほうが上手だな。以前ならときどきは勝てたのに、最近はさっぱりだ。最後におれが勝てたのはいつだ？　少なくともひと月は前だろう」

「最後にきみがしらふだったときだよ」

「しらふで指して何が楽しいんだ。それよりその娘、ええとマリアだったか」ジェイコブが唇をなめた。「彼女は本当におまえさんが好きだと思うか？」

「そんなに信じられないことかな」

「おっと。いや、そこなんだよ」だんだんろれつが怪しくなってきた。「こう言っちゃなんだが、おまえさんは女にとって夢のような相手じゃない、たとえ娼婦でもな。悪いがそうだ。そんな顔をするなよ、自分でもわかってるだろう」

ぼくは無言で駒を並べなおした。今度は黒の番だ。ジェイコブがキング・ルークの列のポーンを動かし、ぼくはクイーンの列のポーンで応じてウイスキーをひと口飲んだ。こんな愚かな指しかたをする気なら、さっきより早く勝負がつきそうだ。

ジェイコブがふたりぶんのウイスキーのおかわりとナッツを注文した。

「マリアはぼくのことが好きだよ」

ジェイコブが顔をしかめる。「かもな。女心は誰にもわからん」そう言うと笑いだし、だんだん声が大きくなって、ついには椅子の肘かけを叩きだした。こちらをちらっと見てなおも馬鹿笑いを続け、しまいには顔を赤くしてひいひい言い、最後に大きくあえいだ。

「女心は誰にもわからん」ともう一度繰りかえす。「おまえさんにもな。おかしなもんじゃないか」そこで自分の冗談にまた含み笑いをした。

「笑えるよ、すごく」

「すまんすまん」ジェイコブが目を袖口で拭った。「おれはもう歳だが、おまえさんは若きロマンチストだ。しかも恋している。これほど恐れ知らずなものもない」

「ぼくらは愛しあってる」

「で、彼女を救いたいのか。あんな稼業から足を洗わせて連れて逃げたいってか」

図星だったが、認めたくはなかった。「芝居を観にいくだけだよ」

「ああ、それもマチネにな。まったく、子供だらけだぞ。マチネじゃ、彼女の膝に手を置くこともできん。切符はいくらだ？」

「いくらでもいいじゃないか」

「一枚十シリングだろ？　そんなに出さなくても、その四分の一で好きなときに彼女を愛せて、食事もおごらなくていいし、結婚しなくていいし、ギルバートとサリヴァンの芝居のあいだじっとすわってなくてもいい」ジェイコブがまた声をあげて笑った。

もう少しで席を蹴って帰るか、チェス盤をひっくりかえしそうになった。ジェイコブがもう少し若ければ殴っていたかもしれない。人を殴ったことなど一度もないが。

「酔うと本当にたちが悪いな、きみは」

「厄介を引き受けてやろうか」ジェイコブが無視して言った。「その切符、おれが買ってやる。そして聖人のリリヤを連れていくよ。おれが安息日をきちっと守るほうじゃなくてよかったな。かわりにひどい『軍艦ピナフォア』に耐えてきてやる」

「黙って指してくれないか」

今度もぼくが勝った。冷たい怒りにまかせてジェイコブのポーンを蹴散らし、ビショップをふたつともとって抵抗するクイーンを追いつめ、こっちのルークふたつでとどめを刺した。

ジェイコブがふらふらと立ちあがり、「ちょっと小便」と言って千鳥足で扉へ向かった。

ふたたび駒を並べなおして待っていると、ぼくより強いポータス＝マイヤーに指さないかと誘われたが、断わった。ジェイコブがもう戻ってくるだろう。もう一度負かしてやりたい。ところがなかなか戻らないので、しかたなく死んでいないかたしかめにトイレへ見にいった。無事でいてほしいかどうかは微妙なところだったが。

ジェイコブは個室でズボンをおろしたまま、頭をたれていびきをかいていた。頬を平手で——必要以上に強めに——叩くと、目をあけた。

「もう帰ったほうがいい」

ジェイコブがふらつきながら立ちあがり、ぼくに向かって吐きそうになったが、ぐっと呑みこんでこらえた。

「そうだな」とつぶやいて歩きだそうとしたものの、まだズボンをおろしたままだったので、壁に倒れかかって角に額をぶつけた。傷をさわり、指についた血を他人のもののようにみつめる。

冷たい外気に触れるとくらくらした。ぼく自身、思ったより飲んでしまったうえ、ほとんど何も食べていない。シュー小路のジェイコブの家まではゆうに一マイル以上ある。

ジェイコブが道に落とした帽子を苦労して拾いあげ、おもむろに口を開いた。「気を悪くしないでくれよ。無遠慮に聞こえることもあるだろうが、おまえさんによかれと思って言ってるんだ。わかってくれ」

「わかってるよ」

ジェイコブが指を振ってみせた。「嘘をつけ。ご機嫌斜めのくせに」

ご機嫌斜めだなんて女々しい表現をしないでほしい。ぼくは怒っているのだ。

「家まで送るよ」

ジェイコブが首を振る。「だいじょうぶだ、ひとりで帰れる」

「酔っぱらいの年寄りのくせに」

「まあどうしてもというなら止めないが。おれは責任ある身だからな。子供が七人もいるし」

「四人はもう独立してるじゃないか」

というわけで、ぼくたちは街灯の下を歩いていった。ぼくは帽子を目深にかぶりポケットに手を突っこんで。ジェイコブはシャツの裾をはみださせ、片方のズボン吊りをたれさがらせて右に左によろけながら。

「娼婦が悪いというわけじゃない」しばらくしてジェイコブが言った。

「もちろん」そもそもミセス・ブラフトンの娼館をぼくにすすめたのは彼なのだ。

ジェイコブが指を突きつけた。「逆におれを責めてるのか」

「責めてなんかないって。ほら、歩くんだ」顔に雨粒があたり、さらには自分もトイレに行きたくなってきた。クラブで行っておくんだったが使用中だった。そしてジェイコブと違い、ぼくは立ちどまってそこらの壁にするわけにもいかない。

「ほかにどうすりゃよかったんだ。もう七人も子供がいて、これ以上はつくれない。全部リリヤのためだったんだ。それももう過去のことだがな。リリヤももう歳だ。盛りのついた狐みたいにやっても、八人めができることはない」

　ぼくが少し足を速めると、ジェイコブも小走りになった。花市場の前を通りすぎる。店はすべて閉まっているが、冬でもむせかえるような香りがただよっている。道端で石を投げて遊んでいた少年たちが動きを止めてぼくたちを見送る。その姿はなかば闇に溶けこんでいる。

「ただ娼婦を信じちゃあならないってことだ。とがめるつもりはない。そういう稼業だからな。嘘をつくのも仕事のうちだ。口も商売道具なんだ」ジェイコブがそこで言葉を切り、ぼくを見て含み笑いをした。雨に濡れた顎鬚が光る。「わかるだろう、あの連中は相手が聞きたいと思っていることを言うんだ」

「きみにはぼくたちのことはわからない」

「そのとおりだ」ジェイコブがぼくの手を握った。ろれつも怪しいし発言も不快だが、妙に親身なしぐさだった。「その娘に本気なんだろう。だが、彼女はおまえさんが思っているような人じゃないかもしれない。そのときはつらいぞ。おれのような親父は、ご婦人を口説こうとしても鼻であしらわれるのが普通で、もう慣れっこだ。はっきり言ってくれてよかったとさえ思う。でも、おまえさんはそういうふうにできてない」

　ぼくはやや強く彼の手を振り払った。「ぼくがどんなふうにできてるって？」

　ジェイコブが首を振った。「違う、そういう意味じゃない。肉体的なことを言ってるわけじゃないんだ。ただ、前にもこういうことがあったろう。おまえさんには前科がある」ぼくが歩きつづけると、彼も急いでついてきた。雨足が強くなり、道行く人が次々に傘を開く。ぼくはずぶ濡れになりつつあり、欲求もより切羽つまったものになりつつある。

「今度は違うといいな。よし、祈るぞ」ジェイコブが腕を広げ、雨に向かって叫んだ。「今度こそレオが幸せになれますように！　こいつにはその資格がある！」

「静かにしろよ、ジェイコブ」

「そうさ、まだだめと決まったわけじゃない。娼婦もいつまでもやれるもんじゃない。そのあとはどうなるのか。おまえさんのような馬鹿と一緒になるんだ。ロンドンの女の半分がたはかつて娼婦だったんだろうさ」妻を伴った男がすれ違いざまにジェイコブをじろじろと見たが、本人は気づく様子もない。「ただし、覚悟だけはしておくんだぞ、レオ。結婚も薔薇の咲くふたりの庭も手に入らないかもしれないとな」

「きみはわかってない。彼女は……もういい、ジェイコブ」ぼくとマリアがおたがいにどんな関係かなど説明できるはずがない。立ちどまって喉の奥からこみあげてきたものを呑みこみ、鼻で息をした。頭が痛いし毛衣でこすれた腋も痛いし膀胱は破裂しそうだが、自制心を失うことにも耐えられない。

「ここからはひとりで帰れるだろう」

「どうしたレオ、どこへ行くんだ」

返事はしなかった。家に帰りたい一心だった。

ようやくベッドに横たわって目を閉じたとき、最後に考えたのは、あと三十八時間で彼女に会えるということだった。

4

オペラ・コミック座の入口は、サヴォイ劇場やオリンピック劇場のような豪華さにはほど遠く、張りだした木のひさしに、望遠鏡を目にあてた陽気な提督を描いた看板が掲げられただけの質素なものだった。前を通ったことは二十回ほどもあるが、なかに入るのははじめてだ。一張羅のズボンとシャツに磨きたての靴を履き、髪を整え、タフィーの箱を手にして三十分早くそこに着いてみると、記憶よりみすぼらしく思えて、マリアにふさわしいだろうかと心配になった。

芝居のあとは、セントジェームズ公園へ散歩に誘うつもりだった。池のそばに鳥小屋があって、めずらしい水鳥や色鮮やかな鴨がおり、一ファージングあれば鳥に餌を与えることができる。そうする時間があるといいのだが。

できれば会うのを習慣にしたい。毎週芝居に来る余裕はないが、公園を散歩するのはただだし、話したり触れたりもできる。雨が降ってきたら木陰で雨宿りをして、人目を盗んでキスだってできるだろう。

ぼくはじっとしていられず、芝居小屋の入口をそわそわと行ったり来たりした。女の子とのデートさえ、何しろはじめての経験なのだ。

だんだん人が集まってきた。ジェイコブの言ったとおり親子連れが多いが、カップルも何組かいる。にぎやかな女のグループのなかのひとりがこの劇を観たことがあるらしく、身振り手振りつきで劇中歌を連れに歌って聞かせている。ぼくはマリアの顔を探した。やってきた彼女の顔に浮かぶ笑みが見たかった。

二時十五分前になると、ベスト姿の若い男が扉をあけて人々をなかへ入れはじめた。

「あんた、入らないのかい?」

「人を待ってるんだ」

「約束したご婦人が来てないんだね? よくあることだよ」

むっとしたが、マリアを探しにいくことにした。

ホリウェル街を急ぎ足で見てまわる。狭い歩道は猥本を売る店のウィンドウを覗きこむ男たちで混みあっている。建物から大きく張りだしたひさしは、その淫らな売り物がいまにも通りにばらまかれそうなほど前に傾いている。だが、マリアの姿は見あたらない。

オペラ・コミック座に戻ったときには、案内係が扉を閉めようとしていた。探しにいっているあいだにマリアがなかに入ったかもしれないと考え、ぼくは切符を見せて劇場の通路を急いだ。

ちょうど幕があがるところだった。ロープの束や木の樽が置かれた波止場が舞台上にあらわれ、背景には太陽と水平線に浮かぶ帆船が見える。役者が出てきて歌いはじめたが、ぼくは聞いていなかった。ため息や舌打ちを無視し、並んだ膝を押しのけるようにして席まで進みながら、順番に顔を見ていく。

歌が終わり、水兵たちの軽妙なやりとりが始まった。観客が笑い声をあげる。マリアがいまにも駆けこんでくるのではないかと、ぼくは入口の扉を振りかえった。

空席の反対隣の女が憐れむような笑みを向けてきた。ぼくと女とのあいだにぽっかりとあいた空間は、満員の劇場ではいやがうえにも目立つ。ぼくは悄然と椅子に沈みこんで芝居を観た。気の毒な主人公ラルフに同情さえおぼえはじめた。つまらないしきたりや慣習に阻まれ、ままならない恋路に悩む男。ぼくと似ていなくもないが、うじうじしている自分がいやになる。

幕間に入り、明かりがつくと、観客がいっせいに席を立った。前半が終わったところですでに想像がついた。真の愛は予期せざる事態をも乗りこえて、ラルフはあのなんとかいう娘と結婚し、後半でもまた騒々しい歌が何曲も歌われるのだろう。とても耐えられなかった。

ぼくは劇場を出て坂をくだり、堤防通りのベンチにすわって、黒く冷たい錬鉄のようなテムズ川を眺めた。さっきの芝居とはまるで違う光景だ。貝をつつくカモメ、うなりをあげる船のエンジン、鼻につくタールの臭気と陰気な表情の人々の群れ。そのすべてがロンドンの煤と垢に覆われている。

マリアとすごした時間は、手に入れられたかもしれない暮らしをつかの間夢見させてくれた。届きそうで届かない、だからこそいっそう残酷な夢。ぼくは愚かにも希望を抱いてしまった。計画でも決意でもなく、いつかマリアとふたりで普通の人のように一緒に暮らせるかもしれないという希望だ。偉くなくても、豊かでなくてもいい。ただ世の男があたりまえに手にしている平凡な家庭がほしい。暖炉のそばに靴下を吊るし、本を読み、犬を散歩させ、日々マリアの笑い声が聞ければそれでいい。それは過ぎた望みだろうか。

ぼくは自分を偽っているだけかもしれない。長年、声を低くし、胸を張り、脚を広げてすわり、決して腰に手をあてず、そうやって男として通るすべを学んできた。でも生まれながらの男は、バックルでとめなくていい一物と、とどろくような笑い声を持っている。毛衣で胸を押しつぶす必要もないし、靴に新聞紙を詰める必要もない。

日が落ち、さらに黒みを増したテムズの川面にもやがかかっている。服の重みに引っぱられてあえぎ、刺すような水の冷たさと、波にさらわれそうになる感覚がよみがえる。銅の曇りのように水面を覆う機械油の味が口によみがえる。

だが、それはいまのぼくのものではない。昔の記憶だ。

だいたい、女に約束をすっぽかされた男がみなテムズに身を投げたら、ハースト先生は忙しくてかなわないだろう。

まだ病院の小使いをしていたころのことだ。髪を長く伸ばしてコルセットと絹のドレスを身につけていたにもかかわらず、男のものがついている患者が婦人病棟で見つかった。誰もが――ぼくでさえ――仰天した。

青ざめて悄然としたその患者に会いにいくと、彼はエリザと名乗った。ぼくは手を差しだしたが、彼にはそれを握ることができなかった。手首をベッドの木枠に縛りつけられていたからだ。

「怖くなんかないわ」と彼は言った。「わたしは蝶だから。どうせ長くは生きられない。ずっと芋虫でいるより、一日でも蝶として飛ぶほうがいいわ」それは頭のなかで何度も練習してきたせりふのように聞こえた。

同じ苦しみをかかえた者に会ったのは――というより、そういう存在がほかにもいるのだと知ったのも――それがはじめてだった。

自分のことを打ちあけたい衝動に駆られた。彼も同じ気分なのか、あらゆる動作を絶えず意識し、しゃべりかたや声の高さに気を配っているのか、知りたかった。そうやってかたときも気を抜けないことに疲れ、みじめな気持ちになることはないのか、知りたかった。

だが危険が大きすぎたし、そもそもチャンスがなかった。彼は警察に連れていかれて男用の刑務所に放りこまれ、ペルメル・ガゼット紙によれば、その後精神病院に送られたらしい。そこでは医者の手で頭に電気を流され、それでも治ったと本人が認めなければ、頭蓋骨に錐で穴をあけられるかもしれないという。

もしばれたら、ぼくもそうなるのだ。

ぼくが本来なるべき男になったのは、十五歳のときだ。

その年、エンフィールドに引っ越してきたばかりの裕福な一家のことで町は持ちきりだった。主はポンダーズ・エンドのジュート工場の共同経営者で、献金皿にポンド札をこれ見よがしにぽんと入れるような人物だった。父はどうにかして彼の歓心を買おうと、産業の価値や秩序ある社会の重要性について説教し、母は夫妻とその息子をお茶に招いた。

息子はぼくより一、二歳年上で、母はぼくたちを一緒にソファにすわらせ、父親どうしが自由党内閣への批判で盛りあがる横で、ちらちらと意味ありげな視線を送ってきた。息子は面長でぱっとしない雰囲気だったが、父親が見ていない隙に目をぐるっと回す顔が面白かった。好感を持ったし一緒にすごすのはかまわなかったが、彼とキスしたり結婚したりするなんて考えるだけで怖気立った。ありえないことだった。

ぼくは近所の子供たちに一回三ペンスで算数を教えていた。それで貯めた金を持って市場へ行くと、まずまず状態のいい帽子とズボン、白いシャツ、しっかりした紐靴を買った。まともな外套は高くて手が出なかったが、裏地が破れてボタンがふたつとれた古着の外套を見つけ、六ペンスに値切って手に入れた。

その日、家族はみな出かけていた。ぼくはバスルームの鏡の前にすわって鋏でばっさり髪を切り、小さな鞄ひとつを手に下におりた。入れたのは五冊の本と母からもらった銀の薔薇のブローチだけ。それ以外はすべて置いてきた。ロンドンへ行けば、知性と意志を持つ若者には仕事があると聞いていた。そこで一から始めるのだ。

十一月の凍えそうな日だった。窓には霜がついていた。ボタンがとれて前を閉めることもできない自分の外套を見た。父が数週間前に買ったばかりの、大きな黒いボタンのついたよそゆきの外套を着ていってしまおうかと考えたが、父は六フィート以上あって胴回りも太く、寸法がまるで合わなかった。ほしいのはあの大きな美しい黒のボタンだけだった。

ぼくはそれをふたつ、鋏で切りとった。布地がほつれて糸が飛びでたがほうっておいた。母の裁縫箱から針と糸を出し、自分の外套にボタンを縫いつけてみると、悪くない具合だった。

そのとき玄関で物音がした。人がホールに入ってきて靴をぬぐのがわかった。足音を忍ばせて台所へ行き、裏口をそうっとあけたところで、入ってきた母と鉢あわせした。母ははじめ、帽子を手にした痩せた若者が誰なのかわからなかった。口をあけ、大声で人を呼ぼうとした刹那(せつな)に気づいた。

そしてぼくの刈った頭に手を伸ばした。「まあロッティ……どうしたの、これ。誰にやられたの」

母とは顔を合わせたくなかった。去りがたくなるのがわかっていたから。

「自分で切った」

母が困惑の笑みを浮かべてしげしげとぼくを見た。じつはかつがれているだけで、束ねた髪が襟にたくしこまれているのではないかと疑うように。「どういうこと?」

「ごめんなさい、お母さん。行かないと」

母があいかわらず理解できない様子で眉根を寄せた。「何をしてるの、この子は。すぐに着がえてきなさい、ロッティ。さあ早く上に行って。お父さんが帰ってくる前に」

母が戸口に向かいかけた。強く願いさえすれば、すべてもとに戻るかのように。ぼくが男物の服を捨てて愚かな考えを忘れ、切った髪ももとの長さに伸びるかのように。ぼくが母の言うとおりにしさえすれば。

でも、できなかった。

ぼくはわざと男っぽいしぐさでポケットに両手を突っこんだ。手が震えているのを隠すために。「これがぼくなんだ」

「早く上に行きなさい。お父さんが帰ってきてしまうわ」

「わかってる。その前に出ていくよ」

「出ていく？　何を言ってるの？　どこへ行くっていうの？」

「どこでもいい。とにかくここではもう暮らせない」

泣きだしそうになるのを必死にこらえた。泣いたら母に抱きついてしまう。そうしたら出ていけなくなる。意志を固く保たなければならない。ろくに会話もない父と、自分の結婚のことしか考えない姉のジェーンのもとに母を残していくのがとてつもなく非情だったとしても。

「出ていくなんてできるはずがないでしょう。あなたは女の子なのよ」

女の子。冷酷と知りつつ、つい笑ってしまった。母のほうが、ぼくよりよほど世間知らずで子供だった。十七で結婚した母は、ひ弱な仔馬が引きとられるように、自分の父親からぼくの父の手に渡された。そして夫にかえりみられぬことにも気づかないふりを通してきた。

母は身勝手なふるまいはやめてと懇願した。自分が病弱で神経が細いのをよくわかっていながら困らせるなんてと、ぼくを責めた。どうしてそんなに思いやりのないことができるの、それも家族が一緒にいるべき土曜日に、と。

ぼくの中身はずっと男だったんだと告げると、母は椅子にすわりこみ、両手で顔を覆った。わたしたちはみな神様につくられたのだから、選ぶことはできない。そんな考えを持つことすらどうかしている、愚かで罰あたりだと。どうしてこんなふうに苦しめるのかと。

もう少しで思いとどまりそうになった。そうすれば話は簡単だったろう。母が例のボタンを切りとって父の外套にもとどおり縫いつけ、そのあいだにぼくは二階にあがって着がえ、恥ずかしい髪型を隠すボンネットを見つける。三十分後には、母と一緒に居間でジグソーパズルか何かをしている。

でもそのあとは？　ぼくがぼくであることは変えられない。そのとき家を出なくても、一週間後か一カ月後にはそうしているだろう。ほかに道はなかった。

ぼくは帽子をかぶって鞄を持ちあげた。

ジェーンが家に入ってきて、腕組みをしてぼくを睨んだ。「まさか本当にやるとはね」

母が涙声で言った。「ジェーン、この子に言い聞かせて。出ていくなんてだめだって。あなたの言うことなら聞くわ」

「こうするしかないんだ」思ったより落ち着いた声が出た。

「ちょっとだけ待って」ジェーンが言った。

「どうして？」

「うるさい、いいから待ってて」姉が母の前で悪態をつくのをはじめて聞いた。

ジェーンが出ていき、ぼくは母と無言でみつめあった。戻ってきた姉が何かをぼくの手に押しつけた。「献金皿からとってきたわ」

「だめだよ。こんな、五ポンドも。お父さんがかんかんになる。外套用にお父さんのボタンも盗んだのに」

母がとっさにぼくのボタンに目を走らせ、きちんとつけられているかたしかめた。

「ほら」ぼくは母の手をとった。「これでもちゃんと学んだこともあったんだよ」

「そのお金は持っていきなさい」ジェーンが言った。「本当に出ていく気なら、いま行くのよ」

ジェーンはぼくにひどく腹を立てていたが、それでもやはりぼくの姉だった。それに姉の言うとおり、父とは会わないのが一番だった。ぼくが父に対して抱いていた恐れは、かさぶたになっては剝いてを繰りかえしたすえに、いまではもう引きつれた古傷になっている。でも、母にはとても耐えられないだろう。母がぼくをかばおうとしたら、父がどんな仕打ちをすることか。

最後に、こらえきれず母に抱きついた。だが、それはいつもしているような抱擁とは違って、短くぎこちないものだった。

「ロッティ、あなたのことをずっと……」一番かわいがってきた。そう母が言おうとしたのがわかった。

「着いたら真っ先に手紙を書くよ。約束する」

でも、結局書かなかった。最初はなんと書けばいいのかわからず、数週間が過ぎ、それが数ヵ月になると、もう遅すぎるような気がしてきて、やがて本当に手遅れになった。

母は四年後に、腸チフスをこじらせたすえに肺炎で死んだ。ジェーンによれば、父は最期の数週間、仕事を言いわけにして妻を見舞うこともほとんどなく、母も来てくれるのを諦めていたという。そのいっぽうでかわいいロッティを、手の焼ける末娘を思って泣くのをやめず、どうか探してきてと最後まで姉たちに頼んでいたらしい。だが、当時ぼくがどこにいるのか姉たちは知らなかったし、それほど熱心に探すこともしなかったのだろう。

その日以来、どんなに道に迷おうと、絶望しようと、いついかなるときもアイヴァー・プリチャード牧師への絶対的な憎しみという自らの北極星を、導きの星を見失うことはなくなった。

父はいまハムステッドに住んでいる。ヤングの聖書語句辞典とブライヤー・パイプを手に、暖炉の前の肘かけ椅子でくつろぎ、足もとに寝そべる犬をなでている父の姿が思い浮かぶ。夕食は親切な教区民が差しいれてくれたコールド・ミートだろうか。

ぼくは目を拭った。決意が新たになった。

最初のつまずきで諦めたら何もなしとげられはしない。ぼくはマリアを諦めない。一緒に芝居に来る気になってくれるまで何度でも誘う。いつかきっと気持ちが通じるはずだ。ぼくたちが結ばれる運命なのは間違いないのだから。

5

月曜日の朝、時計が六時を指すより前にぼくは店におりた。ガウン姿のアルフィーがカウンターで売上を数えており、棚の瓶や箱が揺らめくろうそくの炎にちらちらと影を落としている。コンスタンスももう起きていて、床に膝をつき、蜜蠟と松脂でつくった自家製のワックスで床を磨いている。そのにおいはぼくの気分と同様にひどいものだった。

「ピロガル酸！」ぼくを見るなりコンスタンスが叫んだ。

「あとでね」

「あとにしたって無駄。あなたは終わりよ、ミスター・スタンホープ」と重々しげな声色で言う。

「わかってるよ」

「ずるして調べたってだめだからね。問題は何十個もあるんだから」

「もうそっとしておいてやりなさい」むずかしい顔で帳簿を睨んだまま、アルフィーが口を開いた。「すまないな、レオ」

「いいんだ。きょうは早いね」

「銀行が来るんでね」と浮かない顔で目の前の紙幣や硬貨を示す。「銀行が必要なときにかぎって、金を返せるあてはないときてる」

よく見ると、そこにあるのは硬貨――ペニーや半ペニー――ばかりだ。「よかったら来月の家賃を前払いしようか」

「いや、いい。考えがあるんだ。うまくいけばきっと風向きが変わる」

「へえ？」

「そのうちわかるよ」アルフィーが売上の勘定に戻った。髭に白いものが目立ち、疲れて老けこんで見える。

ぼくは急ぎ足で職場へ向かった。ハースト先生は時間にとても厳しい。ぼくの前の助手ニコルソンは遅刻で馘になった。十二年も勤めていたのに。いまだにときどき間違えてその名前で呼ばれることがある。

日の出まではまだ一時間以上あるが、地平線が赤く染まりはじめている。夜のうちに降った雪がなかば溶けて、道の端に汚れた水がたまり、世界が錆びはじめているように見える。

八百屋のテッド・ボイドが、店先にカリフラワーやほうれん草やルバーブを並べている。広くて色彩豊かな彼の店にくらべると、アルフィーの薬局はことさらに狭くすんで見えた。テッドがぼくの背中を叩いた。

「早いね、ミスター・スタンホープ」

ぱさぱさした味のしないリンゴを彼から買い、病院への道すがらに無理やり呑みくだした。

ハースト先生が部屋の外で警官と話していた。ぼくたちの仕事ではとくにめずらしいことではないが、その男ははじめて見る顔だった。ここに来るたいていの警官より年配で、目つきがするどく、短く刈った赤っぽい髪が後退していた。

「ああスタンホープ、こちらは……」

「クローク巡査部長だ」警官が名乗ったが、握手の手は差しださなかった。「霊安室に泥棒が入ったようでね」

「えっ?」

「不法侵入だ」とハースト先生が訂正する。「何もとられてはいない」

「だがものが壊された」とクローク。「器物損壊だ。窓とビール瓶が割られていた」

小使いのために棚に置いておいたビール瓶のことを思いだす。「犯人は?」

「まだわからない」クロークがぼくのほうを向き、顎を突きだした。「きみはここに自由に出入りできるのかね」

「いや」ハースト先生がぼくより先に答えた。「彼は解剖の手伝いをするただの助手でね。鍵を持っているのはわたしだけだ」

「フロッシーは無事だったんですか」

「犯人が忍びこんだのは夜のようだ」ハースト先生が言った。「彼女はここにいなかった。それに、窓は割られていたのではなくこじあけられていたのだ、巡査部長。それもたくみに。外から鍵をこじあけるのは容易ではないし、今朝まで誰もそれに気づかなかった」

クロークが渋面をつくった。「おそらく死体泥棒だろう。なんともぞっとする話だ」

「馬鹿な。死体はすべてちゃんとある。盗まれてなどいない」ハースト先生が懐中時計をたしかめた。「犯罪の捜査は専門家におまかせして、われわれは失礼する。仕事があるのでね」

先生の仕事部屋は解剖室の向かいにあり、あとから部屋のほうを合わせて建てたとしか思えないような巨大な机を大量の本や雑誌が埋めつくしている。

その日の午前中は、挫滅(ざめつ)外傷についての新しい論文を先生が行ったり来たりしながら口述するのを書きとってすごした。長年の訓練で、先生の事実関係の齟齬(そご)や文法の誤りを直しながらでも、まったく違うことを考えられるようになっていた。次はマリアに焼き菓子を持っていこうか、それとも市場で蜂蜜がけのプラムを買い、ふたりで指を果汁まみれにしながら食べようか。マリアは何よりプラムが好物なのだ。

　三時になると、ハースト先生が前かけをつけた。本来の仕事をする時間だった。

　霊安室は寒かった。ベルトにねじ回しとスパナをはさんだ職人が奥の窓の下に梯子(はしご)を立てかけている。侵入者はずいぶん身の軽いやつだったらしい。窓から石の床まで少なくとも八フィートはあった。足首が折れるかもしれない危険を冒してまで、どうして何もとらなかったのだろう。

「野蛮な人もいたものね」フロッシーがぼくを見て小声でささやいた。彼女は看護婦を引退したあとこの職に移って、死体の出入りを記録し、書類を準備し、文句も言わずに腐臭に耐えている。薄暗がりで働く腰の曲がった姿は陽気な小鬼(ゴブリン)のようだ。

　霊安室は解剖室より少し広く、細長い室内に安置台と手押し台車が並んでいる。二年前に遊覧船と石炭運搬船の衝突事故があったときは死体が廊下にまであふれ、そこらじゅう汚泥と下水のにおいがした。だがたいていは死体の数はそう多くない。きょうは六体だけで、どれも台車にのせられシーツをかけられている。

「ハースト先生の患者はいるかい」

「ええ」フロッシーが手前の台車を指さした。「いなくなることなんてないわ」

　彼女がシーツをめくると、卵のようなつるつる頭の小柄な男があらわれた。ぼく以上にがりがりの骨と皮ばかりで、首がざっくりと切れ、傷口に茶色の血が固まっている。

「寝ているあいだに奥さんが喉をすっぱりやったらしいわ。もう我慢できなかったんでしょうね。誰でもそうしたくなることはあるもの」

「そういえば、旦那さんは元気？」

「ええ、残念ながら」

解剖に時間はかからなかった。ハースト先生とぼくは、よく油をさした機械のように動き、てきぱきと切っては縫った。先生がひと言もしゃべる必要すらなく、ぼくは所見を書きとめ、最後に先生がそれに目を通して一番下にサインした。

「よし、次もさっさとすませよう。約束があるのでね」

台車を戻しにいくと、すでに次の死体が待っていた。

「女の人よ」フロッシーがシーツの下の起伏に痛ましげに目をやった。「殴られて、ロンドン橋のたもとに打ちあげられていたんですって。通勤の途中にいつも通るところなのよ。これから思いだしちゃうわね」

台車を押して解剖室に入ると、ハースト先生がうめき声をあげた。女の解剖は嫌いなのだ。

シーツをめくると、そこにマリアがいた。

それはマリアだった。そんなひと言では、その瞬間を言いあらわすにはとても足りなかったが、そこに死んで横たわっているのはたしかにマリアだった。ぼくのマリアだった。

ただ眠っているように、彼女の頭がかしいだ。目をあけるのではないかと頰に触れてみたが、冷たかった。髪が顔に落ちかかってあのあざを隠している。こんなふうに髪が肌に張りついていたら鬱陶しいだろうに、どうして払いのけないのだろう。かわりに払ってやったが、すぐにまた落ちかかってきた。いまにも目をあけて起きあがり「からかっただけよ、馬鹿ね、そんなにぎょっとして」と笑うのではないか。マリアは大口をあけ、子供のようにあけっぴろげに笑うのだ。でも、彼女はじっと横たわったままだった。

手を伸ばして胸に触れ、鼓動をたしかめてみる。

「何をしている？」ハースト先生がじろりとこちらを見た。

「いえ……すみません」

ぼくは帳面とペンを手にとったが、ペンを床に落としてしまった。てのひらがちくちくして、親指の付け根が痛い。急に全身の皮膚の感覚が過敏になった気がした。

「土曜の午後、ロンドン橋の北側で発見、と」ハースト先生が書類を読みあげ、人さし指で彼女の頰を押した。彼女はぴくりともしない。

「ポートワイン母斑だな。生前についたと思われるごく薄いあざもある」次にまぶたを持ちあげて目を覗きこむ。

「死後硬直は解けているな。結膜に充血が認められる。おそらく水によるものだろう。すべて書きとめたかね」

ぼくはメモをとった――死後硬直は解けている、ポートワイン母斑、結膜の充血、死因ではない薄いあざ。

先生がシーツを完全に剝いでも、マリアが身体を隠すことはなかった。もう恥ずかしがりはしない。両腕は脇につけられ、金属の台に押しつけられた腿がつぶれて広がっている。

脚は乾いた泥に覆われ、足も泥まみれで真っ黒なタールが点々とついている。ぼくはこびりついていた水草を剝がしとった。

「なんだこれは、見たまえ」先生が頬をふくらませて息を吐きだし、時計をたしかめた。「だめだ、こんな状態では解剖などできない」

「洗います」ぼくは静かに言った。

「よし。急いでやってくれ。部屋にいるから終わったら声をかけるように」

桶(おけ)に水をためる。水は冷たかったが、マリアは身じろぎもしなかった。震えることもなく、ただじっと横たわっている。そのふくらはぎや腿にこびりつき、膝のくぼみに入りこんだ泥やタールをスポンジで落としていく。それは髪にまでついていた。手首から指のあいだを洗っても、彼女はされるがままになっている。ベッドにすわり、枠にかかとをとんとんと打ちつけながらしゃべりつづけるマリアに何度もしたように、その手を握る。

彼女の声が好きだった。彼女がしゃべってくれるので、自分がしゃべらなくてもいいのも好きだった。

爪が死斑で紫色になっていた。マリアはいつも、爪をきれいに丸く整えていた。

身体が震えだした。止められなかった。呼吸が荒くなるのをおさえられない。怖くなり、さらに強く彼女の手を握る。

このままぼくは倒れるのではないか。あるいは暴れだして、部屋にあるものを手あたりしだいに破壊し、机を粉々にし、椅子をばらばらにし、大声で叫びつづけ、ついには引きずって連れていかれることになるかもしれない。

だが、衝動は過ぎ去った。深く息をした。

汚れた水を流し、ふたたび桶に水をためる。水がふちまで達し、流しにあふれだすのをみつめる。両手を入れるとしびれて感覚がなくなり、それが腕にまで広がった。

マリアのもとに戻り、かがんで口づける。彼女がキスを返してくれたように乾いた唇がぼくの唇にくっつく。

冷たかった。手だけではなく──マリアの手はいつも冷たくて、腹に氷を押しつけられたようで、ぼくはいつも身震いしては笑ったものだった──どこもかしこも。肩も、顎も、胸も。この部屋のように冷え冷えとしていた。

彼女の身体を横にする。思ったよりも重くて、動かすのに苦労する。だらりとなった腕が金属の台にぶつかり、音が壁に反響する。そのとき傷が見えた。

後頭部がぐしゃりと陥没していた。人の拳大の、だがより硬い──ずっと硬い──もので殴りつけられたようなへこみができている。

その瞬間のことが頭に浮かんだ。マリアは何も気づかなかっただろう。突然だったはずだ。背後で小さな足音がして、それが止まったと思うといきなり殴られ、そのまま川に落ちて浅瀬に倒れ、あふれる血が水に流されていく。

その映像が何度も脳内で繰りかえされ、視界いっぱいに広がったかと思うと、部屋の景色が遠ざかり、真っ暗になった。

目をさますと、ソファに寝かされていた。一瞬とまどったが徐々に現実がおりてきた。

「気がついた？」女の声が言った。「どうしたの？　何があったの？」

そこは看護婦の詰所で、ぼくが寝ていたのはロッカーと備品棚のあいだの壁に押しこまれたソファだった。コフトゥン看護婦が心配そうにぼくを見おろしていて、その顔をふちどる黒い髪がランプの光をさえぎっている。

「あなた、急に気を失ったのよ。具合が悪いの？　ちゃんと食べてる？　そんなに痩せて、ほとんど肉がついてないじゃないの」

矢継ぎ早な言葉は、頭のなかで蜂がぶんぶん飛んでいるようで、返事をするために口を開くのも億劫だった。すべて夢だったのだろうか。

そう思いかけたところで、ふたたびマリアの死に顔が脳裏によみがえった。

ぼくは上体を起こし、床に吐いた。

コフトゥン看護婦がため息をついて雑巾をとってきた。しゃがんで床を拭き、ぼくの靴についた反吐を拭きとる。部屋じゅうがにおった。

最後にもう一度マリアに触れたかったが、もうハースト先生が解剖にとりかかっているだろう。彼女のそんな姿を見るのは耐えられなかった。

「ちょっと見させて。それとも先生に診てもらう？　明らかに体調がよくなさそうだもの」

「いやだ」

ぼくはしゃがれ声で言い、ソファから起きあがって、ふらつく足どりで廊下に出た。

コフトゥン看護婦があとをついてくる。「ミスター・スタンホープ、悪いことは言わないから……」

「ほっといてくれ」

どうにか正面玄関を出て、階段をおりているところでまた気分が悪くなった。ちょうど辻馬車をおりてきた紳士がいたので、ぼくは転がりこむようにその馬車に乗りこんだ。

自室のベッドに横たわり、天井を歩く蜘蛛を見ていたつもりが、いつの間にか眠っていた。汗びっしょりであえぎながら目をさますと、蜘蛛は違うところに移動していた。

マリアの部屋にいて、隣で彼女がけだるげに横たわっているような気がした。だが、触れようとしわくちゃの毛布の下をいくら探しても、彼女はいなかった。

ぼくはとうとうこらえきれなくなった。マリアの足にこびりついていた水草が頭に浮かんだからだ。彼女にとって、それは一瞬のできごとだったのだろうか。それともしばらく川底に横たわって、遠のく意識のなかで水に洗われていたのだろうか。

一度泣きはじめたらもう止められなかった。

何時間も泣きつづけたような気がする。日が沈み、のぼり、また沈んだ。

外では人々が声をあげ、馬の蹄が音を立て、雨が窓を叩いていたが、気にとめなかった。ときどき必要に迫られておまるにしゃがむ以外は、ベッドから出ようと思わなかった。

窓の十字格子ごしに早朝の白い光が射しこんでくる。蜘蛛がゆっくりと壁を歩いてこちらへ近づいてくる。部屋のなかを移動するその動きは、決まった予定やルートに沿っているのだろうか。それとも餌になる小さな虫と出くわすのを期待して、あてもなく歩いているのだろうか。つかの間マリアのことを忘れてはべつのことを考え、やがて記憶がよみがえってきて、ベッドに拳を押しつけたり、叫びださないようにシーツを噛んだりの繰りかえしだった。

扉がそっとノックされた。無視していると、今度はコンスタンスの声とともにまた扉が叩かれた。

「ミスター・スタンホープ？　具合どう？」ほかの誰かなら答えなかっただろう。でもコンスタンスはまだ子供だし、とてもおずおずした口調だった。「いつになったら起きるの？　もう二日たつのよ」

「具合が悪いんだ。もう少し休まないと。どうかそっとしておいてくれ」全身が痛かった。肌がひりひりし、筋肉がうずき、泣きすぎて胸がじんじんする。

「ミントティーを淹れたの。ここに置いておくね」コンスタンスは扉のすぐ外に立っている。下の隙間から影が見える。もちろん男の寝室に入ってきたりはしないだろうが、ぼくはそれでもいっそう深く毛布にもぐった。

「ありがとう、コンスタンス」

「ここに置いてあるから。カップにつぐ？」

「いいよ、自分でできる」

沈黙が流れたが、コンスタンスがまだそこにいるのは気配でわかった。「やっぱりついであげる。いま入れるね」ドアが細くあき、カップとソーサーを持った手があらわれた。「ここよ。つまずかないようにね」

「うん。ありがとう」

ふたたび沈黙が流れ、コンスタンスが扉に寄りかかったまま、ずるずるとしゃがんで床にすわりこんだのが音でわかった。「わたしのぶんのカップも持ってきたの。よかったら一緒に飲まない？」

ぼくは喉が渇いているのに気づいた。ミントの香りに我慢できなくなり、じゅうたんを這っていってお茶に口をつけた。コンスタンスはカップの音が聞こえたようで、「そうそう」と幼児に薬を服ませるように言った。

扉に寄りかかってすわり、扉ごしに背中あわせになった。コンスタンスが動くとその体重を感じた。

「少し気分がよくなった？　お茶、好きでしょ」

「うん、おいしいよ。ありがとう」

「どういたしまして」

コンスタンスはしばらく黙っていたが、やがて言った。「ねえ、薬の当てっこする？　この前の続き。ピロガル酸は？」

ため息が漏れた。薬の効能当てなんてしたくない。そんな馬鹿げたゲームをしていたのはもう過去のことだ。

「疲れてるんだよ、コンスタンス」

「いいから答えて」

「わかったよ。ピロガル酸ね。死者を生きかえらせるとか？」

「まさか！　怖いこと言わないで」

「ああ、ごめん。じゃあ頭痛？」

「はずれ。あと一回」いつもの勝ち誇った口調はさすがに控えているようだ。

「できもの？」

「それもはずれ。どうしていつもできものって言うの？　できものが正解だったことないでしょ。ピロガル酸は感染を防ぐのよ」

「そうなの？　初耳だよ。おめでとう、きみの勝ちだ。お茶をありがとう。少し寝かせてくれ」

「わかった。あとで何か食べたくなったら声をかけてね。それとミスター・スタンホープ」

「なんだい、コンスタンス」

「これでわたしの九勝、あなたの五勝よ」

コンスタンスが去り、ぼくはベッドに戻った。

しばらく夢も見ずに寝たあと、ふたたびノックの音で起こされた。今度のそれは早く強く執拗だった。

「レオ!」アルフィーの声。「警察の人がふたり来てる。きみに話が聞きたいそうだ」

そのふたりは、いかにも遊びで来たのではないという雰囲気をただよわせて店に立っていた。ぼくの着がえを待たされていた彼らは、さっさと仕事をすませてしまいたげだ。

アルフィーはカウンターの後ろに立ち、コンスタンスは腰かけたスツールを回しながら興味津々の顔をしている。起きぬけのぼくは、警官のひとりがあのパレットであることに一瞬の間をおいて気づいた。あいかわらず寸法の合わない制服を窮屈そうに着ている。

「クローク巡査部長だ」もうひとりが言った。「霊安室への不法侵入のあと、病院でぼくに会ったことには気づいていないようだ。べつにかまわない。あのときもこの警官に好感を持てなかったが、いまもそれは変わらない。「それからこっちは……おい、なんて名前だった？」

「パレットです」パレットが言った。

「ああ、そうだった。こっちはハレット巡査だ。きみに聞きたいことがある」

「何についてです？」アルフィーが尋ね、彼が軍隊の軍曹だったのを思いだした。

「若い娘が殺された事件についてだ」

「ミスター・スタンホープとどういうかかわりが？」

「それはよく知らないんで」パレットが言った。「ただこの人を連れてこいって言われただけで、理由はわからないんです」

クロークがいやそうな顔をした。自分たちがただの使い走りだとは知られたくなかったようだ。「逮捕してしょっぴいてもいいんだぞ」

「逮捕？　なんの容疑で？」アルフィーが言ったが、ぼくはその腕に手を置いた。

「いいんだ」それからパレットに顔を向ける。「ちょっとトイレに行かせてくれ」

何か言われる前に店から裏庭に出る。トイレは雑に積んだ煉瓦(れんが)の壁に鉄の屋根をのせただけの小屋だ。ドアを閉めてすわり、用を足しながら、壁の隙間ごしに家を見る。震えているのは、尻にあたる便座の冷たさのせいだけではない。

警察へ行ったらばれてしまう。確実に。

この十年、知らない場所は避け、深酒もめったにせず、毛衣と月経帯と個室便所がいつも手近にあるように気をつけてきた。つねに頭のなかに地図を思い描きながら、先々の行動を考えてきた。

警察署には仕事で何度も行ったことがある。男たちが一列になって歩かされ、集団で房に追いたてられていくのを見てきた。あそこではどうしようもない。遅かれ早かれ、身体検査をされたり、着がえさせられたり、用を足したくなったりするだろう。それに、ぼくはとどのつまり犯罪者だ。レオと名乗るたびに、ズボンを穿くたびに、法を犯しているのだ。ぼくが欲に目がくらんだり短気を起こしたりして何かしたことが罪なのではなく、ぼくがぼくでいることが罪なのだ。日々、ぼくを女としてつくりたもうた神の意思に背いているのだから。

逃げなければ。どこでもいい。前と同じだ。

音を立てないようにトイレを出て、裏庭の門をそっとあけ、店の裏手の路地に出た。右へ行けば表通りに出る分かれ道に差しかかったところで、背後から足音がして声が聞こえた。

「あのお」パレットの声だった。

思わず走りだしそうになった。目の前には家々のあいだを通るトンネルのように路地が延び、楕円形の薄明かりに壊れた門の輪郭が浮かびあがっている。天国への通用門だ。

「一緒に来てくださいよ、ミスター・スタンホープ」パレットはヘルメットなしでもぼくより半フィートは背が高く、路地をふさぐだけの幅もある。「気が動転しちまったんでしょ。急に警察が来たから泡を食って。よくあることです」

「ああ、そうみたいだ」

「気にすることあないです。クローク巡査部長には言わないでおきますよ。あの人はこういうことに物わかりのいいほうじゃないから。でも、もうしないでくださいよ」

意外だった。パレットは頭より腕にものを言わせるタイプだと思っていた。

彼は端によけてぼくを通すと後ろからついてきた。店に戻ると、コンスタンスはまだスツールにかけたまま目をみはり、アルフィーは厳しい顔でぼくの外套を腕にかけて立っていた。

ふたりの警官にはさまれて外に出る。手錠こそかけられていないが、逃げないように両脇を固められているのは疑いようもない。ぼくは腰をかがめて馬車に乗りこんだ。

6

パレットにうながされ、ぼくはホワイトホールの警察本部のどっしりした木の扉をくぐった。肩にはしっかりと彼の手が置かれている。身体が震えているのがわかる。パレットのあとについて建物の奥へと進む。長い廊下の両側には煙草（たばこ）のやにで染まった窓が並び、その向こうには机に向かって書類を書いたり、タイプを打ったりしている警官の姿が見える。無数の小さなハンマーが立てる騒音が響きわたっている。

階段をおり、ランプのともされたカビ臭い地下の廊下をさらに進んで、ようやく着いたのは寒々しい部屋だった。大きな机が部屋の中央に鎮座し、空っぽの棚が置かれ、かかっていた絵をはずした跡なのか、奥の壁が四角く変色している。

椅子に手を置くとじめついた感触があった。部屋じゅう、いや地下室全体がじめついている。棚や天井の配管には錆がつき、やましいところのある容疑者の額のように汗が浮かんでいる。ぼくは外套の前を掻きあわせ、ポケットの煙草を探った。喉に煙の乾いたあたたかさを感じたかった。

「ぼくはどうしてここへ連れてこられたんだい」

「すぐ誰か来ますんで」パレットが嚙んで含めるように言った。「リプリー刑事って人です。よくは知らないけど、いい人って聞いてるんで、だいじょうぶですよ、ミスター・スタンホープ」

パレットに同情されるとはなんたる屈辱。それでも気をとりなおして言った。「そういえばあの看護婦とはどうなってるんだい。彼女、なんて名前だったっけ」

パレットが赤くなる。「ミス・ラスムッセンです。日曜日にお茶を飲むことになってんです。彼女の両親も一緒に」

「へえ、それは期待できるね。よかったじゃないか」

「いやあどうも」

パレットが部屋を出ていったが、ドアに鍵はかけていかなかった。

続く数分間、ぼくは頭を整理しようと狭い部屋を行ったり来たりし、椅子の後ろを回りこむたびに机をこつこつと叩いた。警察はもうぼくがマリアと知りあいだったことをつかんでいる。それ以外にここへ連れてこられた理由がない。ミセス・ブラフトンに話を聞いたに違いない。ぼくについてどんなことを話したのだろう。彼女は普通なら客の秘密を守る——口の堅さが何より大事な商売なのだとつねづね言っている

――のだが、今回は普通の状況ではない。それにぼくは普通の客でもない。

腕組みをして両脇に手をはさみ、毛衣がこすれてひりひりするところに爪を食いこませてみたが、あまり効果はなかった。

煙草がほぼ根もとまで灰になったころ、男が入ってきた。大柄でスーツが窮屈そうだ。毎日、ことによると毎晩寝るときもそれを着ているのではないかと思うほどよれよれで、ベストに朝食の卵の白身がこびりついてかかっている。握手の手を差しだすこともなく、男はフォルダーを取りだし、指をなめなめ書類をめくりはじめた。この男にくらべれば、ぼくはよほど品がよくしゃれている。それを意識し、だらしなく椅子に身体を投げだしている男の向かいに背筋を伸ばしてすわった。

男が持っていた紙袋をあけ、パイを出した。それを見て急に空腹をおぼえた。

やがて、男が顔をあげて薄青い目をこちらに向けた。片方のまぶたがさがっていて眠そうに見える。男ののんびりした動作にはどこか計算されたものを感じて、居心地が悪くなった。

「リプリー部長刑事だ」その言葉には北部訛りがあり、昔、ジェーン・エアの物真似をする姉に笑わされたのを思いだした。「不安そうだな、ミスター・スタンホープ」

ミスター・スタンホープ。つまり、ぼくの正体について誰もしゃべっていないのだ。少なくともいまはまだ。とはいえ、きっといずれ知られてしまう。ぼくは一物のない男という世にもめずらしい存在なのだ。パンダや巨大な亀と一緒にぼくを動物園に閉じこめればいい。山高帽をかぶって見物人にうなってやる。

「ここが少し落ち着かないだけですよ、刑事さん」

「まあそういうこともあるだろうな」刑事がパイを半分に割ってひとつをよこした。

「チキンとじゃがいものパイ。おれのおごりだ」

「ありがとうございます」とりあえず礼儀正しくしておいて損はない。

「きれいな歯をしてるな。おれとはえらい違いだ」刑事が黒ずんで欠けた歯を剝きだしてみせた。「酒とサッカーのせいでな。喧嘩ばっかりしてたから。もうやめたがね。あんたは喧嘩なんかしなそうだな、その歯を見ると」

「しませんね」

「育ちがいいんだな。学もおありだし」刑事が書類を取りだした。病院でぼくがハースト先生のかわりに書いた報告書だ。「どうしてここに呼ばれたかわかるか」

「いいえ、よくわかりません」

刑事が口をもぐもぐ動かしながら言った。「殺された娘を知ってるな。ごまかそうとするなよ、もうわかってるんだ。娼館の客だったんだろう、ええと……」とメモを見る。「ハーフムーン街の。最後にその娘に会ったのはいつだ？」答えずにいると、刑事がすわりなおして鼻を鳴らした。「正直に言ったほうがいいぞ。道徳がどうこうと説教するつもりはない。おれは牧師じゃないからな。予約帳にあんたの名前があった。なじみだったんだろう？」

「ええ、まあ。マリアと最後に会ったのはちょうど一週間前の夜です」

「ようし、よくできた。いつだって最初の質問が一番答えにくいもんだ。で、あんたは二年以上のあいだ、毎週同じ娘と会ってた。さぞよく知ってたんだろうな」

「ええ、親しくしてました」

「なるほど」刑事の無表情の顔のなかで、なかば閉じたまぶただけはいまにもウィンクでもしそうに見える。「つまり、ただのなじみ客だったんじゃなくて、好きだったんだな、彼女のことが」

「だったらどうだというんです？」

　刑事が笑みを浮かべた。いやな感じの笑みだった。「よくあることなんだよ。あんたは驚くかもしれないが」

「おっしゃる意味がわかりませんね」

「彼女がべつの男といるのを見て、我慢できなかったんじゃないか？　気づいたら彼女が足もとに倒れていて、自分の手が血まみれになっていた。それで茫然としたんだろう？　めずらしい話じゃない」

　相手をまじまじと見る。なんて馬鹿なことを言っているのだろう。「そんなことするわけないでしょう。マリアを傷つけるなんて」

「わざとじゃなかった。かっとなって、われに返ったときにはもう――」

「ありえません！　ぼくたちはおたがいを大切にしてたんです」一度、マリアのうなじの擦り傷に偶然触れて痛がらせてしまったときは、即座に行為をやめて薬をつけようと言った。ぼくが膏薬を塗るあいだ、マリアは髪を片側に寄せておさえながら、本当にやさしいのね、と繰りかえした。

「武器は持ってるか、ミスター・スタンホープ。警棒とか棍棒とか」

「持ってません！　ぼくがマリアを傷つけるなんてありえませんよ」

「ほう、どうして？」

「どうしてって……」理由ならいくつもある。愛してたから。ともに人生をすごしたかったから。ぼくの正体を知って、それでも気にしなかったたったひとりの人だったから。でも結局、口から出てきたのは考えつくかぎりもっとも愚かしい答えだった。

「ぼくはそんなことしません」

「だが誰かがした。あんたじゃないなら誰なんだ？」

口を開いたものの、言葉が出てこない。マリアが知りあいの誰か――ひょっとするとぼくも知っている誰か――に殺されたのかもしれないとは、いまのいままで思いつきもしなかった。人が刺し殺されたり、殴り殺されたり、絞め殺されたりするのはしょっちゅうだ。ほぼ毎日のように病院でそういう人々を目にしている。ほとんどが財布や指輪を狙ったけちな物盗りの被害者で、いわばこの街につきものの犠牲、都会税のようなものだ。

マリアが現実の誰かに殺されたという考えは浮かびもしなかった。もっと早く考えつかなかったのが彼女への裏切りのように思える。ぼくはただベッドにもぐり、自分のことしか考えていなかった。

「わかりません。とにかく信じられません、本当に。マリアはみんなに好かれてたんだから」自分が過去形を使ったのに気づき、右腕の痛いところに手を伸ばしてぎゅっとつねる。

「ああ、糖蜜のように甘くてかわいい娘だったんだろう」とリプリー。「だが、おれがほしいのは事実だ」

事実？　事実なんかでマリアという人間のすべてがわかるものか。しかし、それが相手の望みならばいいだろう。報告書も読めないほど学がなかったり無精な警官に対して何十回もしてきたことだ。

「わかりましたよ。職業は娼婦。年齢は二十歳。父親はわからず、母親はすでに死亡。顔の左側にポートワイン母斑あり」自分の声が震えているのに気づき、深呼吸をする。

「頭部への鈍器による殴打。背中に死の数日前にできたと思われる薄いあざ。結膜の充血……」

「結膜？」

「目の表面のことです」自分の目を指してみせる。「事実はこのくらいでいいですか。全部そこに書いてあるでしょう。ハースト先生の字と文章が理解できるならね。それとマリアの爪の長さや肺の重さ、胃の内容物も……」

リプリーが報告書の表を見て眉をひそめ、裏返した。「ここには胃のことは何も書いてないが」

ハースト先生が急いでいたのを思いだした。それに先生は、胃や腸を解剖して大きさや重さをはかったり、一部を切りとって顕微鏡で見たりするのは好きでも、そのあとに死体を縫いあわせるのは嫌いなのだ。ぼくの手先が——先生いわくまるで女のように——器用だということがわかると、ぼくにまかせるようになった。そんな下々の作業に自分が手をわずらわせるまでもない、「わたしは葬儀屋ではない」と言って。

リプリーが手帳に何か書きはじめたが、鉛筆の芯が折れ、悪態をついて机のひきだしをあけるとなかを掻きまわした。ぼくは黙ってすわり、天井の配管に気泡がたまってごぼごぼ鳴るのを聞いていた。刑事はようやく鉛筆削りを見つけだし、真剣な顔で鉛筆を削って、木のかすを床に落としていった。削り終わると、それを握って言った。

「ハースト氏にも話を聞いた。あんたは体調をくずして二日間仕事を休んでいたそうだな。そのわりに元気そうに見えるが」

「いきなりあんな姿の彼女と対面して動揺したんです。当然でしょう」

「当然でしょう、か」刑事が真似して繰りかえした。「しかし口やかましい御仁だな、ありゃあ。だがあんたのことはかばってた。仕事が丁寧で、ふだんは遅刻も決してしない、いい助手だとさ」

「それで？」

「あんたは人体のことをよくわかってるとも言ってた。死因なんかにもくわしいと」

「マリアは頭を殴られたんですよ。死因にくわしくなくても頭は殴れるでしょう」

考える前に言葉が口から出てしまった。なんと無神経な。チェスの話ではなく、マリアの最期のときの話だというのに。

リプリーが顎をなでながらこちらを観察している。顎鬚はなく、ロンドンの警察官のご多分にもれずぼさぼさの口髭を生やしている。「なら、かっとなったんだろう。はずみってやつだ。土曜日はどこにいた？」

記憶をたぐってみて、胃が差しこむような感覚とともに、どこにいたかを思いだした。「劇場にいました。オペラ・コミック座に」

「誰と？」

「ひとりです。隣の席の女性がぼくをおぼえてるかもしれません。それと案内係とも話しました」

「なんの芝居だ」

「『軍艦ピナフォア』です」前半だけしか観ていないことは言わなかった。

リプリーが目をぐるりとさせた。「ひとりであんなものを観に？　なんでまた？」

「切符は二枚買ったんです。ぼくのぶんとマリアのぶん。でも彼女は来なかった。その理由がいまわかりました」

あのときはすっぽかされたみじめさでいっぱいで、来なかったマリアを恨んでさえいた。彼女の身に何かあったのではないかとは考えすらしなかった。

「おかしいと思わなかったのか。彼女はどこにいるんだろうと考えなかったのか」

「思いました。でも……来てくれるかどうかわからなかったので。来てほしかったけど、いままでミセス・ブラフトンのところでしか会ったことがなかったから」ばつの悪さに顔が赤くなる。刑事から見たら、ぼくはさぞかし哀れだろう。

リプリーがポケットから出した金属のケースをあけ、煙草とマッチを取りだした。こちらにすすめることはなく、火をつけて目を閉じ、深々とひと口吸って、煙の輪を吐きだす。それがふたりのあいだにただよう。

「芝居の切符も安くないだろう。五シリングはするんじゃないか。それでどうしようと？　彼女を救いだして一緒に田舎へでも逃げるつもりだったとか？　そうしたかったのか?」

「そんなんじゃありません」

藤のアーチで飾られたポーチに、薔薇を育てられる庭のある家なんかをマリアが望んだことはない。それはぼくの父の夢であってぼくの夢ではない。ぼくたちは献金皿や柳模様の鉢の中身をあてにすることなく、額に汗して働きつつましく暮らすのだ。毎晩眠りにつく前には、どこか遠くの町で小さな店をやっているぼくたちの姿を想像していた。いつか自分たちの店——本屋がいい——を開き、店の二階に住む。それで幸せだ。いや幸せだったはずだ。

「じゃあなんだ? どうして普通の娘を口説かなかった?」

ぼくを受けいれてくれる普通の娘はいないからだ。

「マリアはあの暮らしを自分で選んだわけじゃないんです。母親が舞台の踊り子で、ひどい酒飲みだった。わかるでしょう、ああいう手合いのことは。マリアは十一歳のとき、その母親に売られたんです。考えられますか? だからもっといい人生を与えてあげたかった。リプリー刑事、ご結婚は?」

「してるよ。かみさんに手を出すやつがいたら殺してやる。ためらいなくな。だがあんたが惚れたのは、誰でも手に入れられる娘だ。どこの誰だろうが、何ペニーか払えばな。さぞ気が気じゃなかっただろう」

刑事はぼくを怒らせようとしている。何も知らない男だ。想像力というものがない。

「出会ったときマリアは十八で、すでに四年もああいう暮らしをしていました。年に三百日、一日三人の客の相手をしてたとすると、出会う前に四千回近く客をとっていた計算になります。もっとかもしれない」

リプリーがすわりなおしてまじまじとぼくを見た。驚いたのは間違いないようだが、ぼくの計算の早さに驚いたのか、数の多さに驚いたのかはわからない。

「そりゃあなんとも……冷静な考えかただな」

「現実的と言ってください。そして、ぼくはたしかにマリアを救いだしたかった。当然です。でも、そんな暮らしを生き抜いてきた彼女に感じ入ってもいました。普通の人間なら、すれたり心が壊れたりしてしまうでしょう。でも彼女はあたたかくて、やさしくて、美しかった。母親が死んだときには泣いたんですよ。さんざんひどいことをされたのに」

疲れた。帰ってベッドにもぐりこみたい。が、リプリーはまだ終わらせるつもりはなさそうだ。頭を掻き、また書類をめくりはじめたが、実際に文字を追っている気配はない。

「まだ言ってないことがあるんだろう、ミスター・スタンホープ」

「ありません」

「力ずくで聞きだすこともできるんだぞ」

「ええ、できるでしょうね。だけど、それは真実じゃない」机に置かれた刑事の拳を見て、てのひらがちくちくしてきた。だが不思議と怖くはない。むしろ妙に落ち着いている。

「今度もずいぶん冷静だな」

「現実的と言ってください」

「ああ、現実的な。あんたは現実的な男だ」リプリーが煙草を深々と吸ってから床に落とした。踏み消さないのでそれはゆっくりとくすぶり、細い煙が立ちのぼっては消えていく。「いいだろう。ならこっちも厳しくやるしかない。ついてこい」

「もう帰してもらえるんですか」

刑事がおかしくもなさそうな笑い声をあげた。「いや、ミスター・スタンホープ。帰さないよ。あんたはいまのところ一番の容疑者だ。それにどうも気になる。学があってまともな仕事につき、品がよくて歯もきれいなあんたのような若者が、あんな娘に惚れるってのはやはりおかしい。だが、いずれはすべて突きとめてやる。いつもそうしてるようにな」

刑事のあとについて階段をのぼり、明るい地上に出る。ぼくを待つそぶりもなく両開きの扉を抜けて廊下をどんどん進んでいくリプリーに、早足で必死についていく。

こんなのおかしい。牢屋へ一直線のぼくをよそに、マリアを殺した真犯人が大手を振って外を歩いているなんて。

リプリーに連れられ、また警察署の玄関近くまで戻ったものの、その寸前で曲がり、ホルスターに拳銃をおさめた筋骨たくましい巡査ふたりが守る金属の扉をくぐらされた。ひどく冷え冷えとした、鼻が曲がりそうなほど臭い部屋が目の前にあった。ふたつに仕切られたその部屋は、床から天井までの鉄格子に閉ざされ、高いところに窓がひとつだけある。右手の房には何人もの男たちが入っていて、もういっぽうの房に入れてもらえないものかと思ったが、そうはいかなかった。

「さがれ」リプリーが鉄格子にしがみついてぼくを凝視している年配の囚人に命じた。ぼくはその男から視線をそらした。床にはべつの男が寝そべり、気を失っているようにぴくりとも動かない。ほかにふたりがベンチに膝をかかえてすわっている。隅にあるバケツが部屋全体を覆う悪臭の源のようだ。

リプリーが煙草をとりだしてくわえ、たっぷり時間をかけてマッチで火をつけた。決して急ぐということがないようだ。「貴重品を持ってるか。金やら懐中時計やらペンやら。持ってるならいまおれに渡したほうがいい。さもなきゃ、あとでこいつらに渡すことになるだけだからな」

ぼくは刑事に財布を渡した。「あとで返してくださいよ」

リプリーが一瞬返事に詰まり、〝あとで〟なんてないと相手が考えていることに気づいてぞっとした。

「よし。しばらくここに入っててもらう。訴追されたら裁判所の監房に移され、そのあとはたぶんニューゲート行きだな。あそこにくらべりゃここは天国だぞ」

刑事が出ていき、ぼくは囚人たちとバケツとともに残された。

年配の男はまた鉄格子の向こうの壁を凝視しながら、親指と人さし指で鼻毛をつまんで抜きはじめた。兄弟らしきベンチのふたりは小声で何やら話している。ひとりは顔に斜めに走る切り傷といくつものあざがある。しゃべりにくそうで、傷が開くのを防いでいる半インチほどの縫い目にしきりにさわっている。床に寝ている男はあいかわらずじっと動かない。ぼくはその隣の床に腰をおろし、房で一番の下っ端らしく小さくなって壁に背中をつけた。

怖い。この男たちとここに長くはいられない。ましてニューゲート監獄になど送られたら、確実にばれてしまう。どうしてこんなことになったのか。まだ水曜日だ。新しい人生の始まりを期待しながら劇場の外でマリアを待っていたのはほんの四日前であり、最後に彼女に会ってからもまだ一週間しかたっていないのに。

もう二度と会うことはできない。それが頭ではわかっていても、とても信じられない。いまでもマリアの部屋へ行ってノックすれば、急いでやってくる足音に続いて扉が開くような気がする。首に彼女の腕が回され、頬に彼女の髪が触れ、彼女のにおいを嗅げそうな気がする。あのジンジャーミントの香りを。

そこで病院で見た、血の気のないマリアの顔を思いだす。怖いなんておこがましい。彼女の経験した苦しみを思えば、ぼくがどうなるかなんてささいなことだ。

「うるせえんだよ」鉄格子の前の年配の男が睨みつけた。石炭のバケツをコンクリートの床の上で引きずっているような声だ。「ため息ばっかりつきやがって」

「すみません」

「どこか悪いのか?」

「いえ、ただ……いろいろ心配で」

「なら静かにちびってろ」

ぼくはうなずいて額を腕に押しつけた。とはいえ男の言うことももっともで、本当に尿意をもよおしてきた。

日が落ちると、若い警官が来て奥のランプに火をともした。房内がどうにか見える程度に明るくなった。警官は椅子に腰をおろすと、ものの数分で顎を胸にくっつけて寝はじめた。どうやら今夜はここから出られそうにない。硬い床に横になり、へこんだマットレスに不満たらたらだったことを思う。なんて贅沢でわがままだったことか。

目をつぶってなんとか眠ろうとする。ほんの数時間でも恐怖を忘れられるように。が、あいかわらず尿意が消えない。何度かほかの囚人がバケツに用を足し、無言でもとの場所に戻っていった。ぼくは脚を組んで両の腿をぎゅっと押しつけて耐えた。房内が静まって全員寝たように思えるまで待って、バケツの前に立つ。ズボンをおろしてしゃがみかけたそのとき――

「ここでクソするんじゃねえ。もしやがったら食わせるぞ」

影しか見えなかったが、年配の男がこちらへ顎を突きだしているのがわかった。しかたなくズボンをあげ、我慢できるよう祈りながらまた床に横になった。

顔の切れた男が哀れっぽい声をあげだしたので、はっと目がさめた。その兄だか弟だかがだみ声で叫んだ。「おい、おまわり！　こいつ、また血が出てるぞ！」

「あの、すみません」彼のしゃべりかたを真似できたらよかったのだが、ぼくはまるで芝居に出てくるお高くとまった気どり屋の登場人物のようだ。「ぼくは傷を縫う心得があります。見ましょうか」

ライオンの足に刺さった棘（とげ）を抜いてやって恩を売れば、生涯の忠実な友となってくれるのではないかという考えがあったのだが、男の兄だか弟だかはぼくの足もとの床に唾を吐いた。

「こいつにさわってみろ、その指を一本残らずへし折ってやる」

それで話は終わり、兄弟ふたりはやがてまたいびきをかきはじめた。

弱々しい曙光（しょこう）が射しはじめたころ、ぼくは全員が眠っているのをたしかめてからバケツに忍び寄り、しゃがんで用を足した。なるべく音を立てないよう、膀胱を締めつけて、ちょろちょろとしたたる程度におさえたが、それでも煉瓦の壁に反響する音が大きすぎるように思えたので、バケツを傾けて、内側の側面を尿が伝い落ちるようにした。快感だった。もうすぐ終わるというところで、少しよろけた。片足がバケツにあたって大きな音とともに倒れ、中身が小さな川となって、年配の男が寝ているところへ流れていった。一瞬、男はそのまま寝ているかに思えたが、濡れたのを感じて跳ね起き、ぐっしょり濡れた上着の袖をまじまじと見てから、ズボンを足首までおろしたぼくに視線を向けた。

「申しわけない」ぼくは急いで言った。「被害は弁償しま……」

「何しやがんだ、このボケ」

男はぼくを壁に押しつけて顔を近づけ、それから一歩さがった。もうだいじょうぶかと思ったら、次の瞬間に膝を蹴られ、脚にするどい痛みが走って、横ざまに倒れた。さらに腹を蹴られ、息ができなくなった。自分が尿のなかを転がっているのをぼんやり意識したものの、それよりも息を吸うのが先決だった。ようやく吸えたときはおそろしく痛かった。

男がしゃがんで拳を振りあげた。這って逃れようとしたが、どこへ逃げられるだろう。ここに逃げ場などあるはずもない。殴られ、やがて正体もばれ、警察が止めに入る前に犯される。そんなことになったら生きていけないし、生きていたくもない。が、拳が振りおろされることはなかった。

外で物音がしたと思うと、巡査がバケツと椀を持って入ってきた。人生でこれほど誰かの姿を見て嬉しかったことはない。

「メシだぞ！」巡査が大声で言った。

年配の男が拳を握りしめ、険しく目を細めたまま後ろにさがった。ぼくは濡れて痛む身体を起こし、立ちあがってズボンをあげた。

「すみません」若い警官に声をかける。「リプリー部長刑事に会わせてください」

「まだ来てないよ」若い警官が迷惑げに応じた。

ぼくはぐっしょり濡れた上着を引っぱり、姿勢を正した。残された道はひとつしかない。「告白したいんです」

殺人をではなく、性別のことを。ここの連中に慰みものにされたあげく、ハースト先生の患者となるよりは、いまリプリーに打ち明けるほうがましだ。とはいえ、それがどういうことかはわかっている。罪に問われ、辱めを受ける。そのうえ、ぼくがより重い罪も犯したとリプリーが考えるさらなる理由も与えることになる。恋に破れた倒錯的な変態が疑われるのは当然だ。

それより何より、どこかで真犯人が己の幸運に高笑いすることになるのだ。

そのとき、扉があいてリプリーその人が入ってきた。朝早く叩き起こされて不機嫌なのが顔にあらわれている。

「スタンホープ、釈放だ」

「えっ？」

これは何かの冗談だろうか。出たいのはもちろんだが、出してもらえる理由がわからない。目の前で扉を閉められるか、つかまえられてまた房に放りこまれるのではないかとびくびくしていたが、そうはされなかった。刑事が黙ってぼくの財布を差しだした。

茫然としたままリプリーのあとについて外に出たところで、尿のしみた服に冷たい風が吹きつけて息を呑む。

石畳の上に馬が倒れていて、集まった警官と馬丁がそのまわりをとりかこんでいる。リプリーがその様子を見て言った。「あれは撃ち殺すしかないだろう。かわいそうだが」

「マリアを殺した犯人を見つけたんですか」

「明日は馬肉のシチューだな。いいや、ちなみにいまでもおれはあんたがやったと思ってる」

「じゃあどうして……？」

刑事が短くなった煙草を深々と吸った。「釈放しろと言われたんだよ。あんたは容疑者じゃないと上の連中が判断した。お偉いさんはおれの知らないことを知ってるんだろうさ」

「どういうことかわかりませんが」

「あんたには力を持った友達がいるらしいな、ミスター・スタンホープ。だが心配するな、すぐに戻ってくることになる。いずれかならず捕まえてやるからな」刑事が吸い殻を投げ捨て、金属のケースからもう一本抜きだそうとしたが空だった。ポケットを叩いて眉をひそめる。「くそ、煙草を机に置いてきちまった。もう盗られてるだろうな。警官なんて手癖の悪いやつばっかりだ」

ぼくは馬の甲高い鳴き声を背に歩きだした。

わけがわからない。力を持った友達だって？　数少ない友人たちはぼくがここで捕まっていることすら知らないはずだし、そのなかの誰ひとりとして力を持っていると言えるような人間はいない。知りあいで多少なりとも力を持っていそうなのはハースト先生だけだが、彼のひと言で警察が容疑者を釈放するとも思えない。それに、先生がぼくなんかのことをそこまで気にかけるはずもない。

いったいなぜ釈放してもらえたのだろう。

翌日は十一時に下腹部の鈍痛とともに目をさまし、夜のあいだに忌むべきものが来たのを知った。毎月の出血を指す言葉はいろいろあるが——お客さんだの、お月さまだの、言うにことかいて祝日だの——少なくともぼくにとっては忌むべきものとしか呼びようがない。毎回、来るたびにびっくりした気分になる。というのも、あえて予想しないようにすることで、向こうもうっかり来るのを忘れてくれるのではないかと期待しているところがあるからだ。ところが今月も来た。どういうわけか、神はぼくに女の身体と女の生理を与えた。ひょっとすると神一流の洒落のつもりなのかもしれないが、どんなに面白い冗談も繰りかえされれば飽きる。

血を拭き、水がすっかり赤くなるまで下着をごしごし洗う。それを衣装簞笥の紐に吊るして干し、清潔なネルの布をズボンにあてがう。これはたんに必要な保守管理の作業なのだと自分に言い聞かせる。手も赤く染まっていた。そこについているのはぼく自身の血なのに、どうしても自分のもののように感じられない。

仕事へ行くべきだとわかってはいるが、もうすでに三日休んでいた。あと一日増えたところで変わらないだろう。薬局を出てピカデリーへ向かって歩いていると、いつものごとく生あたたかく湿ったネルの布が肌にこすれてきた。

辻馬車乗り場では、リージェント街の工事現場から流れてくる煉瓦くずの粉塵にいらだった馬が、蹄を鳴らしていなないていた。

「ロンドン橋まで」御者に声をかける。「北側の埠頭の近くへ。川におりなきゃならないんだ」

馬車がストランド通りへと東に向けて走りだすと同時に、タールを塗った防水布の屋根に雨が落ちてきた。オペラ・コミック座のそばを通りすぎるときは、開場を待つ人々のなかにマリアの顔を探してしまいそうで目をそらした。野放図な生徒たちを睨めつける厳格な教師のように雑踏を見おろすセントポール大聖堂を横目に見て馬車は進んだ。やがて右に曲がって通りをそれると、埠頭と埠頭のあいだに延びる轍のできた細い道の入口で止まった。

これまでは霧に包まれて葬儀の参列者のように並んだ姿を遠くからしか見たことがなかった。あらためて近くで見ると、黒々とした橋は巨大で、八階かそれ以上の高さでそびえたち、高い窓が頑丈そうな鎧戸に守られていた。雨は弱まってきたが、まだ雨どいから滝のように水が流れ落ちていて、ぼくは小川を渡るようにして埠頭まで進んだ。

ロンドン橋の石積みには階段がつくりつけられていた。足をすべらせないよう、鉄の手すりにつかまって段をおりる。風が舞って外套の裾がはためく。おりるにつれて臭気が強まり、緑色のヘドロと橋のアーチに映ってちらつく水面が見えた。川の水がしぶきをあげ、雨とまざりあって襟から入りこみ、首を伝い落ちる。

下までおりると、引き潮で大きな石がごろごろした川岸があらわになっている。石は機械油で黒くぬめり、流木やタールやもつれた釣り糸が散らばっている。ここは街の下で、往来の喧噪（けんそう）も吹きつける風の音と橋脚に打ち寄せる波の音に掻き消されている。川幅もより広く感じられた。数ヤード先を鎧張りの手漕（てこ）ぎ舟が、より深場では艀（はしけ）やマストに旗を立てた大きな船が行きかっている。

両手を広げてバランスをとりつつ、石を踏んで進む。テムズ川のカーブと橋の下の渦によってできた浅い池のような部分がある。そこだけは流れもほとんどなく、水が藻（も）で緑に染まっている。

あんなに美しい人がここで、このテムズの岸辺に横たわって死んでいたなんて。

しゃがんで藻を手ですくっては落とす。ここでいったい何が感じられると思っていたのだろう。石に彼女の面影が見いだせると？　まだこの世にとどまっている彼女の魂を感じられると？　指で唇に触れるとしょっぱかった。

一羽のカモメが舞いおりて、蟹（かに）かフジツボか何かをつつきはじめ、やがてもう一羽も加わった。二羽はこちらを憤然と睨み、ぼくが立ちあがっても逃げなかった。マリアはここに長くいたのではなさそうだ。鳥についばまれた様子はなかった。

山高帽をぬぎ、それで何度か外套を叩いて水を払うと、カモメたちが驚いて飛びたった。

ここに来ることにはもっと意味があるだろうと考えていた。でも、ここにはマリアらしさがまったくない。都市のへりからこぼれ落ちたこの場所は、寒々しく、ごつごつとして険しい。マリアはあたたかく、やわらかで、誰よりもやさしかった。

雨が強くなり、水たまりがしぶきをあげて光った。辻馬車がいなかったので歩いて帰ることにした。埠頭のあいだのくねくねとした道を進んだ。道は暗く入りくんでいて何度も方向がわからなくなったが、怖くはなかった。

ある晩、ジェイコブとウイスキーを飲んでいるときに言われたことを思いだす。夜ふけで、リリヤと子供たちはもうとっくに床についていた。ジェイコブは身を乗りだして指を振り、自分では気が利いているつもりのことを言おうとするときのしかつめらしい表情で言った。「盤に向かっているかぎりはまだ勝つチャンスがある。ポーンだって最後はクイーンになれるんだ」

7

ぼくの悲嘆は気まぐれだった。突然冬の大波のように襲いかかってきて頭からぼくを呑みこんだかと思うと、次の瞬間にはたしかな存在感を持った塊として胃の奥に宿った。あるときは声をあげて笑って歌が口をついて出ることさえありながら、またあるときは彼女なしでは生きられないと感じておいおいと泣きだすのを手首をつねってこらえなければならなかった。

葬儀の案内状は来なかった。意外なことではない。マリアの仕事を思えば、生前の彼女を知っていたすべての男に、黒いふちどりの報せを送ることがすすめられるはずもない。少しだけほっとしたところもある。棺を見れば、マリアがどんな姿になってしまったのかを想像せずにはいられない。皮膚も骨も筋肉も脳も、すべてがいまごろは腐敗の坂を転げ落ちているだろう。何度も見たことがある——根から腐った爪、歯茎から抜け落ちた歯、どろどろになって悪臭を放つ腸。箱のなかにあるのはそれだ。

たんなる身体の一部だ。マリアではない。本当のマリアはもうそこにはいない。

ジェイコブならなんと言うか想像がつく。あのだみ声が聞こえてくるようだ。

はっ、娼婦の葬式なんて行くわけないだろう。ステーキを食べて牛を悼むようなもんだぞ。

それでも知らないふりをしたらこの先ずっと自分を許せないだろうと思ったので、オードリーに半クラウン貨を添えた手紙を送った。すると丸っこい丁寧な字で葬儀の詳細を記した返事が届いた。マリアの遺体はハーフムーン街の館に安置されることなく、西ロンドンの墓地に直接運ばれるという。

ぼくは手紙を暖炉に投げこんだ。

コンスタンスがつくった朝食の味はほとんどわからなかった。いつもならありがたいと思っていたかもしれない。アルフィーは早起きして、巻き尺を手に這いつくばり、店の床にチョークで×印をつけていた。

「銀行との話はうまくいったかい」

アルフィーの顔が暗くなった。「いや、あんまり。訊かなくてもわかるだろう」

「このあいだの話はまだ有効だよ」

「ありがとうレオ。でもだいじょうぶだ。考えがある」そこでぼくのあらたまった服装を指さす。「何があるんだい」

「葬儀だよ。ちょっとした知りあいの」

その嘘にちくりと胸が痛んだものの、くわしく説明する気にもなれなかった。ぼくは精いっぱいの〝悲しいけどしかたがないさ〟の笑みを浮かべて外に出た。ハースト先生の解剖台にのせられた死体のように、全身のやわらかい部分が残らず取り去られ、骨と皮だけになってしまったような気分だった。

馬車の進みはのろかった。永遠に着かないでほしいくらいだったが、結局は到着してしまった。

墓地はオールド・ブロンプトン通りぞいに広がっていて、入口には石造りのアーチをそなえる厳めしい門がまえがそびえていた。

何人かの人々が歩道に集まっている。ミセス・ブラフトンの豪華な黒の喪服がひときわ目を引いた。堂々たる体軀を包むボンバジン生地のドレスに、頭にのせた大砲さながらの巨大なボンネット。その隣には、大きすぎる礼装用の軍服を着た大佐が寄り添っている。後ろのほうに固まって立つ娘たちのなかで、名前を知っているのはオードリーだけだった。

これだけなのか。マリアを送るのがたったこれっぽっちとは。

ミセス・ブラフトンが無表情にぼくを見た。「ミスター・スタンホープ。おいでになるとは思ってなかったわ」

「案内状をもらってないのはわかってるよ。それでも来ないではいられなかったんだ」

「あなたは警察にいるのかと」

「ああ、話は聞かれたよ」

「どうして帰してもらえたの？」ミセス・ブラフトンが唇をすぼめ、自分が歓迎されていないのがわかった。

「どうしても何も……ぼくは関係ないからさ。マリアとぼくは愛しあってたんだ」

「まあ、馬鹿なことを」

嘲笑を受け流せる気分ではなかった。「ぼくはマリアのことを思ってた。あなたよりずっと。あなたはマリアの棺を館に安置することさえしなかった」

「お客さまに配慮したのよ」

「客の金に配慮したんだろう」

ミセス・ブラフトンが言いかえそうとしたが、その前に大佐が甲高い声で割って入った。「こら若いの、口をつつしまないと、わしが相手をするぞ」

意味のない脅しだ。大佐は軍服の硬さでかろうじてまっすぐ立っているような状態で、彼の二倍は幅のあるミセス・ブラフトンのほうがよっぽど怖い。とはいえ、それで気がそがれたのか、ミセス・ブラフトンがぷいと向きを変えた。

ぼくの参列が許されたらしかった。

目の奥がつんとするのをこらえながらぽつんと立っていると、やがて肘に誰かの手が置かれた。オードリーだった。本当に小柄で、ややもすると十二歳に間違えられそうだ。とりわけ美人というわけではないが、娘らしからぬ落ち着きがあった。それが客の途切れない秘訣なのかもしれない。

「ミセス・ブラフトンのこと悪く思わないで。わたしたちの誰かがひどい目にあうと、責任を感じてしまうのよ」

「あの人の言ったことは違う――」

「いいのよ、あなたがやったんじゃないのはわかってる。女にできることじゃない。あんなことは男にしかできないけど、あなたは中身は女だもの」

ぼくはため息をついた。間違ってはいるが、正すまでもない。それに、ぼくを疑っていない人間がこの世に少なくともひとりはいたのだ。その理屈には穴があるにせよ。

一台の馬車が敷石にがたがたと揺れながら道をやってきたと思うと、ぼくたちの横でとまった。五、六人の女たちがおりてきて、冬の日ざしを見あげ、日傘を広げたり、目の上に手をかざしたりしている。そのあとから牧師が姿をあらわした。耳が遠いらしく、話しかけられるたびに、顔をしかめてラッパ形の補聴器を耳にあてている。

「誰だい」オードリーに小声で尋ねた。

「教会の人たち。頭にきちゃう。わたしたちみたいな女のことを気にかけるのは死んだときだけ。それまではさんざん悪魔の使いだなんだって言って。クエーカー教もバプテスト派もカトリックもイエズス会もみんな同じ。救世軍でさえ一度プラカードを持ってやってきて、館のすぐ外で歌を歌ってたことがあったわ。そのなかの殿方は暗くなってからまた戻ってきてたけど」

くたびれた喪服姿の年配の女が、歯のない口をあけて笑顔を見せながら、おぼつかない足どりで馬車から出てきた。その尋常ならざる態度を見るに、おそらくは頭がまともでなく何が起きているのかもわかっていないのだろう。目がうるんだ赤ら顔はまぎれもない酒飲みのそれだが、唇だけはふっくらとして赤かった。どこかで見たことがあるような気がする。

「あれは？」

「マリアのお母さんよ。というか、そのなれのはて」

そんな馬鹿な。「マリアの母親は死んだはずだ」

オードリーが首を振った。「いいえ、あれがそうよ。マリアはだいたいの日曜日にはあの人を教会に連れていってたわ。夜明けに出てボウまで歩いて、ようやく着いても二回に一回はミセス・ミルズは起きられないの。一、二杯たしなむのをやめられないのよ、いまでもね。五、六杯かもしれないけど」そこでオードリーが声をひそめた。

ろ」

「近ごろじゃ、かびたパンっていうより、カビそのものって感じなの、ほんとのところ」

「本当にあれがマリアの母親なの？　おばさんとか友達とかじゃなくて？」

「ええ、そうよ。悲しいことよね。これからは誰があの人を教会に連れていけばいいのかしら」

信じられなかった。死んだ母親のことで何時間もマリアを慰めたのだ。

「ミセス・ミルズと言ったね」

「ええ。マリアの本名はミルズなのよ。マリア・ミルズ。ミレインズっていうのは、言ってみれば芸名ね。ほんとの女優だったわ。そういうふうに育ったからって言ってたけど、本当にそうだったのかもね。わたしとは違う。わたしは全然そういう才能がなくて。正直すぎるのね、たぶん。マリアはある日、バッグや靴なんかを売ってる〈ミレインズ〉っていう店に行った話をしてね。その名前の響きが異国風でエキゾチックだって」オードリーが悲しげな笑みを浮かべて両手を組みあわせた。「それからミレインズって名乗るようになったのよ。お客さんの評判も上々だったわ。わたしはそんなことはできなかった。ごく普通のオードリー・ケリーよ」

「でも、マリアは母親が死んだって」

「悪く思わないであげて」オードリーが袖口で目を拭った。ぼくが七つのとき、それをやったら母に叱られたものだ。

「マリアはそういう子だったんだもの」

ぼくはミセス・ミルズに少しずつ近づいていった。そばでよく見るとふたりは驚くほど似ていた。同じ三角形の顔に巻き毛、尖った鼻に小さな手……ただ老けさせて、ずっと血色をよくしただけに見える。これがマリアのなれのはてか。彼女の失われた未来の姿はこんなふうだったのだろうか。

マリアの葬儀で当の本人に腹を立てる浅ましさは自覚しながらも、腹が立ってしかたなかった。マリアはどうしてこのぼくに嘘をついたのか。ぼくがレオ・スタンホープの名で生まれてきたのではないことも知っていたのに。ぼくのすべてを知っていたのに。

棺かつぎの乗った馬車が到着した。揃いの喪服を着た六人の若者たちは明るく、ひそひそ話をしては笑みを浮かべている。御者に注意されても、彼が前を向いたとたんにまたいたずらっぽくにやにやしている。

そしてついに霊柩車がやってきた。車輪のついたガラスの箱が二頭の馬に引かれてゆっくりと進んでくる。それが近づいてくるのを、ぼくらの小さな集団はそわそわと待った。

棺はとても小さく、マリアが入っているとは信じられなかった。死体をこの目で見たにもかかわらず、いまでもこれが何かの間違いで、マリアは自分の部屋でみんなどこへ行ったのかしらと不思議がっているのではないかと願わずにはいられなかった。

歩道の通行人が立ちどまって帽子をぬぐと、霊柩車の御者がうやうやしく速度を落とした。窓に顔をくっつけ、葬儀に——その厳粛な雰囲気と仰々しい儀式に、泣く人に、死そのものに——見とれている子供が見えた。

若者たちが棺をとりだし、ぎこちなく肩にかつぐ。霊柩車の御者と牧師が先頭に立って墓地を進み、その後ろにミセス・ブラフトンと大佐がおごそかに続く。さらに足をふらつかせたミセス・ミルズ、そして館の娘たちと教会の婦人たち。最後にひとりでぼく。

両側に楡の木が植わった道の先には、紫色の植えこみと、死者を待ち受ける芝生が見える。遠くには礼拝堂のドーム屋根が雲ひとつない空にそびえたっている。いよいよだと自分に言い聞かせる。とうとうマリアが埋葬されてしまう。マリアはここで土の下に埋められる。そうなったら、ぼくはどうすればいいのか。

五分ほど歩くと、左右の芝生にまだきれいな墓石や彫像や十字架がぽつぽつとあらわれた。進むごとにそれらは密になり、より古びていく。下から広がる緑の苔に覆われ、もはや死者の名前も日付も読めなくなった墓石が林立する光景は、さながら追憶の森だ。

ぼくらは四つ辻を左に折れ、まだ何もない一角をめざした。木陰の湿った土に、すでに楕円形の穴が掘られていた。若者たちが奥の木の棺台の上に棺をのせた。ミセス・ブラフトンとミセス・ミルズが牧師と並んで墓穴の正面に立った。ぼくはその反対端に押しやられた。

牧師が咳払いをしたそのとき、背後で物音がした。紳士と婦人が礼拝堂のほうから近づいてくる。紳士は立派な身なりで、シルクハットにしゃれたフロックコートをまとい、たたんだ傘をくるくると手で回している。そばで見るとでっぷりと太り、赤ら顔によく手入れされた白髪まじりの髭をたくわえていた。

そのかたわら、あるいは一歩後ろを歩く婦人は、紳士の話に熱心に耳を傾けている。黒いドレスは上等の絹で、ミセス・ブラフトンのものさえも上回る光沢があり、歩くと脚の形がわかるほどやわらかで繊細だ。襟もとにはレースがあしらわれ、きゅっと締まった腰からふわりと広がる何層にもひだを寄せたスカートは宙に浮かんでいるようだった。口が大きく、色が白く、笑いじわだけがわずかに年齢を感じさせた。このようなときと場所であっても、見とれずにはいられなかった。

「やあ、みなさんお集まりで」紳士が呼びかけた。口調こそメイフェアの上品な界隈で聞こえてきそうだったが、言葉の抑揚には、名門パブリックスクールよりも緑の野原とさらさら流れる小川を思わせる響きがあった。ぼくよりずっと言葉の聞きわけに優れたジェーンなら、間違いなくどのあたりの訛りか言い当てられただろうが、ぼくでもかなり西のほうなのはわかった。

ミセス・ブラフトンがこれほど嬉しそうなのははじめて見た。「まあミスター・ベンティンク」そう言うと娘たちやミセス・ミルズをどかせて自分の隣に紳士のための場所をあけようとした。婦人の入る隙はつくらなかった。「いらしてくださったのね」「いやいや、正面にはきみが。ミセス・ブラフトン」ミスター・ベンティンクが言い、傘で場所を指し示した。「ミス・ゲインズフォードとわたしはここで充分だよ」

ミセス・ブラフトンはばつが悪そうにふたたび牧師のほうに寄ったものの、もうそこが自分の正しい場所ではないようになかばそっぽを向いた。ミス・ゲインズフォードが参列者の輪に入ってきて大陸式に娘たちの両頰にキスをし、大佐にも手を差しのべてキスを受けた。前にやってきた彼女にじっと目をみつめられて、ぼくはその手に口づけ、手袋のやわらかさとかすかな触れかたに驚いた。

「ナンシー・ゲインズフォードです」堅苦しい口調のなかにも、わずかに波止場の香りがした。洗っても完全には消えない貝のにおいのように。「あなたは？」

「レオ・スタンホープです」答えながら、正式な案内状をもらっていないことにいたたまれなくなる。彼女が何かを思いだそうとするように、かすかに眉根を寄せた。

全員と挨拶をすませると、彼女は婦人たちの隣に並んだ。白いアジサシと並んだマガモのように、婦人たちがまごまごした。

「さあ、続けてくれたまえ」ベンティンクが牧師に言うと、牧師が話しだした。というより――耳が遠いので――叫びだした。

マリアはよきキリスト教徒で、まっとうな暮らしを送っていた女性だったという説明に、何人かの娘たち――七人までは数えたが、もっといそうだった――が目を見かわしあう。牧師が声を張りあげて続ける。マリアは悪魔の所業としか思えぬ暴力によってむごくも命を奪われた、その犯人は――牧師がそこで言葉を切り、ぼくをちらりと見たような気がした――きっとこの世で、そして間違いなくあの世でも、裁きを受けるであろう。拳を握りしめるぼくをよそに牧師が聖書をめくった。目あての場所を見つけた彼がふたたび口を開くと、頭上の木にとまっていた鳩が驚いて飛びたった。その箇所の朗読は何度も聞いてきたので――父のお気にいりだったのだ――一緒に暗誦するのはたやすかったが、癒やすとき、抱擁するとき、笑うとき、の部分はほとんど耳に入らず、殺すとき、引き裂くとき、憎むとき、戦うとき、の部分ばかりが響いた。ソロモン王の言葉で胸を揺さぶられるのはそこだった。

娘たちとミセス・ブラフトンはおおっぴらにすすり泣き、ミス・ゲインズフォードも目もとをおさえている。ミセス・ミルズだけは痴れ者のようなにやにや笑いを浮かべて鼻歌を口ずさんでいる。

棺かつぎが棺の取っ手に縄をかけた。口の端がさがって顎が震えだしたが、歯を食いしばって耐える。むろん男も泣いていいのはわかっている。妻の身元の確認に来た夫たちを見てきたし、ディケンズの『骨董屋』の最終章に差しかかったアルフィーにすかさずハンカチを差しだしたこともある。でもぼくはだめだ。ぼくだけは。いらぬ注目を集めるわけにはいかない。

棺かつぎが縄を手から手へと繰りだし、棺を土のなかへおろしていく。そのとき、目の端に何かをとらえた。ぼくたちから八十ヤードほど離れたところに、女がひとりで立っている。黒を着ておらず、ためらいがちに行ったり来たりしている。加わりたいが、はたして歓迎されるものかと迷っているようだ。やがてベンチを見つけて腰をおろし、遠くからこちらに視線を注ぎはじめた。

ミセス・ブラフトンもその存在に気づき、ミスター・ベンティンクに何ごとかささやきかけて女を指さした。ミスター・ベンティンクがうなずいて歩きだしたものの、近づく前に女は礼拝堂のほうへ去っていった。

牧師が祈りの言葉で説教を締めくくったあと、ミスター・ベンティンクの厚意によりリリー通りの〈ステーション・タヴァーン〉でビールとサンドイッチとケーキがふるまわれると告げた。

ぼくはパブに一番乗りしたくなくて、墓のそばにとどまった。もっとも、まるで石弓から放たれたように店に向かって駆けだしていった棺かつぎの若者ふたりを追い越すには、全速力で走らなければならなかっただろうが。残りの若者は娘たちをうやうやしく待ち、その肩を慰めるように抱いて歩いていく。

穴を見おろすと、棺の蓋に刷毛(はけ)の跡が見えた。マホガニー製かチーク製だと思っていた棺は、白っぽい安物の板を濃い色に塗って、見かけだけ高そうにしたものだった。急に激しい怒りが湧いてきた。もっとマリアにふさわしい棺を買わなかったミセス・ブラフトンに。そしてぼくの隣にいるのではなく、死んで箱のなかに横たわっているマリアにも。

後ろで物音がした。振りかえると、シャベルを杖(つえ)のようにして老人が立っていた。

「そこを埋めなきゃならんのだがね」老人が言い、芝生の上の土の山を指さした。

「少しだけ待ってください」

「ふむ。じゃあ五分だけだぞ」老人がシャベルをかついで離れた。ほかの穴を埋めにいくのか、掘りにいくのか、それともお茶でも飲みにいくのか知らないが、しばらくそっとしておいてくれるならなんでもいい。

木陰の芝生に腰をおろし、マリアの笑い声を思いだしていると、さっきベンチからこちらを見ていた女の姿に気づいた。墓に近づいてくる女の背後から太陽が照らし、聖人のような光の輪をまとって見える。女は五十歳くらいだった。卵形の顔を包む髪にはだいぶ白いものがまじり、まとめて帽子にたくしこまれている。服は質素だが、ほつれたり継ぎがあてられたりはしていない。

女は墓の前で頭(こうべ)を垂れ、ローマ・カトリック式に十字を切った。ぼくが立ちあがると女がぎょっとした。

「すぐに行くわ。ひと言お別れがしたかっただけだから」彼女が急いで言った。

「いいんですよ。マリアとはどんなお知りあいで?」

「どうしてそんなことを?」女がするどいまなざしを一瞬ぼくの胸と腰に向けたあと、ぼくの目をみつめた。足し算をしてみたら、答えが少しだけ足りなかったというように。

「もっと彼女のことが知りたくて。どうやら、ぼくは思っていたほど彼女のことを知らなかったようなので。あなたはマリアのお母さんのご友人ですか」

「言ったでしょう、すぐに行くからって」ほかの人々が去った方向に女が目を細めてみせた。「わたしは歓迎されていないから」

「なぜです? 差しつかえなければ教えてもらえませんか」

女が目をぐるりと回し、バッグのなかをあさった。「ここでは話せない。どうしてもというならうちに来なさい」

女がカードを取りだし、返事を待たずに出口へ歩きだした。薄っぺらなカードには雑にゴム印が押されていた。

〈マダム・ルイザ・モロー
　産婆
　フィンズベリー街三番地〉

急にもうそこにいたくなくなった。目を拭い、その手で芝生に積まれた土をすくって涙とまぜあわせる。こうすればぼくの一部はずっとマリアとともにあるだろう。ぼくは墓の上からかけたその土が、棺の蓋に落ちるのを眺めた。

パブは混みあっていた。霊柩車の御者は葬儀屋でもあったことがわかった。ミスター・アトキンス――若いほうのミスター・アトキンスだと本人は誇らしげに名乗った――は父親から信頼されてこの任をまかされたので、感謝や称賛の言葉はぜひ手紙にしてくれればありがたいと言った。

彼がこの通夜を〈ステーション・タヴァーン〉の奥のバーで、料理代だけで開けるように手配していた。亭主がカウンターにサンドイッチとポーター・ビールのグラスを並べ、ぼくはそれをひとつとって口をつけ、酸味のある喉ごしを楽しんだ。ケーキもあり、亭主が骨の柄の長いナイフで切りわけていく。ぼくは一杯めを飲みほし、二杯めに手を伸ばした。麻痺したような感覚が広がっていくのが救いだった。さもなければ、通りに出て走りだすのをこらえきれなかっただろう。

周囲では雑音が波のように高まっては引いてゆく。オードリーは部屋の向こうにミセス・ブラフトンといる。ミセス・ブラフトンが顔を寄せて話しかけ、オードリーがうなずく。べつの娘がそこに加わると、ふたりは会話をやめた。

自分がなぜここにいるのかわからなかった。もう帰るべきだ。埋葬はすんだし、誰もぼくとは話したがっていない。噂が広まったようで、人々がちらちらと視線を向けてくる。

これを飲んだら帰ろうと決めたところで、ひとりの婦人につかまってしまった。サンドイッチをひと皿平らげ、三杯めのポーターをがぶ飲みすることで弔意を示しているらしい彼女は、意味ありげな目つきに舌なめずりしそうな表情で、精神病院に入っていたことはないのかとぼくに尋ねた。ありませんが、ときどき気がおかしくなって、獣のように四つん這いで吠えたり人に飛びかかったりすることがあります。そう答えかけたところで、誰かが瓶をこんこんと叩いた。会話がしだいにやんでいくなか、大佐と牧師だけはたがいに声を張りあげつづけていたものの、ふたりも誰かに肘でつつかれてとまどった顔で口を閉じた。

ミスター・ベンティンクがにこやかな笑みをたたえ、ぼくたちを祝福しようとするかのように部屋を見わたした。マッチ棒で船の模型をつくるのが趣味の、人のいいおじさんのようだった。

「今回のことは悲劇であり、本当に惜しい人を亡くした。みな、マリアに献杯しよう」

彼がそれだけ言ってすわると、ぱらぱらと拍手が起こった。ミスター・ベンティンクがパイプを手にミセス・ブラフトンとの会話を再開したとき、ミス・ゲインズフォードが立ちあがり、グラスをフォークで叩いた。

「ありがとう、ジェームズ」話しだした彼女の声は小さく、耳をすまさなければ聞きとれなかった。「とても思いやり深い言葉を。でももう少し言い添えたいことがあるの。マリアは特別な人だったわ。みんなあの子が大好きだった」一瞬声がひび割れ、彼女がポーターをひと口飲んだ。

「マリアのことはほんの数年しか知らなかったけれど、でもあの子はわたしたちの光だった。そうでしょう？　その光は消えてしまったけれど、あの子のことは決して忘れない。あの子はやさしくて、絵のように美しかった」無意識にマリアのあざのことを思いだしたように、ミス・ゲインズフォードが顔をさわる。

「マリアは持たざる者だった。わたしたちみんながそうよね。貧しい育ちで、生きるためにしなくてはならないことをしていた。自分のため、そしてお母さんのために」そこでミセス・ミルズにうなずきかけたが、彼女はバーの止まり木でこちらに背を向けていた。「でもマリアは決して不平不満を言わなかった。いまどきめずらしいことじゃなくて？」ミス・ゲインズフォードが部屋を見まわし、その視線が少し長くミセス・ブラフトンにとどまる。「マリアは誰よりもいい子だった。あの子なしでこれからどうしていけばいいのか、途方にくれるばかりだわ」

ミス・ゲインズフォードがすわり、血の気の引いた顔で飲み物に口をつけた。

ケーキの皿にはもう黄色いかけらしか残っていないが、ナイフはまだそこにある。それを手にとってみる。大きすぎず、小さすぎず、重さもちょうどいい。スポンジがついて曇った刃に、ぼくの顔が映っている。そのするどさに、メスがすっと肉を切るところを想像する。深い水の底にゆっくり沈んでいくところを想像する。怖くはない。むしろ安心するところもある。いつでも逝けるのだ。マリアのところへ。

「ミスター・スタンホープ？」振りかえると、ミス・ゲインズフォードがすぐ目の前に立っていた。どぎまぎしてしまいそうなほどの近さでその気になればドレスの胸もとを覗きこめそうだ、もちろんそんなことはしないが。ぼくはナイフを置いた。「警察に不便をかけられたそうね、お気の毒に。あの人たちは何もわかっていないんでしょうね」

「ええ、そうでしょうね」

「本当にめちゃくちゃな世のなかね。そう思わなくて?」問いかけるような話しかたが癖なのか、何を言われても同意しなければならない気分にさせられる。「マリアが好きだったんでしょう?」

「ええ、おたがいに好きあっていました」

「もちろんそうでしょう。マリアは特別だったわ。わたしもあの子が大好きだった。ドレスでも宝石でも、いつもあの子に一番に選ばせていたのよ。おおっぴらには言えなかったけれどね。ほかの子たちがやっかむから」ミス・ゲインズフォードが目もとを拭い、下を向いて心を落ち着けた。「マリアがいま着ているドレスはわたしのなの。シルクとレースのドレスよ。大陸旅行のためにつくったもので、二度しか着ていないの。こんなふうに使われることになるとは思ってもみなかった。あなたもでしょう?」

「それはご親切な」

「せめてそのくらいはしてあげなければね。マリアの雇い主としてだけでなく、友人としても」

「えっ、ぼくはてっきり――」

「何?」彼女がさらに乗りだしてきて、その髪のにおいまで嗅げた。

「てっきりミセス・ブラフトンが雇い主だったのかと」

「ああそうよ、もちろん」彼女が知らなかったのかと驚いたような顔をする。「ハーフムーン街の店をやっているのはエリザベスよ。でも、オーナーはミスター・ベンティンク。あそこのほかにも何カ所かあるわ。もっともあの店が目玉だけれどね。わたしはミスター・ベンティンクを手伝っているの、帳簿やなんかを」

「ではミセス・ブラフトンはただの雇われ店主？」

「まあそんなところかしら」ミス・ゲインズフォードがぼくの肩に手を置いて耳もとでささやいた。「本当のところはただの使用人よ。女中頭みたいなものね。どこかの領主夫人みたいに気どっているけれど、結局あそこは商売の場所よ。商売である以上、利益を出さなくちゃね？」彼女がちらりとほほえんだ。その香水のにおいを嗅ぎ、唇をみつめる。顔を近づけてぼくの目をじっと覗きこむ様子は、キスを誘っているようですらある。「マリアはわたしのことを話していなかった？」

おかしな質問に思えたし、少し困った。彼女のことはきょうまで聞いたことがなかったが、本人は、マリアがいい友人だとぼくに話していただろうと期待しているようだ。

「ぼくたちはあまりほかの人の話はしなかったので」

くわしく言えば、ほかの人の話をあまりしなかったのはマリアのほうで、ぼくはしょっちゅうしていた。

ミスター・ベンティンクがミス・ゲインズフォードのそばにやってきた。彼は紹介されておざなりにぼくの手を握ったあと、彼女に顔を近づけ、ひそめているつもりの声で言った。

「もう帰る。あいつらにもあと一、二杯飲ませたらお開きにしてくれ。午後じゅうやられちゃかなわん。とくにこんなときだからな」

「わかったわ、ジェームズ。今夜も働いてもらわなきゃならないものね」

窓の外に彼の四輪馬車が見えた。豪勢な黒い馬車で、ぴかぴかの真鍮(しんちゅう)のランプがついている。

ミスター・ベンティンクが去ると、彼女がぼくに向きなおった。「お会いできてよかったわ、ミスター・スタンホープ。こんなときでなければもっとよかったんだけれど。かわいそうなマリア。本当に天使のような子だったわね」

ぼくはミス・ゲインズフォードの後ろ姿を見送った。

オードリーがふたつのグラスを手に近寄ってきて、ひとつを手渡してくれた。

「驚いた。ミス・ゲインズフォードは誰にでも話しかけたりしないのよ。きょうここへ来るなんて思ってなかったし。ミスター・ベンティンクはもっとだけど。彼が来てくれて、マリアには名誉なことね」

「そうなのかい」

「そうよ。偉い人なのよ。あのキャヴェンディッシュ＝ベンティンク家の血筋なんですって」

「本当に？」

「ええ」ぼくの疑わしげな口調に少しむっとした様子で、オードリーが断言した。

だがとても信じられなかった。ジョージ・キャヴェンディッシュ＝ベンティンクといえば、国会議員にして代々続く貴族だ。

ジェームズ・ベンティンクはそんな家柄の出には見えなかった。いかに遠縁であれ、西部から出てきたロンドンの娼館の経営者がそうだとは考えられない。

「それで、ミス・ゲインズフォードは彼の帳簿係？」

「ミスター・ベンティンクがお金を稼ぎ、ミス・ゲインズフォードがそれを数えてるの」

「お金持ちなのかな？」

「ベルグレーヴィアにお屋敷があって、クックハムの川ぞいに別荘も持ってる。きれいなところよ。美術品のコレクションも――」

「ミス・ゲインズフォードは？」

オードリーが肩をすくめる。「さあ、あの人の家には行ったことないもの。ミスター・ベンティンクの家だけしか」

「なるほど」

「ショックなのね」オードリーが軽く首をかしげてほほえんでみせた。その様子は驚くほど清らかであどけなく見えた。「ナンシー・ゲインズフォードは彼とはずいぶん長いらしいわ。昔はふたりでいろいろやってたそうよ。いまはヒューゴがいるから、厄介ごとの始末は彼の仕事だけど。ヒューゴはボクサーだったの。わたしが子供のころ、このへんでは有名だったのよ。あちこちにポスターが貼られててね」

「ヒューゴは必要なら女の子を始末したりもするのかな」

「まさか。蜂の次にわたしたちにメロメロなんだから」オードリーが顎を震わせる。泣くのを懸命にこらえているのだ。

「どうせ犯人はわからないんでしょうね。わたしたちのことなんてみんなどうでもいいのよ。警察はとくにね。でも何よりいやなのは、ずっと考えちゃうことなの。わたしが交代に応じてなかったら、マリアはいまも生きてたかもしれないって」

「交代？」

「木曜日に休みたいから交代してって頼まれたの。次とその次の火曜日はわたしのかわりに入るからって」オードリーが悲しげに肩をすくめる。「でも、もう代わってもらえないわね」

「マリアはどうして交代してもらいたかったのかな」

「知らない。言ってなかったから。マリアとはそんなに仲がよかったわけじゃないし」オードリーがエール・ビールをぐっと飲んだ。少々酔っているようだ。「ただ……ふたりが立て続けに死んだから、ついいろ考えちゃって」

「ふたり？ もうひとりは誰だい」

「ジャック・フラワーズよ。ミスター・ベンティンクの部下の」

その名前を思いだすのに少しかかった。「溺れた男のこと？ でもあれは事故だったはずじゃ？」

「そういうことになってるけどどうかしら。こんなに短いあいだにふたり死ぬなんて」

うまく呑みこめなかった。ジャック・フラワーズの死は、ぼくにとってごくありふれた日常の一部だった。病院で働き、家に帰り、次の水曜日を楽しみに生きる、そういう日々の。あの男とマリアの死にかかわりがあるなんてことがあるだろうか。とはいえ、奇妙な偶然であることは否めない。

「あの男がミスター・ベンティンクの下で働いていたとは知らなかった」

「いやなやつだったわ、ジャックは。先に死んでなかったら、マリアを殺したのはあいつだって真っ先に思ったところよ」オードリーがビールの残りを一気に飲みほし、空になったグラスを勢いよくカウンターに置いた。「だけどこれだけは言っておくわ。

もし犯人を見つけたら、タマをむしりとって口に押しこんでやる」

8

月曜日の朝、ぼくは一週間ぶりに仕事へ行った。

何もかもふだんどおりだった。通用口の門衛はぼくに軽くうなずいて、すぐパズルに戻った。

病院に変わったところはなく、においももとのままだったが、にもかかわらず、誰かがぼくのために一からつくりなおしたように現実味がなかった。

ハースト先生は自分の部屋にいた。ちらっと顔をあげた先生は、ふたたびランセット誌に目を落としつつ、すわっていろと椅子を指さした。そのまま何分かぼくを待たせたあと、雑誌を置いて眼鏡をはずした。

「それで？」

「すみませんでした」ぼくは背筋を伸ばして口を開いた。「死んでいた女の子が知りあいで、とてもショックを受けてしまって……体調をくずして回復までに時間がかかってしまいました。それに葬儀もあったので。どうかしていました。二度とこのようなことはしません」

この短いスピーチは、明けがた部屋で考えぬいたものだった。ぼくらがどんなに愛しあっていたかを述べ、先生の情と慈悲深さに訴えかける内容のも試してみたが、やめた。先生は解剖できるものにしか興味がないのだ。

「信頼性だ！」先生がいきなり大声をあげたので、ぼくは飛びあがった。「わたしは何より信頼性を求める。死者は何日も休んだりしない」死者はずっと休んでいるのでは、とふと思ったが、とてもそんな茶々を入れられる雰囲気ではなかったので黙っていた。「約束を守れないならなんの人間かね。信頼できぬ人間など蛮族も同然ではないか」

「本当に申しわけありませんでした。もう決して――」

「きみは優秀な助手だった。勤勉で礼儀正しく、字がきれいで縫うのもうまかった。仕事もよくおぼえた。時間にも正確だった――そう思っていた。しかし、急に卒倒したあげく、休暇願いも出さずに一週間も休むなどあるまじきことだ。そのような者をここに置いておけない。わかるかね」

「はい」

　先生がため息をついて眼鏡をかけた。少しだけその態度がやわらいだ。先生はまた雑誌に目を戻し、読むともなく二ページほどめくったあと、怒った顔で天井を睨みつけた。ふたたび眼鏡をはずし、額をさする。

「いったい何があったのかね、スタンホープ。警察が来て、きみのことを訊いていった。それからあの死んだ娘のことも。あの娘が何者か知っていたのか？」

「はい」

　先生が頬をふくらませる。「なんと！　あの娘は親戚か隣人か幼なじみだったとでも言ってくれないかね」

「いいえ、違います」

「なんたることだ！」判事が黒い帽子をかぶるように、先生が眼鏡をかけた。「しかたない。もうお手あげだ。事務長に話をして、新しい助手をよこしてもらうことにした。きみを馘にすべきだと彼からは言われたが、わたしは反対した。なぜかは自分でもわからないが」

「ありがとうございます」

「まだこの病院で働く気があるなら、小使いを束ねている彼のところへ行きなさい。名前はなんといったか」

「グレートレックスです」

「ああ、そうだった。彼のところへ行けば指示がもらえるだろう。言っても詮ないことだが、きみが助手でなくなるのは残念だよ、スタンホープ」

格下げと大幅な減給にもかかわらず、もうハースト先生の下で働かなくてすむことに正直言ってほっとしていた。マリアのことがあったあとで、また死体が切り刻まれるのはとても見ていられない。小使いに戻るのはむしろ歓迎だ。おのずとひとりになれる。誰も小使いに気をとめる者などいない。

ロイド・グレートレックスは気むずかしい男だ。ぼくの倍の年齢で、もはや壁や窓のように病院の一部と化している。ときどき、まるで何カ所かに同時に存在しているのではないかという気にさせられる。男子病棟で添え木や包帯を確認していたかと思うと、次の瞬間には通路を向こうからやってきて、また次の瞬間には、台車を押して段差をおりる方法を若い小使いにやってみせているという具合だ。誰もがいてあたりまえの存在として扱っているが、もし彼がいなくなろうものなら病院は瓦解してしまうだろう。

彼の下で働いていたころに、何度かラム・アンド・フラッグ亭で一杯やったことがある。一時はぼくを弟子として育てあげようとしていたようで、ぼくが解剖助手になったときはがっかりしていた。それでも小使いから昇格したぼくをひそかに誇りに思ってくれていたのを知っている。彼からはなむけにもらったカードはいまも大事に持っている。

彼の仕事部屋は、解剖室のさらに下の地下にあった。床から天井まで本や書類差しが積まれているのは、隣にある患者の湯治用浴室からの臭い蒸気を防ぐためでもある。

「おやスタンホープ。放蕩(ほうとう)息子のお帰りか」

グレートレックスがいつも肌身離さず持っている予定帳から顔をあげた。そこには名前やシフトの書きこまれた紙が、ピンク色の吸いとり紙をあいだにはさんで綴(と)じこまれている。

「ここが忘れられなくてね」

「聞いた話と違うな。おまえさんは仕事に来るのをずいぶんと長く忘れてたせいで、わしら下々のところに舞い戻ることになったと聞いたが」

「これはこれは、ご心配どうも」

憎まれ口を叩くつもりはなかった。本当は感謝していた。おそらく、彼はぼくを受けいれるかどうか選べたはずだ。でもなぜか、ぼくたちの会話はいつもこんなふうに皮肉ったり毒づいたりしてばかりで、その癖が抜けなかった。

「天から落ちてきたんじゃ、さぞかし痛かったろう。まさか一番いいシフトにつけてもらえると思ってるんじゃなかろうな」

「そんなことは考えてもみなかったよ」

「トービンが辞めて、ワトソンがそのかわりをしてる」

「じゃあぼくはワトソンがやってた男子病棟の仕事をやればいいのかな」

「いいや、それはローパーがやってる」

「そうすると、ぼくは備品室係？」それはそんなに悪い仕事ではない。

「そうはいかない。それはパーチが引きついだからな。あいつはローパーよりずっとたくさん運べて、ローパーよりずっと屁をこかない」

「気の毒なローパー。羊の脂のとりすぎかな」

グレートレックスがむっつりとうなずいた。「運動すればましになるだろう。それにガスがあちこちに散るほうが、備品室にたまるよりいい。とくに冬は暖炉がついてるからな」

「じゃあどこもあいてないと？」

「そうは言っておらん」

彼がわざとらしく予定帳を睨んで口のなかで何かつぶやいた。ぼくを待たせて楽しんでいるのだ。

その髪はだいぶ薄くなり、ごま塩頭に塩が多くなっていた。手も少し震えている。それでも、あいかわらず健康の秘訣だというまずそうなしろもの――どろどろの野菜と水をまぜた冷たくて薄いスープで、おかげで部屋に堆肥のようなにおいがただよう――は飲んでいるらしい。笑うと野菜くずが歯にはさまっているのが見えた。

「あいてるのは夜勤しかない。それも病棟じゃなくてよそのほうだ」

〝よそのほう〟は最悪の持ち場だ。事務室や郵便室、受付、記録室、厨房（ちゅうぼう）、廊下、トイレなどを受けもつ。階段をのぼったりおりたりして、決まった経路も順番もなく病院じゅうを駆けずりまわり、どこにいても、いるべき場所ではないような気分にさせられる。最初に小使いになったとき、たいていの人が恐れるのは病気や糞尿（ふんにょう）や胆汁のにおいだが、それはじきに慣れる。本当につらいのは歩きだ。

「わかったよ」

「いろいろ変わってるからな、気をつけろよ。奥の階段はくだりのみになってる。それと回るのは七回から八回になった。備品室の配置も新しくなったから、パーチに教えてもらえ。おまえの作業着もやつが出してくれる」グレートレックスが言葉を切って顎をなでた。「これが最後のチャンスだぞ。問題を起こしたら今度こそ馘だ。わしにもどうしようもない」

「わかってるよ」

「今夜は人が足りてるから、仕事は明日からだ。夕方六時に来てくれ。おかえり、レオ」

昼ごろ家に帰った。

　鍵はなくなったままなので表から店に入って、店番をしているコンスタンスにうなずきかけ、またぞろ薬の効能の問題を出されないうちに急いで奥へ逃げた。

　明日から夜どおし起きていなければならない生活になる。ベッドに横になって眠ろうとしたが、眠れなかったので、夕食まで『バーナビー・ラッジ』を読んですごし、そのあと家を出てチェス・クラブへ向かった。ふだんは木曜日にしか行かないが、しばらく顔を出せなくなるので今夜は例外だ。

　ジェイコブがいたので驚いた。結局、口車に乗せられ、葬儀と通夜のことも、墓地でマダム・モローという妙な産婆に会って言われたことも打ちあけてしまった。ジェイコブはいつにもまして親身になってくれた。

「おいおい！　どうでもいいだろう、そんなこと」

　ジェイコブがぼくのナイトをとり、とがめるように馬の顔をこちらへ向けて、すでにとったビショップとルークとポーン三つの横に置いた。

「警察に彼女のことを言うべきかな？」

「警察に？」

　店に泥棒に入られて金のブレスレットを盗まれて以来、ジェイコブは警察をよく思っていない。本人いわく、金槌を手におりていって、そのふたりのガキの頭をかち割ってやるつもりだったが、最初に怒鳴ったばかりに逃がしてしまったという。その逃げ足の速い悪ガキの人相を伝えても何もしてもらえず、丸損でくやしい思いをしてからというもの、警察を恨んでいるのだ。

ジェイコブが葉巻をひと口吸って顔をしかめてみせた。「警察なんて間抜けな質問しかしない。おれが店の戸締まりを忘れたんじゃないかとか」

部屋の向こうから小さな歓声があがった。接戦に決着がついたらしく、ふたりが握手をしている。ジェイコブがそちらを振りかえって、目をぐるりとさせた。「まったく英国人ってのは、負けっぷりだけはいい。潔く負けを認めるほうが勝つよりずっと簡単だからな」そして、ぼくがポーンをとるのを見ながら顎鬚をなでた。「誰がマリアを殺したと思う？」

「わからないよ」

「考えろ！　どうしても誰か挙げろと言われたら誰だ？」

ジェイコブが動かしたビショップをとりかけたところで、自分のクイーンが盤の左から忍び寄るルークに狙われているのに気づいた。どうも落ち着かず、集中できない。クイーンを避難させると、ジェイコブがすかさずビショップを動かし、ぼくの残ったビショップとキングの周囲のマス目を脅かす。

「もう一杯どうだい」

ジェイコブが鼻を鳴らす。「もう酒はいい！　思いあがったもんだな、レオ。おれの何週間かぶり、いや何カ月かぶりの勝利がそんなにいやか？　どうしたっていうんだ」

「きみが気を散らすからだろ。誰がマリアを殺したのかなんてわからないよ。客のひとりかな」

ジェイコブが目を細める。「知りたいのか？」

「知りたいさ。でも……」

マリアの本名や母親をめぐるちょっとした嘘のことをジェイコブに言うわけにはいかない。もうすでに、彼女がぼくをだましたわけではないと結論は出ている。彼女はただあの暮らしに耐えるために、望む世界をつくりあげる必要があったのだ。そう考えるとよけいに愛しくさえ思えてくる。でも話したところでジェイコブにはわからないだろうし、マリアにまつわる――ぼくたちふたりにまつわる――彼の偏見がいっそう固まるだけだろう。それでも何か言わなければ許してくれないのはわかっている。そういうところはしつこいのだ。

「ミスター・ベンティンクかもしれない。なんとなくうさんくさかったし」

ジェイコブがふたたび葉巻に火をつけ、立ちのぼる煙ごしにぼくに突きつけた。

「ジェームズ・ベンティンクのことを知ってるか？」首を振ったところで、もうひとつのナイトを危ない場所に置いてしまったことに気づいた。ジェイコブが鼻を鳴らしてそれをとる。「噂じゃ、昔は堅気の仕事をしてて、妻もいたらしい。その妻が死んで、しばらくして最初の店を開いたんだと。六〇年代の話だ。おまえさんの知ってるあそこじゃないぞ。東のほうのもっと小さい店だ。ステップニーだったかな。ユダヤ人だらけの貧しい界隈だよ」ジェイコブが自分のジョークににやにやしてみせる。

「もとは宮仕えか何かしてたらしい。小金を手に入れて、それであの女が、なんといったかな、なかなかきれいな……」

「ナンシー・ゲインズフォード？」

「そう、それだ。一度見たら忘れられない女だよな。それに腕もよかった。あのあたりに前からあった店は、このぽっと出に客をとられた。楽じゃない商売だが、あの男は呑みこみが早かった。向いてたんだろう。揉めごともあったし、怪我人も出た。殴られたとか、刺されたとか、火をつけられたとかな。溺れたやつもいた。ひどい時期だった。商売にもよくなかった。それでベンティンクは休戦を持ちかけた。何年かすると、商売がたきはみんなやつの下に入ってた。さもなきゃ消えてた。まあそういうやつなんだよ」

「マダム・モローは彼を警戒してるようだった」

「マリアはどうして彼女を知ってたんだろう」

ジェイコブが肩をすくめ、袖に灰が落ちた。「そりゃ決まってるだろう。あの仕事には付きものの危険だからな。どうして気にする？　まさか自分の子だと思ってるんじゃないだろうな。そこまで見境がつかないとは思ってなかったぞ。おまえさんの番だ」

「賢明だな」

「マリアが身ごもってたとすると、父親がいるはずだ」

「すばらしい。そこまではわかってるんだな」

「ありがとう、ジェイコブ。きみの皮肉はすこぶる有益だよ」

ぼくはビショップを動かせる唯一のマスに置いた。「ぼくが言いたいのは、それが殺された理由かもしれないってことさ」

「友よ、おまえは彼女を愛してた。そして彼女を純粋だと思ってたんだろう。だがしょせんは娼婦だぞ。そんな目で見るなよ、本当のことじゃないか。身ごもってたからって気にする男がいるか」

「わからない。でも誰かが、なんらかの理由で殺したんだ」

ぼくがポーンをとると、ジェイコブもとりかえした。「目には目を。ポーンにはポーンを。そっちはもう駒がなくなりそうじゃないか」

「来るんじゃなかったよ。まるで集中できない。わからないことばかりで」

「おいおい！」ジェイコブがとったぼくのポーンを突きつける。「ああいう娘たちは、そりゃかわいくてやさしい。あなたはなんてハンサムで素敵な紳士なのと言ってくれる。だが全部嘘だ。おまえさんとは生きてる世界が違うんだよ。あの娘たちのことをおまえさんは何も知らないし、知らないほうが幸せだ」

「そうは思えないよ」

「なら、おれの忠告なんて聞かなくていいさ。チェスに戻ろう。とくにきょうはおれが勝ってるんだからな。おまえさんはおまえさんの好きなようにしたらいい」

翌日の午後五時半、ぼくは病院でパーチという若者から作業着と作業表を受けとり、備品室の新しい配置をたしかめた。事務用品が奥、医療用品が手前になったほかは以前のままだ。

最初の仕事は郵便物を集めることだった。かごを持って各部屋を回り、差しだす手紙の入ったトレーの中身を空にして、全部集めたら下の郵便室へ持っていく。半分も回らないうちにかごがいっぱいになったので、郵便室の上下が分かれた厩(うまや)式扉の前で、なでてもらいたがっている馬のように待つはめになった。

壁には角の剝がれた地図が貼ってあった。ロンドンを蛇行するテムズ川がカーブしたところにある病院の位置に指を置いてみる。そこから東へバーキング、ダゲナム、バジルドンと行ったことのない町の名をたどっていく。さらに、島と言いつつまるで島ではないキャンベイ島から、テムズ川がロンドンの汚穢(おわい)をイギリス海峡に吐きだす河口の町、サウスエンド＝オン＝シーへ。

ジャック・フラワーズの財布にサウスエンド＝オン＝シーの絵葉書があったのを思いだす。オードリーによれば、彼はベンティンクの下で働いていたというが、マリアとも知りあいだったのだろうか。

それからはそのことで頭がいっぱいになり、コフトゥン看護婦に呼びかけられたときも気づかなかった。

「誰か呼んでるぞ。耳が遠いのか？」ぼくの押している車椅子に乗った老人が言った。いましがた廊下に漏らした糞(くそ)をぼくに拭きとらせておいて、ずいぶんなご挨拶だ。

彼女は疲れて見えたが——夜勤中だからだろう——ぼくに会えて嬉しそうだった。

「ミスター・スタンホープ！　もうよくなったのね、よかったわ」それから、無言のメッセージをこめて作業着にちらりと目をやった——こんなに落ちぶれてしまったとしても。

「このあいだは失礼な態度をとってすまなかった。心配してくれたのに」

「いいのよ。人が違ったみたいで驚いたけど」

彼女が去ったあと、老人が首をねじって詮索するような目を向けてきた。

「近ごろはいつもぼくだからだいじょうぶさ。以前は違う人のふりをすることもあったけどね」

老人が笑いすぎて咳きこみ、血のまじった痰を吐いた。

仕事が終わるころには、いまにも倒れそうなほど疲労困憊していて、一分一分が過ぎるのが待ちどおしかった。全身の骨と筋肉が悲鳴をあげ、一刻も早く横になって最低八時間はそのままでいたかった。ぼくは寝ないとだめなのだ。

最後の仕事はまた郵便だった。今度は、朝届いた手紙や小包を郵便室から各部屋や病棟に配ってまわる。

その途中で小児病棟を通った。最後の部屋には、店先に並べて売られているみたいに、小さなベッドにずらりと赤ん坊がいた。赤ん坊たちは看護婦に抱かれて泣きわめいていた。看護婦たちの我慢強さと落ち着きは見物しがいがあった。近くにいたひとりは、赤ん坊の背中をさすってあやし、小声で歌いながら踊るように身体を前後にゆすりつつぼくにほほえんでみせた。

墓地で会った産婆の女のことを考える。彼女はマリアを知っていたのだろうか。マリアといるあいだ彼女が身ごもる可能性について考えたことさえなかったが、ジェイコブの言うとおり、ああいうことをしていれば自然に起こる結果だ。ひとりでなんとかしなければならないと思いこんでいたのかもしれない。でも、ぼくは一緒に子供を育てたってよかった。マリアが望むならなんだってした。

家に帰るやいなや、服を着たまま、外套すらぬがずにベッドに倒れこんで眠った。だが一時間もしないうちに、悪夢を見て汗びっしょりで目をさました。恐怖感はまだありありと残っているのに、何が怖かったのかが思いだせない。

生きたマリアと最後に会った日からちょうど二週間たっていた。

ぼくはあえてゆっくりと身じたくをした。リプリーの悠揚迫らぬ態度がうつったように。それからアルフィーの合鍵をポケットに入れ、山高帽をかぶって家を出た。

警察がマリアを殺した犯人を見つけるとはとても思えない。オードリーの言うとおり、リプリーにはたいして興味がないのだ。マリアのような娘は死んでも自業自得だと思っている。ぼくを逮捕したのは一番怪しかったからで、釈放したのは上からそう言われたからだ。いまだに誰がなぜそんなことをしたのかがわからない。ぼくなんかに誰が関心を持つというのだろう。

何よりそれが不思議だった。理解できないことばかりだ。マリアが死んだことも、逮捕され思いがけず釈放されたことも、あの謎めいた産婆のことも。だがそれを話せば、リプリーはいかにもありきたりな結論に飛びつくだけだろう。マリアは身ごもっていて、そのために——嫉妬に狂った妻か、腹を立てた客か誰かに——殺された。誰だろうとさして興味もないのだ。

エンバンクメントから人波に乗ってメトロポリタン鉄道の駅へ向かう。アーチ形の窓と円柱に、変わった段々屋根の低い駅舎は、こぢんまりしているのに仰々しく、田舎の荘園の門番小屋のようだ。切符を買い、急な階段を地下へおりる。壁にはありとあらゆるものの広告がべたべたと貼られている。シャンプー、チョコレート、スリー・キャッスルズ煙草、スティードマンの歯ぐずり用パウダー……もうもうと立ちこめる煙が明かりとりの天窓から射しこむ光に浮かびあがっている。

駅はごったがえし、なおも続々と人がやってくる。人ごみを縫うようにしてホームの端まで行き、〈三等〉と書かれた看板の下に並ぶ。

数分で炸裂する光と轟音とともに、もうもうたる蒸気とともに、列車がトンネルから姿をあらわした。とまって扉が開くと、数十人の乗客が吐きだされた。

列車は外からは大きく見えるが、乗りこんでみるとようやく立てるほどの高さしかなく、天井はハサミムシのようにトンネルにもぐりこむべく丸くカーブしている。病院で働きはじめたころはカムデンタウンに住んでいたのでこうして移動したことは幾度もあるが、窮屈さはいつになっても消えない。向かいで機関の振動にこくこくと首を揺らしながら寝いっている男はそうでもないようだが。

速度があがると、ぼくは窓をあけた。顔に風があたり、目にしみる。高いところから落ちるときはちょうどこんなふうなのではないかと想像する。

一分後、列車がふたたび速度を落とし、ブレーキをきしらせた。ホームにいた制服姿の駅員が「ウェストミンスター橋！」と叫ぶ。

一時間走り、十いくつかの駅を過ぎたあと、列車は陰鬱な響きのムーアゲート街に到着した。ぼくはそこでおり、駅の外で日の光に目をしばたたいた。

アルフィーから借りた地図を見ながら歩きだす。戸口で吸い口の長いパイプをふかすふたりの老人が視線を向けてくる。通りすぎる建物の多くが打ち捨てられた廃屋で、そうでないものも傾いてきしみをあげ、路地をはさんで額をくっつけそうになっている。よれよれ街と呼んだほうがよさそうなところだ。

貧相なカーテンの奥に、ひと部屋に八人から十人も仔鼠のように身を寄せあって眠る人々が見える。路地は暗かったが、動く人影があった。傷を負ったカラスのようによろけてつまずきながら歩く黒ずくめの老婆とすれ違う。背負っているずだ袋にはきっと全財産が入っているのだろう。裸足の小さな女の子がぼくから逃げるように長屋の戸口に駆けこんでいく。真っ暗な窓は、目玉をくり抜かれた眼窩のようだ。

フィンズベリー街はゆるやかなのぼり坂で、やはり薄暗く、道の脇のどぶにたまった下水が悪臭を放っている。奥に一軒のパブがあり、何人かの若い男が外で酒を飲んでいた。

普通、男はほかの男をじろじろ見たりしないものだが、その男たちは違った。喧嘩になるのを恐れないどころか、むしろ歓迎してさえいるのかもしれない。怖いと同時にほんの少しわくわくする。どちらかが負けるとわかっていながら、ほかの男と向かいあって目をそらさないことほど男らしい体験があるだろうか。

目あての家はなんなく見つかった。右手の二軒めの壁に〈産婆マダム・モロー〉という真鍮の表札が出ていたからだ。

扉をあけた彼女は前かけ姿で袖まくりをしていた。「なんの用?」

「言われたから来たんです。レオ・スタンホープといいます。墓地で会ったでしょう」

彼女が三度立てつづけにまばたきをしたあと、扉を大きくあけて左右に視線を走らせた。「わかったわ。入って」

9

マダム・モローのあとについて診察室に入ったとたんぎょっとした。壁の一面にさまざまな器具がかけられている。一見、どこの家にもあるようなペンチやトング、先の尖った大きなスプーン、大小の鉤(かぎ)……。部屋の中央には長さ六フィート以上、幅三フィートほどの大きな台があり、そのへりにはぐるりと溝が掘られていた。台の中央から左右にかけて黒ずんだ血のしみが広がり、四隅につけられた革のバンドが藁(わら)を敷いた床にたれさがっていた。

マダム・モローに手まねきされて奥の扉から次の間に入ると、そこは同じ家のなかとは思えなかった。テーブルと四脚の椅子が置かれ、壁ぎわにはピアノがある。その上から吊りさげられた鳥かごのなかには一羽のヒワがいて、羽ばたいてぼくに向かって小首をかしげている。その反対の壁には、十字架にかけられたキリスト像が飾られている。その手足から流れる血の赤い塗料はひび割れている。

マダム・モローがテーブルについて言った。「三シリング、前金よ」

「え？」

「三シリング。月が進んでいればもっとだけれど、あなたは見るかぎりそんなに進んでないわね。効果は保証つき。うまくいかなかったらお金は返すわ」

「なんの金を返すっていうんです？」

マダム・モローが腕組みをした。「身ごもってるの？　ないの？」

「まさか！　ぼくは……」そのまま口ごもった。そんな質問のあとに男だと主張するのは馬鹿げている。それに名前だって名乗ったのだ。ぼくは扉に目をやった。

彼女がうっすらとほほえんでぼくの手を叩いた。「心配いらないわ。あなたがどんな人だろうとかまわないから。全部見てきたもの。スーツにネクタイをした女も、ドレスを着て髪を長く伸ばした紳士も、昼も夜も一緒で夫よりおたがいを愛している貴婦人の親友どうしも。だから目が利くのよ。耳もね。本当に身ごもってないの？　すぐすむわよ」

「ないですよ」ようやく自分の間違いに気づいた。ここは女が子を産むために来る場所ではなく、その反対だ。どうしようもなくて必要に迫られた者しか来ない場所だ。こういう処置のあとに病院にかつぎこまれてくる女がときどきいて、看護婦たちは廊下でその不道徳さに目をみはり、ささやきあっている。堕胎――生まれる前の命を死なせること。

マダム・モローが前かけのポケットから色鮮やかなラベルの貼られた小瓶をとりだした。「鉤がいやならウィドウ・ウェルチ錠もあるわよ。これはかならず効くとはかぎらないけれど。こっちは返金はなし」

「ぼくは身ごもってません」

「じゃあ淋病(りんびょう)?」

「違います!」

マダム・モローが眉を持ちあげて何度かまばたきをした。「じゃあ、いったいどうしてここへ?」

「カードをくれたでしょう、マリア・ミレインズの葬儀で。いやマリア・ミルズの。あなたと話がしたかったんです」

「あら、そうなの。わたしはてっきり……あなたが困ってるのかと。そういう話を外でするわけにはいかないでしょう」

彼女が立ちあがって鳥かごを叩くと、ヒワが興奮して騒ぎだした。檻(おり)のあいだから木の実を差しいれ、チュッチュッと口で音を立てると、ヒワがくちばしで実をつついた。

「アンドロギュヌス。あなたみたいな人をアンドロギュヌスっていうの。自分のことを実際の性と逆の性だと思っている人のこと」

　気にしないほうがよかったのだろうが、こんな仕事をしている者に偉そうに言われて、つい腹が立った。「ぼくは男だと思ってるわけじゃなくて、男なんです。あなたには関係ないことですが」

「本当？」彼女はぼくのとげとげしい口調にまったく動じるふうもない。「きょうたまたま、男の人がここに来たわ。そういうことはめずらしいの。だからわざわざ言うんだけれど。ちょうどあなたがいますわってる場所にすわって、わたしの淹れたお茶を飲んで、泥だらけの靴跡を床じゅうに残していった。結婚も何もしていない娘を連れてきて、ポケットからお金を出した。ただ代金に文句は言わなかったわ。なかには文句を言う男の人もいるのよ」

　彼女がそこで言葉を切った。まるでその男はまだまっとうだったとでも言いたげに。だが、どこがまっとうだというのか。そんなことに金を払うのはまっとうではない。おぞましいだけだ。

　黙っているとマダム・モローが続けた。「処置のあいだ、彼女とおしゃべりをしたの。気をまぎらわすためにね。彼女いわく、彼ははじめ、責任逃れをしようとしたそうよ。だけど彼女のふたりの兄につかまってしまった。ひとりはちょっと鳴らした人物なんですって。するとどうか彼女をわたしのところへ連れていかせてほしい、お金は出すからと男が言ったんだそうよ。いったいそんな男のどこがよかったのかしらね。彼女はかわいいけれど、彼はどう見てもハンサムじゃなかったし、品もないし。そうしたら彼女、なんて言ったと思う？」

「知りませんよ」だんだんいらいらしてきた。何が言いたいのだろう。

「教えてあげる」マダム・モローが両手を組みあわせ、そのしぐさになぜか父を思いだした。もっとも、父はここにすわってこの女の話を聞くぐらいなら手首を切っただろうが。「その子はこう言ったの。この人しかいないからって。そういうこと。あんなどうしようもない抜け作でも、ひとりよりはましってわけ」

「男はみんながみんなそうじゃないですよ」

「ええ、違うわ。もっと悪い男もいる。わたしの知るかぎり、彼は殴っても犯してもいないしね。もちろんそのふたりの兄が怖かっただけで、やさしかったとか懐が大きかったというわけではないかもしれないけれど」

ぼくは腕組みをした。「わかりました。男が嫌いなんですね」

「好きとか嫌いとかじゃないわ。わかってるだけ。わからないのは、どうして女が男のふりなんかするのかってことよ。あなた、総理大臣になりたいの？　それとも牧師に？　さもなければパブの外で通りかかる女全員にちょっかいを出したいの？　男みたいにふるまうことはできても、立ちション競争で勝つこともできないし、髭をたくわえることもできない。月のものだってあるんでしょ。男は喧嘩して、お酒を飲んで、その気のある女に——人によってはない女にも——誰かれかまわず種をまく。どうしてそんなものになりたいの？　仕事につくため？」

病院の仕事は、ぼくが男である理由とは関係ない。とはいえ、女だったら雇ってもらえなかっただろう。ぼくが男なのは、男の心を持っているからだ。それ以上でもそれ以下でもない。ときどき、寝て起きたらあるべき姿になっていないだろうかと願うことがある。そんな奇跡が起こったとして、それで何も変わらないと同時に、すべてが変わるのだ。同じ家に住み、同じ生活をし、同じくマリアを愛する——だが、ぼくは丸ごとひとりの男になれる。完全になれる。

が、誰もそれを理解してはくれないだろう。

「ぼくは訊きたいことがあって来ただけです。マリアのことが知りたくて。隠していることがあったみたいだから」

マダム・モローが肩をすくめる。「彼女がそれを選んだんでしょう。詮索すべきじゃないわ。もう帰りなさい。ここは女のための場所よ」

ぼくは歯がゆい気分で立ちあがった。かごのなかで木の実をつついていたヒワがさえずった。全身鮮やかな黄色で、羽と頭が黒い。だが、その目は左右が不釣りあいだった。片方は真っ黒なのに、もう片方は白く濁っている。片目が見えないようだ。

「マリアはここに……あなたに仕事を頼みにきたんですか」

マダム・モローが上唇にしわを寄せた。「わたしの言ったことを聞いてなかったの？ 帰りなさい」

「知りたいんです。いまとなっては同じでしょう。マリアは身ごもってたんですか。だとすると、父親は誰ですか。ジャック・フラワーズという名前に心あたりは？」

「ないわ。馬鹿なことを訊かないで。あの子は娼婦だったのよ。本人にもわかりっこない。エリザベス・ブラフトンはあそこが高級な社交場か何かみたいな顔をしたがるけれど、結局は娼館でしょう。やっぱりそういうことにもなるわ。あの人はあまり考えたくないようだけれどね」

「子供ができるということですか」

「堕ろすことよ。わたしは堕ろし屋なの。そのことを恥じてもいない。それといろんな病気の薬も売ってるわ。淋病とかね。あなたはどうやらもらってないみたいだけれど。必要にならないかぎり、誰もわたしとは会いたがらない」

「わかりました」

「いいえ、わかってない」彼女がまたうっすらとほほえんだ。「あなたはやっぱり男なのかもしれないわね」

「ぼくは病院で働いてます。こういうことのあと、血を流して運ばれてくる女も見ています。なかにはそれで死ぬ女も」

「それはわたしじゃないわ。気位が高すぎたり怖がったりして、わたしのところでちゃんと処置してもらわないからそういうことになるの。見つかるのを恐れるあまりね。罪のない者なんていないのに。そうでしょ、ミスター・アンドロギュヌス」

「スタンホープです」

「あらそう」

出口まで案内されるとき、壁に貼られた一枚の写真が目に入った。制服姿の男女の一団が写っている。前列のするどい目つきをしたとがった帽子の女がマダム・モローのようだ。十五年以上は前だろうか。兵士も医者も看護婦たちもみな背筋を伸ばして前を向き、シャッターの瞬間に備えてしゃちほこばっているが、どこか生き生きとして楽しげだ。いまにも吹きだしてすべてを台なしにする寸前のように、笑みを隠しきれていない。どこで撮られた写真で、彼らは誰なのか。どこか遠い場所の、遠い戦争――。

「さようなら、マダム・モロー」

通りの角まで行かないうちに、すぐ横の路地から四人の男が出てきた。

「財布を出せ」

まだ二十歳にもなっていないであろうリーダー格の男が居丈高に言った。暗いので顔も髪も上着もすべて灰色に見える。残りの男たちも同じ年頃だが、より落ち着きなく左右に足を踏みかえている。あとずさりしたが両側からはさまれた。

肌が粟立った。身体が震えだして止められない。こうやってほんの数ペニーや服のために殺される者がいる。ぼくの男としての人生は、女としての人生よりも短く終わってしまうのだ。そしてハースト先生の解剖台に裸で寝かされる。女、二十五歳前後、複数の傷、失血死、犯人は不詳。先生はぼくだとも気づかないだろう。

「行けミッキー、やってやれ」ひとりがパンチをする真似をして、べつの男に殴れとけしかけた。「見ろ、こいつは弱っちいぞ、やってやれミッキー」

だが、焚きつけるまでもなかった。ミッキーが左の拳を突きだしたと思うと、ぼくの口めがけて右のパンチを入れた。軽くあてるくらいのジャブだったが、ぼくは後ろによろけた。遅れて痛みがやってきて、口のなかに血の味がした。反応する間もなく、今度は胃にパンチを食らって身体をふたつに折る。ぜえぜえと息をしてどうにか目をあけたが、見えるのはミッキーの靴だけだ。それは足の大きさにくらべて小さすぎ、切って穴をあけた爪先の部分から足の指が突きだしている。少なくとも蹴られることはなさそうだと思った瞬間、頬に膝が入って、いやな音がした。何か硬いものを口のなかに感じ、てのひらに吐きだしてみると、血と唾液にまみれた歯だった。

ミッキーがぼくのシャツをつかんで引きずり起こし、上着のポケットの財布に手を伸ばす。シャツが縫い目から裂ける音がして、ぼくは本能的に身をよじって手で身体を隠そうとした。

足音が通りを近づいてくる。野次馬だろうか。

「何してるのよ」マダム・モローが立っていた。手にした火かき棒をミッキーに突きつける。「うちに来たお客さんにちょっかいを出すなんてどういうつもり？」

彼女が火かき棒を持ちあげようとすると、ミッキーが即座に両手をあげて哀れっぽい声を出した。「あんたの客だなんて知らなかったんだよ、マダム。いつもは女ばっかりだろ」

「男でも女でも関係ない。うちに来たお客さんに手出ししないで。わかった？　わかったの？」

「わかったったって。ごめんよ、マダム」

「わたしが母親の股から引っぱりだしてやったこと、忘れるんじゃないわよ。わかったら帰りなさい」ミッキーの友達がせせら笑いを浮かべたが、マダム・モローがさらに続けた。「この悪ガキたちもさっさと連れてかえって」

若者たちが毒気を抜かれたように黙ってうなずき、早足で――だが逃げるのではないと自分に言いわけできる程度には遅く――歩き去った。

「ありがとうございます」腫れた唇でもごもごと礼を言った。女に助けられるなんて本当にぼくほど弱い男はいない。

ぼくが手でおさえているシャツの裂け目を彼女が指さした。

「上着の前をとめなさい、馬鹿ね。さっさと帰るのよ」

「そうします」

マダム・モローが大きく息を吐いた。「マリアが何度か話してた男の人がいたわ。軍人だと言ってた。将校だと。何度か一緒に公園を散歩したそうよ。名前はわからない」

「軍人？」あの娼館に軍人がよく来ていた記憶はないし、近くに兵舎もない。「本当ですか」

だが、彼女はそれに返事をするどころか、振りかえりもせず家に戻った。

「どうしたんだ、その顔」グレートレックスが眉をひそめてぼくを凝視した。ひどい顔をしているのはわかっているし、自分が愚かで意気地なしだと感じる。まさに腰抜けだ。帰り道はずっと震えていて、ホルボーンのベンチにすわっていた物乞いが急に立ちあがったときは、ウサギのように飛びあがった。

「喧嘩したのか」

とてもそうとは言えない。「たまには家に帰らないのかい」

ぼくが病院で働きだしてまもなく、グレートレックスは妻を亡くしたが、一日たりとも休まなかった。いま世話をしてくれる人は誰かいるのだろうか。

「見てなきゃならんからな」

ぼくは顔をゆがめて笑ってみせた。「監督ならいらないよ」

「そうか？　そんな顔で出てきて。今夜は手伝おうか？」

「いや、だいじょうぶ。ありがとう」

ぼくは仕事にとりかかった。まずは各部屋を回ってトレーから手紙や小包を集めるはずだったが、べつの目的地があった。グレートレックスが尾けていないのをたしかめると——尾けていても少しも意外ではない——まっすぐ記録保管室へ向かう。

もちろん鍵がかかっていた。ここの責任者のウェルシュ・モーガンは、たとえ部屋の外に行列ができていても、きっかり六時に切りあげる。だが、二年間というもの一日一回は来ていたので、ここの習慣は知っている。ウェルシュ・モーガンはたいてい昼に酒を飲みすぎて、午後は助手がひとりで仕事をしている。その助手は裏手の窓にやってくる野良猫に餌をやっている。鼠よけのためだと彼は言うが、それはなでたり名前をつけたりする理由にはならない。そして、ウェルシュ・モーガンと助手は一本しかない鍵を共有していて、夜はそれを扉の下に押しこみ、青いリボンが少しだけ外に出るようにしているのだ。

部屋に入って扉を閉めるのに十秒しかかからなかった。患者の記録は奥の壁にアルファベット順に並べられている。Fのところでフラワーズを探す。たくさんのフラワーズの記録があったので、ひとつひとつ窓にかざして筆跡をたしかめる。ハースト先生の——という、かぼくの——出した記録は、マニラ紙ではなく薄いブルーの紙で、左上に患者が生きて退院できなかった印に小さな黒い十字架が書きこまれている。

脚に何かやわらかいものがあたるのを感じて下を見ると、猫だった。ふさふさした金色の毛とどこか悲しげな平たい顔を持つ、大きくて太った雄猫だ。なでると、耳や首のまわりに盛りあがった古傷の痕がある。猫が鳴いて、キャビネットに前足をかけた。棚の上に骨つき肉の詰まった壺があったので、ひとつ投げてやると、さっそくがっつきはじめる。

「おまえ、閉じこめられたのか？」と声をかけたところで、べつの音が聞こえてきた。喉にかかったいびきのような、鼻を鳴らすような、寝ている男の立てる音。あるいは起きかけている男の。机の下で毛布らしきものにくるまって身体を丸めている人影がかろうじて見えた。それがパブ帰りに酔って寝ているウェルシュ・モーガンなのか、かわいがっている猫と離れがたいあまり泊りこんだ助手なのかはわからない。どちらにせよ、その人物はまたいびきをかいて身じろぎしたものの、やがて静かになった。
骨つき肉をもうひとつ投げる。猫は食べているあいだは鳴かない。次のフラワーズのファイルを引っぱりだすと、助かったことにそれがお目あてのものだった。窓の薄明かりにかざして自分の書いた文字に目をこらす。さすがぼくだ。字はきれいで読みやすく、簡にして要を得ている。

〈ジャック・フラワーズ。二十六歳。一八八〇年一月十九日死亡。川で溺水。両肺に水（右三十オンス、左二十六オンス）。膨張あり。争った形跡なし。目立った外傷なし。不運な事故による死。不審な点なし〉

その部屋で最後に見たのは、廊下の明かりを反射して光る猫の目で、彼が唯一のぼくの罪の目撃者だった。
とにかく、探していたものは見つけた。未亡人の住所だ。

10

だが、ミセス・フラワーズは家にいなかった。

翌日の午前中、部屋のカーテンの薄さを三時間半呪ってすごし、続く半時間は毛布を吊って日をさえぎろうとしたあと、ぼくは家を出て東へ向かった。

ラドゲートヒルは、フリート街からセントポール大聖堂への途中のぱっとしない通りだった。角にその小さな店は建っていた。細長い窓の横に〈ドランと息子の肉屋〉とペンキで書かれた扉がある。

見たことのない女がちょうど扉の鍵をあけるところだった。生涯強い海風をまともに浴びつづけてきたような革じみた肌と薄くなった髪は、四十歳から六十歳のあいだのいくつにも見えた。

「おはようございます」

女が飛びあがって振り向いた。

「なんの用？」

「ここはミセス・フラワーズのお宅でしょうか」

「いまいないよ。あんた誰？」女が怪しむような様子で前かけのポケットを探る。

「レオ・スタンホープといいます。ミセス・フラワーズとはご主人が亡くなったあとに病院で会って、警察の報告書を渡しました」

「まさか」女が口に手をあてて階段にすわりこみそうになった。「診療所の人？　ひょっとして悪い知らせ？　あの子に何かあったの？」

「ぼくは診療所の人間ではありません」女はいまにも泣きだしそうだ。「ミセス・フラワーズはそこにいるんですか」

女がようやく探していたものを見つけた。折りたたみ式のポケットナイフだ。だが、ぼくをそれで脅すことはなく、ただ手の上でひっくりかえした。「ごろつきどもが来て、あの子を連れていったんだよ。子供たちの目の前でね。かわいそうにすっかりおびえてた。もう家のベッドも安全じゃないんだね。あんたも連中の仲間かと思ったんだけど、こうして見ると違うみたいね」

「ミセス・フラワーズがさらわれたっていうんですか？　無事なんですか？」

「無事じゃないよ。頭を殴られたのさ。まったく卑怯なやつらだよ。死ななくて運がよかった」

クリーヴランド街で辻馬車からおりたときは強い雨が降っていた。その四階建ての建物は、ユーストン通りのすぐ南の雑多な工場や会社や商店が建ちならぶ一角にあり、扉の上のまぐさ石には〈救貧院〉の文字が彫られていた。

ノックをして待っていると、やがて三十五歳くらいの女が顔を出した。痩せていて、ひっつめ髪がまじめそうな印象を与える。

「はい？」

「ここは救貧院の診療所ですか」

「救貧院はもう閉めたの。いまはただの診療所。わたしは看護婦長よ」彼女が前かけで手を拭いた。一日に千回はそうしているように見える。

「ミセス・フラワーズという患者に会いにきたんですが」

「面会日は火曜日よ」

「スタンホープといいます。警察官です」嘘が口をついて出た。「緊急の用件です、ある重大犯罪にまつわる。いますぐ彼女と話をしなければならないのです」

婦長が目を細めた。「そこ、氷で冷やしたほうがいいわ」

自分がどういう見た目かを忘れていた。「かすり傷ですよ。仕事でちょっとね」胸を張って言うと、一瞬、本気で誇らしい気分になった。すぐに口から出まかせであることを思いだしたが。

「入ってちょうだい」

彼女のあとについて薄暗い吹き抜けを通り、少年でいっぱいの大部屋に入る。ベッドが隙間なく並んでいて、ほとんどの子はほかの子によじのぼらないかぎり外に出ることもできなそうだ。毛布の上に寝ている子もいれば、毛布の下でうとうとしている子やじっと動かない子もいる。何人かが床にあぐらをかいたり、頬杖をついたりして、トランプや小石を使って遊んでいる。それでも、これだけおおぜいの少年がいながら、笑ったり騒いだりする者はなく、通りすぎるぼくたちにろくに目もくれない。

その先にもうひとつ同じような大部屋があり、こちらは大人の男で満杯だった。強烈な反吐のにおいに、えずくのを呑みこんでこらえる。大半は老人か、老人にしか見えない男だ。入口近くの男はベッドで身もだえし、上着を揉みしぼっている。その隣の男は土気色の顔で口をあけて横たわっていて、両方の袖のなかには何もない。

ウェストミンスター病院はここにくらべればまるで宮殿だが、金のある者しか入れない。それ以外の人間はここに来るしかない。

婦長に案内されたのは看護婦の詰所だった。テーブルと不揃いの椅子が四脚、それに書類が積みあげられた戸棚が置かれている。

「すわっててちょうだい。彼女を連れてくるから」

五分後、婦長が戻ってきた。ジャック・フラワーズの妻の顔は忘れていたし、そもそも頭にこれだけ包帯が巻かれていたらわからなかっただろう。が、彼女がぼくに顔をしかめてみせたのを見て記憶がよみがえった。

「またあなたなの？」

ぼくたちはテーブルをはさんで向かいあった。婦長は出ていったので、部屋にはふたりだけだった。邪魔するものといえばランプに閉じこめられた蛾がバタバタと羽根をガラスにぶつける音だけだ。

「おかげんはどうですか」

彼女が水をひと口飲んで口を拭った。「すごくいいわ」

「肉屋にいた婦人からここにいると聞いたんです。襲われたそうですね」

「あなたこそ襲われたみたいね」

ぼくは無理やり笑顔をつくろうとしたが、あまりうまくいかなかった。「ご主人のことでお訊きしたいことがあって」

彼女の顔にさっと何かがよぎった。それは悲しみというより恐怖に思えた。「どうして？　あなたになんの関係が？」

「べつの死亡者がいて、ふたりの死につながりがあるんじゃないかと」

「つながりって？」

ぼくはテーブルに身を乗りだした。「死んだのはマリア・ミレインズ、またはミルズという婦人です。この名前に聞きおぼえはありませんか」

「ジャックは事故で死んだのに、どんなつながりがあっていうの？」ミセス・フラワーズが目を細める。「あなたがそう言ったんでしょう」

「ええ、しかし――」

「その人は溺死したの？」

「いいえ」

「ジャックがその人を殺したとでも思ってるわけ？」

「それはありえません。死んだのはご主人が先ですから」

ミセス・フラワーズが窓の外の雨とほかの建物の裏側に目をやった。「わけがわからないんだけど」

婦長が水のしたたる布袋を手に戻ってきた。「これを顔にあてなさい」

ぼくがためらうと、婦長が唇をすぼめた。「残り少ない氷をわざわざ持ってきてあげたのよ」

そこで言われたとおりにしたが、この寒さのなかでもそれはもうほとんど溶けていて、水が首を伝い落ちてぼくはぶるっと震えた。

婦長がミセス・フラワーズに顔を向けた。「もう帰っていいわよ、ロージー。この人に家まで送ってもらいなさい。心配いらないわ、警察官だから」

「ひとりで平気よ。まだ昼間なんだし」

「いいえ、誰かと一緒のほうがいいわ。大きな怪我もしてるんだから」

「喜んでお送りしますよ」ぼくは言った。「安心してまかせてください」

ミセス・フラワーズは鼻で笑っただけだった。

婦長がぼくに言った。「ちゃんと家まで送ってあげてちょうだいね」

ふたりで肩を並べて診療所を出た。彼女は頭に包帯を巻き、ぼくは顎に氷嚢（ひょうのう）をあてた姿で。雨が弱くなっていたのがせめてもの救いだった。

「もう行っていいわよ。ついてこなくていいから」

「約束したんですから。ユーストン通りまで歩けば馬車を拾えますよ」

「いい考えね」

だが、ぼくが歩きだしたのとは逆の南の方角に彼女が歩いていくので、また追いかけるはめになった。

「あら、馬車を拾うんじゃないの？」包帯をなおしながら彼女が言った。汚れて茶色のしみがある。彼女の血ならいいが、ひょっとするとその前の患者の血かもしれない。見ているだけで頭皮がかゆくなってきた。

「お望みなら歩きましょう」すると彼女のペースがさらにあがった。「それで、ご主人にマリアという知りあいは？」

「たしかおばさんがマリアって名前よ。マリオンだったかしら。ノリッジに住んでて、子供が六人と孫がふたりいるわ。全員男の子。気の毒に」

ぼくはため息をついた。「こちらのマリアは若くて、ロンドンに住んでいました」

ミセス・フラワーズがぼくを見あげた。というか、背丈が五フィートもないのでほとんどの人を見あげることになる。全身クッションでできているような身体つきだが顔だけはべつで、細くとがってやわらかさはみじんもなく、険のある印象を与える。

「まったく男は」彼女が言った。人生の知恵をそのひと言に凝縮させたような、軽蔑のこもった口調だ。

「なんです？」

「そのマリアっていうのは、さぞかわいい子だったんでしょうね。あなたはその子のためなら、熱心に駈けずりまわってあれこれ訊いて、ジャックのときとはずいぶん態度が違う。うちの人のことなんてべつに興味もなかったんでしょう。川に落ちました、それでおしまい。助けたい人とそうじゃない人を選んでるのよね」

彼女は脇道をほとんど駆け足でジグザグに進み、パブ〈プリンセス・ルイーズ〉の先の角で曲がった。この世界一扱いにくい女と、あとどれだけ一緒にいなければならないのだろう。

「ミセス・フラワーズ。いやロージーでしたね。ロージーと呼んでもいいですか」

「いいえ、ミセス・フラワーズと呼んで。まあ、なんとも呼ばないでくれるほうがいいけど。わたしもそうするから」

「ミセス・フラワーズ、先日ぼくは医師から聞いたことを誠実にお伝えしました。ご主人の死に不審な点はないと。でも、いまはそれほど確信が持てません」

彼女はいっさい返事をすることなく、止まっている二台の荷馬車のあいだを抜けてオックスフォード街を渡った。雨で道が渋滞していて、帽子を目深にかぶった通行料の徴収人が小屋を出て通りを行ったり来たりしては、御者たちから罵られながら硬貨を集めている。

彼女がようやく首を振った。「わたしはマリアって人を知らないけど、うちの人が知らなかったってことにはならないわ」

そのひと言には複雑な思いがこもっているようだったが、ぼくは受け流した。

「ミセス・フラワーズ、その怪我はどうして？　店にいた婦人の話では、男たちに連れていかれたとか。ジャックと何か関係があると思いますか」

「あの人ったら、よけいなことを」

「警察には行ったんですか」

彼女はまた鼻で笑っただけだった。

ラドゲートヒルの家に着いたころには、足が痛くなっていた。

ミセス・フラワーズがぼくに向きなおった。「ここがうちよ。あなたは約束を果たした。それじゃ」

〈ドランと息子の肉屋〉という店名に目をやる。「ここはあなたの店なんですか」

彼女が胸を張って誇らしげにうなずいてみせ、背丈さえぼくの顎あたりまで伸びたように見えた。アップルグリーンの目をしていた。「結婚する前はロージー・ドランだったの。ちなみに店名についてる息子っていうのはわたしの父さんのこと。〈ドランと娘〉になおすべきなんでしょうけど、父さんはもうほぼ引退してるし、〈フラワーズの肉屋〉にするつもりもないし。それにもう肉屋じゃないしね」

彼女が扉を押しあけたとたん、熱気とともに、じつにうまそうなにおいが押し寄せてきた。牧師館の日曜の昼食を思いだす。骨つきラム肉や牛腿肉に続いてリンゴのタルトが出され、生地をなめようとすると、コンロとオーブンを忙しく往復するメイドのブリジットからスプーンでよく指を叩かれたものだ。

ミセス・フラワーズのあとに続いて感心しながら店に入る。年齢はぼくと同じくらいなのに、もう三人の子供がいて自分の店まで持っている。いやひょっとすると、ぼくより若いのかもしれない。

あの革じみた顔の女がカウンターから急いで出てきて、ミセス・フラワーズを思いきり抱きしめた。「ああよかった！　心配したんだよ！」

むっとする店内は、壁のランプとつくりつけのオーブンのオレンジ色の火に照らされている。カウンターにずらりと並んだトレーには、一個がボクサーの拳ほどもあるキツネ色のパイ。天国のような眺めだ。

ミセス・フラワーズがカウンターを回って奥に入っていくと、子供たちの大きな歓声が聞こえた。やっと母親が帰ってきたのだ。

革じみた顔の女が頰をふくらませ、笑顔を向けてきた。「ありがとう、あの子を連れて帰ってきてくれて。あたしもバートも本当に心配してたんだよ」

「彼女はどこへ連れていかれたんですか」ぼくは素知らぬ顔で尋ねた。

「パドル埠頭の船に連れていかれたんだよ。まったくひどいことをするよ、あのろくでなしどもときたら。あの子はそれでなくても大変なのに」

パドル埠頭はぼんやりとだが知っている。テムズ川ぞいの何百という埠頭や波止場のひとつだ。ありとあらゆるものが日々、そこから出たり入ったりしている。品物、原料、家畜、アフリカの金、フランスのワイン、オランダの花……それらはいわば、この街の口であり肛門(こうもん)だ。

「ご主人も亡くしたばかりですしね」

女が目をぐるりとさせ、顔を近づけてきた。「ジャックは本当に役立たずだったよ。

テーブルのビールを口に運ぶとき以外は指一本動かさない。その気になれば、なかなかチャーミングだったのは認めるよ。ちょうどあんたがいま立ってるところに立って、ご婦人がたを言いくるめては余分にパイを買わせてた。雨に備えてとかなんとか。もっとも、雨が降ったらなんでパイが余計にいるのかわけがわからなかったけどね。でも、そこの扉が閉まったとたん人が変わるんだよ。あの子が気の毒で見てられなかった。こんなこと言うもんじゃないし、あたしだってふだんは言わないんだけどね、あの男が溺れ死んだのはそこまで悪いことじゃなかったよ。とにかくあたしたちの誰も惜しんでないのはたしかだね」

ミセス・フラワーズが一番下の子を抱いて戻ってきた。二歳くらいの男の子だ。母親の首にしがみつき、包帯に顔を押しつけている。

ぼくはポケットの小銭を探った。得意わざがあるのだ。一ペニー貨を十枚、人さし指の背にのせ、それを同じ手でひょいっと全部キャッチする。子供はたいてい大喜びする。一ペニー貨は十枚なかったが、ファージング貨と半ペニー貨が何枚かあったので、それでやってみせた。コインを宙でつかむと、男の子は目を丸くし、手を開いて見せると、すばらしいものを見たようにきゃっきゃと笑い声をあげた。

「すごく面白いけど」ミセス・フラワーズがそっけなく言った。「何も買わないならもう帰ってちょうだい。忙しいの」

彼女が前かけをつけてトレーのパイを並べなおしはじめた。きっちりと並んでいることがさも大切だというように。それを子供を抱いたままやるのは、まるで魔法だった。

「質問に答えてくれたら三つ買います。ぼくのぶんと、大家さんのぶんと、その娘のぶんと。パイというのはどんな味がするものなのか、その子も学んだほうがいいですしね」

彼女が肩をすくめた。「どれがいいの？」

ぼくはマトンのパイとキドニーパイ、コンスタンス用にはアップルパイを選んだ。

「二シリング三ペンスよ」どんなにうまいパイだとしてもぼったくりに思えたが、快く払った。

「それじゃあ質問ですが、あなたかジャックは、サウスエンド＝オン＝シーに行ったことはありますか」

「それだけ？ サウスエンド＝オン＝シーに行ったことがあるか？ それが質問？」ミセス・フラワーズが眉を持ちあげ、口もとがほころんで顔に笑みが広がった。「いいわ。ええ、ジャックと週末に一度行ったことがあるわ。ひとりめの子が生まれる前に」

「その九カ月前にね」革じみた顔の女がつぶやき、ミセス・フラワーズがぎろりとそちらを睨んだ。

「ご主人はそのときの絵葉書をいつも持ってましたか」

ミセス・フラワーズが男の子の頭をなで、男の子は母親の肩に顔をこすりつけて鼻水の跡を残した。「質問はひとつだけじゃなかったの？」

「買ったパイはひとつじゃないですよ」

彼女は取引の条件が勝手に変えられたことをとくに気にするふうもなかった。「わかったわ、それがなんの役に立つのか知らないけど。うちの人はその絵葉書をよく見てた。サウスエンド＝オン＝シーはいままでに行ったなかで最高の場所だったって。もっともスミスフィールド市場で育てば、あそこ以外ならどこでも特別に思えたんじゃない？　そのあとロビーができたからもう行ってないわ。でもどうしてそんなことが気になるの？」

「真実が知りたいだけですよ。〝MERCY〟という言葉で何か思いあたることはありませんか。普通の意味以外で。ご主人がビールの瓶にその言葉を書いてたんです。最近、信仰に目ざめたとか、禁酒してたとか」

ミセス・フラワーズが目をぐるりとさせる。「まさか。そういうこととは一番遠いところにいた人よ。それにうちの人は、自分の名前以外読み書きができなかったの。わたしも〝MERCY〟って言葉には何も思いあたらない。神の恵み(マーシー)ならぜひともほしいところだけど。さあ、もういいでしょ、帰って。仕事の邪魔よ」

ぼくは自分の名前と住所を紙に書いた。もっとも、彼女も読み書きができるのかどうかわからない。暖炉にほうりこまれておしまいかもしれない。「何か思いついたらここに連絡してください。ところでもう安全だと思いますか。連中がまた来るようなことは？」

彼女がカウンターの下から、太い柄のついた手斧を取りだして突きつけた。「二階には棍棒もあるからそれも持ってくるわ。準備は万端よ」

それは疑うべくもなかった。彼女は準備万端の四フィート十一インチだった。

ぼくはマトンのパイを食べながらパドル埠頭へ向かった。パイ生地はさくさくで、肉汁はコクと甘みがあり、肉はほろほろとやわらかい。アップルパイも食べてしまいたくなる。

太陽が顔を出し、セントポール大聖堂のそばを通ると人々が笑っていた。遠目にはいつも白く清潔に見える大聖堂だが、たいていのものと同様、近づいてみるとだいぶ薄汚れている。

まだ夜勤に身体が慣れておらず、あくびが出た。でもそんなにいやではなかった。世間の人々が仕事を終えるころに病院へ出かけていくのはなんだか愉快だし、みんながせっせと働いているころに毛布をかぶって寝ていられるのもいい。

坂をくだると川のにおいが強くなった。埠頭が密集していて、どれがどれかわからず、アッパーテムズ街をブラックフライアーズ橋のほうに向かってさまよっていると、壁の高いところに汚れて文字が読めるか読めないかの標識を見つけた。建物のあいだの轍(わだち)ででこぼこの小道が、ゆるやかにくだってそのまま水につかり、事実上の埠頭になっている。水たまり(パドル)の名のとおり、小さくて浅い。そして何もない。

埠頭の管理人は事務所で新聞を読んでいた。いまはゆったり机の前にいるとはいえ、長いことあちこちの波止場を転々としてきた人間らしい警戒心は消えていない。港の荷役夫は何人も見てきた。頭がつぶれたり、脇腹が裂けたりした者が多かった。ひとりは二トンの木枠の下敷きになってぺちゃんこになっていた。目撃者は決まって悲惨な事故だったと言い、それはたいてい本当だが、みな朝の点呼に出てくる者がひとり減ったことなどろくに気にもしていなかった。

これまでの経験上、ぼくに進んで話をしてくれる人間はいないのがわかっていたので、一計を講じることにした。

「失礼」ぶっきらぼうな有無を言わせぬ口調で言う。「ロンドン警視庁のリプリー部長刑事だ」

管理人が新聞を置いて、残り少ない髪を両手でなでつけた。「あんたは警官じゃないだろう。制服はどうした?」

「わたしは刑事だ。制服は着ない」精いっぱい本物の警官らしく聞こえるよう、尊大さと無関心さのまじった口調をつくる。

「ああ、探りまわるやつか。聞いたことあるよ。それでなんの用だい」

ぼくは煙草に火をつけた。が、煙の輪をつくるのは失敗した。「数日前、ここに無理やり連れてこられたご婦人がいる。そのときこの埠頭には船が一隻いた。何か知らないか」

「何も知らないね」管理人の目が左右に泳いだ。両手が血だらけだったとしてもここまで怪しくはないだろう。

「話してくれればすぐに帰る。さもなければ、すべての書類をあらためさせてもらうぞ、何も疑わしい点がないかどうか。それは困るんじゃないのか」

彼が袖口で鼻を拭い、うなだれた。「艀(はしけ)がいたかもしれない。三十フィートかそこらの。いたのは四晩だけで、犯罪なんて何もなかった」

「なぜわかるんだ?」

「何も荷を積みこんでなかったからさ」すべての港の人夫と同様、犯罪といえば密輸――より正確には、自分に分け前をよこさない密輸――だと思っているらしい。

「誰の船だったんだ?」

「ひょろっとしたやつだよ。でかいやつが一緒のときもあった。停泊料は現金で払っていった」

「そいつらの名前か、船の名前はわからないのか」テムズ川を航行する船の記録簿のようなものがきっとあるはずだ。

管理人が肩をすくめた。「さっき言ったとおり、現金払いだったんでね。だが、ひとつ普通じゃないところがあった。船に棺桶（かんおけ）がいくつも載せられてたんだ」

「棺桶？」

「妙だろ？」管理人が眉をひそめる。「最初は海外から持ってきたのかと思った。だが、なんでまたそんなことをするんだ？　とにかく変だと思ったね、船に棺桶なんて」

埠頭の管理人の事務所を出たところで、壁に寄りかかっている男のそばを通った。商船の船員らしい薄汚れたなりだが、長年積み荷をあげおろししたり綱を引いたりしている者の大半が持つたくましさがない。痩せた身体つきにどこかうさんくさい印象を与える薄い口髭と長い鼻はイタチを思わせる。ぼくは目を合わせないようにして足早にその場を去った。

夕暮れが迫っていた。仕事に出かける前に一時間くらいは眠れるだろうか。通りに人気はなく、街灯のそばを通るたびに自分の影が追いこしていく。うつろに響く自分の足音に続いて、一瞬べつの足音が聞こえた気がした。帽子を目深にかぶりなおし足を速めてみたが、反響はやまない。

リトル・パルトニー街に着くころには、もはや反響どころか、息遣いまで耳に届いていた。

アルフィーの薬局には明かりがついていなかった。裏口に回るために路地へ入ったところで思いきって振り向いた。ただの通行人がそのまま通りすぎていくのをなかば期待し、またぞろちんぴらに財布をとられるのかとなかば恐れながら。

そのどちらでもなかった。埠頭で見かけたイタチ男がそこにいた。男が頬を掻いて、上階の窓を見あげた。「まだあったんだな、ここ。親父がブライドル小路に住んでて、脚が痛くなったときは湿布を買いにきたもんだ。ここがおまえの家か？　ここに部屋を借りてるのか？」

通りにはぼくたちふたり以外に誰もいない。

「ぼくを尾けてたのか」声が思ったより甲高くなった。

「おまえ、刑事じゃないだろ」

男はくつろいだ様子で、薬局の窓枠の剝がれかけたペンキを指でむいている。

「だからなんだ」

「友達として忠告に来ただけさ。人のことに首を突っこむのはやめとけ」

いまごろ夕食のしたくをしているであろうコンスタンスと、帳簿でもつけているアルフィーを思い浮かべて背筋を伸ばす。ここで、自分の家の前で脅されて黙ってはいられない。

「ぼくはぼくの好きなようにする」

「おっと、その返事はいただけないな。友達として忠告に来たと言ったはずだが」

イタチ男が一歩前に出た。ぼくは相手の脇をすり抜けてピカデリーの人ごみに逃げこめるよう、じりじりと横にずれた。左に行くと見せかけて右に行き、男が伸ばした腕をかわし、つかもうとした指が襟をかすめるのを感じた。転びはしなかったものの——いやいやながらもバレエを習っていたおかげだ——、よろけたところを男に肩をつかまれて引きもどされる。ぼくは振り向くと同時に相手の口に拳を叩きこんだ。死ぬほど痛かった。手がちぎれるかと思った。男があとずさりして、口をさわり、指についた血をまじまじと見る。「まずったな。こっちは家を知ってるんだぞ」

「おまえは誰なんだ」

「ただの使いさ。これ以上、人のことに首を突っこむな、自分の身がかわいけりゃな。おまえに嗅ぎまわってもらいたくない偉いお人がいるんだよ。いいか、忠告したからな」

男はそれだけ言って去り、ぼくは激しい動悸がおさまらないままその場にひとり残された。

11

「あんたはどうかしてるな」埠頭の管理人を尋問すべきだという提案に、リプリー刑事が言った。

翌日の午前中、ぼくと刑事はホワイトホールの警察本部のロビーにいた。まわりにいるのは被害届を出しにきた者、犯罪者の身内、さめかけた酔っぱらい、ただ外の寒さから逃れてきた者など。第一のグループだけが時間を気にしていた。ときどき立ちあがっては、窓口の警官に、自らの存在や盗まれたものの特徴や街の犯罪増加に対する文句を訴えにいく。

リプリー刑事がこの場所を選んだのは、ぼくを軽んじている証しだろう。ぼくの話など、わざわざあのじめついた部屋まで行って聞くほどのものではないということか。

あいかわらずアイロンがけが必要な同じスーツを着て、シャツに何かの食べかすが散らばっている。隣のベンチにすわるバイ貝と酢のにおいをさせた呼び売りの男のほうが、まだましななりをしている。

「もう帰れ。ところでミスター・スタンホープ、その顔はどうした？　誰かに殴られたのか？　そいつはつい我慢しきれなくなったんだろうな」

その質問を無視する。

「その船は事件と関係があるに違いありません。いやな感じの男に埠頭からあとを尾けられて、嗅ぎまわるのはやめろと言われたんです」

「その忠告に従えばよかったろうに」リプリーが首を振った。「その船はもういないんだろう？　何も証拠がない」刑事が立ちあがり、腰を伸ばして顔をしかめる。「すわってばっかりで歩かないからな。かみさんは姿勢が悪いからだと言うが、たぶんずっとすわってるせいだ。前はいつも歩いてた。毎日何マイルも。いまは書類仕事ばかりだ。妹がすすめるように、ドンカスターで内装業でも始めたほうがいいかもしれん」

「ドンカスターの出身なんですか？」

どうしてそんなことを訊いたのかわからない。ただ、ぼくを人殺しの犯人だと思っているこの男のことをもっと知りたかった。

　刑事が眉根を寄せて歯のあいだから息を吸った。「もともとはな。そのあとノッティンガムへ行って、それからここに来た。この掃き溜めで三年になる」

「ここはそんなに悪いですか？」

「どこでも殺人は殺人だ。人が死ぬのは変わらない。違うのは、故郷じゃいつも、どこの誰がやったのかわかってるってことだ。たとえ本人が認めてなくても、こっちにはわかってる。ここじゃあ何もわからん。そのうえ何かしようとするたびに、いちいちお偉いさんの許可がいる。靴底を擦りへらしたこともないようなかたがたのな」

「なるほど。ぼくの釈放を命じたのも同じかたがただと？」

「こりゃやられたな、ミスター・スタンホープ。あんたはなかなか頭が回る。そうだ、そのかたがただ。そのなかの誰かがあんたは犯人じゃないと言った。それでおれに釈放しろという指示がくだされたわけだ」

「それなら真犯人を見つけましょう。埠頭まで行って管理人に話を聞くんです。すわりっぱなしも書類仕事もうんざりなんでしょう。いまから行きましょうよ」

　刑事が首を振った。「そそられる提案だがな、もう容疑者を捕まえたんだ」

「容疑者？」刑事はにやりと欠けた歯を見せただけで、何も言わない。「罪を認めてもいない人間を閉じこめておくことはできませんよ。証拠はあるんですか」

「その女の堕落の証拠なら充分にある」

「堕落？」いったい誰のことを言っているのだろう。売春はもちろん違法だが、この刑事は毎日何十もの娼館の前を通りすぎているはずだ。堕落などというものではない。そこで答えが浮かんだ。「マダム・モローですか」

「そう、ルイザ・モローだ。娼館のブラフトンという女から聞いて、クロークと家に行ってみた。家じゅうを徹底的に調べたんだが、まるで解体場のようなありさまだったぞ」

あのフィンズベリー街の居心地のいい部屋を思いだす。「何か見つけたんですか」

リプリーがゆっくり視線を向けてきた。おまえには関係ないと言おうかどうか考えているようだ。やがて、鼻を鳴らしてもう一度腰を伸ばした。「あの娘を殺せるだけのものがどっさりな。火かき棒やら棍棒やらあんたの腕くらいの太さの麺棒やら」

「どこの家にだってあるようなものじゃないですか。だいたい、どうしてあの人がマリアを殺すんですか」

「あの娘が孕(はら)んじまってモローが堕ろそうとしてしくじったとか、そんなようなことだろう。ああいうことをやってりゃ起こりうることだ。いい人生じゃなかったな。しかも短かった」

「マダム・モローは自白したんですか」

「あの娘と最後に会ったのは自分だってことは認めた。あとはほとんど黙ってすわってるだけだがな。すわりっぱなしできっと腰を悪くするぞ。まあその前に首の心配をしたほうがいいだろうが」

刑事が去ってからも、しばらくベンチにすわったまま考えた。本当にマダム・モローが犯人なのだろうか。その瞬間を思い浮かべてみる。あの長い指が棍棒を握りしめてマリアの頭に振りおろすところを。あのしわの刻まれた顔に浮かぶ必死の形相を。そういうことだったのだろうか。彼女にできたかできなかったかといえば、できただろう。でも動機は？　あの人がなぜマリアを殺す？

出口に向かう途中で、留置場に通じる扉の前を通った。ちょうどいかつい顔の看守が出てきたところで、鉄格子と高窓がちらりと見えた。マダム・モローはあそこにいるのだろうか。

閉まりかけた扉に衝動的に手をかけ、身体をすべりこませる。

マダム・モローはマリアの殺害にかかわっているのかもしれないし、そうでないのかもしれないが、いずれにせよ話がしたかった。

一番めの房にはふたりの男がいたが、どちらもかつての同房仲間ではなかった。たぶん彼らは、もう刑務所へ送られたのだろう。目の前のふたりはむっつりとした顔で上目遣いに睨みつけてくる。

女用の房は男の房と煉瓦の壁で隔てられていた。少なくとも視覚のうえでプライバシーを守るためと思われるが、においは防げないし、男たちが下品な言葉を叫ぶのも止められない。とはいえ、マダム・モローの持つ厳粛な雰囲気にはそういう俗な行動をためらわせるものがあった。

彼女は床に膝をかかえてすわり、うつむいていた。白髪まじりの黒髪がほつれてボンネットの外にたれている。彼女が祈っていることに気づき、なけなしの敬神の念を発揮してしばらく黙って立っていたが、だんだん侵入者であることにいたたまれなくなってきて、咳払いをした。

「マダム？」

彼女が顔をあげると、ぼくは思わずあとずさった。あざだらけで腫れあがり、頬は青紫色になり、片目がなかばふさがって唇が切れ血が出ている。スカートの裾が裂けて白い裸足の脚が覗いている。手にはロザリオを握りしめ、指でビーズを回している。

「わたしは何も知らない」彼女が小声で言った。「どうかそっとしておいて」

「あなたの家でお会いしました。おぼえていませんか。レオ・スタンホープです。何があったんです？」

返事がないので、ぼくは待った。外の物音や誰かがやってくる気配に気を配ったが、隣の房の男たちの低い声しか聞こえない。

「マダム、何も危害を加えるつもりはありません。ただいくつか訊きたいことがあって」

「わたしじゃない」ほとんどささやき声で彼女が言った。「何度も言ってるでしょう。やったのが誰なのか知らないけれど、わたしじゃない。どうして信じてくれないの」

「ぼくは警察じゃありません。それは警察にやられたんですか」

彼女が指で頬に触れ、鏡を探すように房を見まわした。この前会ったときの彼女は自らの領土にいる女王のように堂々として、火かき棒を振りかざしてちんぴらを追いはらってみせた。でもここにいる彼女は弱々しくて小さい。

「自白はしないわ。誰も傷つけたりしてないもの」マダム・モローがロザリオを持ちあげてみせる。「そして首も吊らない。それを期待してるんでしょうけど。これをつないでるのはただの綿糸よ。あの人たちにそう言って」

「ぼくはここにいるはずじゃないんです。警察は知りません。ぼくとあなただけです」

「帰ってちょうだい」

彼女が祈りを再開した。

「マダム、ぼくが真実を突きとめたら、あなたは解放されます。もちろん無実ならですが」

「でもわたしは無実じゃない」

彼女がロザリオをいじり、強さをたしかめるように引っぱった。

「わたしのしていることを警察は知ってる。山ほど殺してきたんだろうと言われたわ。生まれなかった赤ん坊たち、その子たちが成長して産んでいたはずの赤ん坊たち、さらにその子供たち。何千人もがわたしのせいで命を奪われたっていうの。だからマリアを殺してようが殺してまいが、わたしには罪があるって」

「あなたもそう思うんですか」

「ときどきね。でもほかにどこへ行けばいいの？　父親に孕まされたあげく、家から追いだされそうな十二歳の女の子は。未婚の娘は。夫とベッドをともにしていない裕福なご婦人は。そしてマリアのように、生活の糧やそれ以上のものを失ってしまいそうな女は。生まれなかった赤ん坊とわたしが助けた女たちとで差し引きゼロだと思わない？」

ぐっと顎をあげて答えを待つマダム・モローの顔が、高窓から射す光に青みを帯びたつやを放っていた。

「ぼくはただマリアのことが知りたいんです」

「わたしは人殺しじゃないって何度も言ってるのよ」彼女がはじめて本来の強いまなざしでぼくの目を見た。「だけど、こんな目にあわせてくれた警官を手にかけていいなら、考えを変えるかもしれないわ」

「マダム・モロー、あなたがやっていないなら、ほかに犯人がいるはずです。前に言っていた軍人はどうですか。マリアが一緒に公園を散歩していたという」

「変わらないわよ。もうその話は警察にもしたけれど、書きとめもしなかったわ」彼女が笑みを浮かべようとして、痛そうに顔をしかめた。「いまとなっては手遅れよ。警察はわたしを犯人にして吊るすつもりよ。マリアを傷つけるなんてありえないのに。あの子が雨樋（あまどい）をよじのぼって家に忍びこんでは、そこらのものをポケットに詰めこんで出てきてたころから知ってるのよ。それより前、まだ赤ん坊のころは、うちの処置台の下の藁の上で遊んでたものよ。一度や二度じゃなく、しょっちゅうね。あの子の母親はジンに目がなくて、よくない友達もいた。もちろんもう昔の話だけれど」

　彼女がおごそかにこちらを見て、ボンネットに髪をたくしこんだ。かつての威厳が多少なりとも戻ってきたようだ。

「それが真実だけれど、警察の聞きたいこととは違う。あなたもそうなんじゃない？あなた自身も真実からは遠いでしょう？　あなたは偽りの存在であり、嘘が服を着て歩いているようなもの。わたしがやったと警察に言ったのはあなた？」

「いいえ。刑事の話では、エリザベス・ブラフトンがあなただと言ったそうです」

　彼女が眉を持ちあげた。「エリザベスが？　それはそれは。はじめて会ったとき、彼女は娼館の洗濯婦だったのよ。あのとおり品のある人が、当時はシーツについた男のタネや、下着についた女の子たちの血を洗うのが仕事だったの。信じられないでしょう、ああいう人が。あなたみたいに教養だってあるのに。でも、夫を亡くして困窮してたの。飢え死にするよりはましだったんでしょう。当時は仲がよかったのよ。いまのあの店があるところ、あそこが金脈だと言ったのはわたし。ふたりで組んで、一緒にやろうって話もしてた。でも、エリザベスがその話をミスター・ベンティンクのところに持っていったら、わたしだけ切り捨てられて、彼女が女主人に据えられた。それきり疎遠になったの」

外で床をこする椅子の音が聞こえ、自分がここにいてはいけないのを思いだした。急がなければならない。

「船を持ってますか、マダム・モロー。あるいは自由に使える船がありますか」

「船って、川を行き来してるような？」

「およそ三十フィートで、一時パドル埠頭に係留されてた船です」

「わたしが船になんの用があるっていうの。そんなお金もないし。船に乗ったのは二度だけよ。フランスへ行ったときと帰ってきたときだけ。どちらも船酔いで具合が悪くなった。昔、フランス人と結婚してたのよ。でも彼は撃たれた古傷のせいで胸が悪くて。それですっかり弱っていたの」

「看護婦だったんですよね」

「妻、看護婦、未亡人。いかにもな女の人生ね」

「マリアが会っていたという軍人ですが、その人物について何かわかりませんか」

マダム・モローが目をそらしてまたロザリオをいじりはじめたので、ぼくはいらだって鉄格子を叩いた。音が部屋じゅうに響きわたった。

「絞首刑になるより話したほうがいいに決まってるでしょう！」

彼女が立ちあがり、鉄格子につかまった。ふたりの手が触れそうになった。「死ぬ前のマリアに会ったの」

「いつのことですか」

マダム・モローが少し考えこんだ。「金曜日の午後よ。通りの向こうに住んでいるベルテとうちで編みものをしていたの。誰か来たから、ベルテの娘かと思ったらマリアだった」

金曜日というと、ぼくが最後にマリアに会った翌々日だ。

「どうしてあなたのところに？」

「これまでも助けてきたから。今回は少し来るのが遅くて、それほど簡単じゃなかった。だからよかったら泊まっていってもいいと言ったの。ふだんはそんなことしないんだけれど、さっきも言ったように、あの子の母親がまだまともだったころから知ってる仲だから」

「じゃあマリアは泊まっていったんですか。いつ帰ったんです？」

「翌朝早く出かけていった。でも昼ごろ戻ると言ってたの。だから魚のフライとニンジンを用意してたんだけれど、戻ってこなかった。そのあと……どうなったかは知ってるわね」

「マリアは本当に戻ってくるつもりだったと思いますか」

「ええ。予定があると言ってたし、バッグによそゆきの服も入ってたから」

「芝居見物に行くときみたいな？」

「さあ、それは言ってなかったわ。例の軍人と会うのかと思ってたの。だから彼の話をしたのよ。あの子たちもいつまでもああいうことはやってられないでしょう。リンゴみたいなもので、熟れているあいだはいいけれど、いつの間にかしわになって、最後は腐って落ちる。朽ちたリンゴを食べたい人はいないわ。だから賢い子は自分を好きになってくれる素敵な殿方を見つけるのよ」その口ぶりはいやになるほどジェイコブとよく似ていた。「その軍人の彼から来た手紙をマリアは何度も見てた。なんだか哀れよね。ああやってもらった手紙を大事にして、そういうところはセンチメンタルでね」

「なんて書いてあったんですか」

「知らないわ。見せてもらえなかったから。だけど、いやな予感はしたの」

思わず鉄格子を握りしめる。「というと?」

「ときどきそういう感じがするの。骨が痛むような。あのときもそういう感じがした。それなのに気にとめなかった。あの朝、出かけていくのを止めていれば、マリアはまだ生きてたかもしれない」

マダム・モローが言葉を切って拳を口にあてた。泣いているのがわかった。

「わたしはちょうどやってきた婦人にかかりきりで、声をかける間もなくマリアは出かけてしまった。あんなことになるとわかっていたら追いかけて止めたのに。次に気づいたらあの子は死んでたの」

「その軍人からの手紙は? いまどこにあるんですか」

「たぶんまだうちにあるはずよ。マリアのバッグのなかに。警察にもそう言ったわ。わたしにわかるのはそれだけ」

その手紙を読まなければならない。

扉の外から声が聞こえて、取っ手に手がかけられた。見まわしてみたが、そこ以外に出口はないし、隠れられる場所もない。入ってきたのとすれ違いに出るしかない。そして止められる前に急いで行ってしまおう。だが、マダム・モローが鉄格子のあいだから手を伸ばしてぼくの袖口をつかんだ。

「約束してちょうだい。何かわかったら、かならず本当のことを言って。絞首刑にはなりたくないの」

「もちろんです。あなたの潔白を証明する事実が見つかったら、そう言います。ただし、あなたが犯人だとわかったら、笑顔で処刑を見守りますよ」

彼女が手を放し、扉まで行ったところでクローク巡査部長が入ってきた。

マダム・モローは彼の姿を目にしたとたん、鉄格子からあとずさり、房の隅で身体を縮こまらせた。

クロークが短く刈った赤っぽい髪を無意味に掻きあげた。その目は晴れた冬の朝の空のような薄い青だ。背筋を冷たいものが這いのぼってきた。

「ここで何をしてる」クロークが吠えた。「誰がここに入っていいと言った?」

「リプリー刑事です」嘘をつき、するりと彼の脇をすり抜けて扉に向かう。

だが腕に手をかけられ、わずかに力がこめられた。すぐにもさらにきつく締めあげそうな雰囲気をただよわせて。「リプリーからは何も聞いてないぞ」

ぼくは振りかえり、攻勢に転じることにした。「どうしてこの人の顔がこんなにあざだらけなんですか、巡査部長。誰がやったんです?」

「抵抗したからだ」

「あなたたちは正義を守る存在のはずでは?」

クロークが鼻で笑った。「この女にはちゃんと正義がなされるさ」

「でもこの人は殺してないとしたら？　あなたたちはなんの理由もなく彼女を殴って、真犯人はいまも野放しってことになります」

クロークが両手の指を組みあわせ、関節を鳴らして鉛筆が折れるような音をさせた。

「またおまえも同じことになるかもしれんぞ。言ってる意味はわかるな？」

どんな間抜けにも意味はわかっただろう。暗にほのめかすなんて芸当はこの男の辞書にはない。だが、ぼくは怒りで見境がなくなっていて、賢明さなど頭から消えていた。

「恥を知れ」

クロークがマダム・モローに顔を向け、鉄格子を手の甲で叩いた。「こっちを見ろ、女。おまえは公正に裁かれる。裁判に長くはかからんだろう。そして絞首台行きだ」

12

仕事が休みの日曜日、ぼくは午後じゅう寝ていた。六時に夕食だとコンスタンスに呼ばれてようやく起きた。献立は、コンスタンスいわくマトン・パイだったが、しなっとしたパイ生地と筋の多い肉はミセス・フラワーズの傑作とは似ても似つかなかった。

口のなかがまだ傷だらけで食べるのは大変だった。コンスタンスが眉根を寄せているところを見ると、はた目にも気持ちのいいものではないのだろう。サリシンを水に溶いて差しだし、「飲みなさい」と有無を言わせぬ口調で言う。将来はがみがみ屋の女房になりそうだ。

そのあと、ハンチング帽をかぶり、外套を着こんで夕べの街に出た。山高帽でないのは寂しいが、目立たないようにしなくてはならない。今夜、はじめて犯罪に手を染めるのだ。より正確には、ズボンを穿いて家を出て以来の犯罪だが。

不法侵入をしようなんて、いままで考えたこともなかった。そもそもどうやればいいのだろう。芝居に出てくる侵入犯は決まって極悪非道の悪人で、最後には主役にやっつけられる。ぼくも顔をスカーフで覆って、上着の下に金てこを忍ばせるべきだろうか。いい考えとは思えない。優れた侵入犯は人目を引いてはならないはずだが、金てこを小脇にはさんでうろうろするほど目立つことがあるだろうか。そもそも、金てこなんてどこで手に入れればいいのか。

結局、ろうそくとマッチと一フィートほどの火かき棒に落ち着いた。火かき棒はタオルにくるんだ。理由はうまく説明できない。ただ鉄の棒を持ってロンドンを歩くのもおかしい気がした。ぼくは犯罪者には向いていないのだろう。

ムーアゲート街の駅から、路地や開いた戸口を避け、顔を伏せて足早に歩く。フィンズベリー街で目に入る人の姿といえば、乾いた泥のなかで遊ぶ子供たちだけだった。ひとりの女の子が小石のマス目でけんけん遊びをしている。けんけんぱっ、けんけんぱっと声に出しながらジャンプするたびに女の子の髪がはずむ。十五年前の自分を見ているようだ。ぼくもあの遊びが得意で、誰にも負けなかった。

マダム・モローの家の窓は暗い。三軒先の家と家のあいだに薄暗く細い路地が延びている。一度深呼吸し、火かき棒を握りしめてその道に入った。

突きあたりは、路地が家々の裏手の細い道にぶつかる丁字路になっていた。左手の裏庭から牛の鳴き声のようなものが聞こえた。うなり声だ。動きを止め、念のためにそっと火かき棒をタオルから出す。またうなり声がして、ブリブリという音、屁の音、ジョロジョロという音、続いてまた調子の悪いビルジポンプのように不規則で空気まじりのブリブリという音がした。音の主が大きく息を吐き、鼻をかみ、布がこすれる音や服をなおす音が続いた。トイレの扉が勢いよく開き、数秒後にはぼくはまたひとりになった。

マダム・モローの家の塀は高く、裏門には内側からかんぬきがかけられていた。精いっぱい手を伸ばしてみたものの、かんぬきには届かない。節穴からなかを覗きこむと、アルフィーの物置部屋くらいの広さしかないすすけた裏庭が見えた。差しかけ小屋に薪(まき)が積まれ、板屋根をのせた煉瓦造りのトイレがある。

塀に手をかけて身体を持ちあげようとしたが、鼻を上に出すことさえできない。腕力が足りないのだ。ぼくがチェスで発揮できる記憶力や次の手を読む力のように、生まれながらの男ならたやすく発揮できるあの力がほしい。もっと太くて日に焼けた毛深い腕がほしい。この細くて弱々しい腕では、何か助けがなければ塀を乗りこえることもできない。

路地を探しまわって鍵のかかっていない裏門を見つけた。その裏庭には穴のあいた古いバスタブが逆さまに伏せて置いてあった。それを重さに顔をしかめつつ、ガタガタと引きずっていって踏み台がわりにし、えいやと身体を持ちあげた。つかの間足をばたつかせたあと、ぼくは塀の向こう側に頭から落ちた。

おそるおそる立ちあがり、怪我がないか調べる。服は泥だらけでてのひらを擦りむいているが、それ以外は無事だ。

手を添えて窓に顔をくっつける。はじめは真っ暗に見えたが、だんだんものの形が浮かびあがってきた。コンロに、食べ残しがのったままの皿や片手鍋……片づけをする間もなく警察に連れていかれたようだ。ああいうきっちりした人の家がこんな状態なのを見るのは、警察署であざだらけの顔を見たときにもまして衝撃を受ける。

覚悟を決め、保護のために腕にタオルを巻いて火かき棒を振りあげたところで、動きを止めた。

こんなにあわただしく家を出たなら、ひょっとして裏口の鍵をかけ忘れた可能性もあるのではないか。

試してみたらあいた。

自分でも意外なほどほっとした。鍵のあいた扉は入ってくれと言っているようなものだし、マリアのバッグがなくなったほかは何も変わらないまま家を出られる。もしくだんの軍人が本当に犯人だとすれば、ぼくはマダム・モローにとっていいことをしているのだ。礼さえ言ってもらえるかもしれない。そんな機会があればだが。

部屋は傷んだ食べ物と枯れた植物のにおいがする。暖炉には白い灰がたまっている。ぼくはろうそくに火をともした。太く短いろうそくは、明かり以上に煙が多く、悪者が登場したときの芝居の観客のような非難めいた音を立てた。

鳥かごが床に転がり、黄色い小鳥が猛然と羽をばたつかせて跳ねている。かごをもとどおりに吊って木の実を押しこんでやると、小鳥はすぐさまくちばしでつつきだした。飢え死にする前に外に放してやろうかとも思ったが、たぶん最初に出会った猫の餌食になってしまうだろう。だから水差しから水をやり、木の実をあと四つかごに入れた。

「いっぺんに食べちゃだめだぞ。それと、ぼくがここに来たことは誰にも言うなよ」

診察室は荒らされていた。家じゅう徹底的に調べたとリプリーが言っていたが、嘘ではなかったようだ。それもいっさいの注意も気遣いもなく。

棚のひきだしはすべて中身を出され、床に放りだされていた。大きな処置台に古新聞や編みかけの編み物、空の写真立て、割れた鉢、錆びた刃物や使い道のわからない——知りたいとも思わない——鉄の器具、ちびた獣脂ろうそくの詰まった箱などが積みあげられている。

マリアはこの台に横たわり、漆喰（しっくい）の天井を見あげて処置から気をそらそうとしていたのだろう。そうやって身体を侵される感じは想像もつかなかった。マリアともほかの娘とも何度もベッドをともにしながら、ぼく自身の身体は清いままだ。ぼくは誰より経験豊富な処女なのだ。

痛かっただろうか。マリアは泣いただろうか。

バッグは見あたらなかった。そもそもどういうバッグなのかもわからない。ぼくが学校へ持っていっていたビーズバッグのようなものを勝手に想像していたが、どんな形のどんな色のものでもおかしくないのだ。警察が持っていった可能性もあるが、それは考えにくい。警察が探していたのはマリアを殺した凶器であって、女ものの服の入ったバッグではなかったはずだ。

診察室と奥の居室のあいだの短い廊下から急な階段が二階へ続いていた。上のほうは闇に溶けこんで見えなかった。

「上には何があるんだい」ヒワに尋ねてみたが、木の実に夢中で返事はない。

一段ずつ、きしみを気にしながらのぼる。何をそこまで用心しているのか自分でもわからない。物音を聞きつける人間はいないのだ。一番上にたどりついたところで、立ちどまって息を整えた。左右の扉は手前の部屋と奥の部屋にそれぞれ通じている。まずは手前の部屋から見ることにした。

まるで廃墟となった教会の祭壇に足を踏みいれたようだった。壁は赤と青に塗られ、十字架にかかったキリスト像がぼくたちの罪に苦しんでいる。もっとも、ぼくだって神の罪に苦しめられているのだが。

窓には色褪せたベルベットのカーテンが吊るされ、揃いのカバーが四柱式ベッドにもかけられている。反対側の壁には、額に入れられた南国の果実の絵が飾られている。隅のドレッサーにはさまざまな瓶や容器が並んでいたが、ひきだしはやはり空にされて下着もシュミーズもすべて床に放りだされている。警官の手で調べられたのだ。プライバシーなどおかまいなしに。

べつの隅に大きなマホガニーの衣装箪笥があり、木のこぶがぼくを怪しむように睨みつけている。鏡に写る自分の顔はおびえているように見える。なかには三着のドレスが吊るされていた。一着はマダム・モローが墓地で着ていたものだ。その下のくたびれた靴の後ろに、刺繍入りのカーペットバッグ（模様入りのじゅうたん生地でつくられた小型の旅行鞄）が押しこまれている。引っぱりだしてよく見ると、それを前にも目にしたのを思いだした。マリアの部屋で扉のフックにかかっていたものだった。

あけようとしたそのとき、下で物音がした。

ぼくはろうそくを吹き消し、マリアのバッグを胸にかかえてベッドにすわり、息を殺した。

一瞬気のせいかと思ったが、やがてはっきりと窓の閉まる音がして、かごのヒワが羽をばたつかせるのが聞こえた。侵入の下手な誰かが忍びこんだらしい。

あらゆる感覚が研ぎすまされる。シティ通りの往来の音は近づいてくる大軍のようで、自分の息遣いさえ耳に痛いほど響く。

火かき棒を握りしめて床を這い、ベッドの下にもぐりこんで、じゅうたんにぴったり身体を押しつけた。

階段をのぼってくる足音が聞こえ、扉があいて靴が見えた。小さな靴と小さな足。まだ子供、それも女の子だ。外で遊んでいた子供のひとりかもしれない。女の子は部屋を歩きまわり、戸棚をあけ、鼻歌まじりに衣装箪笥を覗きこんだ。

いきなり逆さまの顔が目の前にあらわれた。巻き毛がじゅうたんにたれている。女の子はぼくが本当に人なのかたしかめるように目を細めた。

「何してるの?」

「隠れてる」

「誰から?」

きみから、と答えたら馬鹿みたいなので、話題を変えた。「ここはきみの家じゃないよね」

「あなたの家でもないでしょ」反論できない。

ぼくはベッドの下から這いだした。女の子は六歳くらいで、指の節のように痩せて骨ばった顔にもつれた赤毛、見透かすような率直な視線の持ち主だった。その目をバッグに向けると、女の子はいざとなったら逃げられるようにか、一歩戸口に向かってあとずさった。

「男の人が三ペンスくれたの。それを見つけてきたらもう三ペンスくれるって」

このバッグと手紙のことを知っているのはぼくとマダム・モロー、それに警察だけのはずだ。

カーテンの隙間から外を覗くと、向かいの路地に男が見えた。黒っぽい服装でじっと立っている。目立たないようにしているつもりだろうが、その努力も照りのあるシルクハットで台なしだ。男が窓を見あげようと物陰から出てきたとき、薄明かりで幅広い顔にたくわえた顎鬚（あごひげ）と立派な口髭が見えた。警官ではなかった。

「こういうバッグを見つけてこいって言われたのかい」

女の子がうなずいた。バッグを渡してやりたい気持ちもある。さもないと女の子は手ぶらで戻ることになり、男に何をされるかわからない。

でもできない。

「こっそり逃げたらぼくが一シリングあげるよ」男がけちだったことに感謝して言った。「いま六ペンス、あの男の人が帰ったらもう六ペンス。どうかな」

硬貨を差しだすと、女の子がそれとぼくの顔とを交互に見くらべ、逡巡（しゅんじゅん）する様子を見せた。階段を駆けおりて大声で男を呼ぶこともできるが、そうしたらおまけの六ペンスは手に入らない。

「裏口は鍵があいてるよ」

欲が危険にまさった。女の子が硬貨をつかんで走り去り、階下で扉の閉まる小さな音がした。

ふたたび窓の外を見ると、男はいらだった様子で歯噛みしながら行ったり来たりしている。ぼくも逃げるべきか迷う。逃げれば音で勘づかれるかもしれないし、とどまれば男が入ってきて捕まるかもしれない。

耳をそばだてて五分間待ち、通りをやってくる馬車の音に飛びあがりそうになる。思いきってもう一度外を見たときは心からほっとした。男が坂をくだって街のほうへ去っていくのが見えた。

路地の出口で立ちどまり、きょろきょろと女の子を探す。諦めかけたところで女の子があらわれた。さっき渡した金を返せと言われるのを心配してか、ぼくの手がぎりぎり届かないところに立っている。

ポケットから六ペンス貨を出して空に掲げる。伸ばした腕の先のそれはちょうど月を隠す大きさで、逆光を浴びた黒い円盤がぎらりと輝きを放つ。もう一枚六ペンス貨を出し、二枚とも人さし指にのせて、投げあげたところをまとめてつかむ例の手品をやってみせた。女の子はにこりともせず、硬貨の一枚を渡すまで疑り深い顔でじっと見ていた。もう一枚も渡すと、ようやく笑顔を見せた。

「これは口止め料だよ。ぼくがここに来たことを言わないでくれるかな。絶対に誰にも」

「うん。どうもありがとうございます」急に口調が丁寧になった。

「きみさ……」なんと尋ねようとしたのか自分でもわからない。だいじょうぶかい、なのか元気かい、なのか。アルフィーのところへ連れて帰ってまともな食事を食べさせてやりたい衝動に駆られたが、そんな提案をする間もなく、女の子は儲けを手にさっさと姿を消した。


列車のなかで、ぼくはバッグをあけて中身を調べた。マリアの服や下着があった。彼女の香りに意識が遠のき、あの部屋で彼女がドレスをかけて裾のしわを伸ばしているのをベッドから見ていたときに引きもどされる。服に顔をうずめると、向かいにすわっている婦人が目をそらした。

冷たい金属に手が触れ、出してみると鍵だった。手にのせてみて、笑い声が出た。ぼくの鍵だ。あの最後の日、最後に彼女と会った晩に、部屋でポケットから鍵を落としてしまったのだ。それをマリアが持っていた。劇場で会ったときぼくに返すつもりだったのだろう。

バッグの底にまだ何かあった。重みからして服ではなさそうだ。出してみて、息を呑みかけた。マリアと最後に会ったとき、香水やクリームにまじってドレッサーに置かれていたあの不気味な人形だ。グロテスクで動かない、まがいものの赤ん坊。マリアがそんなにセンチメンタルだとは思っていなかったので、あのときも意外に感じた。あらためて見ると、それは古びた思い出の品ではなく、新しくて高そうなものだった。

姉のジェーンは人形を集めていた。そのなかにはぼくへの贈り物もあったが、ぼくには用がないのですぐに姉のもとへ移されて名前をつけられ、ポーズをとらされて姉のお気にいり順に並べられた。かわいくてよく言うことを聞くいい子だけが、神聖な枕もとまで行くことができた。ぼくに捨てられた気の毒な孤児たちはどれもそこまでのぼりつめることはできずドレッサーや戸棚で我慢しなければならなかったが、少なくともぼくの側の床の上で、本やパズルのピースや一個だけの寂しいチェスの駒にまじって踏みつけられるよりはましだったろう。

人形の髪を人さし指と親指でこすってみた。それは頭皮にあいた小さな穴から、ふっくらした顔を囲むようにして生えていた。馬のたてがみでつくられているようで、熱を加えてカールさせ、幼い女の子がブラシを入れやすいようにしてある。

ある考えが形をとりはじめた。その人形は、マリアが生まれてくるわが子のために自分で買ったか、そのことを知る誰かからもらったものではないか。どちらにしても、マリアはそれをドレッサーの上という誉れある――ジェーンの枕もとにも匹敵するような神聖な――場所に置いていた。だとすれば、いずれかの時点では、身ごもったことに満足していたということだ。いったいなぜ、マリアはその後、マダム・モローを訪ねることになったのか。

だが、それよりもっと差し迫った関心事があった。軍人からの手紙だ。そのためにぼくはマダム・モローの家へ行き、精根を使いはたしたのだ。六ペンス貨三枚は言うにおよばず。すべてはその軍人が誰なのか知るためだった。

バッグの中身をさらに探り、服のあいだも探した。同じことを二度繰りかえした。手紙はなかった。

13

自分の部屋に戻り、マリアのドレスやペチコートや下着のあらゆるポケットや隙間をくまなく調べた。それらを全部広げて、あいだに横たわった。最初は腕を広げて、次に丸くなってマリアの服を抱き、顔を押しつけて泣いた。

そのあと、人形を手にベッドに腰をおろした。こっちを見ているのがいやだったので、床のほうを向かせたものの、それは意地悪な気がした。そこでひきだしにしまったが、もっとひどいように思えた。ふと、自分が昔ジェーンに人形を引きとってもらったのは、ぼくからはまったく与えてもらえない愛情を、何分の一かでも姉から与えてもらいたかったからだと気づいた。

マリアからは何も贈られたことがなかった。髪のひと房でもリボンで束ねて箱に入れて贈ってくれたなら、肌身離さず持ち歩いたのに。ハースト先生の解剖台に横たわっていたとき、その髪を少しだけ切りとってもらいたい気もしたが、それは偽りだ。

本当の贈り物ではない。

とはいえ、マリアの何が本当だったというのか。彼女はぼくに隠していたことがあったし、嘘もついていた。それも、ぼくが考えていたような夢や願望などではなく、重大な嘘だ。身ごもっていたことも軍人のことも。そもそもマリアは本当のことをぼくに言ったことがあったのだろうか。

それでも、ぼくは彼女を愛していた。それがただの執着、いや感謝にすぎなかったとしても、愛していた。なぜならぼくの正体を知り、それでも気にしなかった唯一の人だったから。マリアの目には、ぼくもほかの男と変わらない男だった。ぼくは本当のマリアを知らなかったのかもしれないが、マリアは本当のぼくを知っていた。

人形を拾ってカーペットバッグに戻し、決めた。これがマリアの形見だとしても、やはり持っているのは耐えられない。ほかの誰かに愛してもらったほうがいい。

翌日の昼前、病院での夜勤から帰って四時間ほど寝たあと下の店におりていくと、アルフィーが何かの機械――ドリルらしきもの――をいじっていた。

「近くで不審なやつを見かけなかったかい」ぼくは尋ねた。「うさんくさいイタチみたいなやつなんだけど」

「いや」アルフィーが眉をひそめ、機械油まみれの指で髪を掻きあげた。「どうしてそんなことを?」

「そいつが外をうろうろしてたから。なんとなく怪しい感じがしたんだ」

「そうか。気をつけておくよ」

コンスタンスがぼくの声を聞きつけてやってきて、「硝酸ナトリウム!」と叫んだ。アルフィーがにやりとした。答えがわかったようだ。でもぼくにはわからない。頭がぼんやりしている。

「学校に行ってる時間じゃないのか」

「きょうはお父さんの手伝いがあるから。この機械のね」コンスタンスがにんまりと笑った。「でも、お茶とケーキの時間くらいならあるよ。もちろんあなたのおごりで」

「わかったよ。この問題を当てられなかったらね。熱?」

コンスタンスが笑い声をあげた。「大はずれ」

「消化不良?」だがそれも不正解なのはわかっていた。ただケーキと聞いて頭に浮かんだだけだ。「最後の問題なんだから、もう何回か答えさせてくれないかな。不公平だよ」

「最初にルールを決めたときに言ってくれないと」

ぼくが答えられないとみて、コンスタンスは舌なめずりせんばかりだ。マダム・モローの家で会った女の子を思いださずにはいられない。歳はコンスタンスの半分、体重は四分の一の貧民街の鼠。感化院に送られるか、もっとひどい目にあう危険を冒してまで家に忍びこんで、なんの意味があったのだろう。きっと例の男に金をとりかえされたうえで、さんざん殴られるのが関の山だったろうに。

「さあどう？」とコンスタンス。

ぼくはため息をついた。この遊びにはもううんざりだ。

「できもの！」やけくそのように声をあげた。「たまにはできものが正解でもいいだろ」

「はずれ。硝酸ナトリウムは心臓病の薬だよ！」

「わかったわかった。きみの勝ちだよ、若きミス・スミス」仰々しくコンスタンスの手を握る。「お父さんの許しがもらえるなら、これから店へ行って、ケーキとクリームとジャムでぼくの財布の中身を搾りとるといい」

人生でこれほど嬉しそうな顔の人間は見たことがなかった。

窓に飾り文字で〈セリーヌズ〉と書かれたリージェント街の高級店に、コンスタンスは感動しきりだった。亜鉛天板のテーブルが並ぶ店内はあたたかみがあって居心地よく、濃いコーヒーの香りがただよっている。コンスタンスはケーキの盛りあわせを頼んでから、そんな贅沢をして本当にいいのかとたしかめるようにメニューの上から視線を送ってきた。

ぼくはお茶をポットで頼み、ようやく肩の力が抜けるのを感じた。フィンズベリー街をあとにしてからというもの、ずっと肩に力が入っていたのだ。

コンスタンスはうっとりと金めっきの鏡やきびきびと立ち働く給仕の娘に見とれている。まるでおとぎ話の国に迷いこんだようだ。

「わたし、いつかパリに行く」コンスタンスが宣言した。

「どうして? ことそんなに違うものかな」

「わからないけど、だから行ってみたいの」

ぼくは店内を見まわした。フランス風の服を着た店員と、壁に飾られたパリの街並みの絵、インドの紅茶を飲みながらイタリアのビスケットを食べるイギリス人の客たちを。

「パリはたぶんこういうところではないと思うよ」

ケーキを待っているあいだに、コンスタンスの元気がだんだんなくなってきた。

「お父さんが悩んでるの」しばらくしてそう言った。

「どうしてそう思うんだい」

「いつも帳簿ばっかり見てるから」とテーブルクロスを指に巻きつける。「うちはもうお金がなくなりそうなんだよ」

　アルフィーの話では、妻のヘレナが生きていたころは店も繁盛していたらしいが、その後はいくら頑張っても売上が落ちこむばかりだという。六年前に死んだヘレナには会ったことがないが、アルフィーいわく元教師で頭がよく、なんでもはっきりと言うなかなかの婦人だったらしい。コンスタンスによく似ていたそうだ。コンスタンス自身はそう言われるたびに赤くなるが、じつは母親のことをよくおぼえていないと一度打ちあけられたことがある。それにヘレナの写真は家に一枚もない。

「家賃を前払いすると言ったんだけどね」

「でもあなただってそんな余裕ないでしょ。前の仕事に戻してもらえるよう頼んでみたら？　いつまでも落ちこんでてもしょうがないでしょ。言ってみた？」

「もちろんさ」嘘をついた。

　だが、十一歳にしてコンスタンスは賢かった。「言ったほうがいいよ。すぐに」

「お金のことは心配しなくていい」安心させるように笑ってみせた。「お父さんは新しい事業が成功すると自信を持ってるみたいだから」

「うん、知ってる。また何か思いついたみたい。この前は写真家になるって言って、カメラの部品をとりよせたの。いまも送られてきた箱のまま外にあるけど。その前はガラス吹きに興味を持ってた」

「とにかく心配しなくていい。お父さんはきみのために頑張ってるんだから」

「誰かが心配しなきゃいけないんだよ、ミスター・スタンホープ」

コンスタンスが少し恥ずかしそうな顔をしたが、ぼくはとがめたつもりはなかった。それに、心配するのも無理はないかもしれない。薬局がつぶれたらアルフィーは外で働き口を見つけなければならず、娘を学校に通わせる余裕もなくなってしまうだろう。十一歳では貧民学校にも入れないから、コンスタンスも工場か何かで仕事を見つけなければならなくなる。それは明るい見通しではない。

給仕の娘が盆を手にやってきて、花柄のティーポット、二組のカップとソーサー、砂糖がけのカップケーキののった皿をテーブルに置いた。コンスタンスの目が皿ほどに大きくなった。行儀よくしようとしているのがわかったので、フォークを押しやって言った。

「さあ召しあがれ」

ぼくはお茶を飲もうとしたが、切れた口には熱すぎたので、黙ってコンスタンスが食べるのを眺めた。彼女は細心の注意を払ってフォークを口に運びつつ、顎の下に添えた皿でこぼれたかけらを逃さず拾い、最後に舐めた指をそのかけらに押しつけて口に入れた。

「そうだ、あげたいものがあるんだ。新しくはないけど、気にいってくれるんじゃないかな」例の人形をとりだしてコンスタンスに向かってゆすってみせると、頭がぐらぐらと左右に揺れた。

「まあ」まだケーキで口をいっぱいにしながらコンスタンスが言った。「ありがとう。かわいいね」

でも、その態度はどこか嬉しそうではない。「もうこういうもので遊ぶ歳じゃないかな」

「ううん、小さいころの人形もまだ持ってるよ」コンスタンスが気を遣って人形を抱き、その服を吟味した。「名前はなんにしようかな……ん、待って」そう言うとドレスの首もとを探る。「何かあるよ」

コンスタンスが紙片を引っぱりだした。一インチ四方ほどに折りたたまれ、人形の服のなかに押しこまれていたようだ。開かれたそれは青い便箋で、何度も読んではたたみなおしたように折り目がなかば透けている。

「見せてくれ」と言ったが、コンスタンスが手の届かないところに遠ざけた。

「手紙だね。マリアっていう人あての。この人形はその人のだったの？」

「そうだよ。お願いだからちょっと貸してくれ」

「オーガスタス・ソープ少佐から。将校だね！」コンスタンスが手紙に目を走らせる。

「かわいそうなマリア。この人に泣かされちゃって。マリアって誰なの？」

「ぼくの……知りあいだよ。きみには関係ない」

「でもすごく悲しい手紙だよ。ふたりは愛しあってたの?」

「違うよ。早く見せてくれないか」

「マリアは遠くへ引っ越したの?」

「いや」

「じゃあどうしてこの人形がいらなくなったの?」

「いいから手紙をよこせ、コンスタンス!」

コンスタンスがむっとした顔で、手紙をわざとテーブルのまんなかに置いた。

どうしていらいらしてしまったのだろう。黙って手紙を読ませてやればよかった。見つけたのはコンスタンスだし、そもそもそれはぼくたちのどちらのものでもないのだ。ごちそうして喜ばせようと思ったのに、台なしにしてしまった。

ふたりともしばらく黙りこみ、ぼくは歯の抜けた穴に舌を入れてひりひりする歯茎の肉に触れた。

「それを読む必要があるんだ」

「そうですか」冷たく他人行儀な返事。

ぼくは手紙を拾いあげた。

品のある整った文字に、質のいいボンド紙の便箋。教養ある紳士のようだ。

〈オーガスタス・ソープ少佐
ロンドン、セントジョージ兵舎
一八八〇年一月十六日

親愛なるマリア、
こんな手紙を書くのは心苦しいが、やむをえない。家族と連隊のためだ。きみを傷つけるのは決して本意ではないが、この何ヵ月かのようにきみと会うことはもうできない。きみの状況がそれを不可能にした。

理由はわかってもらえると思う。

どうかこれからも元気で。

オーガスタス〉

それだけだった。簡単で素っ気ない手紙。

オーガスタス・ソープ少佐。はじめて聞く名前だ。娼館でときどきすれ違う客たちは、靴磨きに金を払うようにポケットから出した小銭を投げる、欲得だけのいけ好かない男ばかりだった。声が聞こえることもあったが、餌にがっつく豚のように鼻を鳴らすか、口やかましい妻やかわいがってくれなかった母親の文句を言うかだった。

ぼくはマリアにたくさんの手紙を送った。少なくとも二十通は書いた。紙はもっと安物だが、より長い文に多くの形容詞をちりばめた。〝美しい〟とか〝喜ばしい〟とか、もっともよく使った一番のお気にいりの〝永遠の〟とか。ああ、美しく喜ばしい永遠の愛よ！　マリアと恋に落ちたとき、ぼくはためらいがちに一歩を踏みだしたのではなく、断崖絶壁から飛びおりたのだ。

このオーガスタス・ソープというのは何者なのか。マリアの状況を予想しえなかった偶然のできごとのように書き、まるで〝不可能〟しか形容詞を知らないかのようなこの男は。

泥のかたまりを呑みこんだような気分になる。ぼくはマリアに何もかも話したのに、マリアは本名さえ話してくれていなかった。そこへきてこの軍人だ。この何カ月か彼女と親しく公園を散歩してきた相手。たぶんマリアが愛していたのはこの男なのだ。人形のドレスに隠し、大事に擦り切れるまで読んできたのは、ぼくのではなく彼の手紙だった。

その夜はいらいらして気もそぞろな状態で働き、帰り道でドクター・アンダートンあての手紙をドクター・アンダーソンに届けてしまったことに気づいた。でもいまさらどうしようもないし、よく似た名前を持つ彼らが悪いのだ。

午前中にどうにか三時間ほど眠ったぼくは、起きてから店の奥の部屋にひとりでいた。コンスタンスはディーン街の学校へ行っていて、アルフィーは店番をしながら、四人がかりで運ばれてきた装置を組みたてている。

その日はいつも庭に置かれているブリキのバスタブが部屋にあった。アルフィーは湯船につかるのが好きで、葉巻の火のほかは何も見えないほどの湯気に包まれ、軍隊時代の下品な話をして声がかれるまで笑う。バスタブがあるのがうらやましかった。ぼくは部屋でたらいの水と浴用タオルで身体を拭くしかできない。

マダム・モローが犯人なのだろうか。そうでないという確信はない。それでも心の底では信じられなかった。それにもうひとつ、もし犯人なら疑いの目を自分からそらすために、マダム・モローはマリアのことを気にかけている感じがした。それにもうひとつ、もし犯人なら疑いの目を自分からそらすために、いつぼくのことを警察に言ってもよかった。でも彼女はそうしなかった。それは彼女を信じる理由になるだろう。

それでも、マダム・モローが絞首刑になる可能性は充分にあった。警察はフランス風の名前を持ち、世間の同情が集まらないのは確実な職業の女よりほかに貧しい想像力を広げようとはしていない。彼女を吊るして一件落着にしてしまうほうが、苦労して真実を突きとめるより楽だからだ。

ぼくはカップにお茶を注ぎ、ポットを両手で包んで、熱いのをしばらくそのまま我慢し、目を閉じて肌が火傷しそうになるのを感じていた。

ソープがマリアのお腹の子の父親だったのだろうか。考えるだけで気分が悪くなる。そうだとしたら、あの拒絶の手紙がおそらくマダム・モローのところへ行った理由だろう。腹が大きくなれば、エリザベス・ブラフトンにもお払い箱にされかねないからだ。

ソープと話さなければならない。でもどうやって？

彼に書く手紙を想像する。〝親愛なるソープ少佐、貴殿が懇意にしていた娼婦が殺された件で、貴殿を犯人と疑っています。会ってその話をしませんか。貴殿の知らない人物より〟。

お茶をする。どんなに頭をひねっても、ほかにはひとつしか方法を思いつかない。だが、心底これだけはいやだという案だ。ああ神よ、ぼくをあなたの残酷な遊びのおもちゃ以上に思ってくださったことが一度でもあるなら、どうかべつの方法を見つけさせてください。

14

姉のジェーンはメイダヴェールの三階建ての家に住んでいた。薬局から北東に歩いて一時間足らずのところだが、あまり行くことはない。

玄関の扉をあけたのはモブキャップをかぶった黒人の女だった。

「ミセス・ヘミングズにお会いできますか」

「セールスはお断わりだよ」女が強い訛りで言って扉を閉めようとした。

「兄弟が会いにきたと伝えてください」

女が疑り深い目でぼくを頭から爪先まで見た。「ちょっと待ってて」

女が扉を閉めたので、ぼくは玄関のステンドグラスの窓からなかを覗いた。隅に置かれた一脚テーブルは、間違いなくぼくたちが育ったエンフィールドの家にあったものだ。ジェーンにはたやすいことだ。姉は両親が自分に望むことを自分でも望み、それゆえに両親に愛されてきた。出窓と屋根つき玄関のあるいい家、立派な仕事につくいい夫、そして何より一個の子宮から生みだせるかぎりの子供。

言うまでもなく、ぼくは家具などもらったことがない。姉は両親の愛する娘だが、ぼくは誰の息子でもないのだから。

しばらくして扉をあけたジェーンは、とたんに口もとの笑みを引っこめた。「あら、あなただったの。オリーかと思ったのに」

「入ってもいいかな」

「ハワードが留守だから」慎み深い姉は、夫の留守中に男を家に入れるところをご近所に見られたくないのだ。「なんの用？　言ったでしょ、もうお金はあげないって」

「そうじゃないよ」

わざわざ言うのがいかにも姉らしい。二十一歳のとき、ぼくは借金を負い、金に困っていた。母が死んだことを知ったばかりで、姉のほかに頼る人もいなかった。いまは他人のような態度だが、ぼくたちは十五年も同じ部屋で寝起きしてきた。夜、真っ暗ななかで横になっておしゃべりしていると、姉の声が自分の頭のなかから聞こえているのではないかと思うほど近くに感じられた。悪い夢を見たときは姉の隣で身体を丸めた。衣装簞笥のぼくの側に姉の服がはみだしたといって野良猫のように喧嘩し、姉がバレエのプリエを練習していたら拍手し、ほぼ毎朝カーテンをあけて姉を起こしては下の子らしく怒られていた。自分が本当は男の子だとはじめて打ちあけたのが姉であり、なんて馬鹿なことを言ってるのとはじめてぼくをなじったのも姉だった。家のなかで赤ん坊が泣きだした。ジェーンが一歩玄関に入って「セシリー！」と叫び、メイドのあやす声が聞こえてきた。

「また生まれたの？」

どれだけ姉に会っていなかったのかがわかろうというものだ。一年近くだろうか。

「ええ。女の子よ。これでふたりずつ」

子供たちの性別の話が宙に浮いた。

「元気そうだね」少なくともそれは本当だった。姉はぼくと同じほどの身長があり、清潔で健康そうで身なりもいい。だが、ぼくは姉の秘密を知っている。姉がぼくの秘密を知っているように。

「あなたはそうでもなさそうね。ボクシングでも始めたの？」

「いや、ただのあざだよ」

「いまもあの病院で働いてるの？」これもまた含みのある質問であり、自分のしてやったことをぼくに思いださせようとするものだ。ぼくに金を貸したあと、姉は、友人のいとこが病院の小使いの仕事を最近辞めて空きができたと教えてくれた。やったのはそれだけなのに、まるでぼくのために働き口を見つけてやったという態度だった。しかも、それとて姉としての愛情からではなく、ぼくがちゃんと金を返せる手段を確保するためではなかったかと疑っている。その金がすごく必要というわけでもないのに。

「うん。いまも外科医の助手をしてるよ」嘘をついた。「家もあるし友達もいる。幸せに暮らしてるよ」こうなったら乗りかかった船だ。

「その人たちはあなたの正体を知ってるの、ロッティ」

「みんなぼくが男だと知ってる。それと、ぼくの名前はレオだ」

泣き声が続いている。新しい姪の顔を見たいところだが、そんな誘いはしてもらえそうにない。

「フン族のアッティラをローマから追いかえしたレオという教皇がいたわ。知ってる？」

「いや、知らない」

「カトリック教会を統一した人よ」それをいいこととみなしているのかどうかわからなかったが、とにかく姉は続けた。「あなたの洗礼名はシャーロットなのに、いまチャールズと名乗ってないのはどうして？」

「新しい名前がよかったからだよ。それにずっとロッティだったし。シャーロットじゃなくて」

ジェーンは外見的には母に似ている——気味が悪いほどよく似ている——が、考えかたは父にそっくりだった。そして本当のことを言えば、ぼくにも似ていた。意見が合うことはあまりないが思考法は同じだった。まったく同じ機から違う布が織りあげられるように。

「レオがロッティとどれだけ似てるか意識したことはある？　L、E、Oの三文字が同じで、T、I、もうひとつのTがない。面白いと思わない？　あなたはかつての自分の名前の半分だけを名乗ってて、乳房だけなくなってるの」

それほど驚かなかったし腹も立たなかった。姉がその秘密の一端を覗かせただけのことだ。ひと言で言えば、姉はぼくの知る誰よりも頭がいい。これまでに会った医師や弁護士や牧師の誰ひとりとして、姉にかなう者はいなかった。子供のころ、ぼくはチェスに熱中してずっとチェスばかりしていた。母や隣人、教会守、何人もの教区民、みんな負かすことができた。兄のオリヴァーも負かせた、というより、少なくとも兄が盤上の駒をなぎはらって出ていってしまうまでは優位に立てた。でも、ジェーンには歯が立たなかった。本を読みながら涼しい顔でぼくを負かせた。対面のぼくが盤上を睨みつけ、歯ぎしりして頭から湯気を出しているというのに。

この知性を夫である銀行家のハワードに見せたことはあるのだろうか。なんとなく、ないのではないかという気がする。もったいないことだ。ぼくたちはともに変わったが、ぼくがなるべき人間に変わったのに対して、姉は本当の自分を葬ってしまったのだ。

「本は何冊ぐらいあるんだい」出しぬけに尋ねた。

「書斎いっぱいにあるわ」硬い鎧の隙間からわずかに愉快そうな表情を見せて姉が答えた。昔からのふたりの悪ふざけだ。家にある本を数えて、二十冊より少なければ、その家族を教養のないうすのろと馬鹿にしていた。本当にかわいくない子供だった。

「読ませてもらえるの？」

「時間があるときはね」つまりハワードが留守のときは、ということだろう。「わたしの読書習慣の話をしにきたわけ？」

「いや、頼みがあって。オーガスタス・ソープという紳士を見つけたいんだ」

姉が肩をすくめた。「それだけ？　なら答えは簡単よ。そんな人は知らない。ロッティ、この広いロンドンで、わたしがたまたまその人を知ってるかもしれないと思ってはるばる来たの？　なんて馬鹿な口実かしら」

「姉さんが知ってるとは思ってないよ。オリヴァーが知ってるんじゃないかと思って。オーガスタス・ソープはセントジョージ兵舎の少佐なんだ。オリヴァーもまだあそこにいるんだろ。急いでソープと話がしたいんだ。姉さんから頼んでくれないかな」

姉は眉を持ちあげただけで何も言わない。並木を揺らす風の音と、離れたエッジウェア通りを行きかう馬の蹄の音をのぞき、通りは静かだ。家のなかでは姪の泣き声がやかんの立てる音に変わった。

男の子が戸口に姿を見せた。最初はわからなかったが、やがて一番上の子のウォルターだと気がついた。まだろくに話せないぽちゃっとした幼児だと思っていたが、目の前にいるのはなんと八歳か九歳くらいの髪に櫛を入れた顎の長い男の子で、その青い目はぼくになんの反応も見せていない。

「こんにちは」と声をかけた。

「家に入ってなさい」ジェーンが言って、子供のころから変わらない目で睨んだ。誰だか名乗ったりするんじゃないわよということか。夫や子供たちにはぼくのことをどう話しているのだろう。間違いなくレオという名前を出したことはないだろうが、ロッティについてはどうなのか。ロッティおばさんは死んだことになっているのか、それともはじめから存在していないのか。

持ってきたメモをポケットから引っぱりだす。何度もチェスで負かされてきた教訓として、姉に対しては用意周到にならざるをえない。「これがぼくの住所。それと、忘れてるかもしれないけど、名前はスタンホープだから。兄さんに言づけてくれ。それからこれがその紳士の名前。オーガスタス・ソープ少佐」

姉はメモを受けとらない。「頼みがあるのはわたしじゃなくてオリーでしょ」

「兄さんがぼくと口もきいてくれないのはわかってるだろ」

過去に連絡をとろうとしたこともあるが、手紙が封を切らずに送りかえされてきた。

姉がため息をつく。「ところでいったいなんなの。どうしてその人と話がしたいのよ」

「ある若い婦人が殺されて、彼はその知りあいだったんだ。警察はもうべつの人物を捕まえてるから彼は容疑者じゃない。でもいくつか訊きたいことがあって」

「殺されたですって？　なんだってそんなことにかかわってるのよ」姉があとずさり、扉に手を伸ばす。

「お願いだよ、ジェーン。危ない目にあわせるようなことはないから。ただこの紳士からぼくに連絡してくれるよう、オリヴァーに伝えてほしいだけなんだ。殺された若い婦人のためにどうか頼まれてくれ」

姉はそれでもメモを受けとらない。「どうしてわたしが？　わたしたちには関係ないでしょう」

今度はぼくが肩をすくめた。「今夜また頼みにきてもいいんだけど。必要なら明日も」

意味は伝わったはずだ。甥や姪ははじめておじさんと会うことになるし、ぼくはハワードにも自己紹介できる。きっといることすら知らなかった義弟との対面を喜んでくれるだろう。

本当のところ、そんなことをするつもりはない。姉に恥をかかせるのと引きかえに自分が捕まりかねないからだ。でも経験上、ジェーンと取引するには脅すしかない。

姉がとうとうメモを受けとった。今度ばかりはチェックメイトだ。「オリーに伝えるわ。でも、うんと言うかは約束できないわよ」

「努力するとは約束してくれるね」

「わかったわよ。だけど頼みを聞くのはこれが最後だからね。もうここには来ないでちょうだい。ご近所さんも使用人もいるし、立場ってものがあるんだから。あなたは歓迎されてないの。わかった？　もう来ないで」

「それが姉の言葉かい」

「あなたが悪いんでしょ、レオ。わたしを責めないで。ロッティのことは愛してたし、これからもそうよ。妹が恋しくない日はないわ」

一瞬言葉を失い、他人のように戸口に立ちつくした。泣くまいと強く念じる。「それが望みなら、わかったよ。電報を送ってくれ。いつでも彼の都合のいい場所で会うから」

ジェーンがうなずき、家のなかに入ると、「ごきげんよう」と言って扉を閉めた。

日々ジェーンに会うことも、ジェーンのことを考えることもないのにはもう慣れたが、昔は自分の声より姉の声のほうをよく聞いていた。それがもう二度と聞けないと思うと耐えがたかった。

胃が空っぽで食べたいのに食べられないような気分だった。一日たつと飢えは恨みに変わり、さらに怒りに変わった。どんなに父が嫌いで、父の教育方法がいやかを打ちあけられたとき、ぼくは姉に味方した。見聞きしたものや行った場所のすべてが聖書の引用をまじえた授業と試験に変えられ、まるで人生のために信仰があるのではなく、信仰のために人生があるかのようだった。

が、いまや真実が明らかになった。ぼくの骨に刻まれたものは、姉にとっては指先についたインクでしかなく、簡単に洗い落とせるものだったのだ。結局は父の側についたのだから。

それでも、眠れずベッドに横たわっていると、牧師館での夏を思いださずにはいられなかった。腕をばたばたさせて庭を踊り歩き、ツツジやボタンを眺め、巣箱のツグミのヒナを愛でた。ヒナを手にのせ、小さなピンク色のくちばしが開いたり閉じたりするのを見守っていると、自分がその親になったような気がした。

ぼくは病院に出かける前に薬局で店番をするようになった。商売はややなかだるみしているが、それはたるんだロープのようにすぐぴんと張るとアルフィーは言う。だがぼくの見るかぎり、ちょんと引っぱられることさえない。

金曜日の午後遅くまでにやってきた客は三人だけだった。鼠とり用に砒素を買いにきたおばあさん、塩の最後のひと箱を買っていった革なめし職人、そしてビール醸造所のミス・ホーナー。彼女は荷車引きが足に樽を落とし、足の小指から親指までざっくり切れてしまったからと石炭酸を買っていった。

そのあいだも、アルフィーは新しい装置の使いかたの学習に余念がなかった。それはなんとも恐ろしげなもので、椅子と足踏みポンプとさまざまなとりつけ器具からなっている。狭い店のまんなかにでんと据えられたその装置はいやでも目に入る。アルフィーは酢漬けの豚の頭を使ってその機械の練習をしていた。豚肉と酢のにおいは臭いし、ペダルのきしみも歯車の回る音もうるさいが、何より歯のエナメル質を削る甲高いドリルの音が耳障りだ。

「歯の治療ってのはようするに工事だ」アルフィーがドリルをペンチに交換しながら説明する。「この機械が全部やってくれる。ただ手がすべって口のなかのやわらかいところにあたらないように気をつけてりゃいいのさ」

この新事業が金持ちの客を薬局に呼び寄せてくれると期待しているらしいが、逆ではないだろうか。薬を買いにきた客も、椅子にくくりつけられた豚の頭を拷問している男を見たら逃げていってしまいそうだ。

外套を着て仕事に出かけようとしていたら呼び鈴が鳴らされた。

その男のことはすぐにわかった。マダム・モローの家で、自ら入る勇気もなく、小さな女の子を忍びこませて外で待っていた男だ。間近で見ると三十歳ほどで、背筋をぴんと伸ばした立ち姿は、制服こそ着ていないがまぎれもなく軍人だ。男は豚の頭を見てたじろいだが、どうにか気をとりなおしたようだった。

そこへ入ってきたコンスタンスを男がじろじろと見た。「きみがミス・プリチャードかな。この住所に来るよう言われたんだが」

即座に男の正体を悟った。手紙の言葉が脳裏によみがえる。〝きみの状況がそれを不可能にした〟。もったいぶったやつだ。マリアを本当に知っていたとも、まして気にかけていたとも思えない。

男が鼻をひくつかせて店内を見まわした。どうやらここが気にいらないらしい。きっとリージェント街やパーク小路の大きな店をひいきにしているか、あるいは薬剤師が薬の詰まった箱を手にうやうやしく訪ねてくるのかもしれない。

だがコンスタンスはあっさりと応じた。

「間違いじゃない？　ここにミス・プリチャードって人はいないよ」

ソープが眉を持ちあげた。「プリチャード大尉からここに妹が住んでいると聞いて来たんだがね。名前はロッティだと。シャーロットの略だろう」

「本当に妹ですか」言葉が口をついて出た。「男じゃなくて？」

ソープがいぶかしむようにこちらを見た。なぜこいつが口をはさむのかという顔。ぼくのことを客だと思っていたか、あるいは存在に気づいてもいなかったのだろう。

「何を言ってるんだ。わたしははっきりそう聞いた。ミス・プリチャードはいるのかね、いないのかね」

いないよ、と心のなかで答える。

アルフィーはまだ豚の歯を引っこ抜こうとしている。「そういう名前の人を知ってるか、レオ」

「もしかしたらね。よかったらどんなご用件かうかがっても？」

ソープが首を振った。「いや、プリチャード大尉からほかの誰にも言うなと念押しされている。微妙な問題なのでね」

「微妙な問題って？」好奇心まんまんで尋ねたコンスタンスを、少佐がまたじろじろと見た。今度やったら、こいつをあの椅子に縛りつけてドリルの餌食にしてやる、と内心で思う。

「もういいよコンスタンス。用があれば呼ぶから」

コンスタンスが口をへの字にして出ていった。

ぼくはソープに顔を向けた。「ミス・プリチャードに伝言があれば伝えますよ」

「彼女はどこに？」

「すみませんが、本人の了承がないと住所は教えられませんね。伝言は？」

ソープが少し考えて口を開いた。「会いたいと彼女に伝えてくれ。だがここではなく」と、椅子に嫌悪感もあらわな視線を向ける。

「セントジェームズ公園にしよう。日曜日に湖にかかる橋の上で。時間は正午がいい。わたしはソープ。ソープ少佐だ」

突然何かが割れるようないやな音がして、アルフィーが後ろによろけた。ペンチを掲げ、その先にはさまれた歯を見せてにたっと笑う。

「抜けたぞ！」

ソープがぎょっとした顔で扉のほうへ飛びのいたが、うろたえた姿を見せたことに気づいて息を吸い、姿勢を正す。

「ではかならず伝えてくれたまえ。日曜日の正午だ」

少佐が帰るやいなや、部屋にあがってベッドに倒れこみ、天井を見あげた。

なんてことをしてしまったのだろう。ソープは存在しないロッティにどうやって会えるというのか。

15

日曜日の午前、アルフィーとコンスタンスは教会へ出かけていった。生前のヘレナが毎週何があろうとかならず行っていたので、アルフィーもその習慣を守っているのだ。口に出したことはないが、アルフィーの信心深さはぼくと変わらない程度で、亡き妻の思いを尊重するためだけに行っている気がする。ぼく同様彼にも神を疎む充分な理由がある。

ぼくは部屋で新しいかつらを手にすわっていた。

はじめは自分でソープに会いにいき、どうにか話を聞きだそうと思っていた。だが、あれだけはっきりロッティを名指ししていたのだ。ほかの人間に話すだろうか。

そこで誰かがロッティになりすませばいいと考えた。会ったことのないソープにはわからない。でも誰がいいのか。

まずオードリーが思い浮かんだ。いくらか渡せば喜んでやってくれそうだし、何を聞きだしてほしいかは事前に伝えておけばいい。しかしオードリーは街のスズメで、牧師の娘のロッティはキジバトだ。陸軍少佐がだまされるとは思えない。

次に思い浮かんだのはミセス・フラワーズだった。だがすぐにその案も却下した。話しかたはオードリーと大差ないうえに、猫をかぶれるような人ではないし、ずけずけとものを言う。別人のふりができるとは思えない。

となると、思いつくのはあとひとりしかいなかった。品のある話しかたができて、ロッティとして通る人物といえば……それでかつらを買ってきたというわけだ。

フローラル街の店には、ありとあらゆる種類の婦人用かつらをかぶった木の頭がずらりと並んでいた。それらはどことなく剝製じみていて、落ち着かない気分にさせられた。それに、どんなかつらがいいのかわからなかった。かつての自分の髪のような、目立たない茶色の軽くウェーブのかかったものがいいのだろうか。かつらはただの変装のための小道具であって、良し悪しは関係ないと何度も自分に言い聞かせた。どんな髪だろうと、それでソープが罪を自白するかしないかが決まるわけではない。それなのに、どうにも決められなかった。

かつらに用はなさそうなふさふさした髪の愛想のいい店員も役には立たなかった。

「こちらはいかがですか」と店員が見せたのは、女王がかぶっていそうな大きく仰々しいかつらだった。「手頃な値段ですし、長もちしますよ」

髪が薄くなってきた年配のおばのためにかつらを買いにきた、という思いつきのつくり話をしたのが間違いだった。

結局、昔の自分の髪に近いものを選んだ。なぜかはよくわからないし、店をあとにしたとたんに後悔した。店員もぼくの選択にはっきり異を唱え、店を出るまで違うものをすすめてきた。

「おばさんには歳に合ったものがいいと思いますよ。お客さんの選んだのは若すぎます。考えなおしたほうがいいです。一度つけたものは返品には応じられませんよ」

家でひとり自室にすわっていると、誰かの剝いだ頭皮を手にしているような気分でおぞましくてたまらなかった。こんな状況に追いこんだジェーンへの恨みがつのった。これは間違いなく姉の意地悪だ。

だが、ぐずぐずしてもいられない。アルフィーとコンスタンスがもうすぐ帰ってくる。

かつらを頭にかぶった。肌にくっついて気持ち悪い。乱暴に頭を振ると髪が左右に揺れ、前かがみになると顔に落ちかかってくる。その感覚はおぼろげにおぼえている。

アルフィーに黙って薬局のおしろいをひとつ買った。おしろいが一個減って六ペンス貨が一個増えていても気にしないだろう。冷やっとしてむずむずするが、あざを隠してくれる。

マリアの服を着ようと決め、できるかぎり汚れを落としてきれいにしておいた。それをベッドに広げる。ペチコート、ボンネット、ドレス、身につけたことがない上下つなぎ式の下着。

すべての服をぬぎ、裸で部屋のまんなかに立った。誰の目にも女にしか見えない姿で。

つなぎを着て、十年ぶりに毛衣なしの胸の上までボタンをとめる。飾り気のない実用本位の下着だが着心地は悪くない。下着は嫌いではなかった――マリアのものだったのに嫌いなはずがあるだろうか――が、それを着た自分は嫌いだった。細い腰も浮いた鎖骨も狭い肩幅もひょろっとした首も、何もかも。

突然、下着をぬぎ捨てて計画をすべて諦めたくなった。ソープに会いにもいかず、マリアの死の真相を知りたいという思いも忘れて。

しばらくベッドにすわっていると、なんとかやりとげられそうな方法を思いついた。毛衣をとってきてソーセージ状に丸め、つなぎの股の部分にピンでとめる。馬鹿げたことだ。一物のない男が女を偽ろうとして偽りの一物をつけるなんて。でも、これがそこにあるのを感じられるかぎり、腿にあたる感触があるかぎり、本当の自分を忘れずにいられる。

深呼吸をひとつして、ドレスを拾いあげた。クリーム色のシンプルなもので、襟ぐりにレースがあしらわれ、後ろにはひだとリボンがついている。優美さには欠けるが、これしかないのだからしかたない。腰にバッスルをつけるようになっているようだが、持っていない。マリアはマダム・モローの家を出るとき着けていったのだろう。ひょっとすると死んだときも着けていたのかもしれないし、墓にも着けて入ったのかもしれない。そのことが頭から離れず、爪で手をつねって気をそらさなければならなかった。

部屋を見まわして適当なかわりを探し、洋服のハンガーを試したあと、たたんだタオルをペチコートの上からベルトで巻いて固定することで落ち着いた。だがおさまりが悪く、すぐに落ちてきそうになる。女はよくこんなものをつけていられるものだ。

ドレスの寸法もぴったりとは言えず、肩も余っているし、襟ぐりはゆるく、後ろもタオルのバッスルの上からスカートがたれさがっている。それに、丈が少し短い。母なら裾を出して身ごろも合わせてくれただろうが、自分にはできない。ペチコートを引っぱってどうにかまともに見えるのを願うしかない。

ドレスがマリアのもので助かった。マリアと共犯になったような気分になれたからだ。甘い彼女のにおいに、身体に腕を回してドレスを抱きしめると、マリアが抱きかえしてくれているような気がした。

身ごろをなでつけ、慣れた手つきで襟ぐりを整える。こんなに簡単に習慣が戻ってくるとは思わなかった。ひきだしをあさり、数冊の本以外にロッティ時代からずっと持っている唯一のものを見つけだす。十一歳の誕生日に母からもらった銀のブローチだ。薔薇の花に軽く反った茎とわずかな棘がついている。それをドレスにつけた。

鏡を見るのは嫌いだが、どこもおかしくないかたしかめたかったので、アルフィーの部屋へ行って目をつぶったまま鏡の前に立った。十から逆に数え、三で目をあける。

ロッティがそこにいた。長い顎もぎこちない立ち姿もそのままで、どうしていいかわからないように指をもぞもぞさせている。なんだか気の毒にすら思えてきた。ロッティが腰に手をあててウエストを強調する。彼女を睨むと、彼女も睨みかえしてくる。

母がこの姿を見たら、娘が帰ってきたと思っただろう。そう思うといたたまれなくなった。母のために、あと何年かドレスを着つづけるのはそんなにつらいことだったのだろうか。ぼくの性別は、もう少しだけおしろいとペチコートに隠しておけないほどやわなものだったのだろうか。

「どうしてそんなことをしなきゃいけないんだ」と口に出して言う。「どうして本当の自分でない姿をしなきゃいけないんだ」

声に出しても気分はよくならなかった。どんなに自分を正当化しても、母が死んだときそばにいなかったのは事実なのだ。

自分の服をまとめてカーペットバッグに入れ、台所へ行ってひきだしから一番大きな包丁をとりだし、布にくるんでそれも入れた。きのう一時間かけて研ぎ、するどく尖らせておいたのだ。

セントジェームズ公園には十一時前に着いた。ドルリー小路の質屋で五シリング六ペンス——一週間の家賃の半分だ——で買った紺の乗馬用上着を着ていても身体が震えた。質屋の店員が最高級のウールだと言い張り、言い争っている暇もなかったし、少なくともそれでぶかぶかの身ごろと即席バッスルの一部は隠すことができた。バッスルは前に回ってきたり、ずり落ちたりしがちで、薬局から歩いてくるあいだにもう二回もなおさなければならなかったが、これで落ち着かせることができるだろう。さらに、つば広の帽子も買った。マリアの薄いボンネットよりこちらのほうが合っている。

女になる練習をする時間は一時間あった。自分が一番不恰好(ぶかっこう)でぎこちない。湖畔を散歩公園を優雅に行きかう人々のなかで、自分が一番不恰好でぎこちない。湖畔を散歩しようとしたが、何度もペチコートにつまずいた。すれ違う婦人たちのゆったりした足どりにくらべて自分の歩調が速すぎることに気づいた。速度を落としたら、だいぶまっすぐな姿勢で歩けるようになった。

細長い湖のぐるりは黒い手すりに囲まれ、日傘を差した人々が首飾りのビーズのようにそれに沿って歩いている。片方の端には小さな島があり、その上には小屋と囲い網があって、コウノトリやペリカンが、カモやガチョウのあいだを悠然と歩いている。オペラ・コミック座で芝居を見たあとはここにマリアを誘うつもりだった。できればそれを恒例にしたいと考えていた。腕を組んで歩き、ときどきベンチにすわって、おたがいの日々のことやふたりの将来のことを語りあいたかった。ほかのみんなと同じように。

湖はなかほどですぼまり、そこに手漕ぎ舟くらいしかくぐれそうにない低い橋がかかっている。ここで正午にソープと会うことになっていた。

正直に言えば、彼がオリヴァーの頼みに応じたことは驚きだった。ソープはいい家柄の少佐で、マリアは本人の言葉によれば劇場生まれの娼婦だ。理由がわからなかった。

橋の上で、すべりやすい足もとに気をつけながら、のんびりと歩く練習をした。多くの紳士が目を合わせるとともに、目以外にも視線を向けてくる。たとえ婦人の連れがいてもちらちら見てくるのは同じで、まるでぼくが展示の一部であるかのようだ。自分はあんなふうにしたことがあるだろうか。たぶんない。通りで女に声をかけたこともないし、目の前の男がしているように、湖に浮かんでいるバンを指さしながら婦人の腕に手を置いたこともない。なんと自信まんまんなことか。しかも、その鳥はバンではなくオオバンだ。だが彼の間違いを指摘はしなかった。女は控えめでなくてはならないからだ。

一時間たつころには疲れるとともに不安になってきて、ひと息入れることにした。バードケージウォークを歩いて〈エレーテッド・ブレッド・カンパニー〉のティーショップに入ると、日曜だというのに混んでいた。トイレに入って頭をかかえていると、五分後には本当に用を足したくなってきたが、つなぎ式の下着の複雑怪奇なしくみがわからず、服を全部ぬがなくてはならなかった。終わってバッスルがずれないようにベルトをきつく巻きなおしたら、息をするのも苦しくなった。

女としてふるまうのがこれほど大変だとは妙なものだ。ふだん男として通るよう苦労しているのを考えればなおさら。

ティーショップのラウンジに戻ると客は男ばかりだった。若者が指を鳴らして〈婦人用ティールームは一階です〉という注意書きを指さし、にやりとして、こっちのテーブルに来たいなら歓迎するよと言った。断わるとあっけにとられた顔をした。

一階におりて、誰にも見られない隅のテーブルでお茶を前にしたときは、手が震えてカップが持てないほどだった。目をつぶればいつもと変わらないが、目をあけると顔のまわりの髪やドレスのふちどりのレースを無視できない。

手をじっと見る。いつもと同じ手だ。同じ爪に、同じ赤らんで突きでた指の節。イタチ顔の男を殴ったときの手首がまだ痛むのも同じだし、いまも下着の内側にピンでとめた偽物の一物があたっているのも感じる。いまもぼくはぼくだ。

バッグのなかをたしかめ、くるんだ布ごしに尖った包丁の先に親指で触れる。そのするどさに力づけられる。

深呼吸して、ふたたび膝をくっつける。マリアのために、精いっぱい女になってやる。


正午五分前に橋の上に行って待っていると、きっかり正午に、ソープが公園の北側からやってきた。肩章つきの赤い上着に白いベルト、きっちりと折り目のついた黒いズボン、黒いブーツに黒い制帽という正装の軍服姿だ。水鳥を見ている親子連れで橋は混みあっていたが、みな彼のために道をあけた。顔をあげて胸を張り、行進しているような足どりがそうさせていた。

「ミス・プリチャードですね」

「はい。お会いできて光栄ですわ、ソープ少佐」声の高さを意識する。鼻歌で高い声を練習してきたのだ。

ソープが帽子をとって軽くお辞儀をした。ぼくにもマリアのドレスにも気づいた様子はない。

「どうかオーガスタスと呼んでください。兄上の知りあいなのですから。ロッティとお呼びしても？」ソープがほほえんで、返事も待たずに腕を差しだした。

最後に女の格好をしたのは十五歳のときで、当時も誰にも腕を差しだされたことはなかった。何か少年たちを寄せつけないところがあったのだろう。女の子にしては高い背丈か、くだらない冗談にすぐ顔をしかめるところか。それなのにいま、この世でもっとも自然なことのようにこの紳士と歩き、橋から宮殿のほうへ導かれている。母がずっとぼくになってほしいと願っていた貴婦人のように。

ソープの歩調が手から伝わってきて、それほど密に接触していることに身震いしたくなる。この手がマリアを殺した凶器を握っていたのかもしれない。いまは温和なこの顔が、歯を食いしばり、額に汗を浮かべてマリアの最期を見守っていたのかもしれない。

バッグのなかの包丁の重みが手に食いこむ。

「兄上はいいやつです」ソープが言う。「それに連隊一の射撃の名手だ。仲間のひとりと四十フィートの距離から磁器のジョッキに命中させられるかという賭けをして、みごと成功させました。二発めもきれいに命中させた。仲間は食堂で一ギニー払うことになり、兄上はかなりの部分が吹っ飛ばされたそのジョッキでビールを飲んでいました。信じられますか」

「兄は昔から何か撃つのが好きでしたから」

「べつのときには、インドで遠くの茂みに隠れていたクーリー（インド人に対する蔑称。ここではインドの反乱軍の兵士のこと）を撃ち抜きました。ほら、あそこに木が見えるでしょう。あのくらい遠くですよ。バンと撃つと、クーリーがどさりと倒れました。驚いた表情を浮かべてね。あんなのは見たことがない」ソープが一瞬肘を締めて、ぼくの手を上着に押しつけた。だがそれは誘いではなく、思いだして思わずびくりとしただけのようだった。「兄上とはボンベイとペシャワールで二年間一緒でした。だからよく知っているつもりでした。戦友ですしね。しかし、あなたのことは聞いたことがなかった。ふたごの妹ではありませんよね？」

「それはジェーンのほうで、わたしはその下です」

「なるほど。ところで伝言を預かってくれたあの青年は誰です？」

ぼくは肩をすくめた。「知りあいです。オリヴァーが住所を間違ったようですね」

「すると彼とは……？」

「まあ、いいえ」なかば本気で笑った。「そんなのではありません。ほとんど他人ですのよ」

湖畔の小道をゆっくりと砂利を踏んで歩きながら、ぼくは本題に入りたくてうずうずしていたが、ソープはあくまで世間話をするつもりのようだ。

「ロッティ、時間のあるときは何を？」

「そうですね、最近起きた殺人事件のことが気になっています。ミス・ミレインズという人が殺された事件です。ただの好奇心ですけれど。こんな話、気味が悪いとお思いですよね」

「たしかに変わったご趣味ですね」ソープは母なら〝育ちがいい〟と呼ぶような礼儀正しさを持っている。つまり、いつでもそつのないことを言うが、面白いことは何も言わない。

「ミス・ミレインズをご存じだったんですよね、ソープ少佐」

「オーガスタスです」ソープが目をそらした。なんと返事すべきか頭のなかで考えているようだ。「ところで、わたしの名前をどこでお知りになったのですか」

「マダム・モローから聞きましたの」嘘をついた。「この殺人事件の罪に問われている婦人です」

「その人に会ったのですか？　なんということだ。だとしても意味などありませんよ。ただ適当な名を挙げただけかもしれません」

袖ごしに伝わってくる緊張を感じて、ぼくはやさしくほほえんでみせた。「手紙がありました。あなたからミス・ミレインズあての」

ソープがぼくの腕を離して手すりにもたれ、湖の向こうのトラファルガー広場と自身の兵舎のほうに目をやった。口もとがこわばり、ぴりぴりしているのがわかる。

「その手紙というのをごらんになったのですか」

ここは慎重にならなくては。あの手紙だけがぼくの武器なのだ。見ていないと言えば、少佐とマリアを結びつける証拠は何もないことになり、ソープは貝になってしまうだろう。だが手紙を持っていると言えば、いますぐそれをとりにいこうと言い張るに違いない。

「ちらっと見ました」

ソープが頭をかかえた。「愚かとお思いでしょうな」しばらく黙りこんだので苦悩しているのかと思ったが、ふたたび口を開いたとき、その声は落ち着いていた。「わたしは事件とはなんの関係もありません。知らなかったのです。その……彼女が何者なのか。ただのかわいらしい娘に思えたのです。とてもかわいらしい娘に。何度かこで会っただけですから、疑う理由もなかった」

砂利道が前に延びている。マリアもこの道を、この男と腕を組んで歩いたのだ。ぼくはマリアの服を着て、文字どおりその足跡をたどっている。それはほとんど耐えがたく、走って逃げたい衝動に足の裏がうずきだす。が、真実を知るためには逃げるわけにはいかない。

「だまされたんですね」ぼくは誘い水を向けた。

「そうなのです」さもつらい記憶を思いだすようにソープが言った。「父親は銀行家だったとあの娘は言っていました。しかし没落してしまい、母親もつい最近亡くしたばかりだと。わたしの肩にすがって泣いたのですよ。だがすべて嘘だった。見せかけとはまったく違う人間だったのです。それがわかってすぐに関係を断ちました。とはいえ、手紙を書いたのは賢明なことではなかった。いまはそう思っています。なんとかとりもどしたいと思い、手を尽くしているのですが、いまのところ……あの、だいじょうぶですか」

「ええ、すみません。草で目がかゆくなっただけです」

「よかったらティーショップへ行きましょうか。近くにいい店があります」

「いいえ、どうかお気遣いなく。では彼女とは長いお知りあいではなかったんですの？」

「いいえまったく。部隊でインドへ行っていて、五カ月ほど前に帰ってきたばかりですから。怪我をしましてね。重症ではありませんが、ライフルを持ったクーリーに撃たれたのです。あと一インチ左なら危なかった。しかし英陸軍将校を殺すのは簡単ではありませんから」ソープがほほえんだが、癖でそうしてみせただけのような不自然な笑みだった。「兄上が撃ったのがそのクーリーです。最初に仕留めてくれていれば違っていたのですがね」

つまりソープは心身に傷を負って帰国し、マリアはそんな彼を慰めたのか。同情に胸がちくりと痛んだ。

「それで、どうやって真実がおわかりになったんですか」

ソープが非難がましい目を向けてきた。「ずいぶんぶしつけではありませんか」

「すみません」顔が赤くなるのを感じた。ひと呼吸置いてほほえんでみせる。母はいつも言っていた。何か言いたいときは笑顔で、強引と思われないように質問の形をとるようになさいと。「さっき申しあげたように、興味があるのです。ああいう女の人たちを警察がもっときちんと保護する必要があるとお思いになりませんこと？」

「あいにく思いませんね。それはいいことですが、彼女は嘘つきのぺてん師だったのです。わたしと結婚したがっていて、そのときはわたしも同じ気持ちを持っていなかったわけではありません。いまとなっては考えられないことですが」

愚かな男だ。きっと自分が口説き落としたつもりだったのだろう。たしかなことはわからないが、普通は女から言いだすようなことではない。口のなかを強く嚙んでこらえる。ソープは自己憐憫に浸りきっていて、何も気づいた様子はない。

「わかってください。彼女には本当にうまくだまされたのです。それで、当然ながら父に彼女のことを話しました。父は判事で、彼女のことを調べた。それで話は終わりです」

「彼女が殺されるまでは、ですわね」

ソープがこちらに向きなおり、やや近すぎるほど近くに立った。ぼくは顔をあげるとともに、さりげなくバッグに手を入れた。包丁をくるんだ布がほどけて、冷たく硬い刃が手に触れた。これがすっとこの男のなかに入って出てくるのを想像する。魚の口のように傷がぱっと開いて閉じるのを。指が包丁の柄に伸びて握りしめる。

ソープが大きく息を吐いた。「ええ、そういうことです。そしていまや例の女がわたしの名前を知っていて、ひょっとすると手紙も持っている。あなたが手紙をお持ちならよかったのですが。あるいはどこにあるかご存じなら」

「あいにく存じません。けれど、マダム・モローがすぐに有罪になれば、あなたのお名前が裁判でとりざたされることはないかもしれませんね」

ソープが腕で自分の身体を抱くようにしてうなずいた。「そう願いたいところです。インドならさっさと絞首刑にして終わりにできるのですが。ただ少なくとも、警察は今度こそ正しい人間を捕まえた。二度めの正直で」

「どういう意味ですか」予感に親指がうずいたが、ソープの顔を見て、また性急すぎたことに気づいた。「いえその、よろしければご説明いただけません？」

「かまいませんよ」ソープが背筋を伸ばした。より受けいれやすい会話の流れに戻ったのを喜んでいるようだ。「警察は無能ですからね。頭を使うということを知らない。

最初に別人を捕まえたのですよ。ウェストミンスター病院で働く罪のない男を。どうやら彼女にのぼせあがっていたらしい。裁判になれば新聞が大騒ぎしていたでしょうな。どれほどの醜聞か想像がつくでしょう。あの名高い病院の人間が痴情のもつれで、とかなんとか。そうなればいろいろなことが明るみに出ていたかもしれない。わたしのことも含めて。だから父がその愚か者を釈放して、例の恐ろしい女を逮捕しろと命じたのです。同類は同類にというわけです、おわかりでしょう」

腎臓を冷たい手でつかまれたような気がした。同類は同類に。ソープの父親が息子の名前を新聞に出すまいとして、そのおかげでぼくは釈放された。たしかに彼の言うとおりだろう。外科医の助手が恋人を殺したとなれば、どこかロマンチックに見られるかもしれない。だが堕胎屋が娼婦を殺したのなら、とりたてて注目もされない。裁判はせいぜい二日で終わり、新聞にはまったく報じられないかもしれない。

ソープがふたたびぼくの腕をとり小道を歩きだした。向こうからやってきた男女とすれ違いざまに、よそゆきで着飾った若くきれいな女のほうが軽くうなずきかけてきた。わけ知りな仲間意識のこもったしぐさだった。卑しからぬ身分の殿方を見つけ、その人と公園を散歩しているなんて、おたがいにうまくやったわね、というような。

気分が悪くなった。

ソープがぼくの手を軽く叩いた。「あのモローという女に会ったなら、何者か知っているのでしょう。あの女はもうニューゲート監獄に送られました。当然の報いです」

「ニューゲートですって？」顔から血の気が引いた。だが、いまはそれにこだわっている場合ではない。「ソープ少佐――」

「オーガスタスです」

「オーガスタス、そもそもどこでミス・ミレインズとお知りあいになったのですか」

ソープが数秒間を置き、だらりとした指を水面に伸ばす柳の木をじっとみつめた。

「クラブで会った忌まわしい男に紹介されたのです。きちんとしたまともな娘だからと。しかしそうでないのをその男はよく知っていた」

その男とはひとりしかいない。「ひょっとしてジェームズ・ベンティンクという人ですか」

ソープがゆっくりうなずいた。「よくご存じですね。信用できない人物だとわかってしかるべきでした。あのキャヴェンディッシュ＝ベンティンク家の血筋だとか言っていたが、ありえない。紳士とはとても思えなかったのですから。あれはどこの馬の骨とも知れぬ成金です。見さげはてた方法で金を手にして、より上の人々にとりいろうとしていた。なんとあの男は、彼女の……雇われていた場所の所有者だとわかったのです」

また橋に戻ってきた。もう質問も気力も尽きていた。自分が何を期待していたのかわからない。たぶん、ソープが急に悔悟の念にとらわれて罪を告白するか、犯人だという決定的な証拠や手がかり——ぽろりと口から出た言葉や一滴の血痕、あるいは彼女の死体の様子——をうっかり漏らすか。だが、現実はそううまくいかない。

ソープは手紙をとりもどしたがっている。手紙はほかにもあるのかもしれない。マリアが身ごもったことを認める手紙や、結婚を申しこむ手紙が。ひょっとするとソープはマリアと会い、かっとなって怒鳴り、懇願し、そのすえに頭を殴ってしまったのかもしれない。そして手を血だらけにしてひざまずき、すまないと謝り、目をあけてくれと祈り、震えながら抱きあげて川に運んだのかもしれない。

バッグがなおも指に食いこんでくる。家まで送ってほしいと頼み、人気のない裏通りで咳きこんでみせ、立ちどまってだいじょうぶかと覗きこんだソープの首に包丁を突き刺すこともできる。女にそんなことをされるとは予想もしていないはずだ。それしか罰をくだす方法はない。ソープが本当に犯人だとしたら。そうだとしたら……だが確信がない。そうであってほしいが、確信が持てない。

彼を少し気の毒にも思う。手紙を送った娘は娼婦だったし、その手紙を見つけてくれるかもしれないと期待をかけた娘はそれを返してくれそうにない。しかも、本当は女ですらない。

　急に寒さを感じ、厚地の外套が恋しくなった。それに帽子が。このみじんもあたたかくない薄っぺらなしろものではなく、しっかりした山高帽が。長年かぶって頭にぴったりとなじみ、このかつらなどおよびもつかないほど身体の一部となったあの帽子が。

「もう行かなくては。ひとりで帰れますからお気遣いなく」

「そうですか。もしよろしければ、また散歩にお付きあいいただけませんか。明日にでも？」

　口を開いたが、言葉が喉に詰まって出てこない。少しして、どうにか口にした。

「まあ、この会話が楽しかったと？」

「そうですね……お会いできて興味深かったのはたしかです。それに、ひょっとして手紙の件で何かわかったときのためにも、連絡をとりあえたらと。ぜひともあれをとりもどしたいのです」

　断わる手はない。もっと訊きたいことが出てくるかもしれないし、警察を連れてきて逮捕してもらいたくなるかもしれない。あるいは、やっぱり刺したくなるかもしれない。

「オーガスタス、明日は都合がつきませんが、水曜日はいかがです？　正午に同じ場所で」

ソープがうなずく。「わかりました。ではまた」

立ち去ろうとしたところで、手をとられてキスをされた。そんな堅苦しい礼儀はすっかり忘れていたので、汚い唾を草で拭かないようにするだけで精いっぱいだった。ソープは手を離すと、ふたたび自分の身体を抱くようにし、自分ではそうしていることに気づいてもいない様子で兵舎のほうへ去っていった。ほぼ姿が見えないほど遠ざかっても、赤い上着だけはいつまでも目立っていた。

ぼくは疲れはてた重い足どりで公園を抜けて、〈エレーテッド・ブレッド・カンパニー〉のティーショップへ行き、またトイレに入った。帽子をぬいでかつらをはずし、ブローチをとり、ドレスとペチコートをぬぎ、タオルのバッスルをとって、思いきり息が吸えるのを楽しんだ。脱皮した蛇のような気分だ。裸になると、顔のおしろいを拭きとった。

そしてたっぷりと小便をした。

二階にあがると、テーブルに来ないかと誘ってきた男がまだ連れとともにいたが、ぼくには気づかなかった。去りぎわにわざとカップに尻をぶつけ、お茶をズボンにこぼしてやった。男が驚いて立ちあがる。

「失敬」と言って、金を払えと呼びもどされる前に急いで外に出た。

そこかしこに人があふれている。おおぜいが歩道や通りをぶらぶらし、新鮮とも言えないロンドンの空気を楽しんでいる。高い建物を見あげ、まっすぐに延びる道に目をやり、馬車や荷車や街の雑踏を眺める。伸びをし、足を開いて立ち、大きく咳払いをする。誰もがただ通りすぎていく。誰ひとり振りかえることもない。

ぼくは帽子をかぶり、心からありがたい気分で家に向かって歩きだした。

16

帰るやいなやベッドに倒れこんだが、ソープの顔が脳裏から消えなかった。キスをされた髭の感触が手に残っていて、吐き気がしそうになる。何かべつのことを考えようと、ニューゲート監獄に閉じこめられているマダム・モローのことを思い浮かべる。

アンガス・マッコイという知りあいが詐欺の容疑でニューゲートに三カ月入っていたことがある。ぼくたちはナイツブリッジとケンジントンの裕福な家に料理の本を売って歩合をもらう仕事をしようとしていたのだが、マッコイの家の地下室が水びたしになって本がすべてだめになってしまった。出版社はその話を信じてくれず、という か信じられないと言い張り、ぼくは自分のぶんの金を返すためにジェーンに借金する ことを余儀なくされた。マッコイには金持ちの姉がいなかったので、裁判までニュー ゲートに送られた。出てきたときは半分に縮んでいた。

マダム・モローが本当に犯人なら、あそこに送られたのは喜ばしい。当然の報いだ。 だが、どうにも信じられない。あの人が女を傷つけるとは思えない。

しばらくのあいだチェスをいじり、白黒両方になって、相手の次のすばらしく賢い 一手を知らないふりで指して遊んでいた。でもどちらの番か何度もわからなくなって、 白のクイーンのかわりのワインのコルクをぼうっとみつめることになった。その駒が 欠けていたおかげで、チェスセットがぼくにも手の届く値段だったのだ。気づくとエ リザベス・ブラフトンのことを考えていた。娼館の女王然とふるまいながら、じつは 所有者でもなんでもなかったあの人が、マリアを殺したということはあるだろうか。 動機が思いつかないが動機などないのかもしれない。ある日ただかっとなっただけか もしれない。あの人はマリアを嫌っていた、というかマリアはそう思っていた。

ジェームズ・ベンティンクはどうだろう。間違いなく殺せるだろうし、手下のジャ ック・フラワーズも死んでいるのは偶然にしては妙だ。ベンティンクがジャックを殺 し、マリアがそれを知ってしまったのかもしれない。霊安室への不法侵入も何か関係があるのかもしれないし、それに……。でも、かもしれないばかりで証拠がない。ベンティンクがマリアを殺したいと思ったとしても自分で手をくだすだろうか。ヒューゴに命じるのではないだろうか。若いころはボクサーで、いまも充分に危険だ。マリアはヒューゴを年寄りの犬扱いしていた。長年ベンティンクの手下なのだ。マリアを殺せと命じられたら殺しただろう。

しかし、ヒューゴも一番の容疑者ではない。ソープはマリアにだまされていたことを知って憤慨したようだし、あの手紙は強力な動機になる。それに軍人だから殺しにも慣れている。激情に駆られたのか保身のためか、どちらにしても最有力容疑者はソープだ。

とはいえ、疑いだけで警察には行けない。証拠が必要だ。

汗をかいてはっと目をさました。おしろいを塗ってボンネットをかぶった悪夢を見ていた。

それ以上眠れそうになかったので『オリヴァー・ツイスト』を手にとってみたが、目は文字を追うものの内容が頭に入ってこない。結局、重い身体で下におりて店でチーズパンを食べた。

「誰か来てるよ」明らかにぼくの社交生活が好転したと思っている様子で、コンスタンスが眉を持ちあげて肘でつついてきた。

驚いたことにミセス・フラワーズが窓からなかを覗きこんでいる。青い外套のボタンをきっちりとめ、濃い紫色の帽子をかぶっている。若き未亡人は早くも喪服を着るのをやめたようだ。

扉の鍵をあけると彼女が入ってきて、使われないままでんと店のまんなかに鎮座している歯の治療用の椅子にちらりといぶかしげな視線を向けた。アルフィーは、すべての歯と下顎の肉の多くを失った豚の頭を片づけ、コンスタンスはそれがなくなってようやく、鼻をつまんで椅子と器具を掃除するのを承知した。いまはきれいにされ、においもかすかな腐臭がただよう程度になっている。

「こんにちは、ミスター・スタンホープ」ミセス・フラワーズが言った。「突然ごめんなさい。訊きたいことがあって」

元気な、あるいはそれに近い状態の彼女と会うのははじめてだと気づいた。夫を亡くしたばかりでも、誰かに襲われたばかりでもない彼女は意外にも器量よしで、眼鏡の奥の利発そうな瞳と表情豊かな口に目を奪われる。

「かまいませんよ」そう答えたものの、コンスタンスが聞いているここでは話したくない。外に出たほうがいいが、まだ四時半だから仕事へ行くには少し早すぎる。「出かけるところだったんです。よかったら歩きながら話しませんか」

外は寒く乾燥していたが、黄色い霧がおりていた。

「怪我の具合はどうですか」南の病院へ向かって入りくんだ路地を歩きながら、礼儀正しく尋ねた。

ミセス・フラワーズが帽子をなおした。「この下はあんまり見栄えがしないわ。禿げているところがあるし、傷も残りそう。でも命はあるんだから文句は言えないわね」

連なってほとんど動かない馬車のあいだを抜けてコヴェントリー街を渡ったところで、彼女がふたたび口を開いた。「話っていうのは、娼婦を殺したかどで警察に逮捕された女のことなんだけど。知ってる？」

「ええ。ニューゲート監獄に送られたとか」

ミセス・フラワーズが眉根を寄せる。「何をしたにせよ、うらやむ気にはなれないわね。あんなところで正義がなされるとは思えないもの」

「長く入っていることはないでしょう。たぶんそう遠くないうちに絞首刑になるはずです」

「じゃあその人がやったと思ってるの？」

「わかりません」秘密主義に慣れすぎて、本能的にそうするのがあたりまえになり、努力しなければ克服するのがむずかしくなっている。「ミセス・フラワーズ、ご主人がジェームズ・ベンティンクの下で働いていたのを知っていますか。どんな仕事をしていたんでしょうか」

彼女が自分の手を見て、ぼくはただちに尋ねたのを後悔した。自分のことで頭がいっぱいで、相手が感じているであろう恥ずかしさに考えがおよばなかった。

「知ってるわ。でもくわしいことはわからない。知りたくもないし」ミセス・フラワーズがぼくを見た。いまのいままで、この人が泣くところなど想像もできなかった。

「でもあなたが考えてることはわかる。わたしも同じだから。うちの人はその淫売を知ってたのよ」

マリアをそんなふうに言ってほしくなかったが、責めることはできない。自分の夫の恥を、ひいては結婚生活の恥を打ちあけようというのだから。

「ええ、たぶんふたりは会ったことがあったんでしょう」

「そんなに気を遣わなくていいわよ。ジャックがどんな人だったかはよくわかってるから。あの人は好きじゃない女と会ったりしないし、スカートをめくりあげたくならない女を好きになったりもしない。必要ならお金を払うのも気にしなかった。まあほとんどはわたしのお金だけど。わたしがこの手でパイを焼いて稼いだお金」

彼女はそれだけ言い終わると、しばらく黙って歩を進めた。腕をとろうかと考えたが、雰囲気からやめておいた。

「陸軍の少佐がなんらかの形でかかわっているんじゃないかと思っています。その少佐はマリア・ミレインズを知っていました。たぶん愛してもいた。でも父親に関係を止められて、別れの手紙を書いたんです。いまそれを必死にとりもどしたがっています。ソープ少佐という人物ですが、ご主人から名前を聞いたことは？」

ミセス・フラワーズが首を振る。「いいえ。仲のいい人はおおぜいいたけど、少佐なんていなかったと思うわ。金貸しとかノミ屋とかばっかりで」

彼女が深く息を吸い、またぼくを横目で見た。値踏みされているのだと気づいた。ここまでの会話は生地をこねるようなもので、いよいよこれから伸ばして焼こうとしている。

「じつは頼みたいことがあるの、ミスター・スタンホープ。その娼館へ行きたいのよ」

「えっ？」聞き間違いだと思った。そうでなければ頭を殴られておかしくなったに違いない。「娼館へ行くなんて無理ですよ、ミセス・フラワーズ」

「ミスター・スタンホープ、わたしはわたしのしたいようにするわ」

「どうしてそんなことを？　正気じゃありませんよ」

ミセス・フラワーズが両手を握りあわせた。「話が聞きたいの。ジャックは何か馬鹿なことをしたんじゃないかと思って。誰かのお金を盗むとか。あの人のやりそうなことよ」

「すると、失礼ながらそのために殺されたと?」

彼女が唇を噛んでうなずいた。「ええ、きっと。そしてそのお金をわたしが持ってると思われてるみたいなの。でも持ってないのよ」

「襲われたのもそれが理由ですか? あなたはパドル埠頭の船に連れていかれたと店にいた婦人が言っていましたが」

彼女が無意識に頭に手をやった。「アリスったらそんなことまでしゃべったの? だいたいあれは船ってほどのものじゃないわ。川をよく行ったり来たりしてるようなボートよ」

「パドル埠頭へ行ってみたんですが、管理人は賄賂を受けとっておきながら何も役に立つことは教えてくれませんでした。あなたをさらったのは知っている男ですか?」

「知らない男よ。痩せてて意地の悪そうな顔をしてたわ。背はあなたくらいだった」

イタチ男だ。「ぼくもたぶんその男に会いました」

「はじめは丁寧だったんだけど、そのうちジャックのことを訊いてきたの。ジャックから何か聞いてないか、お金を持ってないかって。なんの話かわからなかった。ジャックからはびた一文もらったことがないし、だいたいいつも友達とお酒を飲んでて、帰ってきたときは話ができるような状態じゃなかったし。でも、その男は聞いてくれなかった。金はどこだ、金はどこだって何度も訊くばっかりで。何も知らないって答えると、偉い人たちがお金をとりもどしたがってる、言わないと子供たちがひどい目にあうって」彼女の顔が陶器のように硬く冷たくなった。「男はわたしを馬車に引きずりこんで、さらに金はどこだって訊きつづけた。あのボートに乗せられたときはさすがに不安になったわ」

「ひどい話ですね。どうやって逃げたんですか」

「ずっと大声で助けを呼びつづけたの。何度も黙れって言われたけど、それでもやめなかった。簡単にやられてたまるかと思って。それで男は頭に来てわたしの頭を殴ったのよ。たぶんわたしが死んだと思ったんでしょうね、ボートから落とそうとした。わたしはあいつの股間を蹴りあげて走って逃げた。そこを誰かが見つけて診療所に運んでくれたの」

「ボートで何か変わったものを見ませんでしたか。埠頭の管理人は棺桶が積まれていたと言っていましたが」

「棺桶？　まさか」ミセス・フラワーズが身震いして自分の身体を抱いた。「見てないわ、そんなもの」

「本当にその金のありかを知らないんですね？」

彼女が石でも燃やせそうな目つきでぼくを見た。「わたしが子供たちを危険にさらすと思ってるの？　知ってたらすぐに言ったわよ。決まってるでしょ。あの男はまた来るかもしれない。いつうちの店に入ってきてもおかしくない。いつもびくびくしてるのよ。自分はどうなってもいいけど、子供たちには指一本触れてほしくない。だからこそ娼館に行きたいの。お金のことなんて何も知らないって言いにね」

それでもまだわからないことがある。「でもご主人がその連中の金を盗んだのなら、どうして殺したんです？　おかしいでしょう。生かしておいてありかを聞きだすんじゃないですか」

「さあ、どうしてかしら」

足を止めて彼女と向きあう。左右を通りすぎる人々の姿は霧のなかでぼんやりかすんでいて、世界にぼくたちふたりしかいないかのようだ。

「行ってはいけません、ミセス・フラワーズ。あなたのような慎みあるご婦人が」

彼女が鼻を鳴らす。「慎みあるですって？　毎晩枕もとに棍棒を置いて寝てるのよ。きのうはポークパイを買いにきただけの男の人の喉に串を突きつけた。わたしに指図しないで。もうたくさんよ」

「よくわかりました。ぼくの意見が必要ないなら、何がお望みなんですか」

「娼館の住所が知りたいの。警察へ行って訊いたら、小うるさい刑事が出てきて教えられないって言われたわ。わたしのためだって」

リプリーにしては意外にも賢明だ。その場で見物したかった。「ぼくも教えられません」

彼女がまた鼻を鳴らした。「男はみんなそう。いつだって自分たちが一番よくわかってるつもりなのよね。じゃあべつの方法を探すからいいわ。さよなら、ミスター・スタンホープ」

彼女がきびすを返して歩きだし、霧の向こうに消えた。その場に立ちつくして、ぼくを病院のある南へと押しやろうとする人の波に逆らう。

後ろを振りかえる。たとえこの霧のなかで彼女を見つけられたとしても、ミセス・ブラフトンには入れてもらえないだろう。まだマリアが死んだのはぼくのせいだと考えているのだから。

ホワイトホールを南に向かって進む。ミセス・フラワーズが腹立たしいほど頑固なのはぼくのせいではない。

足をゆるめる。

もう一度振りかえる。

くそっ。

彼女のあとを追って三、四十フィートも行かないうちに、低い塀に腰かけるその姿を見つけた。

「ミセス・フラワーズ！　もう行ってしまったのかと」

彼女がそっぽを向く。「どこへ行けばいいのか正直わからなかったのよ。さあ、教えてくれるの、くれないの？」

「賢明ではないと思いますよ、ミセス・フラワーズ。ジャックが娼館から金を盗んだとすれば、わざわざ危険に飛びこんでいくようなものです。母親が死んだらあなたの子供たちはどうなるんです？」

「わたしに何かあれば、アリスとアルバートがあの子たちを育ててくれる。もちろんうまく話がつけば一番いいけど。どっちにしても片がつく。それが肝心よ。もうたくさんなの」彼女が眼鏡をはずして目もとを拭った。「子供はいないんでしょう。だからわからないわよね。本当のところ、ジャックが死んで嬉しいの。ひどいかしら」そう言うと地面を見て顔をあげた。「昔はいい人だったの。いつも笑顔でやさしくて。向こうから口説いてきたのよ。よく一緒に踊りにいった」思い出に笑みを浮かべ、左右に軽く身体をゆすってみせる。「誰にでも気さくで、いつも冗談を言ってた。一、二杯飲むと陽気になって、パブで歌って。それで帰ってくると、わたしががみがみ言ったもんだから怒ってね。こんな女房をもらって、最悪の賭けに負けたと言ってたわ。そして虫の居所が悪いとさんざんわたしを殴った」

「お気の毒に」

ミセス・フラワーズが肩をすくめた。「いいのよ、よくあることだもの。わたしはね。問題は子供たちに手を出すようになったこと」声がひび割れる。「ロビーはまだ五歳で、リリアンは四歳にもなってないのよ。あの人に殴られて、リリアンが気を失ったことがあるの。病院にかつぎこむまで意識が戻らなくて、目をあけたときは本当にほっとしたわ。だから子供たちの安全だけは守りたいの」

教会の鐘が鳴っている。心のどこかで、時間もないし危険だという声がする。いっぽうでぼくのなかの向こう見ずな部分が、行って戻ってくるのにたっぷり一時間あるし、愚かなことはこれまでもさんざんしてきたじゃないかとささやく。

「わかりました、ミセス・フラワーズ。どうしても行くというなら、ぼくが連れていきます」

「ロージーと呼んでもいいわよ」彼女がどこか不本意そうに言った。「だいたいフラワーズって名前は好きじゃないし。だって馬鹿みたいでしょ、ロージー・フラワーズなんて。みんなロージーって呼ぶから」

17

ぼくは今度も馬車に乗ろうとしたが、ロージーが唇をすぼめて反対した。

「ハーフムーン街でしょ。脚が悪いわけでもあるまいし」

着いたころにはすっかり暗くなり、雨も降りだしていた。馬車なら十分は節約できたし濡れることもなかったが、いまさら言ってもしかたがない。

「門前払いされるかもしれない。この前エリザベス・ブラフトンと会ったときにちょっと口論になって。きっとまだぼくを許してない」

「お気の毒さま。娼婦の元締めに嫌われるなんて大変ね」

「わかってないね。頭のいい人なんだ。学もあるし経験もある。彼女をあなどらないほうがいい」

ロージーが鼻を鳴らした。「いまは商品への需要が減って大変でしょうね」

「ぼくの言うことを一から十まで茶化す気かい」

「そっちがそんなくだらないことばっかり言うからでしょ」

その館に近づくとともに、いつもの癖で興奮が湧いてきたが、すぐさまむなしさにとってかわられた。もうマリアの部屋にはべつの娘がいて、マリアのドレッサーに向かい、マリアのブラシで髪をとかし、ひょっとするとマリアの服まで着ているかもしれない。怒るというより途方に暮れた気分になる。自分だけが時間の流れにとりのこされたような。

「やっぱりやめたほうがいいと思うよ」

「じゃあ帰れば。止めないから。でもわたしは平和がほしいの。これ以上子供たちとおびえて暮らせないわ」

彼女が外套の襟を立て、多少なりとも通行人から顔を隠すようにして、階段をのぼり、娼館の扉をノックした。いつもやっていることのように。

ヒューゴが扉をあけた。大きな身体が明かりをさえぎっている。はじめて見たときは、床が傾いて家具が全部ヒューゴのほうにすべってくるのではないかと思った。

「あんたか、ミスター・スタンホープ」ヒューゴが言って、ロージーにちらりと値踏みするような視線を向けた。「悪いがきょうはいっぱいだよ」

「ちょっといいかしら――」ロージーが口を開いたところでぼくは割って入った。

「こちらはミセス・フラワーズ。きちんとした未亡人だよ。ミセス・ブラフトンに大事な話があって来たんだ。マリア・ミレインズのことで」

ヒューゴが顎を掻き、太い首にさざ波が広がった。後ろをちらりと振りかえって言う。「帰ったほうが身のためだぜ」

その背後に人影が見えたと思うと、大きな身体の横からミセス・ブラフトンの顔が覗いた。

「いいのよ。ミスター・スタンホープは特別だから」

「マダム――」言いかけたヒューゴをミセス・ブラフトンが押しのける。

「あなたは？」

「ロージー・フラワーズよ」ロージーが小さく笑みを浮かべた。「亭主のジャックのことは知ってたんじゃないかしら」

ミセス・ブラフトンがわずかにとまどいの色を浮かべてうなずき、ぼくたちを応接間に通して椅子をすすめた。ロージーは肘かけ椅子に浅く腰かけたが、帽子はかぶったままだ。部屋は最後に見たのと同じく息苦しく過剰な感じがした。壁紙は赤すぎ、マントルピースに置かれたろうそくは多すぎ、薔薇の香水のにおいがきつすぎ、家具も多すぎる。

棚の柳模様の鉢に目をやり、マリアがいまも上の部屋でぼくを待っていると想像する。その笑い声さえ聞こえてきそうだった。

ミセス・ブラフトンはいつにもまして装いに隙がなかった。マリアの話では、彼女を見て相手をしてもらいたいと言う客も何人かいたらしい。四十歳をゆうに過ぎているにもかかわらず。だが、誰かと一緒に二階へあがるのはついぞ見たことがない。もちろん大佐はべつにして。

また顔を見せたヒューゴをミセス・ブラフトンが追いはらい、メイドにお茶を持ってくるよう言いつけた。

「まあまあ、よくおいでくださったわね」あたたかく見せようとしてか、ぼくたちそれぞれにほほえんでみせる。このあいだのような敵意を向けられると予想していたので意外だった。

ミセス・ブラフトンはいったんソファにすわったものの立ちあがり、結局マントルピースに片腕を置いて立つことにしたようだ。ジェーンのピアノを聴くときに父がしていたように。

「おわびをしなくてはならないかもしれないわね、ミスター・スタンホープ」彼女が敷物に向かって続けた。「このあいだの葬儀のときのことで。どうかわかってちょうだい。あまりのことでどうかしていたの。本当に突然だったから」そこでロージーに顔を向ける。「ここの女の子のひとりが殺されたのよ、ご存じかもしれないけれど。思いもよらないことだったし、本当につらくて。まさかルイザ・モローがやったなんて。聞いたときは驚いたわ。そんなこと夢にも思わなかったから」

「だから来たの」ロージーが言った。「亭主のジャックも死んだのよ。でもそれはもうすんだこと。死んでしまったものはしょうがないわ。とにかくわたしはあの人の仕事のことを何も知らないし、あの人は何も遺さなかった。お金も何も」

ミセス・ブラフトンは動じなかった。「まあ、それはご不安でしょうね」同情するように首を傾けてみせる。「ご主人をなくしたのは本当にお気の毒だわ。でも、つらいことがあっても立ちなおるのが大切だと思わなくて？ 人生は続くんですもの」

「そのとおりね」ロージーが勇ましく応じた。

「ジャックが娼婦を買ってたのも娼館に来てたのも知ってるわ。ひょっとするとあの人が馬鹿な考えを起こして、人のものを盗んだのかもしれない。でもわたしは何も知らないわ。うちの人がどうして死んだのかもどうでもいい。わたしには三人の子供がいてパイの店もある。いまの暮らしが続けていければ充分なの。よけいなことに首を突っこむ気もない。正直、ろくな亭主じゃなかったしね。飲んだくれの癇癪持ちで、見た目もたいしたことないし、頭だってよくないし」それから少し考えて付け加えた。

「まあ安らかに眠ってくれてるといいけど」

ミセス・ブラフトンがロージーの帽子——黒ではなく紫で、ヴェールもない——に目をやった。「あいにくご主人のことはよく知らないわ、ミセス・フラワーズ」そこであてつけのようにぼくを見る。「でも、殿方には秘密があるものでしょう?」

ロージーと視線をかわす。話をつけたくても、とりつく島もない。

メイドがお茶を持ってきた。ミセス・ブラフトンが手ぎわよくカップとソーサーを並べ、落ち着いた手つきでお茶を注いでいく。廊下から足音が聞こえ、若い男の顔が戸口に覗いたかと思うと、続いて残りもあらわれた。日曜の午後に娼館に来るのはどんなやつかと思えば、目の前にいるのがその答えだった。せいぜい十四歳くらいにしか見えない。ズボンもシャツの袖もつんつるてんだ。

「来週も同じ時間で」男はミセス・ブラフトンにほがらかに声をかけた。

男が消えると表の扉が閉まる音に続いて、チップを一ファージングしかもらえなかったヒューゴがぶつぶつ言う声が聞こえた。

ああいうやつは何を考えているんだろう。どうしてあんなにつけあがった態度なのか。

ロージーは無言のまま、両手で持ったカップからお茶をすすっている。あの男が彼女の男というものに対する見かたを変えさせる役に立ったとはとても思えない。「わたしはただ平和に店がやりたいだけなの」しばらくして言った。「入口に黒い布が貼ってある店なんて誰も入りたがらないでしょ」

「そうね」とミセス・ブラフトン。「お客さま第一だわ」

こんなやりとりがなんになるのだろうか。咳払いをすると、ロージーがぼくを睨んでミセス・ブラフトンに顔を向け、会話を続けようとした。「どうしてこの商売を始めることになったの？　いったいどんないきさつが？」

ミセス・ブラフトンがその質問に嬉しそうな顔をした。娘たちと客たちに囲まれていても、彼女はいつも孤独なのだと気づいた。

「ここで働きはじめたのは八年前よ。当時はこの階とその上だけだった。一番上の階の部屋は学生に貸していたのよ。女の子は何人かいたけれど、とくによくおぼえているのはエイダとエセルのふたり。どちらもここからポーツマスまでのあらゆる店で仕事をしてきた子でね。お客さまがふたりの部屋の前に行列してたのよ。どの人も部屋から出てきたら次の人に帽子をあげて挨拶してたわ。大半が貧しい人たちだった。分厚い財布と冷たいベッドのメイフェアのお金持ちと違って、うちのお客さまは港や工場で働く労働者ばかり」

「それでどうしたの？」とロージー。

「はじめはどうにもできなかったわ。当時ここはミセス・オリアリーにまかされていたから。赤ら顔の太ったアイルランド人だった。ナンシー・ゲインズフォードの昔の知りあいでね。わたしは料理や洗濯をしていただけだったの。もちろん所有者はミスター・ベンティンクで、わたしたちはみんな彼に雇われていたんだけれど」ミセス・

ブラフトンがぼくのほうにうなずきかけた。「ミスター・ベンティンクに会ったでしょう、ミスター・スタンホープ。マリアの葬儀で話をするなんて思いやり深い人だわ。来てもらってマリアも鼻が高いでしょう。あのキャヴェンディッシュ＝ベンティンク家の血筋なの。とても重要で立派なおうちよ」

「ええ、聞きました」

「ミセス・オリアリーのやりかたは、男たちから数ペンスとって商売するというものだった。あの人はそれしか知らなかったし、それが悪いとも思わないわ。でも秩序がない。質もない。ある日、ミセス・オリアリーが新しい女の子を連れてきたの。ラバみたいな顔の、歯もないし胸もない哀れな娘。そして宣言したのよ。この子――名前は忘れたけれど、ビンティだかバンティだかそんなような――がもっと下層のお客にはぴったりだって。もうすでに最下層のお客を相手にしてるっていうのに！　それでとうとう我慢できなくなったの。

ミスター・ベンティンクのところへ行って、わたしにまかせてくれれば、もっといいお客を呼んできて、もっとお金を稼げるわと言ったの。ナンシー・ゲインズフォードは気にいらなかったようだけれど。昔から平凡な人だから。本当は帳簿係なんかじゃなくて、せいぜいがただの事務係よ。それでもよすぎるくらい。だけどジェームズは、いえミスター・ベンティンクは先を見る目があるわ。それに顔も広い。判事や警察にも知りあいがいるのよ。ここだけじゃなくてブリュッセルにも」ミセス・ブラフトンがそこで声をひそめた。「ベルギー王室にも知りあいがいると聞いたわ」

「それからどうしたの？」ロージーがまるで信じていない口ぶりで先をうながした。

ミセス・ブラフトンは気づく様子もなく、芝居がかった調子で間を置いた。「ミスター・ベンティンクは一カ月やるとわたしに言ったわ。それでわたしはバンティとかなんとかいう子を辞めさせ、エイダもエセルもみんな辞めさせて、もっとかわいくていい子たちを連れてきたの。そして値段をあげた。想像できないかもしれないけれど、暴動に近いものが起きたのよ。お客のなかには何年も通っていて、ミセス・オリアリーを母親のように慕ってる人もいた。ミセス・オリアリーはそういう人たちに値引きまでしてたのよ。それが急に、いままで六ペンスだったものに二シリングも払わなきゃならなくなって、面白いわけがないわね。みんなそのうち来なくなった。ひと月後にはまったくお客がいなくなってしまったの。ただのひとりも。そこへミスター・ベンティンクがヒューゴとやってきた。わたしはてっきり……ミスター・ベンティンクとわたしは考えかたが似ているといっても、わたしの計画は大失敗したわけだから。びくびくしていたら、彼がヒューゴに言ったのよ。大工やペンキ屋を連れてきて、ここを新品同様にしろって。エリザベス、もっと上流の客を呼びたいなら、ここをもっと上流の場所にしなきゃならんって。言ったでしょう、彼は本当に先見の明があるのよ。

それから少しずつ新しいお客さまが来るようになったわ。きちんとした地元の紳士で、わたしたちの提供するものの価値を認め、秘密を守ることにお金を払ってくれる人たち。そうやっていまあるこの店をつくりあげたというわけ」ミセス・ブラフトンが誇らしげに顔を輝かせる。「それとね、ミスター・スタンホープ、大佐はそうやって来たひとりめのお客さまなのよ。奥さまを亡くしたばかりで、その、わかるでしょう」そこで誰に話しているのか思いだして少し口ごもったものの、すぐに立ちなおる。「もちろん、もう昔の話よ」

「ミセス・オリアリーはどうしたんですか」ぼくは尋ねた。

ミセス・ブラフトンが歯にはさまった肉の筋を舌でとろうとでもするように顎を動かした。「ナンシー・ゲインズフォードに泣きついたわ。戻らせてほしいって。わたしがどんなに腹黒い女か、わたしの進んだやりかたがどれだけ鼻持ちならないかってさんざん訴えて。でもナンシーにはミスター・ベンティンクを説得できなかった。当然よ。それでミセス・オリアリーは去ることになった。酔ってステップニー路のどぶに落ちて死んでるのが見つかったわ。悪い人じゃなかったけれど、向上心がなかった」

お茶も飲み終わり、そろそろころあいに思えた。

うなずきかけると、ロージーが肩をすくめて口をすぼめた。誰かわからないがジャックを殺した人間に、自分と子供たちをそっとしておいてほしいと頼みにきたのに、成果があったとは言いがたい。ミセス・ブラフトンは嘆き悲しむ雇い主の役をたくみに演じていて、本人が言っている以上のことを知っているのかどうか、見きわめがつかなかった。

思いつく質問はあとひとつしかないが、答えてもらえるかどうかはかなり怪しい。

「ミセス・ブラフトン、オーガスタス・ソープという名前に聞きおぼえは？」

彼女が腕組みをした。「秘密厳守が何にもまさるここでの黄金律なの。あなたならおわかりでしょう」そう言うとちらりと棚に目をやり、ろうそくになかば隠れたマントルピースの上の時計をよりあからさまに見た。「これ以上お引きとめしては悪いわね」

立ちあがったとき、頭にいろいろなことがよぎった。この前この部屋に来たときは、時間が過ぎたといってミセス・ブラフトンにとがめられた。あれがマリアとすごした最後の夜だった。あの日はポケットに芝居の切符を忍ばせ、心臓が口から出そうなほど緊張してここへ来た。そしてべつの男の影を見たくなくて、マリアの部屋の窓を見あげもせずにここを去った。なんとつまらないことでうじうじしていたのかといまは思う。あのときは時間がいくらでもあると思っていた。翌週にまたマリアに会えないなんて、夢にも思っていなかった。

予約帳だ、と思った。予約帳だ！　あれはミセス・ブラフトンの方位磁石であり、混沌(こんとん)とした世界に秩序をもたらす方法だ。だからこそあの日、ぼくをあれほどとがめた。予約帳は、ここがある種の紳士クラブだという見せかけをとりつくろうものだ。好色で寂しくて切羽詰まった者のための露店ではなく。ああ、ぼくは三つともにあてはまっているが。

ミセス・ブラフトンをこの部屋から出させる方法を考えださなければならない。

「前回ここへ来たとき、本を忘れていったと思うんです。『バーナビー・ラッジ』を。できれば返してもらえませんか」

「本？　あいにくマリアのものは全部……その、女の子たちで服や持ちものの形見分けをしたのよ。本はなかったと思うけれど」

「大事なものなんです」

ミセス・ブラフトンが笑みを浮かべて扉を示した。「出てきたら知らせるわ」早く帰らせたがっているのは明らかだ。

「すみません」ぼくは素知らぬふりで言った。「でもできればいま持って帰りたいんです。だいぶくたびれているので、ひょっとしてごみと間違えられてしまうかもしれない。捨てられては困りますから」

ミセス・ブラフトンがため息をついて頭を掻いた。「訊いてくるわ」

彼女が出ていくと、ロージーが息を吐いてすわった。ぼくは口に指をあて、棚のひきだしをあけた。吸いとり紙、ペン、インク、走り書きの文字で埋めつくされた何枚かの紙。ざっと目を走らせてみたが、買い物リスト（〝ハム、チーズ、芽キャベツ〟）やおぼえ書き（〝流しの水漏れ〟）などの日常のメモが並んでいるだけだ。

「何してるの」ロージーがひそひそと尋ねる。

鍵のかかった木箱があり、振ってみると金が入っているらしい音がした。その下に、黒革の予約帳があった。それをそっととりだして開く。

「ここに名前が全部書いてある。何カ月も前からのぶんがね。毎日どの娘がどの客の相手をしたかが整理されていて、各ページの一番下にはその日の売上まで書いてある。きのうは三ポンドと十二シリング十ペンスだ」

「戻して」ロージーが睨む。「見つかったらどうするのよ。わたしたちのしわざだってばれちゃうでしょ。ここへ来たのは平和に話をつけるためなんだから。早く戻さないと大声で叫ぶわよ」

マリアの名前は毎ページ同じ場所、右の一番上に記されている。どの日も予約でいっぱいだ。ぼくにとってこの二年のすべてだった毎週水曜日の夜七時の予約は、〈L・スタンホープ、五シリング〉の一行にまとめられている。

ほかの日にはもちろんほかの名前が書かれている。ジャック・フラワーズの名前を二回見つけた。最初はフルネームで、二度めは月曜日の午後四時に〈ジャック〉とだけ記され、大きく〈無料〉と書き添えられている。

「ここを見てくれ。やっぱりマリアはきみのご主人を知ってたんだ。気の毒だけど」

「べつに気の毒でもなんでもないわよ。いますぐそれを戻さないと叫ぶから。本気よ」

「無料と書いてある。つまりジャックは金を払わなくてよかったんだ」

「あの人らしいわ。けちだったから。あと十秒」

上の階から音が聞こえた。階段をおりてくる重い足音だ。さらに過去に向かってページをめくっていくと、次のページにその記述を見つけた。日曜日の午後、〈A・ソープ、公園で散歩〉と。

「見てくれ！　オーガスタス・ソープの名前がここに！　ミセス・ブラフトンは予約を入れてたんだ！」

「あと八秒」

「あいつはボートを持ってるのかな」

「ボート？　どうして？　あと七秒」

さらにページをめくる。火曜日の午後、マリアの名前に丸がつけられ、ティリーというべつの娘のところまで矢印が引かれている。その隣にはこれまた大きな文字で〈ミスター・ベンティンク、自宅。バートン街、ベルグレーヴィア〉

「ここを見てくれ」ロージーにささやく。「ベンティンクは自分の家に女の子たちを呼んでたんだ」

「五秒」

さらにページをめくり、数週間ぶんさかのぼる。繰りかえし登場している知らない名前に目を走らせているうちに、ひとつ信じられない名前を見つけた。自分がおかしくなったのではないかともう一度まじまじと見る。十二月二十九日の夜七時から一時間、マリアと。その前の週と、前の前の週の月曜日にも。

「二秒」ロージーが立ちあがった。

階段をおりてくる足音が聞こえた。予約帳を急いでひきだしに戻し、閉めようとしたら引っかかった。ひきだしを引っぱりだしてもう一度押しこんだが、何かがつっかえてきちんと閉まらない。

「急いで!」ロージーがささやき声で言う。

ヒューゴが部屋に入ってきた瞬間、ぼくは振り向くと同時に、バンと家じゅうに聞こえそうな音をさせて後ろ手でようやくひきだしを閉めた。

ヒューゴがぼくとひきだしを交互に見て何か言おうとしたそのとき、ミセス・ブラフトンが戻ってきた。

「ごめんなさい、本は見つからなかったわ。どこかほかのところに置き忘れたんじゃないかしら。とにかく、きょうはおいでくださってありがとう。それとミセス・フラワーズ、心からお悔やみを申しあげるわ」

ぼくたちは誰かに止められる前にさっさと館を出た。

ロングエーカーを歩きながら、ロージーが小言を言ってきたが、頭が混乱してそれどころではなかった。最後に目にした名前がまだ信じられなかった。

ロージーに腕をつかまれた。「ちょっと、聞いてるの？　どうしてあんな馬鹿なことしたのよ。大変なことになるところだったでしょ。あの人の持ちものをあさったりして」

「わかってる。でも予約帳には名前や場所が書いてあった。マリアを殺した犯人を見つけるのに役立つかもしれない」

ロージーをなだめようとして言ったつもりだったが、逆効果だったらしい。

「わたしと子供たちのことはどうでもいいわけ？　わたしたちを危険にさらしたこと、わかってるの？　自分のことしか考えてないのね。男はみんなそう」

ぼくは上の空で答えた。「そんなことはないと思うよ」

「まったく、女が仕切ればもっといい世のなかになるのに。それにもっといいにおいになるわ」

「でもミセス・ブラフトンがぽろっと面白い情報を漏らしてくれた。ベンティンクはブリュッセルに知りあいがいるって。王室というのは眉唾ものだが。マリアは川辺で見つかったし、ジャックは溺れ死んだ。きみはボートに連れこまれた。きっとそのボートはベンティンクのものだろう。たぶん、彼はベルギーと何か違法な取引をしてるんじゃないかな」

「あの人は馬鹿ね。自分の手柄をベンティンクって人に全部とられっぱなしで。まあその男に夢中なんでしょうけど。男に泣かされた女の涙で海がいっぱいになるわ」ロージーが腕組みをした。「それと、もうひとりの女の人のことを嫌ってるみたいだったわね。ミス・ゲインズフォードだっけ。誰なの？」

「ベンティンクの帳簿係だよ」

「きれいな人なんでしょ」

「ああ、かなり」

葬儀のあとのナンシー・ゲインズフォードとの会話を思いだす。ふたりの女が反目しあっているのはたしかだ。ミセス・ブラフトンは娼館をわがもののように考え、一流校の女校長然とその座におさまっている。いっぽうのミス・ゲインズフォードは、彼女のことを女中頭のようなものと扱っていた。

「警察へ行かないと。ボートを調べてもらう必要がある。あと、ベンティンクの帳簿にベルギーとのつながりがないかどうかも」

ロージーが声をあげて笑った。眼鏡の奥の目もとを拭う。「ほんとにおめでたいのね！　相手はお金持ちでコネもあるのよ。門前払いされるのがおちよ」

「やってみなきゃわからないさ。一緒に行こう」

「まさか。やめてよ」

「頼むよ。ふたりで行ったほうが、向こうも無視しづらくなる」

「いいえ、同じよ」

ぼくは大きく息を吐いた。ベンティンクは間違いなく危険な男だ。人を殴ったり刺したり、火をつけたり溺れさせたりできる人間、それはジェームズ・ベンティンクしかいない。それでもここまで来たのだ。ソープのようにはなりたくない。どんなに嘘をつかれ隠しごとをされても、マリアを見捨てたりはしない。

「なんと言われようとぼくは行く。もし気が変わったら、七時に薬局に来てくれ」

ロージーが歩き去り、まもなく雑踏に消えた。それを見送ったあと、ぼくはべつの方向に向かった。北西へ向けてリンカーン法曹院の広場をなかば走って抜けたとき、遠くの時計の鐘が鳴った。仕事へ行くのをすっかり忘れていたと気づいたが、もう遅い。きょうは休むしかない。そのことをもっと気にするべきだし、実際に気にしている自分もいたが、その声をはるかに掻き消すほどの大きな怒りが咆哮をあげていた。

予約帳にあった名前——何週にもわたり、毎週月曜日にマリアのもとに通っていた。とても本当とは信じられないが、そこにはくっきりとした文字で記されていたのだ。ジェイコブ・クライナーと。

18

ジェイコブと会ったのはチェス・クラブで、デュラントという男と指しているのを見かけたのが最初だった。デュラントは盤に向かう前は穏やかだったが、劣勢になってくると喧嘩腰で悪態をつき、駒を叩きつけるように置いた。ふたりの対局は一進一退で、それぞれに有利な局面があったものの、しだいにジェイコブが追いつめ、デュラントは爪を嚙んで耐えるしかなくなっていた。

「彼をおもちゃにしてたね」ゲームが終わってデュラントが憤然と帰っていったあと、

ぼくは話しかけた。

ジェイコブはいまやおなじみとなったしぐさで葉巻をふかし、向かいの椅子を指した。「教育ってやつだ。かっかするなと教えてやったのさ」

「わざと怒らせて？」

「少々怒るのは悪いことじゃない。一局どうだ」ジェイコブが手を差しだした。「ただし、最初は年長者に花を持たせるのが礼儀だぞ。わかってるな」

翌週の木曜日もまた対局し、その次の週も指した。

それが続くうちに、ジェイコブはぼくにとってはじめてできた友達になった。小さいころは男の子の仲間に入りたかったが、彼らは遊びの邪魔をしたりしらけさせたりする女の子にはそっぽを向いた。女の子との友情は押しつけられたものか、長じては報われない愛と欲望まじりのものだった。仲のよかったかわいいブロンドのシルヴィアがある男の子に熱をあげるようになり、ぼくが家に行かなくなると妬いてるのねと言われた。それはある意味で正しく、ある意味で間違っていた。

でもジェイコブはぼくを男として気にいってくれた。ある晩、家に夕食に招いて妻のリリヤを紹介してくれた。弟の自家製だという危険なまでに甘い酒をしこたま飲んだあと、ぼくは夫婦の息子のマイケルがノーウッドで科学機器をつくるといって家を出て以来あいている部屋に泊めてもらった。ちょうど毛衣をはずしているとき、ジェイコブが酔って部屋に入ってきて、あんぐり口をあけたままその場に立ちつくした。そこは、いびきがうるさいとリリヤに寝室を追いだされたときにジェイコブがいつも寝ている部屋だったので、癖で入ってきてしまったのだ。

翌朝、アルコールが胃の中身も記憶もきれいにしてくれているのを期待したが、ジェイコブはぼくが起きたときにはもう出かけていて、それから三週間というものチェス・クラブにも姿を見せなかった。もう縁が切れたものと思っていたら、ある日仕事へ向かっていると彼が隣に並んだ。

「ご婦人にチェスはできないもんな」ジェイコブが言い、誤解があるようだったがぼくは訂正しなかった。

その後、すべてを打ちあけた結果、寂しい者ならではの友情がより深まった。だが、それもすべて終わりだ。ジェイコブの店の前で辻馬車をおりたぼくは、これが最後の訪問になるのだと考えた。

歯を食いしばって扉を叩くと、飼い犬が激しく吠えだした。窓から顔を出したのがリリヤだったのでほっとした。

「どなた？」

「レオだよ」

リリヤが急いで鍵をあけ、扉を大きく開いて笑いかけた。いつもその愛らしさにはびっくりする。親しみやすい丸顔に賢そうな口もとをしていて、歳はジェイコブより少なくとも十は若い。

「やあ、リリヤ」

彼女が手を伸ばしてぼくの肩に触れ、その下の骨をたしかめ、次に頬に触れた。

「あいかわらず痩せてるわね。痩せすぎよ。もっとうちに来なさい。ソーセージとパンケーキをたらふく食べさせて豚みたいに太らせてあげるから」

リリヤが狭い店のなかを手探りしながら、ぼくを奥に案内した。ジェイコブの店は十フィート×十二フィートほどしかない作業場と言ったほうがいいようなところで、作業台は工具に埋めつくされ、壁にはありとあらゆる小さな歯車やばねの入った箱が並んでいる。リリヤはここを隅々まで知りつくしているのだが、整頓好きとは言えないジェイコブが床にものを放りっぱなしにするので、つまずかないように注意が必要なのだ。

リリヤはほとんど目が見えない。視野の中央だけはまだぼんやりと見えるのだが、その細い光の外はすべて闇だ。昼と夜、人と馬の見分けはつくが、本は読めない。ただし、そのときの気分によってドイツ語かロシア語の本をジェイコブに読んでもらうのは好きだ。それにジプシーギターもまだ充分にうまく弾ける。歌詞はひと言もわからなくても、その歌には本当に心を打たれる。料理もまだちゃんとできる。台所を動きまわり、音楽家のたくみな指さばきで材料を量ったり切ったり混ぜたりする。

「ジェイコブなら上にいるわよ。昼寝してるんだけど、食事のにおいを嗅ぎつけたら起きてくるでしょ。一緒に食べていくわよね？」

ジェイコブの家はアルフィーの家とはつくりがだいぶ違う。狭い階段をのぼった二階は一階よりもずっと広く、店の両側に張りだしている。その上の寝室のある三階はまた違う型からつくられたようで、まるで建築家が酔ってでたらめに壁をたぐってくっつけたように思える。ぼくはそこの窓辺の椅子でくつろぎ、家々の屋根を見おろすのが好きだった。

リリヤが歌いながら料理をする足もとに小さな犬がまとわりつき、鶏肉(とりにく)か何かをうっかり落とすのを待っている。

「ずいぶん静かなのね」しばらくして彼女が言った。「まだそこにいるの？」

「まだここにいるよ」

やがて食欲をそそるいいにおいが立ちこめてくると、ぶかぶかのズボンからシャツの裾をはみださせたジェイコブが、裸足で階段をおりてきた。テーブルにつくぼくを見つけてぱっと顔を輝かせた。

「レオ！　どうしてたんだ？　木曜日は下手な弁護士と指さなきゃならなかったんだぞ。あんまり弱いんでこっちがヒントまで出してやってな。おまけに禁酒論者だった。

信じられるか？　酒の害についてくどくど説教されたよ」
　ジェイコブが小さなグラスふたつにウイスキーを注いでひとつを渡してきた。ぼくはポケットからノートと鉛筆を出し、〈きみがマリアを知っていたことはわかってる〉と書いて、向きを逆にして見せた。
「何してるんだ？」文字を読んだジェイコブが青ざめ、残り少なくなった髪を掻きあげた。リリヤのほうに目をやり、小声でささやく。「レオ……」無言で鉛筆を差しだすと、ジェイコブがノートに書いた。〈悪かった〉
　静けさに気づいたリリヤが鍋をスプーンで叩いた。「ちょっと、わたしにも聞こえるように話してちょうだい。女の子みたいにこそこそ内緒話はやめて」
「わかったよ、リリヤ」そう返事をして、大きな声でジェイコブに言った。「来週はチェスに行けると思うよ」
　そして書いた。〈どうしてだ〉
「そりゃよかった」ジェイコブが言い、書いた。〈マリアのことが知りたくなった。おまえの話を聞いて。自制がきかなかったんだ〉
「ところでリリヤ？」ぼくはジェイコブを見たまま言った。
「なあに？」
「すごくおいしそうなにおいだね」

リリヤが満足げにうなずく。これはいつものゲームだ。つむじ曲がりの夫が全然褒めてくれないと彼女がよくこぼすので、ぼくが大げさなくらい褒めて手本を示す。とはいえ決してお世辞ではない。

ジェイコブが紙を裏返して書いた。〈これからはリリヤひと筋だ。もう絶対に。マリアのことはつい魔がさした。おれももう歳だ〉

「商売はどうだい」

〈最後にマリアと会ったのはいつだ〉ぼくは書いた。

「さっぱりだ。客は少ないし、安くしろ安くしろと言われるし。質なんてもう誰も気にかけない」

ジェイコブがノートを手にとり、何秒かかけてゆっくり正確に書いた。〈ひと月前だ。すまなかった。おまえのためにやめた〉

ぼくは返事を書いて逆に向けた。〈さよなら〉

「だめだ。いてくれ、レオ。一緒に飯を食っていってくれ」

「え？」リリヤが言った。「だからさっきからこそこそ書いたり、ひそひそ話したりしてたの？」

「ごめんよ、リリヤ。行かなきゃいけないんだ。お邪魔したね」頬にキスすると、リリヤが小麦粉のついた手でぼくの肩を抱いた。その見えない目をじっと覗きこむ。いつかはそのぼんやりした細い光すらも消えてしまうのだと前に彼女は言っていた。

「どうして？　そんな逃げるみたいに」

「人と会わなきゃいけなくてね」

「女の人ね？　そうでしょ。わかるわ」

「きみは本当に賢いね、リリヤ。ジェイコブにはもったいない」

リリヤがうっすらと悲しげな笑みを浮かべた。「そうかもしれないし、そうじゃないかもしれない。でも何があったのか知らないけど、許しあってちょうだい。許しあうのが大事。どっちにも悪いところはあるんだから。あなたたちはすばらしい友達だけど、それでも相手を溶かしてべつの人間に変えることはできない。ジェイコブはジェイコブなんだから」

「きみの言うとおりだよ」

「それにあなたはあの人のただひとりの友達なんだから……」

ジェイコブが一階におりてきて外まで見送ってくれた。舗道に向かいあって立つ。ぼくは外套に山高帽姿だが、ジェイコブは裸足で震えている。彼の背がどれだけ自分より低いか忘れていた。最初に会ったときより少し縮んだだろうか。

腕に置かれた手をぼくは振りはらった。

「おれに怒ってるんだな。でもあそこに行ってることは知ってただろう。そもそもおまえさんに紹介したのはおれだ。忘れたのか」

「マリアと会うのは話がべつだ」

「マリアの客はおれだけじゃないぞ。ほかに何十人、何百人といた。金さえ払えば誰でもものにできた。警告しようとしたんだ。でもおまえさんは頑固で耳を貸そうとしなかった。誰でもマリアとできたんだ、おれでも」

「きみでも？」ふたりが一緒にいるところを想像すると気分が悪くなった。「どうして言ってくれなかったんだ」

「マリアは思ってたのとは違った」ジェイコブが寒さをまぎらわそうと左右に足踏みをする。「ただの売女だと思ってたが、そうじゃなかった。母親はユダヤ人なんだ。知ってたか？　レイチェルという名前でポルトガル出身だって」

「まいったね！」ぼくは声をあげて笑い、マリアに拍手したくなった。まったくみごとだ。なんという演技、なんという役者だ。幕がおりてもなお、誰もをとりこにしてやまない。「それだけか。ほかに言うことはないのか」

ジェイコブが何か言い足しかけたが、思いなおしたようだった。「おまえさんは今度のことを気に病みすぎだ。マリアはおまえさんだけのものじゃなかった。半クラウンで誰のものにでもなる女だった。そういうことなんだよ、レオ。わからないのか」

「わからないね。さっぱり」

「そんな女みたいなことを言うな」

「さよなら、ジェイコブ」

ジェイコブをその場に残して歩きだす。なんてくだらないことを言うのだろう。誰でもマリアを買えることをぼくが知らなかったとでも思っているのだろうか。ぼくは馬鹿ではない。自分で思っていたほどマリアを知らなかったのかもしれないが、どうやって生活していたかは知っている。

家に帰りつくころには、怒りが冷たい疑念に変わっていた。ジェイコブにオーガスタス・ソープやジャック・フラワーズを知っているかと訊くべきだった。ジェイコブがなんらかの形でかかわっているなどということがありうるだろうか。口は悪いが、暴力的だとか残酷だと思ったことは一度もない。

だがいまさらのように気づいた。ジェイコブにどんなことができるか何も知らないと。

驚いたことに、薬局の外の道でロージーが待っていた。いらだった様子で腕組みをしているところを見ると、ぼくが遅かったと思っているらしい。

「やっと来たのね。寒くなくてよかった。じゃなきゃ、ここで凍え死んでたわ」ロージーが帽子の下からまじまじとぼくを見た。「どうしたのよ、真っ赤な顔して」

「べつになんでもない。気が変わってくれて嬉しいよ」

「変わってないわよ。警察には行かない。あなたに行くなって説得しに来たの。あなた自身も危険だし、わたしや子供たちだって危険かもしれない。警察は信用できないから」

「ちょっと待っててくれ。すぐ戻るから」扉が閉まる前に大きな舌打ちが聞こえた。急いで二階にあがり、汗で濡れた毛衣を替える。ふたたび外に出ようとしたとき、コンスタンスが後ろから声をかけてきた。「ミスター・スタンホープ、あの女の人、誰？ お友達？」

ぼくは無視した。

外に出ると、ロージーの姿がどこにもない。左右の道に目をやったが、ランプをともし扉をあけた黒い四輪馬車がいるだけだ。その馬車ががたっと揺れたと思うと、ヒューゴがおりてきた。その後ろに、恐怖に血の気の引いたロージーの顔が見えた。

「ミスター・スタンホープ、一緒に来てくれ。ミスター・ベンティンクが会いたがってる」

「ミセス・フラワーズを放してくれ。ぼくなら喜んで行くから、彼女は帰してやってくれ」精いっぱい胸を張って背筋を伸ばす。「どうしてもだ」

「ふたりとも連れてこいと言われてる」

逃げたがっている自分もいた。足の裏がうずうずし、舗道を蹴る感触まで感じられそうだ。一目散にホワイトホールまで走り、スコットランドヤードに駆けこんで助けを求めるのだ。「彼女がさらわれたんです。すぐ来てください。急げば助けられます！」

正しいことに思えなくもないが、それでも逃げることに変わりはない。

ぼくは大きく息を吐いて馬車に乗りこんだ。誰もが無言だ。御者が鞭を入れ、馬車が走りだした。

19

馬車は三人で乗るには狭く、ぼくはなるべくヒューゴから身体を離そうと扉の枠に腰を押しつけた。ロージーは逆側にいて、顔を向こうに向けている。膝の上で両手を握りあわせたが、震えを止めることができない。

「どこへ行くんだ」

ヒューゴが口もとだけで笑った。「ミスター・ベンティンクの家だ。着いたら行儀よくしろよ。あの人はまっとうな紳士なんだからな」

ロージーがこちらを見たので、安心させるような顔をしてみせたが表情は変わらなかった。

ピカデリーは混雑していて馬車はゆっくりとしか進まなかった。歩道には人がひしめき、側溝にもはみだして、手を伸ばせば届きそうなほど近くを歩いている。グリーン公園では背中にプラカードをくりつけた男が街灯の下に立って通行人にビラを配っている。若い警官がポケットに両手を突っこんでその男と笑顔で話している。警官まではほんの二十フィートほどで、じっと見ていると向こうが視線に気づいた。大声を出そうか。あの警官を呼んで助けを求めようか。だが信じてもらえるだろうか。それに、どのみちヒューゴにはぼくの家を知られている。なお悪いことに、ロージーの家も知られている。

速度があがり、馬車は木の舗装を鳴らしてベルグレーヴィアへと南西に進んだ。建ちならぶ立派な家々に目をやる。どれも格調高く、清潔で均整がとれている。どっしりした石壁に重厚な扉、鉛枠の窓、地下室に通じる階段……だが、そこで何がおこなわれているのかは誰にもわからない。

ヒューゴは行儀よくしろと言った。つまり目的は会話であって、暴力ではないということだ。もう暴力はいやだ。家に帰ってベッドに入りたい。マリアの死の真相を突きとめようとなどしなければよかった。ひょっとしたら、ベンティンクにそう言えば信じて帰してもらえるかもしれない。ひょっとしたら。

御者が手綱を引いた。胃がざわつく。

バートン街はそっくりな四階建ての家が建ちならぶ小ぎれいな通りだ。その黒い手すりや支柱つきの玄関ポーチはグロヴナースクエアやマウント街の豪壮な大邸宅にくらべれば軽量級だが、それでも貧民街の路地ややかましい工場からは別世界だ。

扉をあけたメイドは、仕事につきもののうやうやしさを欠いたぞんざいで退屈そうな態度でぼくたちを迎えた。

「こっち」と声をかけられ、彼女の案内で家のなかを進む。ヒューゴが後ろからついてくる。

廊下は狭いが調度は立派だ。片側には鏡が、その反対側には筋骨隆々とした馬と猟犬の絵が飾られている。等間隔に並んだランプが壁に細い光を落としている。

ミス・ゲインズフォードが階段からあらわれた。球飾りに手を置いた彼女は、ウエストのきゅっとすぼまった美しいレースのドレス姿だ。

「ミスター・スタンホープ」彼女が笑みを浮かべた。「またお会いできて嬉しいわ」

次にロージーに顔を向け、道で偶然会ったように自己紹介をする。「ナンシー・ゲインズフォードよ。ミスター・ベンティンクの帳簿係と支配人をしているの。ご主人のこと、お気の毒だったわね」そこでロージーの服装に目をやる。黒い手袋もヴェールもなく、紫色の帽子に思いつきのように黒いリボンがつけられているだけだ。

「どうも」ロージーが不機嫌に応じた。

「ジェームズは庭にいるの。でも外は寒いから、まず書斎で話しましょう」

案内されたさして広くない部屋は、四方の壁にずらりと本が並んでいた。一生かかっても読みきれないほどの量だ。ポープにディケンズ、キャロル、コリンズ、サミュエル・スマイルズ、ジェラード・マンリ・ホプキンス、シェイクスピア全集全巻。これはただ見せびらかすためのものだろうか。ベンティンクは読書が好きそうには見えない。

「もう行っていいわよ」ミス・ゲインズフォードがヒューゴに言った。ヒューゴが眉根を寄せて腕組みをする。なけなしのやさしさはすべて蜂のためにとってあるのだろう。「ミスター・ベンティンクにこいつらを連れてこいと言われたんだ」

「すぐ呼ぶから」ミス・ゲインズフォードが戸口のほうに手を振った。「早く行って」

以前のように彼女が少し近すぎるところに立ち、顎を持ちあげて下からぼくの目を覗きこんだ。どんな男も感じるであろう、どんな男も完全にはあらがえないであろう衝動に駆られる。彼女を腕に抱きしめてキスをしたい。

「どうしてぼくたちをここへ連れてきたんですか」

「こんなやりかたをしてごめんなさいね。本当にただ話がしたかっただけなのよ。ジェームズは紳士的にふるまおうとしたんだけれど、この商売、いろいろな人がいるでしょう。どうぞかけて」ミス・ゲインズフォードが小ぶりの肘かけ椅子に腰かけ、ロージーとぼくはソファにすわった。「最近、新しい事業に手を広げたの。大陸との貿易よ」彼女がロージーに向かってにっこりほほえんだ。「ご主人にもときどき手伝ってもらっていたのよ、ミセス・フラワーズ。それはともかく、あなたがたがいろいろ訊いてまわっているのが、わたしたちには……落ち着かないの。いまは微妙な時期なのよ。わかってくれるわね」

「あなたたちの商売に関心はありません。ただマリアの身に何があったのかが知りたいんです」

「ええ、それについてエリザベス・ブラフトンにも訊きにいったんでしょう。あの人はなんと言っていたのかしら」

どう答えるべきなのだろう。ミス・ゲインズフォードはぼくたちをお客として扱ってくれているが、答えを拒否したらどうなるのか。

「これといって何も」ぼくはゆっくりと言った。「マダム・モローが殺したと思っているようでした」

「ああ、そのとおりよ。あの恐ろしい女は絞首刑になって当然だと思わない?」

「本当に殺したなら」

「疑う余地があるかしら。マリアは子供ができたのよね、あなたも知ってのとおり。それでミセス・モローのところへ始末しにいった。そこで何か手違いがあったんでしょう。闇の堕胎屋のことだもの」ミス・ゲインズフォードが言葉を切り、心を落ち着かせようとするように胸に手をあてた。だがその目はじっとこちらを見ている。「エリザベスはほかに何か言っていた? マリアのことで何か?」

「いいえ。娼館の昔話を聞きました。ミセス・ブラフトンがより上流の紳士を連れてきたとか」

ミス・ゲインズフォードの表情が冷たくなった。「ええ、それはそう。でもそれで万事うまくいったわけじゃないわ。そこはあの人と意見が合わないところね。わたしは何度も言ったの。もっとお客が必要だって。たとえひとりが払う金額が多少少なくても、もっとお客が来たほうがいいとね。一シリング払うお客が百人いるほうが、半クラウン払うお客が一ダースいるよりいいでしょう?」

「そうですね、たぶん」

ロージーを見ると目を丸くしている。だが、ぼく自身もこの会話の目的がよくわからないのは同じだ。

ミス・ゲインズフォードが窓のほうを見た。ランプの明かりが芝生を丸く照らし、うなるような声とボールを蹴る音が聞こえた。

「ジェームズが外で待ってるわ」

ミス・ゲインズフォードがテーブルの上のベルを鳴らした。そのすぐ隣には、婦人の肖像をかたどった楕円形のレリーフがある。ところどころ欠けて、釉薬（うわぐすり）にひびが入り変色しているが、それでもそのふっくらとした愛らしい顔に浮かぶ表情は見てとれる。ぼくがそれを見ているのにミス・ゲインズフォードが気づき、いとおしむように婦人の頬に触れた。

「素敵でしょう。ジェームズの死んだ奥さんよ。幼なじみだったんですって。亡くなったのはわたしが彼と知りあう前だけれど」

「どうして死んだの？」ロージーが尋ねた。目に疑いの色を浮かべている。

「お産が原因だったそうよ。身体が弱くて耐えきれなかったのね」

ロージーが眉を持ちあげた。「あれに耐えられる人はそうそういないわ」

レリーフを手にとってみた。穏やかでやさしげな顔がいまにも語りかけてきそうに思える。裏側に名前が彫ってあり、ぼくはその文字に目をこらした。ようやく読めたとき、ただの偶然だろうと思った。「マーシー（Mercy）という名前だったんですね。マーシー・ベンティンク」

「ええ。ご両親が信心深かったんでしょうね。ジェームズは思い出のよすがにと、これをつくらせたのよ」

このずいぶん前に死んだ婦人と、溺れ死んだ男のエール・ビールの瓶に書かれていた言葉とはもちろん無関係だろう。関係あるはずがない。とはいえ……あの瓶は霊安室に侵入した何者かによって割られていた。それも偶然だろうか。

「ジェームズももう彼女の話はしないわ」ミス・ゲインズフォードが続けた。「昔のことだし、彼も変わったから」

「キャヴェンディッシュ＝ベンティンク家の血筋というのは本当なんですか」

ミス・ゲインズフォードが棚に並ぶ革装の本の背表紙に目をやった。そこになんともいえない、どことなくいらだったような感情がちらりと覗く。「さあ、わからないわ。彼はよくそう言っているけれど。最初に会ったときは血筋かもしれないと言ってたの。それがきっとそうだという話になって、いまやこれ。真実なんて粘土みたいなものなのよ。好きな形にこねあげれば、やがてそのまま固まる」

ヒューゴが戸口にあらわれた。「来い」と言うと、ぼくたちに先をゆずり後ろから外に追いたてる。

ジェームズ・ベンティンクは泥のついたアンダーシャツ姿で芝生の上にいた。ランプをとりつけた庭でラグビーボールを地面に置き、隣の庭にボールが飛びこまないように立てた壁板をめがけて蹴ろうとしている。頭上では星がまたたきはじめている。

ベンティンクが指を一本立てて静かにしろと合図し、助走をつけてボールをパネルめがけて蹴った。ピストルを撃ったような音とともに、ボールが回転しながら上に跳ねかえった。ベンティンクはジャンプしてそれをキャッチしようとしたものの、つかみそこねた。ボールは跳ねて茂みに飛びこんだ。

「くそっ！」ベンティンクが決まり悪そうにこちらを振りかえった。「スタンホープだな。握手はしないぞ」と泥だらけの手を見せる。「そしてこちらが愉快なミセス・フラワーズか。ラグビーはやるか、スタンホープ」

「学校を出てからはやってませんね」言うまでもなく嘘だが、多少の基礎的な知識はある。

「じゃあクリケットか」ベンティンクが想像上のウィケットめがけて想像上のボールを転がしたが、ぼくでもその動作が下手なのはわかった。「あいにくの季節だがな」ベンティンクがにやりとして汚れた手でぼくの肩を叩き、六点打を打つふりをしてみせた。「昔は役所のチームでプレーしてたんだ、知ってたか」

ぼくは首を振った。知るわけがない。

震えるぼくたちをよそに、ベンティンクがまた見えないボールをバウンダリーに向かって打った。

「よし！」そう言うと、ベンティンクがようやく切りあげてタオルで手を拭いた。

「こいつが手荒なことをしてなければいいんだが」とヒューゴのほうに顎をしゃくる。ヒューゴが何か言おうとしたが、ベンティンクは無視して続けた。「例の若い娘について聞いてまわってるそうだな。なんて名だったか」

「マリア・ミレインズです」本当は忘れてなどいないくせに。

「ああ、そうだった。あの娘はなかなか頭がよかった。何時間もわしの計画を聞いてたものだ。それにアイデアも豊富でな。娘とやるんじゃなくて、ただ娘たちが歌ったり踊ったりするショーを男が見にくるような店を考えていた。どうだ、そういう場所があったら行くか？」

まるで将軍が部下の将校を呼んで戦術を話すような口調だ。

「いいえ」

「わしもだ」ベンティンクが大声で笑った。「女はわかっとらんよな。ともかく、あの娘はもう死んだ。あのなんとかいうフランス女に殺されてな。だから……ん？」ベンティンクが家のほうを見た。ミス・ゲインズフォードが奥の戸口に立って、奇妙な表情を浮かべている。

「ナンシー、どうした？」

「ジェームズ、ねえ——」

ベンティンクが首を振った。「だめだ、もう話しあったはずだ。帳簿つけに戻ってろ。おまえには関係ない。これはやらねばならんことなのだ」

ぼくはロージーを見た。そしてふたりで同時に家に駆けこみ、ミス・ゲインズフォードを押しのけて部屋から飛びだした。廊下を走って玄関の扉に手をかけたが、鍵がかかっていた。ロージーも懸命に取っ手を引いたが開かない。

ぼくはロージーを引っぱってべつの扉をあけてなかに飛びこんだが、そこは机と椅子のほか、変わった樽型南京錠のついた金庫があるだけの狭い部屋だった。

振り向いたとき、ヒューゴが入ってきた。続いてベンティンクも。

一歩踏みだしたが、ヒューゴに平手打ちされ、首に腕を回されて廊下に引きずりだされた。身をよじって逃れようとしたが、さらに締めあげられる。

「やめろ」ヒューゴが言ってぼくを無理やりひざまずかせ、口に何かを突っこんだ。猫の小便のようなにおいがする瓶だった。ロージーが何か叫んだが、顔を向けようとしたらヒューゴに髪をつかんで引きもどされた。瓶を傾けられ、ぼくはひたすら飲みこむな、飲みこむなと繰りかえし心のなかで念じたが、念じるそばから飲みこんでしまい、喉にいやな味がした。一瞬、玄関の色ガラスとフックにかけられた傘、マットの上の茶色のブーツが目に入った。

と思うと足の力が抜けた。

真っ黒な水に覆われ、そのなかに沈んでいく。落ちていくとともに腕がゆらりと上にあがる。もがくこともしなかった。ただ受けいれた。肺が水で満たされ、身体が内側から重く、ひどく寒い。目を閉じ、すべてを手放し、岸から遠ざかってゆく。

水に落ちた血の一滴のように意識が消える寸前、最後に頭に浮かんだのは、やっと終わりにできるということだった。

20

音が絶え間なく続いている。ガシャ、ドン、ガシャ、ドン、ガシャ、ドン。秒針が進むに進めない壊れた時計だろうか。ドン、ガシャ、ドン、ガシャ。帆柱にロープを巻かれ、桟橋にぶつかる小舟だろうか。ガシャ、ドン、ガシャ、ドン。全財産をのせた荷車を引く片足の悪い物乞いだろうか。

音はやまない。耳を両手でふさぐとさらに大きくなった。

ぼくは硬い椅子にすわり、脚の裏側が木に押しつけられている。と、椅子が傾いて床に転げ落ち、ひび割れて埃をかぶった天井の薔薇窓を見あげている。さらに倒れていき、両手を広げて衝撃をやわらげようとしたが、敷物がすべって身体が浮く。と思うと敷物はまた戻ってきてぼくに覆いかぶさり、突然手首だけでぶらさがったぼくは大声で悪態をつく。何かが脇腹にあたり、ぼくは宙吊りのまま、あやつり人形のようにぶらぶらと揺れている。音楽が聞こえる。誰かが子供のころに聞いた子守唄を歌っている。ドン、ガシャ、ドン、ガシャの音に合わせて歌いながらときどきすすり泣いている。ぼくも気づくとその歌に合わせて口ずさんでいる。

何かが部屋に入ってきた。続いてさらに何かが。それらは音を立てたが、はっきり聞こえない。後ろ足で立つ狼に違いない。そのうちの一頭がかがんでぼくのにおいを嗅いだ。その黒い口と鼻づら、毛のなかにもぐりこんだ一匹の蝿が見えた。身をよじって後ろにさがると、蝿が飛んできてぼくの目尻に止まった。手で追いはらおうとしたが逃げない。小さな足が眼球にあたってちくちくする。

顔に水がかけられる。それは肌に冷たく、髪にしみこみ、鼻を伝って口に入り、ぼくは咳きこんだ。額を拭って転がったが、さらにコップ一杯の水がかけられ、床板に水たまりができて隙間から落ちていく。下の天井に水が漏れてきっとしみになる。そのとき、やつらはきっとその考えの足りなさを後悔するだろう。しみができたらわかる。どれだけ考えが足りなかったか。どこまで考えが足りなかったか。

狼たちがたがいにうなりあったと思うと去っていき、蝿もそのあとを追って飛んでいった。そしてつかの間静かになった。ガシャ、ドンの音以外は。

背中が痛み、手首もひどく痛い。眠りたい。眠らせてくれ。肩に痛みを感じ、誰かがブーツでつついてぼくを起こそうとしているのに気づく。ぼくは意志に反して浮びあがり、水面にさざ波が広がって、ランプの光が見えた。顔が見おろしている。またあの狼だ。長い顎と尖った耳。

一頭がしゃべった。「おい、死なせるなよ。こいつは必要なんだ」

もう一頭の、小さくてずんぐりした、蝿の少ないほうがうなずいた。「一時間もすればすっかり元気になります」

最初の狼がまたぼくをつついた。「こいつが目をさましたら教えろ」

ずんぐりした狼が鼻を鳴らした。「女はどうしますか」

「明日ボートに乗せる。それと静かにさせろ、まったく」

ぼくはもう気がついていたが、悟られないようにした。じっとしていれば何もされないだろう。ふたたび黒い水に沈み、大きくなったり小さくなったりするドン、ガシャの音とやさしい歌声に耳を傾ける。しばらく黒い水に運ばれていると、歌声がやんだ。

目をあけると、狼たちはいなくなっていた。そこは家の一番上の屋根裏部屋だった。

窓から射しこむほのかな明かりが壁にぼんやりと影を落としている。頭が割れそうに痛い。何かが内側から頭蓋骨を押して突き破ろうとしている。口を閉じ、耳をふさいでそれを閉じこめる。吐き気が喉の奥からせりあがってきて、ぼくは腹ばいになり、吐いた。

「そのうち治るわ」声が言った。「同じものをわたしも飲まされたの。もうすぐよくなるわよ」

狼たちは靴を奪っていった。起きあがろうとしたが、手首が引っぱられた。見ると鉄の手枷がはめられ、その鎖の先はベッドの枠の錬鉄の渦巻き飾りにくくられて南京錠がかけられている。手首が擦りむけるまで何度も引っぱり、鉄に潤滑剤がわりに唾もつけてみたが、びくともしない。

「怪我するわよ」声が言い、ようやくそれがロージーのものだと気づいた。ロージーはベッドにすわり、ぼくと同じように手枷でつながれている。「わたしもやってみたけど、無駄よ」

ほかに部屋にある家具は、扉に鏡のついた衣装簞笥と床に引っくりかえった椅子だけだ。椅子を起こそうとしたが腕に力が入らず、床に寝たまま、あの黒い水が帰ってくるのを願う。ゆっくりとさっきの音が戻ってきた。

ロージーが身体をゆすっている。ベッドにすわって膝をかかえ、前後に身体を揺らすたびに、ベッドの枠が壁にぶつかり、足首に巻かれた鎖が鳴る。前に後ろに、前に後ろに、ドン、ガシャ、ドン、ガシャ。そしてロージーは身体をゆすりながら歌っている。

「すまない。そうすることで気分が落ち着くようだ。きみまでこんな目にあわせて本当にすまない。全部ぼくのせいだ。でもマリアに何があったのかどうしても知りたかったんだ」

「それで言いわけのつもり？　あなたが人のことなんて何も考えてないってことにしかならないけど」

「すまない、本当に」

ロージーがぷいと壁のほうを向き、それきり何も言おうとしない。ぼくは床にあおむけになったままでいた。聞こえるのはロージーの息遣いと、ときおり外を通る馬車の音だけだ。それがよその国のことのようにはるかに遠く感じられる。

ぼくは祈った。言葉が追いつかないので、心のなかで祈った。猛烈な勢いで。ああ、神よ、どうかロージーをお救いください。どうかロージーをお助けください。ぼくのせいなんです。彼女を子供たちのもとに帰してやってください。少しでもぼくたちを気にかけてくださるなら、どうかロージーをお助けください。

部屋の外で音がした。震えが戻ってきて、ぼくは上着を掻きあわせた。

「誰か来るわ」ロージーがささやき、ふたりともじっと息をひそめた。

扉が開き、誰かが壁のランプをともした。まぶしさがまぶたを突きぬけてくる。

「起きてますよ、こいつら」ヒューゴの声だ。「話し声が聞こえたんで」

ヒューゴに靴の先で脚をつつかれ、ぼくは目をあけた。地平線にあがる花火のように、視野の隅で火花が散った。

「におうな、この部屋」ベンティンクが言って、顎をしゃくると、ヒューゴが深いため息をついて出ていった。

ベンティンクが窓をあけて椅子を起こした。「すわれ、スタンホープ」

「帰して」ロージーが言った。マットレスの端まで這ってきて、すわって膝に両手をのせ、裸足の足をたらす。「こんなところにいたくないわ」

ベンティンクがポケットを探って煙草の葉とパイプを出し、火をつけようとしたが

「だめだ」とつぶやいた。「湿っちまったんだな」

「お願い、帰して。わたしには子供がいるの。母親が必要なのよ。子供たちのもとに帰してくれさえしたら黙ってるから。誰にも何も言わないから。それにどのみち、わたしの言うことなんて誰が信じるっていうの？　だから帰して、お願い」

ベンティンクがやさしげな笑みを浮かべた。「悪いな。本当にすまないと思うんだがわしには責任がある。誰にも新しい事業の邪魔をさせるわけにいかんのだ」

ミス・ゲインズフォードも新しい事業について口にしていた。大陸との貿易だと言

っていたが、品物はなんなのだろう。

「あなたのボートなんですよね」ぼくはゆっくりと言った。「パドル埠頭でミセス・フラワーズが乗せられたボートというのは」

ベンティンクが感心したような表情を浮かべた。「そうだ、よくわかったな、スタンホープ。それについては誰にも言われちゃ困るんだ。全部台なしになっちまうからな。それとあんたはベルギーに行ってもらう、ミセス・フラワーズ。旅費はこっち持ちだ。ただし、片道の旅になるが」

「ベルギーですって？」ロージーが茫然と言った。「そんなところに行けないわ。三人の子供がいるのよ」

「そのなかに娘はいるか？　いくつだ？」

ロージーの顔から血の気が引き、その拳が握りしめられる。ぼくは不意に慄然とした。ベンティンクが例のボートで扱っているものがわかったのだ。

「人だな」どうにか言葉を絞りだす。「新しい事業っていうのは人の貿易だね。あなたは人さらいなんだ」

「ほとんどは買っている。工場に救貧院、孤児院、娼館、下働きのメイド、金に困った父親なんかから。ブリュッセルのさる上級階級の紳士たちのあいだに市場がある。すごく上流の紳士たちだ、特殊な好みを持った。そのおかたたちはわしやおまえには想像もつかないほどの富を持っている。金に宝石、宮殿、アフリカの国を丸ごとひとつ持っているおかたもいる。その手のおかたは使い古された淫売は好まない。若い処女をほしがる」ベンティンクはいかにも誇らしげな口ぶりだ。まるで上質な亜麻布や美術品の貿易を大規模に手がけているという話をしているように。「だが人知れず地元で手に入れるのはむずかしい。向こうのほうが法律が厳しいからな。というわけで需要と供給が釣りあう。そしていい娘にはすばらしい値がつく。若くてかわいくて、何より汚れていない娘だ」

ロージーがベンティンクをまじまじと見て、馬鹿に話すような口調で言った。「わたしは三人も子供がいる未亡人なのよ」

ベンティンクが肩をすくめた。「ああ、場所があいていれば普通の娘も送ってるんだ。ボートに積めるだけ積まないともったいないからな。もちろん最上級の紳士向けではないが、その下の人間もその下の下の人間もいるから客に困ることはない。だからあんたもちゃんと売りものになる、ミセス・フラワーズ。その点は心配ない」ベンティンクがしつこくパイプに火をつけようとしているうちに、ようやくひと筋の青みがかった灰色の煙が立ちのぼった。彼が目を閉じ、ゆっくりと煙を吐きだした。「これにまさるものはないな」

ヒューゴがモップとバケツを手に戻ってきて、床の掃除を始めた。反吐(へど)の刺激臭に灰汁の刺激臭がとってかわり、目が痛くなる。

「行かないわよ」ロージーが両手を握りあわせ、断固たる口調で言った。

「残念ながらあんたに選ぶ自由はない。またクロラールを飲ませて、何もわからないうちに運ぶだけだ」

コンスタンスとのゲームを思いだす。クロラールはたしか……そこで思いだし、考える前に口にした。「抱水クロラールは催眠剤だ。人を眠らせるんだ」

「そのとおり。だがいい眠りとはいえないらしい。悪い夢ばかり見るそうだ」

「わたしは帰ってくるわよ」とロージー。

ベンティンクがパイプを吸い、同情するような表情を浮かべた。「そういうものではないんだよ、お嬢さん。帰ってはこられないんだ」

「じゃあいっそ、いまここで殺して」

ベンティンクが困惑したように眉間にしわを寄せた。「わしは実業家だよ、ミセス・フラワーズ。人殺しじゃない」

「リプリー刑事はぼくたちがここにいることを知ってる」ぼくは敢然と言った。

ベンティンクがぼくの肩を叩いた。「はっ！　本当に何もわかってないんだな、スタンホープ。たとえそれが本当でも――もちろん嘘に決まってるが――どうということはない。ところでおまえにもべつの計画を用意してある。おまえは共犯者になるんだ。あの犯人の女、フランス人の、なんといったかな。フランス人は信用できないとわしは昔から言っとるんだが」

「マダム・モローだ。でもあの人はフランス人じゃない。結婚した夫の姓だ」

「そんなことはどうでもいいんだ、スタンホープ。わからんのか。あの女が犯人で、おまえがその共犯だったというわけだ。おまえはすでに一度逮捕されているし、警察はおまえがあの女と会っていたのも知っている。だから話は簡単だ。おまえもニューゲートに行くか、あるいは……」ベンティンクが見えない縄を首にかけ、窒息する者の顔をしてみせた。「わかるか、おまえを殺す必要はない。法がかわりにやってくれるんだからな。そのほうがずっと簡単だ」ベンティンクが含み笑いをし、面白い冗談だろうと言いたげに部屋を見まわした。

「ぼくにどんな動機があると？」

ベンティンクが肩をすくめた。考えてもいなかったのだろう。誰にも疑問を差しはさまれることとすらなく計画がうまくいくのを疑っていない。それは正しいのかもしれない。

「そうだな、おまえが子供の父親で、あの娘をフランス女のところへ連れていったとか……」ベンティンクがマダム・モローの国籍にまつわる反論を無視して言った。

「自分の評判を気にして娼婦には死んでもらいたかったとか、何かまずいことがあって口をふさごうとしたとかな。とにかく、おまえがいったんは釈放されたように、またブタ箱に連れもどすのも簡単だってことだ」

「それはソープ判事がやったことだ。自分の息子を娼婦と結婚させようとしたあんたに彼が協力したがるとは思えない」

ベンティンクがいやな笑みを浮かべた。「判事はほかにもいる。さほどむずかしいことじゃない」

ロージーがまた、うつむいて前後に身体をゆすりだし、ベッドの枠が壁にぶつかって音を立てた。ゆっくりとしたメトロノームのように。手を握って慰めたいが届かない。

「取引をしよう、ミスター・ベンティンク」自分でも驚くほど落ち着いた声が出た。「ミセス・フラワーズをいますぐ逃がしてくれたら、ぼくは罪を認めて、あんたの手間を省いてやる。どんなことでも告白するし、彼女も今後いっさい口をつぐむ」

ベンティンクが少し考えたあと首を振った。「見あげたものだが、それでは確実とは言えん。女を逃がしたあと、おまえが何を言うかわからんからな。だめだ、わしらのやりかたのほうがいい。おまえは監獄へ行き、女は次の舟でベルギーへ行く。そのほうがすっきり片づく」

ベンティンクが壁から離れてぼくの手の届くところに立った。何かを考える前に飛びかかっていた。最初は拳を出し、ベンティンクが後ろに飛びのくとその脚を蹴った。一瞬ののち、ヒューゴに逆襲された。首に短く強烈なパンチを食らい、痛みが喉から両肩に広がった。

「やめて」ロージーが叫んだが、ヒューゴがぼくの髪をつかんで頭をのけぞらせた。

ベンティンクの声が聞こえた。「そのへんにしておけ。これでおあいこだ。ただし、今度やったら歯を引っこ抜いてやれ」

ヒューゴが手を放した。ぼくはまた吐きそうになって身体をふたつに折ったが、どうにかベンティンクと目を合わせた。

「どうしてマリアを殺したんだ」

ベンティンクが本気で驚いたような顔をした。「殺してない。殺すわけがないだろう。あの娘はいい雇い人だったんだ。そもそも、ことが起こったとき、わしはここにいなかった。クックハムで地元のお偉いさんをもてなしてたんだ。男には息抜きが必要だからな」ベンティンクが椅子を窓ぎわに持っていき、すわって暗い外に目をやった。「むしろあの娘のことは気にいっていた。頭の回転が速くて、ベッドでは女狐も顔負けだった。おっと、おまえはよく知ってるはずだな。信じられないほどだったよ、あの女狐ぶりは」

「マリアはあんたのところを辞めたがってた」

「そりゃみんなそうだ、スタンホープ！ 歳を食ったら辞めさせるし、よそに移ったり結婚したりするのもいる。それか修道女にでもなるか、何かしら歳のいった女がするようなことをする。わしらは娘を殺したりしないぞ！ かわいい娘はほかにも山ほどいるんだ。気づいてなかったのか。あんなマリアよりかわいい娘もな」ベンティンクが頬を指さし、あざのことをほのめかした。「ナンシーはいつもそこが愛らしいんだとか言ってたが。だいたいわしが娘たちを殺してまわってたら、わしのもとで働く娘がいるわけないだろう」と言って笑い声をあげる。「わしはマリアを手伝ってやってたんだぞ。あれは成りあがりたいと言い、そのための才能も持っていた。だからオーガスタス・ソープに紹介した。金はたんまりあるが、脳みそがない男だからな。本当にこれっぽっちもない。神のおぼしめしのような組みあわせじゃないか。そのうえ、またインドに戻ることになっていたから、きっとそのうち頭を吹っ飛ばされる。マリアはあっという間に金持ちの未亡人になり、わしに恩ができるわけだ」

まだクロラールで頭がはっきりしない。ぼくらをさらった男は潔白を主張していて、それをくつがえす理由が思いつかない。

「でも彼の父親が気づいて破談になった」

「そうだ、悲しいことにな」ベンティンクがパイプを振った。「それでおしまいだ。マリアがあいつをくわえこんで――失礼、ミセス・フラワーズ――責任をとれと言いくるめたんだがな、残念ながらまだ正式な話じゃなかった」

「どういうことなんだ」ぼくは心から途方にくれて言った。「あんたじゃないなら、いったい誰がマリアを？」

「さあな。そこらのごろつきじゃないか。よくあることだからな。それかあのマダムなんとかいう女か。さっきフランス人じゃないと言ってたが本当なのか？」ベンティンクは返事を待たなかった。「それともやっぱりおまえか。だとすれば、わしらは結局正しい裁きをくだすことになるな」

ぼくは骨にひびが入りそうなほど思いきり鎖を引っぱった。

「ジャックはどうして死ななくちゃならなかったの？」ロージーが小さな声で言った。ベンティンクが深刻そうな顔をしてみせた。ジェスチャーゲームでずるをしていると責められたように。「あんたも正直にならなきゃならん、ミセス・フラワーズ。ジャックはいい夫とは言えなかったろう？　だが力は強かった。それがわしらには必要だった。ヒューゴも歳を食ってきたからな」ヒューゴが無言のまま姿勢を変え、親指を曲げ伸ばしした。「ジャックには荷の積みおろしを手伝わせていた。ボートや、ときどきはこの家でもな。忠実だと思っていたんだが」ベンティンクがパイプを吸い、すぐに口から離していらだたしげに火皿を覗きこんだ。「すぐ火が消えちまうな、まったく」

「ジャックは盗みを働いたんだね、あんたから」

「盗もうとしたんだ、あの馬鹿は。下であいつが、開いた金庫の前で鞄に金を詰めこんでるところを見つけた。二百ポンド以上あった。信じられるか？　自分の金みたいに。いろんな恩も忘れやがって。正直、もうあいつがここに来ないのは寂しいが。ときどき一緒にレスリングもした。あいつは負ける礼儀さえわきまえていた」

「それで殺したんだな」

ベンティンクが肩をすくめ、パイプにマッチで火をつけた。「ちょっと違う。罰だ。それはあいつもわかってた。この商売で警察を呼ぶわけにはいかないし、わしから盗むやつをほっとくわけにもいかない。ヒューゴがやつにクロラールを飲ませてボートに乗せた」

そこで思いだした。争った形跡なし――ジャックは眠ったまま溺れたのだ。

「鞄は？」ロージーが身を乗りだした。「溺れさせたとき、ジャックはあの鞄を持ってたの？」

ベンティンクがいらだたしげに眉根を寄せた。「鞄だと？　知るか。あいつのことはもう始末がついたと思ってたんだ。岸に打ちあげられるまではな」そこでぼくにうなずいてみせる。「だが、そのときもここにいるスタンホープが警察に事故だと言ってくれた。おまえは本当に役に立ってたよ、ほとんどはな」

「じゃあどうしてミセス・フラワーズをさらって金のありかを訊いたんだ。すでにとりもどしてたんだろう?」

ベンティンクが顔を曇らせ、拳を握って開いた。「それについてはあんたに説明しなきゃならんな、ミセス・フラワーズ。四、五日して、また金が盗まれてることに気づいたんだ。妙な話だろう。たしかに金庫に金を戻したのに、とりにいってみたら空っぽだった。その金はいまだに見つかってない。ジャックがあんたに何か話したんだろうと思ってたんだが、どうやら本当に何も知らないらしい。それが……ボートの乗組員がついやりすぎてしまった。だが、わしが指示したことじゃない。それだけは言っておくぞ。わしらは怪物じゃない」ベンティンクが上着をぬぎ、ズボン吊りを肩からはずして腕を伸ばした。「とにかく、話はここまでだ」

ヒューゴがモップとバケツを鳴らしながら部屋を出ていった。ベンティンクが立ちあがり、シャツのボタンをはずしはじめた。

「何をしてるんだ」ぼくは恐怖にとらわれて尋ねた。

「悪いな。本当にすまないが、こうしなきゃならんのだ」

「何をしなきゃならないっていうんだ」

ベンティンクがシャツを上からぬいで、肉のついた毛深い背中をあらわにした。

「金がなくなったり、葬儀やら何やらいろいろあって、ここしばらく楽しめなかったからな」とロージーに顎をしゃくる。「それに、ここにいるミセス・フラワーズにはこれから娼婦の暮らしが待っている。その準備もちゃんとさせておかなきゃならんだろう？」

そう言うと、ベンティンクが靴とズボンをぬいだ。

21

「頼む、やめてくれ」ぼくは言った。「マーシーはどう思う？　あなたの亡き妻はなんて言うと思う？」

ベンティンクが深いため息をついて目を閉じた。「そりゃあいやがるだろうな。たぶんわしのことも。あれはやさしい心の持ち主だったから」

ベンティンクがロージーの手枷をはずしにかかる。鍵をあけるところを表情を変えずに見ていたロージーは、それがはずれたとたん扉のほうに走り、もう少しで外に逃げだせそうだったが、ベンティンクがその足首をつかんで床に引き倒した。ロージーはつかめるものをつかもうとして、毛布ごと引きずられた。

ロージーはそのあいだもひと言もしゃべらない。泣くことも悲鳴をあげることもなく、すべてはほぼ無言で進んだ。

「彼女に触れたら殺してやる」ぼくは言った。本気だった。

ロージーが足を蹴りだしたが、ベンティンクはもう片方の足首をつかんで脚を開かせ、そのあいだに膝をついた。猛々しさも怒りもなく、むしろ果たさなければならない務めを果たしているかのようだ。

ベッドにつながれたぼくは手が届かない。力をこめて鎖を引っぱり、床板の割れ目に爪をこじいれてみたが、ろくに引っかからない。ベッドは重すぎ、ぼくは軽すぎるし、非力すぎる。あおむけに倒れこんだらベッドが半インチほど動いた。さらにもう一度。だが、あと五フィートはある。

ロージーは抵抗し、ベンティンクにパンチを食らわせて唾を吐きかけようとしたが、その手首をつかまれ、体重で組み伏せられてしまった。ロージーが言葉にならない悲痛なうめきをあげる。ぼくは燃えるような痛みを無視して、凶暴な怒りにまかせてさらに半インチ、ベッドを引きずった。手段さえあれば、喜んで片腕を切り落とし、それでベンティンクを殴り殺してやりたかった。

「じっとしてくれ、ミセス・フラワーズ。そのほうがいいぞ。おとなしくやられてくれたほうが、おたがいにとってずっと気持ちがいい」

ベンティンクがズボン下に手を入れ、一物を引っぱりだした。

その瞬間、ぼくは動きを止めた。

すべての音が消えた。

その一瞬、時計の秒針が次に進むまでのあいだ、心臓が次に打つまでのあいだ、彼女の目が開いてまた閉じるまでのあいだ、ぼくはじっとしていた。血液中に残る最後のクロラールで頭がぼうっとしているが、あの黒い水は戻ってこない。沈んで気を失うことはできない。ぼくはここにいる。いま、この部屋に。一秒が二秒になり、三秒になる。

「ベンティンク」気づかせられる程度には落ち着いた声が出た。「聞いてくれ。ぼくは見た目どおりの人間じゃないんだ、完全には。この服の下は女なんだ。処女だ。彼女を放して、ぼくをかわりにしろ」

ベンティンクがぼくをまじまじと見た。

「何を言ってるんだおまえは」

「ぼくは女として生まれた。身体は女だ」

ロージーはベンティンクの下から這いだして扉に向かいながらも、こちらをみつめている。

逃げろ、ロージー。逃げろ。きみはもう鎖につながれてない。早く逃げろ。ここからできるだけ遠くへ。

「女の身体だと？　信じられんな」

胸を張り、深呼吸をする。頭は空っぽだ。あとは野となれ山となれ。

「本当だ」

ベンティンクが首をかしげた。ぼくが嘘をついているか、見ただけでわかるかのように。

「証拠を見せろ」

「その前にミセス・フラワーズを解放しろ」

「わしと取引できる立場か」

あいかわらず手首を鎖でつながれたままあとずさると、ベンティンクが乗りだしてきて、ぼくの目をじっと見たまま胸に手を置いた。その口がぼくの口から数インチのところにある。ぼくは身じろぎもしなかった。

逃げろ、ロージー。

ベンティンクがひどくゆっくりぼくのシャツを持ちあげ、手を入れた。指が肌に触れ、上にあがっていく。毛衣をさわったベンティンクが眉をひそめて唇をなめ、その下に指を入れた。乳首を強くつねられ、ぼくは歯を剝きだしたが、声は出さなかった。ベンティンクが眉を持ちあげたとき、その顔に頭突きを叩きこんだ。

「ちくしょう!」ベンティンクが叫んで顔をおさえた。「くそっ、鼻の骨を折りやがったな!」と涙の浮かんだ目をしばたたきながら、おそるおそる鼻をさわる。

ぼくは這ってベッドの下に入ろうとした。そこで向きを変えて引っ掻いてやろうと思ったのだが、つかまれてこめかみを平手打ちされた。目の前が真っ暗になり、のしかかられてシャツが引き裂かれるのを感じた。視界が戻ってくると、布の切れ端がくっついたままのボタンが床に落ちているのが目に入った。手を伸ばしてそれを握りしめる。これをなくすわけにはいかない。あとでまた縫いつけるのだ。ボタンつけは嫌いだが。

とにかくそのボタンを握りつづけた。

ズボンの前を開かれ、ズボン下ごと引きおろされる。そこに縫いつけられていた丸めた布は引きちぎられて放り投げられた。蹴ろうとしたが、ベンティンクの力は強く、床におさえつけられる。爪がぼくの胸に食いこむ。

ベンティンクがぼくの身体を見おろし、手で顔を拭って、濡れた額に落ちかかった前髪を掻きあげた。首の血管が浮きあがっている。

「こりゃたまげた。自分を男と思っている処女とはな。もう何もかも見てきたつもりでいたが」

ボタンを強く握りしめすぎて指が痛い。割ってしまったら、べつのボタンを買わなければならない。だが同じボタンはないだろう。ボタンはすべて同じでなければならない。母はぼくのエプロンドレスのボタンがひとつなくなったとき、全部のボタンをつけかえると言い張った。

ベンティンクがぼくの膝のあいだに膝をこじいれ、股間に手を伸ばして何度かしごいた。下顎がそれに合わせて痙攣し、汗が落ちてぼくの口に入り、しょっぱい味がした。ベンティンクが一物を握り、ぼくのなかに突きとおそうとした。一度、二度、三度。押しいられると同時に、内臓がすべて押しだされ、ぼくは服と皮だけになって、空っぽで床に寝ていた。それはもうぼくではなかった。もう誰でもなかった。

そのときべつの音がした。ドン、ガシャ、そしてドン。ベンティンクがぼくの上に倒れてきた。息ができなくなったが、身をよじって逃れると、ベンティンクが転がってあおむけになり、見ひらいた目でこちらを見て一度まばたきしたあと、動かなくなった。

その身体のまわりに血が広がり、敷物にしみこんで床板の隙間から落ちていく。そしてまたあのドン、ガシャが聞こえた。ロージーが手枷を高く振りあげてベンティンクに打ちおろす。一度、二度、三度。その頭から血が噴きだす。ロージーが鎖を落として息をはずませ、鍵束を投げてよこした。「それ、手首からはずして。早くここから逃げなきゃ」

ぼくはズボン下とズボンをあげ、震える指でふたたび毛衣を胸に巻いた。まだ放心状態のまま鍵を差しこんでひねったが、回らない。ロージーが鍵束を奪いとってひとつずつ試してみたが、どれでもあかない。茫然とみつめあう。手枷がはずせなければ、ぼくはここに残り、血だまりのなかに倒れたベンティンクとともに発見されることになる。おさえきれず震えだしたぼくの手をロージーが握った。

「置いていったりしないから。絶対に。待って、そっちの端は？」

鎖のもう一方の端はベッドの枠に回され、南京錠がつけられていた。最初に試した鍵がなめらかに回った。これで自由にはなったが、手枷につけられた鎖を引きずっていかなければならない。

ロージーが扉に耳をつけた。「何も音はしないわ。用意はいい？」

返事がないので振りかえった彼女は、ぼくの裂けて血のついたシャツを見てため息をついた。衣装箪笥をあけると女ものの服がかかっていた。ロージーがざっと見て白いシュミーズを投げてよこした。「それ着て。上着のボタンを全部閉めれば平気でしょ」

ぼくはベッドにすわったまま、しゃべることも動くこともできずにいた。ロージーが髪を掻きあげた。「だいじょうぶ、やってあげるから」とやさしく言う。

　ロージーがぼくの上着とシャツをぬがせ、鎖を袖から抜いた。肌に血がついていて、寒さに身震いする。彼女がシュミーズを着せて毛衣を隠し、最後に上着のボタンをとめた。

「これでよし」ロージーが襟をぐっと寄せる。「誰にも気づかれないわ」

　一瞬、手と手が触れた。

　ベンティンクは床に倒れ、息をしていない。大量の血が流れている。それが敷物にしみこみ、ロージーのスカートの裾にもついている。ぼくが握りしめていたボタンは血だまりに落ちている。

　階段から物音がした。

　逃げ場がない。

「屋根から逃げるのよ」

　ロージーが窓を押しあけた。屋根瓦の下り勾配が、隣の家の屋根と接するところで谷をつくっている。ロージーが窓枠をしっかりと握って乗りこえた。指の関節が白くなっている。

　扉があいてヒューゴの顔が覗いた。唖然(あぜん)として言葉を失っている。ロージーが手を離し、闇のなかにすべり落ちていった。ヒューゴが飛びつこうとしたが、ベンティンクの血で足をすべらせて転んだ。ぼくも続いて窓を乗りこえ、濡れた屋根瓦をすべりおりた。屋根どうしが接するところで、足の下の鉛から火花が散った。

ヒューゴが窓から叫び、悲痛な怒りの声をあげている。ぼくたちを追いかけようとするように、大きな図体を窓枠から乗りだして下を見たが、まもなくなかに引っこんだ。

ぼくは屋根のへりにそって、隣の家のバルコニーを覗きこんでいるロージーのところまで這っていった。地面ははるか下で、ぼくらは庭の一番高い木よりもまだ高いところにいる。

「行くしかないわ。そうしなきゃどうせ死ぬんだから」

ロージーが先に立ち、雨樋をつかんで隣の壁にとりつき、下にずりさがって足で手すりを探りあてると、慎重にバルコニーの床に飛びおりた。

「来て」とぼくに手を伸ばす。

小雨が降っており、雨樋は冷たくすべりやすい。それにつかまり、下を見ないようにする。指の関節が煉瓦にこすれて擦りむける。やがてロージーの手がぼくの足首をつかみ、足を手すりの上にのせてくれた。雨樋から手を離し、一瞬手すりの上に立ってバランスをとる。と思うと重心が前に傾き、バルコニーのロージーの隣に着地していた。

「ふう」ロージーが頰をふくらませて息を吐いた。

ガラス戸には鍵がかかっていなかった。ふたりで、音を立てず影のように家に忍びこみ、誰もいない寝室を抜けて廊下に出て、階段を二階ぶんおりる。一階の廊下をそうっと歩いているとき、居間からふたつの顔が覗いた。女とガウン姿の老人があんぐり口をあけていたが、ぼくたちはかまわず玄関から外に出て走った。そのまま道が表通りにぶつかるところまで走りつづけ、そこでロージーに手を引っぱられて、雨のなかを行きかう馬車や荷車のあいだを縫うようにして通りを渡り、さらに走って小さな公園にたどりついたところで、芝生の上にそろって倒れこんだ。

ぼくたちはしばらく息をはずませながら寝ころがっていた。ぼくは腹のあたりを掻きむしった。皮膚を剝ぎとりたかった。もういらない。毛衣のようにむしりとってここに置いていきたい。

「やめて」ロージーが言った。「お願いレオ、もうやめて」帽子と眼鏡はどこかへ行ってしまい、濡れた髪が額に貼りついている。ロージーは震えていた。「あなたのしたことは……レオ？　聞いてるの、レオ？」

ぼくは立ちあがった。耳を聾する往来の音に包まれる。車輪や蹄の音、人の呼び声、列車の音……足の下には濡れた草があるが、ここは音と人でふくれあがった都市なのだ。

ぼくはロージーが触れようと伸ばした手をよけた。動きだしたからには止まれなかった。鎖を両手で持ってふたたび走りだす。ロージーが名前を呼びながらあとを追ってきたが、だんだんその声が小さくなり、やがて聞こえなくなった。

足をゆるめ、肩で息をしながら歩いていると、オーガスタス・ソープと散歩したセントジェームズ公園にぶつかった。公園の南側にそってティーショップの前を通りすぎる。ほかのたくさんの男たちのなかにひとりの男としてまぎれる。それぞれにどこかへ向かい、家路を急いだり、犬を散歩させたりしている男たち。帽子にレインコートの男、杖を手にした男、口髭と顎鬚を生やした太くて濃い眉毛の男。

病院に目もくれずにその前を過ぎると、においが鼻に届いた。この油臭いにおいは、まぎれもなくテムズだ。ロンドンの下水を集めながら街を蛇行して流れる川。橋が見えてくると、そのにおいが鼻孔を満たした。水が呼んでいた。

22

橋の横板は濡れてすべりやすく、ぼくは手すりにつかまって川の左右に広がる草地に目をやった。背の高い草や黄色い作物が風に吹かれて流れるように揺れていた。長い乾燥した八月が終わり、ひさしぶりに雨が降っていた。うずたかく空を覆う雲がさらなる悪天をためこんでいるようだった。

休暇から戻った翌日のことだった。まだ足の指のあいだには砂がついていた。オリヴァーはもう軍隊に入っていたが、残りの家族はマーゲートで忘れられない三日間の休暇をすごした。裸足で浜を歩いて小石で名前を書き、露店でアイスクリームを買って食べた。母が部屋で休んでいるあいだに、父が貝殻でいっぱいの洞窟へ連れていってくれた。泊まった〈シップ・ホテル〉は看板に帆船の絵が描かれていて、ポーチには花かごが飾られていた。とてもあたたかくて、ジェーンとぼくは部屋の窓をあけたまま、カモメの鳴き声と桟橋の野外ステージで演奏されている音楽を聞きながら眠りに落ちた。

明くる日は日曜で、父が説教の準備に間にあうように家に帰ると言い張った。ほかの誰かがやるなど、父には考えるのもいやだったのだ。毎週父が導いてやらなければ、会衆が道を誤らないとどうして言えるのか。母とジェーンが荷ほどきをしているあいだに、ぼくはエプロンドレスを着て一番しっかりとした靴を履き、古い通学バッグに浜で拾った重い石を四つと縄、『バーナビー・ラッジ』を入れて家を出、町を抜けて畑を横切り、ニュー川にかかる橋へ行った。その上に立って風に吹かれていると、バッグの擦りきれた持ち手が指に食いこんだ。

そこには前にも来たことがあった。ジェーンとぼくは暑い日に何度かこっそり来て、足を水にひたしながら銀色の魚が行ったり来たりするのを眺めた。ふたりとも泳ぎは得意だったが、深場に行こうとはしなかった。

きっと本能的にもがいてしまうとわかっていたので、石を詰めたバッグを縄でしっかり腰にくくりつけたうえで、手すりによじのぼって水面に背を向けた。時間を無駄にはできない。考えなおしている暇はない。

目はあけたままでいようと思った。見たかったのだ。

なぜか縄を握って、後ろに倒れた。身体が一瞬宙に浮いたあと、冷たい水に包まれた。おそろしいほど冷たくて、あえいで水を飲みそうになった。水草が手足にからみつくなか、案の定ぼくは泳ごうとして、手で水を搔いた。必死に搔いても、石と水を吸った服の重みでどんどん沈んでいった。指が川底のやわらかな泥に触れ、手がそのなかにもぐった。

頭上の光が薄れていき、肺が痛くなってきた。水草と泥を搔きわけ、足を蹴りだし、布のバッグを引き裂こうとし、縄の結び目に爪をこじいれた。自分でしたことにもかかわらず、肺だけがこの世のすべてになっていた。肺が悲鳴をあげて空気を求めていた。神さま、どうか死ぬ前に最後のひと息を吸わせてください。でも吸えなかった。

そのとき手が伸びてきた。力強い指に引きあげられ、水面から顔を出したぼくは深く息を吸い、恥じいりつつも感謝した。岸に引っぱりあげてくれた人の犬が、土手を行ったり来たりしながら狂ったように吠えていた。

ぼくは草地まで這っていって倒れこみ、身体を丸めて震えながら咳きこんだ。助けてくれたまだ二十歳にもなっていないとおぼしき若い農夫は、水で目を赤く充血させ、二度とこんな馬鹿なことをしないと約束しないなら襟首をつかんで警察に引きずっていくぞと脅した。ぼくは顔を覆って約束した。彼はたぶんぼくが泣いていると思っただろうが、ただただ早く行ってほしいだけだった。彼はぼくの石を川に投げこみ、縄を自分のポケットに入れ、ぼくに約束を繰りかえさせたあと、去っていった。

どのみちもうそんな勇気はなかった。溺れるのは思っていたよりずっときつく、水が怖くなった。飲んだ水が肺に入る苦しさが忘れられなかった。雨が降りだしたころ、失敗を恥じながら歩いて家に帰った。

でもその夜、暗い部屋でジェーンの寝息を聞きながら、もうこんな暮らしを続けてはいけないと悟った。女の子の役を演じつづけるのも、父の冗談にくすくす笑い、海辺で恥ずかしそうにスカートの裾を持ちあげるのももう無理だった。本当は普通でないとよくよくわかっていながら、普通のふりをしつづけるのはもう無理だった。毎朝鏡の向こうの自分でない誰かの姿を見ながら、絶望のなかで生きつづけるのはもう無理だった。もうこれ以上は無理だった。

ロッティ・プリチャードとして生きていくくらいなら死んだほうがましだった。

風がウェストミンスター橋を吹き抜け、髪を揺らし、服をはためかせ、頬に雨を叩きつける。立っているのもやっとで、靴を履いていないので足の感覚がまったくない。この天候に、ときどき通る深夜の馬車や荷馬車さえも、一刻も早く帰ろうと先を急いでいるように思える。

手首にはまだ枷がはまったままで、ぼくは手に鎖を握っている。三つ又の街灯のそばで立ちどまって、石の柱礎（ちゅうそ）に寄りかかり、ロンドンを蛇行して流れるテムズの湾曲のためほぼ真南に見えるランベス橋を眺める。四十フィート下では、タグボートがエンジンの音を響かせながら橋のアーチをくぐり、その立ちのぼる煙が目にしみる。柱礎にのぼり、街灯に背中をつけてすわる。左が歩道で、右の川に向かって鎖がたれさがる。少しでも動いたら落ちるだろう。身体が橋の支柱にぶつかり、水に流されながら何度も引っくりかえり、煉瓦にこすれ、服も顔も肌もすべてこそげとられてしまうかもしれない。だがそれよりはおそらく、水に落ちて橋のアーチをくぐって流されるうちに体温が奪われるだろう。そして下流に運ばれて、ブラックフライアーズかライムハウスあたりで灰色にふくれあがった状態で岸に打ちあげられるのだ。手枷と流れに耐えた服だけを身につけて。

薬局ではアルフィーとコンスタンスがぼくを心配し、やがては警察に届けでるとともに部屋と持ち物を調べて、毛衣や忌むべきもの用のあて布を見つけ、自分たちが家に迎えいれていたのはいったい何者だったのかと思うだろう。

胸のなかにふたりをだましていたことへの罪悪感を探したが見つからなかった。心が空っぽになってしまっていた。

「気をつけな、あ、あ、あんた」左右がちぐはぐなブーツを履き、毛糸のセーターを着た若い男が通りがかりに声をかけてきた。男はややふらつきながら、手にしたジョッキをぼくに突きつけた。「お、落ちるぞ」彼はそこでジョッキが空であることに気づいて川に投げた。それはくるくる回りながら宙を飛んで落ちてゆき、水面にぶつかって、川に立つ白波にまじって小さな水しぶきをあげた。「と、飛びおりる気なのかい、あ、あんた」

ぼくが動かずにいると、男はポケットを探って紙をとりだした。

「オ、オールド、ケ、ケント通りにまだあいてるみ、店がある。い、一杯お、おごってくれるなら。これがじゅ、住所だ」

ぼくは男に見えないように鎖を手に巻きつけ、端を数インチだけ出した。勢いよく振って叩きつければ、男には何で殴られたのかもわからないだろう。あと一歩近づいたらおまえは頭から血を流して倒れ、そこをさらに打たれるだろう。さあ、一歩踏みだしてみろ。

男が大げさに肩をすくめてみせた。「あ、あんたが決めることだ。飛びこみたきゃ、す、好きにしな」

男が離れていき、ぼくは巻きつけた鎖をほどいた。伸びてたれさがった鎖が手首を引っぱる。

さらに何人かがぼくに気づいたが、誰も立ちどまりはしなかった。雨に濡れ、湿った冷たい石で冷えた身体が震える。姿勢を変え、あおむけになってしばらく暗い夜空を見あげた。ぼくはずっと怒ってきた。父に、ジェーンに、自分自身に。最近はジェイコブに、ソープに、それ以外にも。だが、いま感じているのはもっと冷たい怒りだ。

ズボンにつけた丸めた布は、あの部屋に置いてきてもうない。ぼくは本気で本物がほしかったのだろうか。偽物のほうがあの怒張した凶暴な竿よりいい。あの男はぼくを侵し、ぼくを自分の望む存在に変えた。男でも女でもなく、生きてすらいないものに。ぼくの身体をネルの布や櫛のように使い、用がすんだらきっと同じように無関心に捨てていただろう。

それが男というものなら、ぼくは男ではない。そんな存在であるくらいなら死んだほうがましだ。

心臓の鼓動が遅くなり、止まれと念じたものの止まらなかった。これはまだぼくの身体なのか。呼吸やまばたきや心臓の鼓動を意のままに操ることはできないのか。ぼくにできないなら誰にできるのか。それは間違いなく神ではない。神はぼくを気にかけているというわずかなきざしも見せてくれたことはない。神はぼくの心臓を動かしてはいない。溺れたいぼくの手足を動かしてもがかせていないように。それは神の遠大な計画などではなく、小さな鼠にも、蟻やナメクジにさえも、神のあらゆる創造物に備わった生存本能であり、ぼくたちが虫と変わらないという証しだ。ぼくが生きようと死のうと、神にとっては同じなのだ。

歩道におり、上を向いて顔に雨を浴びる。足は濡れて氷のように冷たく、毛衣が肌に擦れてひりひりする。白い綿のシュミーズに血がしみ、歯が寒さにがちがちと鳴っていまにも抜け落ちそうだ。

街灯のあいだに鉄の欄干がある。ぼくはしゃがんで鎖の先を握り、灰色のペンキを削って、目につきにくい手すりの下に長さ一インチほどの縦線を刻んだ。それを太くし、それと垂直にもう一本の線を刻む。さらに、最初の縦線と平行な線、次いで三本の横線、そして丸を刻み、ペンキに〝LEO〟の名を彫った。続いてその隣に〝STANHOPE〟と彫り、自分の名前を完成させた。

それがぼくの名前だ。レオ・スタンホープ。ロッティ・プリチャードではない。まして当時からずっと嫌いだったシャーロットでもない。誰もぼくをぼくでなくすことはできない。どうやってぼくを使おうとも。ぼくは何年も前にあのニュー川で生まれ変わったのだ、バプテスト派が言うように。

ぼくはぼくだ。ロッティと名づけられ、いまはレオになった男だ。そして好もうと好むまいと、ぼくの負った荷もまたぼくのものなのだ。ぼくはマリアを愛していた。だからぼくの負った一番大きな荷は、マリアを殺した犯人を見つけることだ。名前の文字をひとつずつ順番に指でなぞり、ペンキの硬い先端の感触をたしかめる。そして自分に約束する。いつでもここに戻ってこられる。でも、犯人がわかるまではだめだと。立ちあがって来た道を振りかえる。

あともうひと息なのだ。

薬局に着くころには、夜が明けかけていた。雨が強く降り、裏庭は水びたしだった。小さな川が石のあいだを流れ、泥を押し流して、三角州や支流や涙形の島ができている。

ぼくは家のなかのあたたかさに湯気を立てながら、ぺたぺたと足跡をつけて店の奥の部屋に入った。そこはいつになくすっきりしていた。在庫品の箱が積まれてもいなければ、空の容器や袋すらも落ちてない。テーブルと椅子だけで、コンスタンスの絵が貼られた壁が見えている。それはコンスタンスがよく描いているすまし顔の猫の絵で、父親がどうしても飼うのを許してくれないことへのあてつけだ。ある午後、ぼくたちは紙と色鉛筆を手に並んでテーブルに向かった。コンスタンスは絵の才能に恵まれているとはいえなかったが、ぼくが描いたのをせっせと真似して、身体をあらわす大きな楕円と頭の小さな円、三角の耳に丸い目、髭をあらわす短い線を描いていった。あれは本当にぼくだったのか、それとも別人だったのだろうか。

アルフィーの金槌を見つけ、裏庭で十分かけて手枷の錠を壊した。はずれると、塀の向こうにできるだけ遠くまで投げた。

コンロに置かれた鍋には水が一インチほどしか入っていなかった。身体を拭くのに充分ではないが、蛇口をひねると大きな音がしてアルフィーを起こしてしまうのでやめた。鍋を持って部屋にあがり、服をぬいで全身をすみずみまで時間をかけて念入りに拭った。ちょうどハースト先生の解剖台の死体にするように。

完全にきれいにはならなかったが、水がなくなったので、寝巻を着てベッドにもぐりこみ、毛布にくるまった。虚脱状態だったがなかなか眠れず、外がほの明るくなるまでただじっと横になっていた。

シュミーズが床に落ちている。あれは誰のものだったのだろう。もしかしたらロージーとぼくの前にもあの部屋に閉じこめられていた娘がいて、そのゆくえを誰かがいまも必死に捜しているのかもしれない。その娘はブリュッセルの富豪に売られたのか、娼館に払いさげられたのか、それとも殺されてしまったのだろうか。

闇がじりじりと後退していく。外からは朝一番の配達の荷車の音が聞こえてくる。隣のテッド・ボイドが八百屋の鎧戸をあける音がして、顎鬚を掻きながら寒さに足踏みする姿が目に浮かぶ。アルフィーとコンスタンスもうすぐ起きだすだろう。

もうあれしかない。

ぼくは静かに部屋を出て階段をおり、店に入った。あいかわらず歯の治療用の椅子が店のまんなかに鎮座している。

棚が半分ほど空になっていた。ふだんならさまざまな大きさや形や色の包みや容器が三、四個ぎっしり並んでいるところがすかすかで、何種類かの薬が一個だけ寂しい番兵のようにぽつんと置かれているばかりだ。ウィンドウの陳列も劣化している。いつもはコンスタンスがとても気をつけて瓶を並べ、射しこむ光で床にさまざまな色のモザイクが浮かびあがるようにしているのに、きょうは瓶のあいだが隙間だらけで外の通りが見える。

銀行から金を借りられず、歯の治療を受けにくる者もいないなか、アルフィーはきっと店の在庫をまとめて売りはらわざるをえなかったのだろう。大きな損をしたはずだ。もっとそのことを心配すべきではあったが、ほかの目的で頭がいっぱいだった。ぼくはあるものを探していた。

本当にそこにあるのかもわからないまま棚に目を走らせる。ほとんど諦めかけたとき、それが目に入った。埃をかぶった長細い小瓶。中身はほぼ満杯のようだ。ラベルは色あせていたが、文字はちゃんと読みとれた――抱水クロラール。

瓶に口をつけてスプーン一杯もないくらいのわずかな量を飲み、また蓋をして棚に戻した。これなら誰も気づかないだろう。

効きめは早かった。部屋に戻って横になるかならないかのうちに、壁が遠ざかりはじめた。身体が落ちていき、頭上で空が口をあけた。呼吸が遅くなり、ぼくは目を閉じて沈んでゆき、まもなく黒い水に覆われた。

23

部屋の壁にはフックが三つある。外套用と上着用と山高帽用だ。でもそのひとつがいまはあいている。あの家で山高帽をとられてしまった。お気にいりの帽子だった。寸法は小さいが山が高くつば広で、あつらえたようにぴったりだった。かわりにフックにかけようとハンチング帽を探したが、置いたはずのところにそれはなかった。どれだけ探しても見つからなかった。

ふたたび目をさまして衣装簞笥の前にすわっていたときは、あの家に戻ったのかと思って心臓が胸から飛びだしそうなほど動悸が激しくなった。

窓をあけて外の空気を入れた。朝日がのぼろうとしているころかと思ったが、店の鎧戸はすでにあけられ、人々は早朝ではなく午後遅くの疲れをまとっている。ぼくは日中ほぼずっと寝ていたらしい。それでも全身に疲れが残っていた。

扉がノックされたので細くあけると、アルフィーがぼくの寝巻を見て眉をひそめた。

ぼくは扉を足でおさえた。

「きょう、きみを訪ねてきた男がいる。名前は言わなかったが」

「どんな男だった?」

「危険な感じだったな。背中は向けたくないような。埠頭のタールのにおいがした」

イタチ男だ。連中はぼくの家を知っている。そのことを考えるべきだった。「きみにすごく会いたがっていた。いないと言っておいたが。何が起きてるんだい」

「なんでもないよ。その男がまた来ても入れないようにしてくれ。それと、念のため手の届くところにナイフを用意しておいたほうがいい」

「念のためってなんのためだ。ここにはコンスタンスもいるんだぞ」

「だからだよ」

アルフィーが探るようにぼくを見た。扉を閉めようとしたが、まだ話は終わりではなかった。アルフィーが咳払いをした。「レオ、下に来てくれ。話がある」

「なんの話だい」

「店のことだ。うまくいってないのは気づいてるだろう。それについて話しあいたい」

「わかったよ」

アルフィーの表情を見れば、もっと何か言葉をかけるなり、同情を示すなりすべきであることはわかったが、頭痛がひどいのと帽子のことで腹が立って、それ以外のことに集中できなかった。扉を閉めてからも、彼がまだそこに立っているのが気配でわかった。

　またベッドに横になり、耳もとでどくどく流れる血の音と、心臓の鼓動に耳をすます。昔、話に聞いたスコットランドの湖の夢を見た。その湖はとても深くて誰も底まで行ったことがないらしい。たとえそこまで深くもぐれたとしても、それだけ長く息をこらえられたとしても、ひどく暗くて水の密度が高いので、水圧で身体がつぶされてしまうのだという。そんなところに棲(す)んでいるのはどんな魚だろう。小さくて強くて硬い殻や真珠層に覆われ、大きな目と剃刀(かみそり)のような歯を持った魚だろうか。

　ようやく下におりていったとき、アルフィーはテーブルでパンとチーズを食べ、コンスタンスはその向かいで腕に頭をのせていた。コンスタンスが顔をあげ、赤い目でぼくを見た。

「手紙が来てるよ」

　アルフィーが茶封筒を差しだした。「きょうの午後、男が持ってきた。あまり機嫌がよさそうじゃなかったな」

　ぼくは封をあけた。一枚の便箋が入っていた。

〈一八八〇年二月十八日

前略ミスター・スタンホープ

たび重なる欠勤のため、本日をもって小使いの職を解くものとする。

草々

小使い頭ロイド・グレートレックス〉

ぼくは手紙を丸めてポケットに入れた。アルフィーが椅子にすわりなおした。

「いったいどうしたんだ、レオ。店について前に言ったことを聞いてただろう。もう金が底をつきそうなんだ。多少でも残っているうちにここを出ていかなきゃならない。悪いが、きみもよそに部屋を見つけてもらわなきゃならない」

「わかった」

「わかった？　言うことはそれだけか？　ひと晩じゅう帰ってこないと思ったら、何日も寝つづけて、どこかのごろつきがきみを探しにきて、さらにこの手紙。それにきみのそのありさまときたら！　いったい何がどうなってるんだ」

もうあれこれ訊かれるのにうんざりだった。「なんでもない。ぼくはだいじょうぶだよ」

コンスタンスが首を振った。「だいじょうぶじゃないでしょ。仕事を馘（くび）になったの？」

ぼくは無表情にコンスタンスを見た。ませた口をきくのはいつものことだが、大人のふりがしたいなら、大人として扱ってもいいだろう。「きみには関係ない」

アルフィーがテーブルを拳で叩いた。こんなに怒りっぽいとはいままで知らなかった。

「そのとおりだな。おれたちにはもう関係ない。よかろう、二週間やる。二週間後には全員でここを出ていくんだ。全員だ。おれたちはチェルムスフォードの姉のところへ行く。マットレスはあるし、コンスタンスはいとこたちと同じ部屋で寝られるそうだ。きみはきみで好きにしろ。荷物をまとめて出ていってくれ」

「わかった。そうするよ」

コンスタンスがぱっと立ちあがってぼくを睨んだ。怒鳴りたそうだったが、こらえて部屋を出ていき、バタンと扉を閉めて階段を駆けあがっていった。

アルフィーは翌日から荷づくりを始めた。まずは自分のものからにしたらしく、服や身のまわり品の入った箱を店の奥の部屋に運びこんだ。そのなかのひとつには丁寧にたたんだ陸軍の制服が入っているのが見えた。べつの箱には記章や勲章や紐で束ねた手紙が入っていた。コンスタンスは荷づくりに加わろうとはせず、午前中はむくれてすごしていた。一度だけあらわれたと思うと、猫の絵を壁から引きはがしてごみ箱に捨てて出ていった。

昼ごろには外に濃い霧が出た。通行人は手探りしながら歩き、たがいにぶつかったりつまずいたりしている。ぼくは店からその様子を眺めながら、誰かが来るのを待っていた。警察かヒューゴ・クーパーか。どちらをより恐れているのか自分でもよくわからない。

ぼくたち――ロージーとぼく――は人を殺した。その結果は当然引き受けなければならない。逃げることも考えたが、それではよけいに犯人であるのが明らかだし、どのみち追いかけられるのは変わらない。身を隠すためにもう一度ロッティになるという手もあるが、それはしたくなかった。何があろうとぼくはレオ・スタンホープでいる。

ベンティンクが死んだことに胸は痛まなかった。あの男がぼくやほかの多くの人にしたことを思えば、千回殺しても飽き足らない。当然の報いだ。

それにマリアもあいつが殺したに違いない。きっとそうだ。とはいえ……まだ少し引っかかる。そう断定していいのかと、ためらう自分がいる。あのときはそもそもロンドンにいなかったし、マリアを殺す理由もないとベンティンクが言っていたのを思いだす。警察がわかりやすい結論に飛びついたことに異を唱えた以上、自分も同じことをするわけにはいかない。ベンティンクは多くの悪事に手を染めていた。殺人に誘拐、人身売買やそのほかの罪を犯していたのは事実だ。しかしマリアを本当に殺したのかどうかは確信が持てなかった。

　もっとクロラールがほしかったが、いまはまだ飲むわけにいかない。誰かが来るのを待っているあいだは。

　警察は最初にロージーを逮捕しにいったのかもしれない。そうだとすれば、ロージーはぼくを助けるためにベンティンクを殺したと説明するだろう。そしてぼくは正体がばれ、彼女は絞首刑になる。ベンティンクは資産家で、ロージーは肉屋の娘にすぎないのだから。それでふたりとも終わりだ。

　そこである案が浮かんだ。いつものぼくとは正反対のやりかただ。正直に話すのだ。ほぼ正直に。警察が逮捕しにくるのを待っているかわりにこちらから行く。そしてぼくたちがつかまったことやボートのこと、上流階級の紳士たちの欲望を満たすためにベルギーに送られる若い娘たちのことを話す。

　ただし、厄介な質問から逃れるために、ほんの少しだけ事実を曲げる。単純な置きかえだ。救われたのはロージーで、手枷をベンティンクの頭に振りおろしたのはぼくということにする。そのほうが聞いた者も納得しやすいし、反論できる相手はもう死んでいる。それにぼくもそうであったらと願っている。それはぼくであるべきだった。

ただ、それにはロージーにも一緒に行ってもらって、同じ話をしてもらう必要がある。

上着を着て、また火かき棒をタオルにくるみ、霧に感謝しながら外に出た。誰かがぼくを探しにきても、この霧のなかではそうそう見つけられないだろう。

歩道は二、三ヤード先しか見えなかった。はじめは急にあらわれては消える通行人をよけるためにゆっくり歩を進めていたが、試しに目をつぶって、誰かとぶつかるのもうっかり通りに出てしまうのも運まかせで歩いてみた。音とにおいと足の下の感触だけの世界で足のおもむくままに進むのは、なぜか奇妙に心安らいだ。

だがそのうち頭がぼうっとしてきて、思いだしたくもないものが脳裏によみがえってきた。紅潮した狼の顔、肩や背中に密生した毛、打ちつけた拳にあたる男の腿の感触。どこからともなく声が聞こえてきた。マダム・モローの声のようだ。ぼくは目をあけた。でも誰もいなかった。

ロージーの店に着くころには気温がぐっとさがり、歯ががちがち鳴っていた。ノックしようとしたとき、何かが思いとどまらせた。

あたりは暗くなりかけていて、窓ごしの眺めは舞台を見ているようだった。ロージーはどこか浮かない表情で幼い娘を膝にのせてスツールにすわっている。隣にはあの名前を思いだせない革じみた顔の女と、人のよさそうな年配の男がいた。女が何やらがみがみ言っている様子からして夫だろう。話し声は聞こえるが、言葉は聞きとれない。

店にはもうひとり、ぼくと同年配の若い男がいて、ロージーのほうに身を乗りだし、幼い娘の鼻をいじってからかっている。ロージーがぴしゃっと叩こうとした手を男がつかみ、少ししてから離した。男のそのようなたわむれに嫌悪と怒りが湧いた。その男だけでなく、すべてのその手の男への。女を口説いたり、誘惑したり、丸めこんだり、たぶらかしたり、さらったり、いたずらしたりするすべての男への。

男が窓から暗い表に目をこらした。ぼくのことが見えたのかどうかはわからないが、男はまたロージーのほうに向きなおった。髪は黒く、呑気そうな顔に無精髭を生やしている。

病院の解剖台に横たわっていたジャックを思いだした。ジャック・フラワーズもこの男のように毛深かったし、背格好も同じくらいだった。気味が悪いほど似ている。

考えてみると、ぼくはジャックの身元を証明するものを何も見ていない。夫がいなくなったとロージーが警察に申しでて、台の上の死体を見て彼だと言った。その証言があるだけだった。そのほかの家族や肉親は誰も来ていない。とくに疑う理由もなかった。ロージーは夫の死を嘆く未亡人らしく見えたし、そもそもハースト先生は事故だと判断したのだから。

だが、ジャックが溺れ死なずに岸に泳ぎついていたら？　そして自分に似た別人をつかまえてかわりに溺れさせたのだとしたら？　それほどむずかしいことではないはずだ。いまぼくが見ているのが、ぴんぴんしているジャック・フラワーズだとしたら？

ベンティンクがあの部屋で言っていたことを思いだそうとする。心がまた黒い水に沈んでいきたがり、浮いているために必死でもがかなければならなかった。金がまた盗まれ、その金はいまだに見つかっていないとベンティンクは言っていた。

ジャック・フラワーズは生きのびて、あの家に戻ってまた金を盗んだのかもしれない。そしてジャックが生きていることをマリアは知ってしまい、永遠にその口をふさがれてしまったのかもしれない。ジャックはすでに霊安室に運ばれてきた誰かを殺しているのだから、それができるのはたしかだ。

それならすべての辻褄（つじつま）が合う。みなジャックは死んだと思っているのだから、誰もジャックを疑わない。そしていま、ジャックは金を手にして自由の身なのだ。

いや、ジャックだけではない。ロージーも計画に加わっていたに違いない。ぼくをだまし、追随したり非難したりして誤った方向に誘導し、そうやってずっと夫のことがばれないようにしていたのだ。

喪服を着ていなかったのも当然だ。

気分が悪くなってきた。ジャックの名前が書かれたエリザベス・ブラフトンの予約帳をぼくが見ようとするのをロージーが止めたことを思いだす。警察へ行くのを思いとどまらせようとしたことも。

ベンティンクの家でぼくを救ってくれたのはたしかだが、それは同時に自分自身を救うことでもあったのだ。

あまりの霧の濃さに呼び売りや物乞いすらもいなくなり、通りは人気がない。ぼくはぽつんとひとり、その場から動けずにいた。ここへはロージーを救うために説得にきたのに、彼女はずっとぼくに嘘をつき、真相から注意をそらせようとしていたのだ。ぼくの目はどこまで節穴だったのか。

もう計画も何もなかった。ただ家に帰り、警察かヒューゴが来るのを待つしかない。ほかにできることは何もない。

引きかえそうとしたとき、通りの向こうに霧にかすんで男らしき人影が見えた。はっきりしないので近づいてたしかめようとしたとき、やってきた一台の馬車に視界をさえぎられた。馬車が通りすぎたあとには人影は消えていた。そもそも人影ではなかったのかもしれない。戸口の形や柱の影が存在しないものの姿に見えただけかもしれない。こちらを見ている長い外套を着た男の姿に。

ぼくは市場を抜けて家へ急いだ。店じまいの時間で、店主は胴巻に入れた売上金を数え、小僧は売れ残りの玉葱（たまねぎ）やキャベツを選（え）りわけて、いいものだけ明日また売るためにとっておいて残りは道に捨てている。ぼくはしなびた野菜を踏んで歩きながらほとんど泣きそうになっていた。

ソーホースクエアに着くころ、霧が晴れて、ロンドンの人々が春のモグラのようにいっせいにあらわれた。角では馬車が連なり、道の穴に車輪がはまってしまった気の毒な先頭の男が罵声を浴びせられている。

背後に人の気配を感じたと思うと、急に声をかけられた。

「やっぱり！」振り向くとオーガスタス・ソープが指を振っていた。「やっぱりきみだな！　薬局にいたあのきみだろう？」

こんなところで会うとは予想もしていない相手だったし、ロージーの裏切りで頭がいっぱいで、何年も前によその街で会った誰かのようにすぐにはわからなかった。

「どういうことだ。ぼくを尾けてたのか」

「まさか。馬鹿なことを言わないでくれ」ソープは長い外套ではなくぴっちりとした軍服を着ている。「ミス・プリチャードのことで会いにきたのだ。きのう公園で会う約束をしていたんだが、どうやら用事ができたらしい。訪ねていきたいので彼女の住所を教えてもらえないか、もしよかったら」

「だめだ、悪いけど」

「わかっていないようだな。彼女は……いや、われわれは会う約束をしていた。友人なんだ。自分の住所をきみから聞いてもかまわないと彼女も言っていた」

「帰ってくれ」

ソープに背を向けて歩き去ろうとしたら、腕に手を置かれた。触れられたことに心の底からぞっとした。倒れてきた塀に押しつぶされた人夫の肝臓の重さをはかり、犬に噛みちぎられた男の胴体をつなぎあわせて残った肋骨(ろっこつ)をハースト先生が数えるのを手伝ったこのぼくが、腕に置かれたソープの手に耐えられなかった。一秒たりとも。

手を払いのけると、ソープに上着の襟をつかまれた。「何をする！ わたしは英国陸軍の将校だぞ！ 言ったとおりにしろ！」

次に起こったことはうまく説明できない。ソープとベンティンクが同一人物になったような気がした。もちろん違うのはわかっているが、それでも手を離させたかった。どんなことをしてでも。

ぼくは火かき棒で殴りかかった。ソープがよけて何やら叫んだが、さらにもう一度火かき棒を振ると、今度は肩にあたった。ソープが悪態をついて腰の武器を手探りしたが、空をつかんだだけだった。

「後悔させてやる！」ソープがわめいた。

野次馬が集まってきて、この乱闘を遠巻きにした。そのうちのひとりがソープに励ましの声をかけ、ぼくを見た。その小さな丸い目でイタチ男だと気づいた。新しい上着を手に入れたらしく、ベルベットの襟のついた黒い厚地の外套を着ているが、寸法が大きすぎて骨組みからはずれた日よけ屋根のように裾がはためいている。

イタチ男が眉を持ちあげてにやりと笑った。

「よう、また会ったな、スタンホープ」

火かき棒で殴ろうとしたら、イタチ男が後ろに飛びのいてポケットに手を入れ、短く幅の狭いナイフをとりだした。突進してくるかと思ったが、野次馬たちを見て考えなおしたらしい。

「またな」と言って男は走り去った。

まわりを囲む見知らぬ顔たちは、ぼくが走りだすと左右に割れた。

24

くたくたで家に帰りついたとき、ちょうど六時の鐘が鳴っていた。眠りたいのに眠れず、ぼくはベッドにすわってぼんやりと盤上のチェスの駒を動かした。

ロージーとぼくはあの屋根裏部屋の狂乱のなかでおたがいを守った。彼女はぼくの目を見て、置いていったりしないと言った。ぼくはそれを信じた。ひょっとしたら、あのときは嘘ではなかったのかもしれない。そうしないと生き残れなかったから。

だがそのあとは……ジャックが生き残り、ベンティンクが死んだのは、すべてロージーに都合よくことが運んだことになる。

警察へ行くべきだが、この前リプリーには困った馬鹿者扱いをされた。もう一度行く前に確証がほしい。

相手のナイトをとり、それを手に持ってソープのことを考える。ふとそれをろうそくの炎にかざし、焦茶色の塗料が黒く焦げて煙があがりだすのを眺める。あの日、ソープのもうひとつの顔を見た。子供っぽいだけでなく、乱暴で身勝手なところを。ソープが手紙をとりかえすために人を殺したとしてもまったく意外ではない。だが、彼はジャックより有力な容疑者だろうか。

ナイトに火がつくと、それを吹き消して整理箪笥にしまい、白のクイーンがわりのコルクを持ちあげた。エリザベス・ブラフトンが、自分の店の若い雇い人をベンティンクが気にいっていることに腹を立て、嫉妬に狂ったということはあるだろうか。いや、考えにくい。そんなふうに怒り、感情的になるには、あの人は誇り高すぎる。ルークとキングがヒューゴとベンティンクだ。ふたりとも人は殺せるが、動機が思いつかない。ぼくはキングを横に倒した。

ジェイコブはどうだろう。マリアを殺した可能性はあるだろうか。マリアと会っていて、そのことをぼくに黙っていた。容疑者と思いたいが、彼に腹を立てすぎていて冷静に考えられない。それでも、あの不信心者のユダヤ人を白のビショップにしてほかの駒と並べると、少しすっとした。このくらいは当然だ。

最後はジャック・フラワーズを示すポーンだ。後ろに寄りかかって並べた駒を眺める。ナイト、コルク、ルーク、キング、ビショップ、ポーン。

「白状しろ」とささやいてみたが、誰も白状しない。

どこからどう見ても、ジャックが生きているなら、最有力容疑者であることは動かしがたい。もっとも動機——金と自由——があるし、すでに人殺しでもある。

それはつまりロージーもということだ。

どうしてぼくはいつもこんなにやわなのか。ほかの人々はもっと立ちなおりが早いのに、ぼくは部屋に閉じこめられたスズメのように飛びまわっては、羽が折れるまであちこちの壁にぶつかっている。

ちくしょう、ロージー。本当に友達だと思っていたのに。

朝、聞きおぼえのある声が薬局でアルフィーと話しているような気がしたが、さだかではなかった。昨晩もスプーン一杯のクロラールを飲んだので、いまはでこぼこの窓ガラスを通して見ているように、世界がゆがんでちらついている。

下におりて驚いた。リリヤがペットの小型犬を膝にのせ、歯の治療用の椅子に堂々とすわっていたのだ。

「レオ？　こっちに来てさわらせてちょうだい」

リリヤがぼくの動揺にも気づかず、手を伸ばして頬をつねった。「レオ、わたしはすごく怒ってるのよ。もううちに来てくれないもんだから、わたしがここまで来なきゃならなかった。ジェイコブがとっても落ちこんでるの。なんでもないって言ってるけど、あの人のことならお見通し。二十年も結婚してるんだもの。あなたが生まれる前からね」

「ぼくは二十五だけど」

リリヤがそんな計算はいいというように手を振った。「クラブへ行けばと言ったら、ジェイコブが行きたくないっていうの。それでレオと何かあったのと訊いたら、二階にあがったきりランプをともす時間までおりてこなかったのよ。ねえ何があったの、レオ。うちの人と話しあって」

「話すことなんてないよ」

「あるわ、いつだって。話すっていうのは、川を流れる水みたいなものよ。いつも違う水だけど、それがなくちゃ川にならない」

「どうやってここまで来たんだい、リリヤ」

リリヤが歯のあいだから息を吸った。「歩いてきたのよ。目は悪いけど、足はなんともないんだから。それだけあなたのことを心配してるってこと。あなたとあの馬鹿な亭主のことを」リリヤが鼻をひくつかせた。「ここ、おかしなにおいがするわね。あなたからもおかしなにおいがする」

「嘘だ。きみがひとりで家を離れるわけがない。ジェイコブも一緒なんだろう？」

「これは歯を治療するものね？」リリヤが椅子の金属の台座を手探りして何かをいじると、椅子が後ろに傾いた。「歯が痛いの。ほらここ」と顎を指さす。「あなたの友達に抜いてもらえる？　いくら？」

「前金で一シリングと六ペンス」アルフィーが言って、シャツの袖をまくりながら、リリヤのハンドバッグを夢中でかじっている犬を見おろした。「あとは症状によります」

「わたしは目がよく見えないの。何をするかまず言ってね」

「わかりました」アルフィーが細い棒の先に小さな鏡をはんだ付けしたものを手にした。「では口をあけてください。力を抜いて」

アルフィーは声の震えをおさえきれない。何しろはじめての生きた患者なのだ。

ぼくは外に出た。あたりは薄暗く、寒さが骨身にしみる。人々は手袋や襟巻を身につけ、外套のなかで縮こまっている。

通りの向かいの戸口に、帽子を目深にかぶってポケットに手を突っこんだ男がひとり、震えながら立っていた。顔はよく見えないが、その男がこちらをこそこそうかがっているのはわかった。

通りを渡る。

「妻に頼みにいかせるなんて、どれだけ意気地がないんだ」

ジェイコブが寒さに足踏みした。「リリヤが言いだしたんだ。おれはただ、あいつがあちこちにぶつかったりしないようについてきただけだよ。だがこの霧じゃ、あいつのほうがうまく歩けて、おれのほうが連れてきてもらう始末だ」

「リリヤは歯が痛いと言ってるけど」

「じゃあそうなんじゃないか。おれを困らせるためだけに歯を全部抜いちまいかねないやつだが」ぼくがきびすを返そうとすると、ジェイコブが両手をあげた。「まあ待て、レオ。行かないでくれ。言いだしたのはリリヤだが、おれも来られてよかった。言いたいことがあるんだ」

「というと？　寒いから早く言ってくれ」

本当のことを言っていたとしても、どうしてそうとわかるだろう。一度嘘がばれた者は、そのあと何を言っても信じられるものではない。

「おまえさんは若いからわからないんだ。いまはまだ人生が永遠のように思ってるだろう。だがやがて気づく。人生ってのは一日で、もう夕方になってるってことにな。おれの場合は日が暮れかけて、時計の音も聞こえてる。マリアは若くてかわいかった。だからしたかったが、できなかった。ただ話を聞いてもらってたんだ。子供のころの話を。ほかに誰も聞いちゃくれない。故郷から遠く離れ、子供もみんな大きくなった年寄りの話なんてな」

「何言ってるんだ、まだ三人の子供と一緒に住んでるじゃないか」

「ミリセントはまだ八つだし、あとのふたりは男の子だ。男の子は話なんて聞かない。

大声をあげて走りまわっちゃあ棒でそこらのものを叩くばっかりでな。マリアは興味を持って聞いてくれた。母親はユダヤ人だと言ってた。いや、わかってるが、おれは馬鹿な年寄りだから、信じたいことを信じる。マリアがユダヤ人だと信じたかったし、おれはいくらでも牝馬(めすうま)の相手ができる若くて元気な牡馬(おすうま)だと信じたかった。それにおまえさんが自分は男だというなら、そうだと信じたい」

「じゃあマリアとベッドをともにしてないっていうのか」

「おれもおまえさんくらい男かどうか怪しい」ジェイコブが耳障りな咳をして、襟巻ごしに白い息を吐いた。「いやな天気だ、まったく。いやな国だ」

だからといって慰められはしない。ぼくはそっけなく言った。「そうか、話はわかった」

「マリアはマリアなりにおまえさんを愛してたと思うよ」

「何言ってるんだ」

「ああいう娘たちはほかの客の話はしない。当然だが。でもあるとき、ひどく具合が悪そうなことがあった。リリヤも何度も同じようになったから、理由はすぐわかった」

「彼女が身ごもってたことならもう知ってるよ」

「マリアはあのブラフトンには言わないでくれと頼んだ。それで誰か始末してくれるやつを知ってるのかと訊いたんだ。無神経な質問だったが、マリアは子供を産むと言った。結婚してくれる男がいるからってな。軍の将校だと。だがそのうち泣きだした。おれはそっと抱きしめて慰めながら、なんで金を払ってこんなことをしてるのかと思ったよ」

「なんとも胸を打つ話だね」

「おっと、いつものレオが少し戻ってきたな。よし。そうだ、胸を打つ話だろう。で、おれがそうやって慰めても、マリアは泣きやまなかった。ずっと泣いていた。だから言ったんだ、将校と結婚できるならいい話じゃないかって。マリアはそれでも泣いてるんだ。いっそうおいおいとな」

「どうしてぼくにそんな話を？」

「わからないのか？　泣いてたのはおまえさんのためだからだよ。マリアはおまえさんのことを思ってたんだ」

ぼくは一歩踏みだし、両手を強く握りあわせて、ジェイコブを殴るのをこらえた。人目もある通りで、階段をのぼるだけで息を切らすような年寄りを殴ることはできない。いったいなんの権利があってこんな話をするのか。それもマリアが死んで埋められてしまったいまになって。

「なんの意味もないさ、そんなこと」

「おまえさんが帰るとき、彼女が窓から投げキスをしてくれると言ってただろう。それは意味があったんじゃないのか」

あの最後の日、マリアは投げキスをしてくれなかった。ぼくが帰るときにはもうべつの男が部屋にいたからだ。キスは全部そいつのものだった。

「もういいかな」

「おまえさんが妬ましかった。歳をとると子供になるんだ、馬鹿みたいだろう」ジェイコブが世間に抗議するように腕を振った。

「妬ましくて腹が立ったから、それ以上マリアを慰めるのをやめた。そして故郷のニコラエフの港にいた娼婦の話をした。その娼婦は船長の相手をしてるとき、すべった綱でまっぷたつにされちまった」

「本当の話なのか」

「さあ、聞いた話だからな。ただ、あとになってマリアには悪いことをしたと思って、次に行くときには人形を持っていった。ミリーのために買ったんだが、娘はもうそういうものでは遊ばないっていうんでな。それにマリアの子供は女の子じゃないかって気がしたんだ。それがマリアと会った最後だ。これで何もかも話したぞ、レオ。これで全部だ」ジェイコブが帽子の下からぼくを見て、自分の額を指さした。「その顔はどうしたんだ。怪我したのか。何があったんだ」額をさわってみた。肌が切れていて、ふれるとするどい痛みが走った。いつ怪我をしたのか思いだせない。

「もう行くよ。じゃあな、ジェイコブ」

通りを渡ると、ジェイコブが後ろから声をかけてきた。「マリアはマリアなりにおまえさんを気にかけていた。それを忘れるなよ、レオ！」

薬局に戻ると、リリヤのすわった椅子が倒され、アルフィーが上から覗きこんでいた。リリヤがアルフィーを押しのける。「レオ？　ジェイコブと話したのね？」

「例によって助言してくれたよ」

「そう、よかった。話しあって仲なおりしたのね。あの人の助言には従ったほうがいいわ。大英帝国一、頭のいいお馬鹿さんだから。人には最高の助言をするけど、自分では決して従わないのよ」アルフィーがかがみこみ、ペンチを手に作業を再開しようとしたが、リリヤがなおも続けた。「ところで、このあいだ飛んで会いにいった女の人とはどうなってるの？」

「ああ、彼女には……べつの相手がいたんだ」

「まあ。でもそんなことで諦めちゃだめよ。はじめてジェイコブと出会ったときも同じだったのよ。それがいまはこうでしょ。結婚して二十年になるんだから。あなたが生まれる前からよ」

ふたたび訂正する意味はない。リリヤが一度こうだと思ったら、それを変えるのは無理だ。

「すごく運がよかったんだね、リリヤ」

リリヤが見えない目をつぶり、犬を抱き寄せた。「運がよかった？　そうかもしれないわね。わたしは夫がどんな人か、どこへ行くのかわかってる。目は見えなくても見えるの。あなたのほうがもっと運がいいかもしれないわよ」

「でもぼくが思うに……」

リリヤが鼻を鳴らした。「そう、あなたは思う。わたしも思うし彼も思う。みんな思う。でも誰も知らないのよ。心の問題は川みたいなもの。あっちへ曲がり、こっちへ曲がり、ときにはその先に大きな岩があることもある。でもないこともある。誰にもわからないのよ」

「ミスター・スタンホープ！」コンスタンスの金切り声で夢のない眠りからさめた。いま何時なのか、何曜日なのかもわからない。「ミスター・スタンホープ！　また警察が来てるよ！」

とうとう来たか。少なくとも、これでもうすぐ終わる。

下におりると、リプリー刑事が待っていた。かたわらにはパレットもいて、必要以上に部屋の空間を占めて立っている。パレットが使用人頭と足もとの穴を落とそうとする絞首刑執行人を足して二で割ったような堅苦しさでうなずいてみせた。

テーブルにはソープがすわっていた。

リプリーがあいた椅子を指した。「すわれ、スタンホープ。ひどい顔だな」

「どうも」

「こちらの少佐には会ったことがあるな」リプリーがソープのほうを見ることなく手だけそちらに振った。「少佐からここの住所とおまえの人相を伝えられてな。ちょっと待ってくれ、書きとめたから。不愉快な人物、痩せ型、茶色の髪、髭はなし、うさんくさい、癇癪持ち。まさにおまえのことだな?」

「なんの用ですか」

リプリーが煙草を出してゆっくりと火をつけた。「いなくなった若い婦人のことで訊きたいことがあってな。おまえはその婦人と関係があるようだから」

「またマリアのようなことが?」

リプリーが腰を伸ばして顔をしかめた。「その顔はどうしたんだ」

「ただのかすり傷です。その若い婦人の名前は?」

リプリーが手帳をめくった。「あったあった。ミス・シャーロット・プリチャード。ロッティと呼ばれているようだ。知ってるか?」

「えっ?」

「よく知ってるだろう」ソープが横から言った。「わたしは公園でミス・プリチャードと会った。次の約束をしたのに、彼女はあらわれなかった。おまえにそのことを尋ねたら、ひどい無礼を働いただろう。獣のように野蛮なやつめ」

リプリーがため息をついて片手をあげた。「わかったわかった、そこまでだ、少佐。さあスタンホープ、簡単な質問だ。ミス・プリチャードを知ってるのか、知らないのか」

頭が真っ白になった。リプリーが煙ごしにじっとこちらをうかがっている。しばらくしてどうにか言った。

「はい、知っています」

「こちらのソープ少佐と彼女が会えるようとりついだのか」

「はい」

リプリーがペンをかまえる。「よし。それならすぐはっきりさせられるな。彼女と連絡をとる方法は?」

言葉が出てこない。またあの屋根裏部屋に引きもどされる。靴も帽子もぬがされ、手枷をはめられた手首が燃えるように痛い。〝この服の下は女なんだ。彼女を放して、ぼくをかわりにしろ〟。

どんなことになろうとも、ぼくは二度とロッティにはならないと誓った。

階段下の狭い廊下から足音がして、コンスタンスが入ってきた。

「お茶でも淹れましょうか、みなさん」

リプリーが驚いた顔をした。たぶんそんなふうにもてなされるのに慣れていない若いご婦人なのだろう。「われわれはこちらのミスター・スタンホープに、いなくなった若いご婦人のことで質問しているだけでね」

コンスタンスがぼくをちらっと見た。まだ怒っているようだが、あまのじゃくな子だからぼくのために嘘をつくのではないかと心配になった。「コンスタンス……」言いかけたところをコンスタンスがさえぎった。

「ミスター・スタンホープにはお友達がとってもたくさんいるから、全員のことはおぼえてられないんじゃないかしら」

パレットが笑みを浮かべたが、ソープはいらだった様子で姿勢を変えた。「出ていきたまえ」

「そこまでだ、少佐」リプリーが言った。

だがコンスタンスはひるまなかった。「少佐？　あなた、手紙を送ったソープ少佐なの？　あのかわいそうな女の人の心を傷つけた人ね」少佐に厳しい目を向け、ぼくを振りかえる。「いなくなったのって、あの人？」

「違うよ。でも、頼むからぼくたちだけにしてくれないかな、コンスタンス。お父さんがきっと手伝ってもらいたがってるよ」

コンスタンスがめずらしく言われたとおりにした。

ソープが立ちあがった。「わたしの手紙を持ってるのか？」

リプリーも、腰を気にするそぶりもなく立ちあがった。「すわれ、少佐。早く」それからぼくに顔を向けた。「手紙ってのはなんのことだ」

知らないととぼけようかとも思ったが、いまさらそんなことをしてなんになるだろう。もう中身を知っているのだ。

ぼくは部屋から手紙をとってきてリプリーに差しだした。リプリーが注意深くそれを読んだあと、パレットに回した。ソープはその紙が手から手へと渡されるのを、皿に残った最後のビスケットに物ほしそうな視線を送る駄々っ子のような顔で見ていた。

「それはわたしのだ」ソープが手を伸ばしたが、リプリーが上着のポケットに手紙を入れた。

「大事な証拠だ。連隊はこれまであまり協力的でなかったが、これを見せれば態度も変わるだろう」

「彼らはまともな頭を持った紳士なら誰でもそうするように、きみを追いかえすさ。だいたいわたしのことをあれこれ訊くとは何さまのつもりだ」ソープの顔が赤くなってきた。「わたしは英国陸軍の将校で、判事の息子だぞ。きみなどただの……」ソープが言葉を探し、やがて口もとをゆがめて吐き捨てた。「……ただの木っ端役人のくせに！」

パレットが立ちあがったが、少佐はもう店を出ていた。叩きつけるように閉めた扉が蝶番（ちょうつがい）からはずれるのではないかと思った。その後の沈黙のなかで、リプリーがまた煙草に火をつけた。ソープが出ていったことを気にするふうもない。

「独自に少し調べてみたんです。わかったかもしれません。いや……わかったと思います。マリア・ミレインズを殺したのが誰か」

「そりゃよかった。ところでこのミス・プリチャードの住所は？」

「ぼくの言ったことを聞いてました？　わかったんですよ――」

「ああ、ちゃんと聞いてたさ。だが一度にひとつずつだ。で、住所は？」

何か言わなければならない。「わかりません。でも彼女の姉のジェーン・ヘミングズの住所ならわかります」ぼくはメイダヴェールの住所を告げた。「ただジェーンとロッティは……疎遠だと思います」

口に出して言うことでそれが本当になった。

ジェーンはリプリーに何を話すだろうか。ほとんど何も話さないのではないか。ぼく以上に警察にあれこれ訊かれたくはないはずだ。

リプリーが鼻を鳴らした。「おれも姉と疎遠になりたいとときどき思うよ。そのろくでもない亭主とはもっと疎遠になりたいが」そこで煙草をひと口吸う。「いいか、ソープは空一番の輝く星ってわけじゃないし、ふだんならあんなやつにはかまわない。だがな、けっこうな数の女がいなくなったり死体で見つかったりしてる。あんたの周辺でな、ミスター・スタンホープ」

「ぼくが何かしたっていうんですか」

リプリーがじっとぼくを見た。「あんたが独自に商売を始めたのかと思ってな」

「どういう意味ですか」

「娘たちを使ってちょっとした副業をしようってのは何もあんたが最初じゃない。はじめは公園を散歩することから始まって、最後に行きつく先は……わかるな？」

「してませんよ、そんなこと」

「そうか。ならよかった。あんたはそういう商売には向いてなさそうだからな。なんにせよ、いずれかならず真相を突きとめる。おれはいつもそうしてるからな」リプリーが上着の襟についたタルカムパウダーの粉を払った。それが完璧な仕立ての唯一の汚点であるかのように。「ところで、ヒューゴ・クーパーってやつを知ってるか。元ボクサーらしいんだが」

「えっ？」急に話を変えられてついていくのに苦労する。「どうしてそんなことを？」

「知ってるのか、知らないのか？」

ごくりと唾を呑みこむ。「知ってます。その、会ったことはあります。ハーフムーン街の娼館でドアマンとして働いている男です」

「そいつが雇い主を殺したらしい。よくあることだが」

「ヒューゴが？」一瞬、どういうことかわからなかった。「それはつまり……ヒューゴがジェームズ・ベンティンクを殺したってことですか」

「鉄の鎖で頭をかち割ったんだ。哀れな野郎は家で素っ裸で見つかった。血の海だったよ」

言葉が何も浮かばない。頭がうまく回らず、心臓だけが早鐘を打っている。リプリーはぼくを嵌めようとしているのだろうか。表情から策略の色を読みとろうとしたが、読みとれない。

「どうしてぼくにそのことを？」しばらくしてようやく言った。

「ふたつ理由がある。ひとつは、あの娼館がらみで殺されたのがベンティンクでふたりめってことだ。いくら淫売宿でも少々疑わしい」リプリーが煙の輪を吐きだし、その向こうからぼくを見た。「もちろん、ヒューゴ・クーパーが娘のほうもやったのかもしれない。だが理由がない。ヒューゴは娘たちになんの興味も示していなかったという証言もある。チョコレート工場で働くようなものなんだろう。しばらくすると商品を食べたいとは思わなくなる」

「でも、ヒューゴがベンティンクを殺したのはたしかだと？」気づくと椅子から身を乗りだしていた。

「家にいたのはヒューゴだけだったし、ベンティンクの帳簿係がやつのしわざだと言ったんだ。その証言に対して、ヒューゴはもっともらしい説明をしてるとは言えん」

「どんな説明をしてるんですか」

「ああ、それがふたつめの理由だ。ヒューゴはおまえがやったと言ってるんだ。筋が通ってるとは思えんが、やつはそう主張してる」

「ぼくが？」声がうわずらないように息を吸った。

「おまえが」リプリーはくつろいだ様子でほとんど眠そうに見えるが、そのじつ油断なくこちらをうかがっている。ぼくが沈黙に耐えかねて口を割るのではないかと期待しているようだが、こっちは教会育ちで重苦しい静寂には慣れている。当時もいまも、罪の告白による救いに飛びついたりはしない。しばらくしてリプリーが続けた。「おまえがジャック・フラワーズの未亡人とあの家にいたとやつは言ってるんだが。彼女のことは知ってるな？」

「はい。でも馬鹿げてますよ」

「おれもそう思うよ。ミセス・フラワーズはなかなかしっかりした気丈なご婦人のようだ。亭主の文句をさんざん言ってた。そもそもたいして好きじゃなかったともな。

昔、知ってた娘を思いだしたよ。結婚する前のことだが。みんな〝慈善箱〟と呼んでた。というのも……説明しなくてもわかるな。ともかくいい時代だったよ」

パレットが咳払いをし、リプリーがそちらを見た。「なんだ、言いたいことがあるなら言え」

「抱水クロラールのことです」

「ああ、そうだった。例の帳簿係が……」リプリーがそこで間を置いた。ミス・ゲインズフォードを思い浮かべれば、たいていの男はそうするだろう。「ヒューゴ・クーパーは抱水クロラールを持ってたと証言している。すごく強いやつだそうだ。ええと、幻覚を起こさせるような。幻覚って言葉で合ってたか？」

リプリーはそれが合っているのをよくわかっている。知性の足りない警官の芝居は見えすいている。

「それで説明がつきます」ぼくは言った。「ヒューゴはその麻薬で意識がもうろうとして、何を見たかもわかってないんでしょう」

リプリーが歯に魚の小骨がはさまったように顎を動かした。「なるほど。だがどうもおれにはすっきりしなくてな」パレットがまた咳払いをし、リプリーが目をぐるりとさせた。「なんだ、言え、巡査。言いたいことがあるたびに、困った牧師みたいな音をさせなくていい」

「ミセス・フラワーズに話を聞きにいくべきじゃあないかと。それではっきりするんじゃ」

「いい考えだ。明日の昼はうまいパイが食えるな。ついでにビールの一杯でも飲めりゃ最高だが」

「明日は日曜日ですけど」

リプリーがたっぷり十秒ほどパレットをみつめ、真っ赤になった巡査がぼくのほうを向いた。「そういやスタンホープ、あの娘を殺したのが誰かわかったとか言ってたな」

「いや、あれは正確じゃありませんでした」ぼくはどうにか頭を働かせて言った。ロージーとぼくがベンティンクを殺したというヒューゴの訴えを否定したいま、ロージーがマリアを殺したと言うわけにはいかない。ものごとの展開が早すぎて、頭を整理する時間がほしい。「ぼくが言いたかったのは、マダム・モローがやったとは思えないということです。あんな仕事をしているだけで責められて当然と考えているんでしょうが――」

「ミセス・モローのしていることは許されないし、何より法に反してる」リプリーが煙草の吸い殻をテーブルに落とした。

「あなたはあの人のしてることを理解してない。あの人はただ――」

リプリーが片手をあげた。「あの女は釈放した。これでいいか。あの女が殺したという証拠が何もなかったからな。だから釈放した。あんな仕事をしてることとは関係なく」リプリーが言葉を切った。不快な記憶を思いかえしているようだ。「想像がつくだろうが、これでますますお偉いさんのおぼえが悪くなったよ」

「じゃあマダム・モローは家に帰ったんですか」

「まあな。無事に帰れるようパレットに送らせた。クローク巡査部長のことは残念だと思ってる。あいつは頭より拳にものを言わせるところがあってな。ミセス・モローは災難だった」

「災難？　あんなひどい目にあわせておいて」

「裁きは完全じゃない。この世が完全じゃないようにな。とにかくこの件は警察にまかせろ、いいな」

「わかりましたよ」

嘘だった。

「もうあれこれ訊いてまわるのもやめろ。わかったな」

「はい、もちろん」

それはもっと大きな嘘だった。

ふたりが帰ったあと、ぼくは店の奥の部屋にすわり、太陽の前を雲が横切るにつれて窓枠の影が濃くなったり薄くなったりするのを眺めていた。部屋は掃除が必要だ。コンスタンスはあれやこれやで掃除を怠けていて、アルフィーも毎度注意するのを忘れている。だがかえってよかったのかもしれない。コンスタンスは床磨き剤をあれこれ試すのが好きで、一度など床がつるつるになり、三人で三十分ほど床の端から端まですべって遊んだこともあった。思いだすと自然と笑みが浮かぶ。この部屋は家じゅうで一番のお気にいりどころか、この世で一番のお気にいりだった。ここなら静かにすわって考えることができた。

ミス・ゲインズフォードはなぜヒューゴがベンティンクを殺したと言ったのだろう。ヒューゴは忠実な手下だったし、やっていないのは彼女もわかっているはずだ。リプリーとパレットはロージーに話を聞きに行ってジャック・フラワーズを見つけるだろうか。そしてふたりを逮捕するのだろうか。

これもまた不可解なのだが、刑事たちがロージーを捕まえるなら喜ぶべきなのに、なぜか喜べない。あれやこれやにもかかわらず、彼女のことが心配だった。

夜になると、ぼくはクロラールを失敬するために、薬局でぶらぶらしてアルフィーが仕事を終えるのを待った。彼が金をしまっている金属の箱をあけ、その日の売上のわずかな硬貨を入れると、寂しい音が響いた。アルフィーは箱を閉めると、懇願するようにその蓋の上に頭をたれた。

その箱を見て何かが心に引っかかった。何かを思いだしそうで、心のどこかではそれが何かもわかっているのに、頭に浮かんでこない。

「それはどういうしくみなんだい」やがて尋ねた。

「どうしてそんなことを？」

「同じようなのをどこかで見た気がするんだ」

「これは南京錠だよ」

「それはわかってる。でも鍵がないね」

その南京錠は一見なんの変哲もないものに見えるが、鍵穴がなく、かわりに指輪のような五つの輪がついている。よく見ると、その輪の外周には文字が刻まれている。

「これは何をするもの？」

アルフィーが首を振った。「本当に南京錠の話がしたいのか、レオ。その次はなんだ？　作物の輪作についてか、それともパラフィンの化学的性質についてか。あるいは天文学か？　ちょうど前から惑星の話がしたかったんだ」

「いや、この南京錠のことだけでいい」

アルフィーが両手をあげた。「わかったわかった、それがお望みならな。ここにベゼルがあるだろう？　これを回して、ある文字の並びにすると鍵があくんだ。正しい文字の並びを知らないとあけられない。鍵はなくしたり、合鍵をつくられたりするが、これなら正しい文字の並びは自分しか知らないから、より安全だ」

「それをちゃんとおぼえてられたらね」

「そこがよくできてるんだ」だんだん話に熱が入ってきた。アルフィーは熱中しやすいのだ。「錠前屋でなんでも好きな文字にできるのさ。だから絶対忘れないような文字の並びを自分で選べばいい」

それだ。簡単なことだったのだ。忘れないような文字の並びを自分で選べばいい。マーシーだ。五文字。M-E-R-C-Y。ベンティンクは金庫にこれと同じような南京錠をつけ、鍵をあけるための文字列に亡き妻の名前を選んだのだ。それなら絶対に忘れないから。

だが、この手の錠には鍵にはない欠点がある。ジャック・フラワーズはベンティンクの下で荷積みの仕事をしていて、金庫をあけるところを盗み見ていたに違いない。たぶん何度も見て、一度に一文字ずつ知っていったのだろう。でもジャックは読み書きができなかったから、その文字の並びの意味がわからなかった。彼にとってはただの五つの図形だった。だからそれをビールの瓶にひとつずつ書き写したのだろう。ジャックが酒好きなのはみんな知っているから、ビール瓶をいつも持っていても怪しまれることはない。そしていざ機会がやってくると、ジャックはベンティンクの家に忍びこみ、金庫をあけて金を盗んだのだ。

　もちろん、そこをベンティンクに見つかり、ヒューゴに川に連れていかれて溺れさせられそうになった。だがジャックは生きのび、あの家に舞い戻ってふたたび金を盗んだ。

　だが……それはおかしい。何かを見落としている。溺死したのがジャックでないとすれば、金庫の鍵をあける〝MERCY〟という文字列が、なぜ溺死した男のポケットにあった瓶に書かれていたのか。

　チェスで中盤まで進んだところで、自分のビショップがふたつとも白のマスにあることに気づいたような気分だ。手前のどこかで指してはいけない手を指したということだが、それがいつなのかがわからない。

　急にロージーとジャックにまつわる自分の説が不たしかなものに思えてきた。店で見た男はジャックに似ていたが、本当にジャックだったという証拠はない。別人かもしれない。もしジャックが本当にテムズ川で溺れ死に、霊安室にあったのが本物のジャックの死体だったとすれば、二度めに金を盗んだのはいったい誰なのか。そしてマリアを殺したのはいったい誰なのか。

　わからないことだらけだ。

　なんて無駄なことをしてきたのだろう。職を失い、家を失い、友達を失い、家族を失い、マリアを失い、手がかりすらもない。いまやウェストミンスター橋に彫った名前だけがぼくのよすがだが、あそこに戻る勇気が自分に残っているだろうか。

一時間後、アルフィーがろうそくに火をともして寝室にあがっていくのが聞こえたので、そっと店に入った。店内は暗く、通りの向かいの戸口でいい気分で歌っている酔っぱらいをのぞけば静かだった。

ぼくはクロラールの小瓶を見つけて蓋をとり、中身をすべて飲みほした。

25

汗をかいて目をさました。いや目をさましたつもりだった。だが、本当に起きたのか、起きた夢を見ているだけなのか。

真っ暗闇のなかでマッチの箱に手を伸ばしたが見つからず、顔の前にかざした手も見えないままじっと横たわる。

イタチ男が霧のなかでロージーの店の外に立っていた。長い外套を着たまぼろしのような人影を見た。でもあれは本当にあったことだったのか、それとも夢だったのだろうか。もはやはっきりしない。いま、自分の部屋の自分のベッドに本当にいるのかすらもはっきりしない。

起きあがって扉や窓枠を手探りし、壁のフックを見つけて握りしめた。床が傾いてすべりだしたので、しゃがみ、ついには床に這いつくばる。何ひとつじっとしていない。家具がぐるぐる回りだすなか、ぼくはベッドの脚にしがみついた。

ジャック・フラワーズは死んだ。と、見せかけて生きていた。が、やはり死んでいた。今度こそ本当に死んでいるとすれば、ロージーが彼とぐるになっているということはありえない。とすると、ロージーが危ない。警告しなければ。

ぼくはまた流され、落ちていった。いまがまだ夜なのか、ただ目をつぶっているだけなのかわからないまま。

目をさましたとき、外では鐘が鳴り、弱い朝日がカーテンから射しこんでいた。まだきょうなのだろうか。

服を着てよろよろと下におりる。ひどく喉が渇いていたので蛇口から水をじかに飲み、手ですくって額と首にかけた。首筋を伝ってシャツを濡らす水の冷たさが心地いい。

扉も窓も鍵がかかっていた。アルフィーとコンスタンスはまだ寝ているのだろう。

荷造りもだいぶすんだのか、いくつもの箱がテーブルのまわりに積まれ、紐でくくられている。それぞれAかC、あるいは捨てるものを示す×の印が書きこまれている。×印がたくさんある。

裏口から外に出て、裏庭に面した細い路地を歩く。表通りと並行して走る路地を進むと、目立たない門からグレートウィンドミル街に出られる。ぼくのあとを尾けようとするなら、かなりこのあたりの地理にくわしくなければ無理だろう。

ロージーの店まで長い距離を歩くあいだに意識はある程度はっきりしたが、それでも途中で見たものの記憶はいっさいない。

店は閉まっていた。手帳のページを破って伝言を書き、郵便受けに押しこもうとしたとき、扉が開いた。小ざっぱりした外套と帽子姿のロージーが三人の子供と手をつないで出てきた。あの革じみた顔の女とその夫——どちらの名前も思いだせない——がその後ろからあらわれた。ジャックだと思った男の姿はない。

「レオ！」

ぼくは紙を掲げてみせた。「これを置いていこうとしてたんだ」

「どうして？」

「このあいだの夜ここに来たとき、きみの店を見張ってる男がいた。きみをさらったのと同じ男だと思う」

ロージーが数秒間ぼくをじっとみつめた。その視線がほんの一瞬下に向けられる。どうしてもっと早く気づかなかったのかと思っているのがわかる。ぼくは手品のタネのようなもので、わかってしまえば明らかだ。やがてロージーが女に顔を向けた。

「アリス、子供たちを連れて先に行ってくれる？　このミスター・スタンホープと話があるから」

セントポール大聖堂の鐘が鳴っていて、きょうが日曜日だと思いだした。「教会へ行くところだったんだね」

「そのつもりだったわ」

「じゃあ引きとめちゃ悪いね」

ロージーがぼくの腕をつかんで店の脇の路地に引っぱりこんだ。「だいじょうぶなの？」と小声でささやく。「何も言わずに走っていっちゃったから」

「だいじょうぶだよ」

「あの部屋でわたしのためにしてくれたこと、すごく――」

「もう行かないと。とにかくあの男に気をつけてくれ。危険なやつだから」

そのまま立ち去ろうとしたが、ロージーが腕を放さない。「後悔してないから」押し殺した声。「次も迷わず同じようにするわ。あの男は、ベンティンクは、あなたとわたしにしたことだけでも死んで当然よ。そのうえ人殺しでもあるし」

「そうだね」だが、あの引っかかりは消えていない。「でもマリアを殺したのはあいつじゃないと思う。たぶん本当にロンドンにもいなかったんだろう。あいつがそんなことで嘘をつく意味がないだろ？」

「じゃあ誰だっていうの？」

「わからない」ぼくは目を閉じた。もう質問に答えたくない。蜂に刺されたように、それらは皮膚に刺さって小さな針を残していく。「ただ、ふと浮かんだことが……いや、なんでもない」

「何？　言って」

「馬鹿馬鹿しいことなんだ。この店に来たとき、きみが男といるのを見た。それがジャックなんじゃないかと思ったんだ。生きてたんだとね。いま思えば本当に馬鹿みたいだけど」

ロージーの口調にはめずらしく辛辣さがなかった。「たしかに馬鹿みたいね。あれはビリーよ。ジャックの弟。わたしの義理の弟」

「きみの様子がなんだか――」

「それはビリーのほうよ、わたしじゃなくて。あの人はうちの店が目あてなの。でもあげるつもりはないわ。フラワーズ家の人間はもうこりごり」

「なるほど、それでわかったよ」

「それで、どうするのレオ」ロージーが少したためらった。「まだレオって呼んでいいのかしら」

ロージーがいままでにない奇妙な目つきでぼくを見ている。ぼくの顔を、首を、手を、全身を。服の下の身体の形を読みとっている。でも、この胸のなかまでは見通せない。そこで男の心が脈打っていることまでは。

ぼくは外套の前を掻きあわせた。「ああ、もちろん」

「ただその……あなたが何者なのかよくわからなくて。ずっとそうだったの？」

「すごく小さいころからね。それがどういうことなのかまだわからないころから。ぼくは男なんだ。身体がどうあれ」

ロージーはうなずいたものの、眉間にしわを寄せる。「とにかく経験したことがなくて」

「うん、わかるよ。でもロージー、どうかこのことは誰にも秘密にしてほしい」懇願するような口調になってしまったが、どうしようもなかった。「見つかったらぼくは刑務所か精神病院に入れられる。そこで薬を服まされたり、もっとひどいことをされるかもしれない。変えようとされたら、ぼくは壊れてしまう。わかるかい」

「どれだけの人が知ってるの」

「ほんの数人だ。そうしておかなきゃならない。秘密を守ってくれるかい」

ロージーが深く息を吸い、まっすぐこちらを見た。「ええ、わかったわ。そのくらいの恩はあるもの」そして帽子をなおし、笑顔をつくった。ものごとをもとどおりにしようとするように。「それで、これからどうするの、レオ・スタンホープ」

ぼくはがっくりと壁にもたれた。「わからない。何もかも無意味だった気がするよ。ただ誰がマリアを殺したのか知りたかっただけなのに。じゃなきゃマリアが浮かばれないだろう。なのに、いまじゃ何もかもぼろぼろだ。友達をなくし、職をなくし、家をなくし、金もほとんどなくなった」顔をてのひらでこする。「それなのに、はじめから何も変わらず、ほとんど何もわかっていない。真相を突きとめることなんてきっと無理なんだ」

ロージーが口をすぼめた。「それは困ったわね」そしてバッグのなかを見て、紙に包まれたパイをとりだし、差しだした。それは普通の半分の大きさで、Rの文字が焼印されている。「これ、食べて。ロビーはきょうだいのを分けてもらえばいいわ」

「だめだよ」

「いいから食べて、馬鹿ね」

しかたなく、立ったまま食べた。絶望のなかでも目をみはるほどうまかった。香草をきかせたラム肉のミンチとリーキが入っている。足りないのは、それを流しこむ一杯のお茶くらいのものだ。

ロージーが帽子のつばの下からぼくを見た。「かわいそうな人ね、殺した犯人もわからないなんて」

「前より同情的じゃないか」

今度は彼女がそっぽを向く番だった。「そうね。経験は人を変えるものだから。だって気の毒でしょ。もう真相もその理由も永遠にわからないかもしれないんだから」

「盗まれた金と関係があると思うんだけど、それがマリアの死とどうつながっているのかが皆目わからない。二度めに金を盗んだ誰かは、ジャックのビール瓶に書かれていた南京錠をあけるための文字列を見つけた。忍びこむ手口もうまくて、霊安室の窓も割られていなかった。フロッシーが月曜の朝に来るまで誰も気づかなかったんだ」

ロージーが困惑した顔でぼくを見る。「そう。つまり霊安室に忍びこんだのが誰かまったくわからないってことね。誰であれ、それはジャックを知ってた人よね。そしてジャックがどこにいるかも知っていた」

「うん」

「そしてそれはあなたでもわたしでもない」

「そうだね」

「誰かに言った?」

「言ってない。マリアにしか」

ロージーがまた深く息を吸って首を振った。「まったく男って、女のこととなると愚かで何も見えないのね。これであなたが本当に男だってことだけは間違いなく証明されたわね、レオ・スタンホープ」

それからぼくらは、少なくとも十分ほど言いあった。結局、たしかめる方法はひとつしかないということで意見の一致を見た。

マリアの母親に話を聞かなければならない。

母親が住んでいるところは知らないが、ボウの教会へ行っていることは知っている。きょう行くか、あとは一週間待つかしかない。ロージーが道を知っていた。知らないぼくは同行するという彼女の主張に従うしかなかった。

今度はロージーも辻馬車を拾うのに異を唱えなかった。道はすいていた。ホワイトチャペル・ハイ通りを快調に東へ進む。両側の店はどれも鎧戸をおろしていて、若い男たちが立ったまま酒を飲みながら無言で視線を送ってくる。運河の橋に差しかかるところで、御者にこれ以上先へは行けないと告げられ、馬車をおりて歩かなければならなくなった。

店や工場がだんだんまばらになり、薄暗い路地と粗末な長屋が目につくようになってきたが、ボウをさらに進むにつれて、それらでさえ豪華に思えるようなあばら家や木賃宿がひしめき、粗悪なセメントの壁がたわんで歩道にたれさがっていた。

驚いた。マリアはここで育ったにもかかわらず、水辺のカワセミのようにきらきらと輝いていた。いや、だからこそかもしれない。マリアはこの通りを見ながら、自分はここの一部ではないし、ここが自分の一部でもないと心に決めたのかもしれない。そして自分で選んだ存在になっていったのだ。それは理解できる。

教会は白い石造りで、道が分かれるところに申しわけ程度につくられた墓地の木に隠れるようにして建っていた。遠目にはおとぎ話に出てくる城のようで、白い塔に設けられた胸壁がいっそう別世界めいた雰囲気をかもしだしている。だが近くで見ると、傷んで荒れているのは周囲のスラム同様で、元気に讃美歌を歌う会衆の信心だけでかろうじて建っているように思われた。

礼拝が終わるまでふたりで待った。ぼくの身体の性にまつわるさっきのやりとりがロージーの心に重くのしかかっているようで、ただの知りあいとするような天気の話や、このところの霧の多さの話しか出なかった。一緒に命がけで闘い、男を殺したのが嘘のように。

ようやく牧師が出てきて、ポーチのそばに立った。マリアの葬儀をとりおこなったあの耳の遠い牧師だ。やがて会衆も教会から出てきた。最初に姿をあらわしたのは、通夜の席で精神病院に入ったことはないのかと声をかけてきた女だった。

「あれがそう?」ロージーがささやき声で訊いた。

「いや。あ、出てきた」

ミセス・ミルズは小柄で、髪はマリアと同様ゆるくカールしているが、より灰色で薄い。手を握りあわせるしぐさは娘によく似ていて、木々や太陽を見あげる視線の落ち着かなさにもどこか娘に通じるところがある。だが、マリアの白かったところが赤らみ、マリアのふっくらしていたところが骨ばっている。何より、マリアはあんなふうに、一歩一歩痛そうに足を引きずって歩くことはなかった。

ミセス・ミルズが木陰のベンチにたどりつき、腰をおろした。近づいていくと、アルコールと尿のまじった、胸の悪くなるようなにおいが鼻をついた。

「ミセス・ミルズ、娘さんのマリアの知りあいだった者です」

ミセス・ミルズがうなずき、そのまま寒いかのように身体を震わせた。春のようにあたたかい日にもかかわらず。

「ぼくはスタンホープ、こちらはミセス・フラワーズです」

「あんたが例の人?」

「誰のことですか」

「軍人よ。あの子が結婚することになってる」

ぼくが首を振ると、彼女はがっかりした様子を見せた。「いいえ、違います。ちょっとお訊きしたいことがあって」

「あの子ならそのへんにいるわよ。いつも一緒に来るの。もうすぐ戻ってくるから」

ミセス・ミルズがきょろきょろして、まだ教会の外に集まっている会衆のなかに亡き娘の姿を探した。

「娘さんの葬儀でお会いしましたね」ぼくはできるだけやさしく言った。

ミセス・ミルズが膝の上で両手を握りあわせた。ベッドにすわり、自分の爪を見おろしながら話していたマリアにそっくりなしぐさだった。

「あの子が最後だったのに。あとは全員死んじゃったのよ。三人は死産で、ふたりはひと月も生きられなかった。あとのひとりは五歳まで生きたわ。男の子だった」

「お気の毒に。当時はさぞ生活も大変だったんでしょうね。どうやって暮らしていたんですか」

マリアによく似た、いくらかその輝きさえもたたえた目で彼女がぼくを見た。「グレイシズ小路の〈ウィルトンズ〉で歌ってたのよ。もう埋められちゃってないけどね。悲しいことに。マリアはその舞台の下で生まれたのよ」

少なくともそれは本当だったのか。

「マリアは子供のころ、どんな子でしたか」

「役者だったわ。人の物真似がうまくて、訛りやなんかまでそっくりに真似できた。

それと話をこしらえるのもうまかったわ。泣けて笑えるような話をね。お屋敷に純金の木馬がある伯爵のところに養子にもらわれるって話をミスター・ウィルトンに信じこませたこともあったのよ」

「それで当時、その……ものを盗んだりしたことは？」

「あんた、警察の人？」

「いいえ」

「ならいいわ。警察に首を突っこまれたくないから。あたしのものはあたしのものよ」

「ええ、もちろんそんなことはありませんよ」

ミセス・ミルズが洟をすすり、ぼくらは一、二分そのまますわっていた。不思議と心安らいだ。頭上ではツグミが高らかに歌い、サヨナキドリよりきれいな声を響かせている。だがいつまでもこうしているわけにもいかない。教会の会衆のひとりが怪しむようにこちらを見ている。

ロージーがミセス・ミルズの前にしゃがんだ。「マリアのこと、すごく誇りに思ってるんでしょうね」

「ええ、そりゃあもう」

「わたしたちはただ、マリアが子供のころに盗みを働いてたかどうか知りたいだけなの。それだけ教えてくれたらもう邪魔しないから」

ミセス・ミルズが肩をすくめた。「あの子はいつもあたしを助けようとしてくれるの。それだけよ」

「もちろんそうでしょうね。母親のためならどんな娘もそうするわ」

「あの子は頭がいいのよ、あたしと違って。いろんなわざを知ってるの」

「どんなわざ？」ミセス・ミルズは答えず、ロージーがその手を握った。「お願い、教えて」

「マリアのために知りたいんです。それでマリアが困るようなことはありませんから」

「わかってるわよ」ミセス・ミルズの頬を涙が伝った。「もうあの子がいないのはわかってる。最後の子だったのに」

「お気の毒です。本当に。ぼくたちは何があったのか突きとめようとしてるんです。どうかマリアが子供のころのことを教えてください」

ミセス・ミルズが涙を拭って小さな声で言った。「あの子はすごく賢かった。窓をこじあけて誰にも気づかれずに忍びこんで出てくることができたわ。幽霊みたいにね。お金があったらお金を、あとは市場で売れる宝石とか、ときどきは自分のためにリボンや髪飾りなんかも盗んできた。あの子はかわいいものが好きだったから」

「捕まらないかと心配じゃなかったんですか」

「ああ、何度か見つかったこともあるわ。でもいつもうまいこと言って逃げてきた。信じられる？　自分の家で金目のものをあさってる女の子を捕まえて、その子に言いくるめられて逃がしてやるなんて。あの子にお昼を食べさせたうえに半クラウンくれた婦人までいたのよ」

さっきこちらを見ていた男が近づいてきた。禿げ頭の気の弱そうな男で、礼拝用の一張羅の上着に禁酒メダルをつけている。「何か用かね」

「ぼくはこのかたの娘さんの友人だったんです」

「なるほど」男が非難がましく眉をひそめ、マリアの仕事を知っていたと暗に示した。

「ミセス・ミルズを動揺させるものではない。少々混乱しているのだ。長い人生を歩んできて、いま人生のどのあたりにいるのかがわからなくなることがある」男の唇が震えたと思うと、これだけは言ってやるという決意とともに彼が口を開いた。「神の道に従ってきたとは言いがたい、この人もその娘も。肉のわざにふけって」

だんだん腹が立ってきた。この男はマリアの葬儀にも来なかったくせに、ちっぽけなメダルでマリアを裁く権利が与えられたとでも思っているのだろうか。

「それはマリアのせいじゃありません」

「ほかの道を選べなかったとでも？」

立ちあがり、猛然と言いかえそうとしたところで、ロージーが割って入った。

「ミセス・ミルズの面倒を見てあげるなんて親切ね」

「ちょっとした日曜の慈善というだけだ。この人はふだんは木賃宿にいるからな」それが当然と思っているような口調だ。「もう行く時間だ」

男がミセス・ミルズを支えて去っていくのを見送る。気の毒な婦人は歩くのもおぼつかない。この短くまとまりのない会話で、これまで誰と話したよりもマリアのことがわかった。十年以上前の様子が容易に思い浮かぶ。舞台の下で生まれた小さなマリア・ミルズが、酒びたりの母親と自分自身が生きていくために盗み、嘘をつく姿が。ロージーは正しかった。かつて泥棒だったマリアが、霊安室への侵入者だったのだ。死体の皮膚が糸で縫いあわされるように、ばらばらの断片がひとつにまとまっていく。

あの最後の夜、ぼくの鍵は偶然ポケットから落ちたのではない。ぼくが寝ているあいだにマリアが盗み、わざと時間を過ぎてから起こしたのだ。鍵がないことに気づかないほどあわてて帰るように。

マリアはぼくがハースト先生の助手であることを知っていた。ジャック・フラワーズは読み書きができないから、文字をどこかに書き写しただろうこともわかっていた。フロッシーとハースト先生とぼくが帰ったあと、マリアは霊安室へ行って鍵を試した。

でもあかなかった。それは薬局の表口と裏口の鍵だったから。何度試しても鍵があかず、うろたえたあげく……いや違う。マリアにはどうすればいいかわかっていた。建物の裏手に回り、幼いころやっていたように、背後の足音に耳をすましつつ冷静に窓をこじあけた。窓が開くとなかに忍びこみ、ベンティンクの金庫の南京錠をあけるための文字列がビールの瓶に書かれているのを見つけた。

かわいそうなマリア。それほど必死だったのだ。それほどあの暮らしから逃げたくてたまらなかったのだ。

「金を盗んだのはマリアだったたんだ」帰り道を歩きながら、ぼくはロージーに言った。

「そのために殺された」

ロージーが顔をしかめる。「結局ベンティンクがやったってことね。ほんとにひどいやつだわ」

「いや、それはやっぱり違うと思う。あいつは金をとりもどしてなかった。とりもどすまでは殺さないだろう。たぶんべつの誰かだ。マリアのしたことを知った誰か。きっとそいつがいまも金を持ってる」

「前に言ってたあの少佐は？ なんて名前だったかしら」

「ソープだよ。でもあいつは陸軍の将校で判事の息子だ。二百ポンドのために人を殺すだろうか」

ロージーは返事をしなかった。ふたたび口を開いたのは、オールドゲートに差しかかるあたりだった。「レオ、あの夜のことを話さないと。あなたに起きたこと」

指先がちくちくした。どうしてあのことを何度も持ちだすのだろう。

「何も話すことなんてないよ」

「いいえ、あるわ。レオ……」

「ここから鉄道で帰るよ」

「レオ！」ロージーがぼくの袖をつかんで自分のほうを向かせた。「わたしのお礼がいらないならそれでもいい。でも聞いて。重要なことだから。ものごとが起きたあとにはべつのことがついてくる。それが自然の決まりなの。ひとつのことに続いてべつのことが起こるの。たとえ最初のできごとが本当にひどい世界最悪のことだったとしても、それでもべつのことに続くかもしれないの。わたしの言ってること、わかる？」

「全然わからないよ」

「考えたくないのよね。耐えられないのはわかる。でもそれが現実よ。わたしも経験したから。ジャックが……」

ロージーがそこで言葉を切ってあたりを見まわし、ベンチか階段かどこかすわれるところを探したが、なかった。それで結局、両の拳を握りしめてぼくの前に立った。

「小さなサムがいるでしょ。あの子のことは愛してるし、ほかのふたりと同じくらい大切よ。末っ子だから一番かわいいかもしれない。でも、あの子は愛情でできたんじゃない。わかる?」

わかった。ロージーは誰より勇気のある人物なのかもしれない。手をとってそう言いたい自分もいるが、それに耐えられない自分もいる。あの夜のことを話しはじめたら止まらなくなってしまう。そして自分を見失ってしまう。どこまでがあれで、どこからがぼくなのか、そこに線は引かれていない。あれのほうに押し流されてしまう。

ふたりの紳士が向こうからやってきた。日曜の一張羅姿で、外套にはブラシがかけられ、靴も磨かれている。ぼくは脇によけて彼らを通した。

「列車に乗らないと」

「ちょっと、レオ!」

後ろからもう一度ぼくの名を呼ぶ声が聞こえたが、ロージーは追いかけてこなかった。

列車のなかでは轟音に思考がさえぎられ、ありがたいことに何も考えずにいられた。

薬局にもうクロラールはなかったが、それでも悪夢にうなされた。ミセス・ヘッペルスウェイトのハイCの歌声に合わせてか細く声を震わせるぼくに、顔を真っ赤にして、額にミミズの糞のような血管を浮きあがらせた父が怒鳴る。せめてもっと努力してみろと。姉も兄も聖歌隊に入っているのに、どうしておまえもふたりのようにできないのかと。

だってぼくはふたりとは違うから、とぼくは必死に言う。ぼくは違うんだ、どうしてわかってくれないの？　ほかのみんなにあてはまるルールがぼくにはあてはまらないんだ。

ぼくの身体は手違いなのだ。間違った小包を受けとってしまったようなものだ。体型を隠し、性別を偽り、声を低くし、尻に肉がつかないようにし……そのすべてにまさか最初の機会で裏切られるとは、そして疑いの余地なく女だと主張されるとは、思ってもみなかった。ぼくにもあてはまるルールがあるとは想像もしていなかった。

翌朝、ぼくは家を出た。

26

マダム・モローが扉をあけたとき、その姿に衝撃を受けた。十歳は老けたように見えた。顔はげっそりとして血色が悪く、髪はばっさり切られ、額の皮膚が引っぱられるほどきつくピンでとめられている。だがボンネットをかぶって隠していないところにその反骨心があらわれている。

「あら、あなたなの」マダム・モローが言って、ぼくを通そうと脇によけた。

入りたくないが入らなければならない。

警察に荒らされた室内は片づけられ、壊されたものは隅にまとめて積みあげられている。奥の部屋にはふたりの先客がいた。顎の張ったずんぐりした女と痩せた少女だ。少女のほうは十五歳くらいに見えるが、もっと下かもしれない。透けて見えるような肌に表情はうつろで、連れの女に力なくもたれかかっている。

マダム・モローがふたりのほうに顎をしゃくった。「こちらはベルテ。ご近所さんでお客さんよ。といっても、この人自身がってことじゃなくて。ベルテはこの先で娼館をやってるの。そしてこちらがマートル、そこの女の子のひとり。お茶でもいかが。ケーキもあるわ。ベルテが焼いてきてくれたのよ」

隣人はぼくにケーキを分けたがっていないように見えるが、マダム・モローは気にするそぶりもない。

「心配いらないわ、ベルテ。この人は女だから」

「え？」とベルテ。

「そうは見えないでしょ。でも服の下は女なの。本当よ」

「おやまあ、たまげたこと」

「そうでしょ」

「ちょっと、わきまえてくれませんか」ぼくはするどく言った。

マダム・モローが短く刈られた髪に手をやり、長かったころのように耳にかけようとした。「ここにいるのはみんな友達よ」

マートルはなかば寝ているようだが、ベルテは博物館の標本を見るようにぼくをしげしげと見ている。「おしっこはどうするの？　あそこはどうなってるの？」

「やめて、ベルテ」マダム・モローが言った。「ふたりだけにしてくれる？」

「言われなくても行くわよ。こんなのを家に入れて恥ずかしくないの？」

「六ペンスよ」マダム・モローがマートルのほうを示して言ったが、ベルテは勘定のことを何かぶつぶつ言っただけで裏口から出ていき、そのあとを少女が大きな船の航跡に巻きこまれた小舟のようについていった。

マダム・モローがかすかな笑みを浮かべた。「ごめんなさいね。あの人は昔からの知りあいなんだけれど、ときどき言葉がきつくて。きょうはマートルを連れてきたの」

「あの娘はどうしてあんなふうなんですか。何か飲ませたんですか」

「わたしじゃないわ。ベルテが女の子たちにアヘンを与えてるのよ。おとなしくさせるために」

「たしかにおとなしかった」

マダム・モローが腕組みをした。「マートルは週に六日仕事をしていて、ありとあらゆるところを酷使されてる。ありとあらゆるところをね。あの子を生かしておくためにわたしはこうするしかない。あの子がどんな扱いを受けてるか。小さくて身体も丈夫じゃないのに。いつか来なくなるでしょうけど、それはあの子にとって恵みかもしれないわ。ちっぽけな人生よね。あら失礼。ケーキをどうぞ。わたしが帰ってきたお祝いにベルテが持ってきてくれたのよ。それについてはあなたに感謝すべきなのかしら」

「いいえ、あなたを釈放したのは刑事です」

「あら、それじゃ気の毒なマリアを手にかけた人が見つかったの？」

「いいえ。少しわかったこともありますが……」

だが、彼女はケーキを切ったり、茶こしややかんを手に行ったり来たりして聞いていなかった。幼いころに戻ったような気分だ。

台所にすわって、ブリジットが両親のために午後のお茶を用意するかたわら、ひと休みしている庭師と噂話に花を咲かせるのを聞いていた。ブリジットは肝心のところは子供の耳に入れないよう、ウィンクやひそひそ話で伝えていた。隣の家のメイドが〝みんなと仲よくしている〟と言ったのが褒め言葉ではなかったと気づいたのは何年もあとのことだ。

「ひどいなりでしょ」マダム・モローが髪をさわって言った。

「そんなことないですよ」

トイレを借りて戻ってきたとき、マダム・モローは椅子を回してピアノに向かい、驚くほど騒々しい曲を弾いていた。知らない曲だったが、気づくと指でリズムをとり、足を鳴らし、いつの間にか曲に入りこんでいた。鍵のひとつがぐらついているようで、それを押すたびにカタンと鳴ったが、その鍵をよけるそぶりもないので気づいていないようだ。たぶん頭のなかで完全な曲が流れているのだろう。彼女が左右に身体を揺らし、その指が鍵盤の上を流れるように動くのを見ていると、ここへ来た理由を忘れそうになった。

腹はまったく減っていなかった。それどころか胃がむかつくし、暖炉の残り火で眠い。それでも礼儀でケーキをかじってみたら、うまかった。バターと苺のジャムがたっぷりで、少なくともコンスタンスと行ったティーショップのケーキに並ぶくらいうまい。あの店は〈イングリッズ〉だっただろうか。もはや行った記憶もおぼろげで、百年も前のことに思える。〈セリーヌズ〉だったか。

曲が終わって拍手すると、マダム・モローが恥ずかしそうに小さくお辞儀をした。

「あまり上手じゃないの。昔流行った曲をいくつか知っているだけよ。でもこの何日かはよく弾いてるの。ロズランは好きじゃないみたいだけれど」そう言うとヒワを指さす。飼い主の不在を生きのびた小鳥は、かごのなかで羽をばたつかせている。「でも、いろいろ考えずにすむから」その顔に奇妙な表情が浮かんだ。というより、より正確に言うなら表情がまったくの無になった。「それはどうしたの、ミスター・アンドロギュヌス。喧嘩でもした？」

「スタンホープです」あまり期待をこめずに訂正する。「ただのかすり傷ですよ。そんなことはいいんです」

「じゃあ何？」マダム・モローがいぶかしげにぼくを見る。

「それは……」声が震え、ひとつ深呼吸をする。「ジェームズ・ベンティンクが死んだことは知っていますか」

「聞いたわ。ヒューゴ・クーパーがおかしくなってやったんですって？ ナンシー・ゲインズフォードがあとを引き継いだそうね」マダム・モローがお茶をひと口飲み、カップごしにこちらを見た。「それで来たの？」

首を振る。言葉が出てこない。言うことができない。女を助けるのが仕事のこの人に対しても。だってぼくは女ではないから。それは身体だけだから。

マダム・モローが静かに言った。「じゃあどうして来たの、ミスター・アンドロギュヌス」

「ベンティンクが死ぬ前に一緒にいたんです。彼の家で」目を下にやると、手に持った帽子をねじっていたことに気がついた。縫い目が引っぱられて糸が切れそうになっている。

「まあ、そういうこと」彼女がカップを置いた。「あの人はあなたの正体に気づいたのね？　いやと言っても聞いてくれる相手じゃない、そうでしょ。そういう話は百回は聞いたわ。千回かもしれない。ロンドンのメイドの半分が、主人にベッドの用意を言いつけられたあとにここへ来ているわ。あるいは家主や、おじさんや、母親の付きあっている男の場合もある」マダム・モローがぼくの手をとった。「それはいつのこと？　ほんの数日前ね？」

ぼくはゆっくりうなずいた。

「残念だけど早すぎるわ。起きたことは起きたことだけれど、はっきりさせるにはもう少し待たないと」

「お願いします」そう口の動きだけで言った。

マダム・モローが深々とため息をつき、ついてこいと手まねきした。「わかったわ、やってみましょう。ただし保証はできないわよ」

診察室にはメッシュのカーテンごしに日が射しこみ、台の上に台形の影が落ちていた。ぼくがそこにのぼると、マダム・モローがそっと頭の位置をなおした。彼女のパチョリ油と汗のにおいが嗅げるほど近づくと落ち着かない気分になる。天井の漆喰のひびだけに視線を据えようとするものの、壁にかけられ、棚に並べられた器具をどうしても見てしまう。木のスプーン、蝶番のついたピンセット、大小さまざまな鉤、その恐ろしい使い道が手にとるようにわかる機械……

「すぐすむわ」マダム・モローが言って、ぼくの頭の下にクッションをあてがった。

「何か痛みをごまかすものをくれませんか」

「洗浄はたいして痛くないわ。少しうずくような感じがするだけ。本当よ」

「でも何かあるんでしょう」

「鉤を使うときは、クロロフォルムかクロラールを少しあげるわ。不安を鎮めるためにね。それで知らないうちにもう終わっている」彼女が前かけの紐を後ろで結びながら、ぼくに眉をひそめてみせた。「でもあなたにそれは必要ない」

「クロラールを少しもらえませんか。はじめてですから」

「でもあんまりよくないものなのよ。ヒューゴ・クーパーがどうなったか見てごらんなさい」

「ほんの少しだけ」

マダム・モローが何度かまばたきをした。「わかったわ、どうしてもと言うなら」

ひどく疲れていた。あの黒い水に沈むことができれば、たとえここでも少しのあいだ心が休まる。きっと。

マダム・モローがカーテンを引き、スプーンの音をさせていたと思うと、やがて二歳児にするようにぼくの口にわずかな液体を含ませた。味が違う。まずいのは同じだが、薬局のクロラールにくらべるとかすかにリコリスの香りがする。ぼくはもたげていた頭をおろして目を閉じた。

マダム・モローがぼくを見おろして立った。その手がズボンの前を開き、引きおろす途中で、また縫いつけなおした丸めた布を――その重さやにせのふくらみを――しげしげと見ているのを感じる。次にズボン下も膝下まで引きおろされる。ぼくは手でそこを隠した。

「その必要はないわ。すぐ終わるから」

彼女が細い木の棒と馬蹄(ばてい)型の金属の器具、小さな手押しポンプを準備した。ポンプの水受けには灯油のようなにおいのする液体が入っている。そして仕事にとりかかった。身体を侵されているはずだったが、マダム・モローは淡々としている。どうせ身体の一部だ。土に埋められたマリアの亡骸(なきがら)と同じように、ただの身体の一部でしかない。

脚のあいだに奇妙な圧迫感をおぼえたと思うと、突然痛みが走り、思わず台の横を握りしめた。やがて小さな手押しポンプを押す音が聞こえ、腿の周囲が冷たく濡れていくのを感じた。マダム・モローが布をとってぼくを丁寧に拭いた。上体を起こしたとき、その手に持った布はピンク色に染まっていた。

「終わったわ。服を着ていいわよ」マダム・モローは持ってきたティーカップに口をつけながらこちらを見ている。「お代は三シリングよ」

「マートルは六ペンスだったのに」

「しかも、それさえもらわなかったでしょ?」彼女が肩をすくめる。「あなたには払えるでしょ。それに運がよかったと思うことね。クロラールなら四シリングだったところよ」

「どういう意味ですか」そういえば、少しふらっとして頭がぼうっとするだけだ。黒い疑いが頭をもたげる。「ぼくに何を飲ませたんですか」

「アブサンよ。同じくいいものではないけれど神経が鎮まるし、少なくともそれほど癖にはならない。クロラールも必要ならいいんだけれど、心はあまり鎮まらないわ。いろんな悪いものを見せるから」

がばっと飛び起きて約束どおりクロラールをよこせと要求するか、家捜しして自分で見つけたくなる衝動に駆られる。マダム・モローは弱っているから、止められないだろう。そこであのミッキーとかいうちんぴらを追いはらった姿を思いだし、その気も失せた。

「ひどいな。神に呪われればいい」

「もう呪われてるわ。あなたもでしょ。わたしたちはただのちっぽけな人間で、なんとか生きていこうとしているだけなのに、この世界はわたしたちのような人間のためにはできていない。次の世でそれが授けられると聖書は言うけれど、もうほかの人に用なしになったものをもらってなんの意味があるのかしら？　答えてくれる？」

マダム・モローが奥の部屋へ入っていき、ぼくはズボン吊りをなおしてからそのあとを追った。代金を払わなければならないと思いつつ、もう帰りたくてしかたない。じっとテーブルについている彼女を見て、どれほど老けこんでしまったかにあらためて気づく。こんなに老けてやつれ、美しかった黒と白の髪も切られ、しかしそれはなんのためだったのか。

彼女は何も悪いことはしていない。ただ困った状態になった女たちを助けているだけだ。その状態にさせたのは男であり、いまやそれがどういうものかぼくもよく知っている。

「最近の出血はいつ？」率直な質問に思わずぎょっとする。毎月の忌むべきものについて誰かと話したのは、ジェーンに最初にそれについて説明されたとき以来だ。そのときぼくはベッドで膝をかかえながら、嬉しそうに話す姉が嘘をついているに違いないと思い、そうでないとあとでわかって怖かった。

答えにくいがどうにか答える。「二週間前かそこらです」

マダム・モローが紙袋を押しやった。「じゃあ念のためにウィドウ・ウェルチ錠も。二、三日服んで。追加料金はないから」

三シリングを渡すと、彼女はそれを前かけのポケットに入れ、尋ねもせずにふたつのカップにお茶をつぎたした。

「マリアを愛してたのね」

ぼくはうなずいた。頭がくらくらして、身体が熱い。「向こうも愛してくれていたのかはわかりません。そもそもああいう仕事をしながら、誰かを愛することができたのかどうかも」

「そうね、マリアがあなたを愛していたのかどうかわたしにはわからないし、マリア自身にもわかっていなかったのかもしれない。でも、あの子たちが人を愛せるかどうかと訊かれたら、もちろん愛せると答えるわ。女給はいつも人にビールを出しているからといって、自分では喉が渇かないわけじゃない。誰だって愛は必要よ。マリアのような娘もね。もちろん、ああいう仕事をしていたら変わるわ。若くて溌剌としているあいだはいろいろな理想や考えを持っている。でもそれは長くは続かない。男に殴られたり、首を絞められたり、何度かそういう目にあえば、愛らしさなんてなくなってしまう。それでも愛することはできるわ。女どうしで愛しあうことも多い。あなたならきっとわかるでしょう、中身は女なんだから」

「ぼくは男です」

彼女がわけ知りな笑みを浮かべた。「ここへ来て愛の話をする男なんて、わたしの知るかぎりひとりもいないわ。あの娘たちはいつも男といるけれど、汚いもののように扱われている。そのあとは、寒い夜にベッドをあたためてくれるやわらかい誰かがほしくなるのよ、きっと。自分と同じことをしていて、自分の境遇をよくわかってくれる誰かが。泣いてうるさいから、あるいは泣き足りないからといって殴ったりしない誰かが」

そんなふうに考えたことはなかった。マリアの愛を争う相手は男とばかり思っていた。でもひょっとすると、探すべきは男ではなかったのかもしれない。ジェームズ・ベンティンクでも、ジャック・フラワーズでも、ジェイコブ・クライナーでも、いまいましいオーガスタス・ソープでもなく、女を探すべきだったのかもしれない。

マリアがぼくのあそこをさわったのを思いだす。指は入れさせなかったが、それでも気持ちよかったし、マリアもそれを楽しんでいるようだった。

「ありがとうございました。もう行かないと」

「そう。でも気をつけて。何か悪いことが起こりそうなとき、骨がきりきり痛むような感じがするんだけれど、いまそれを感じてるの。あなたのことで。悪い予感がする。帰ったら家から出ないほうがいいわ」

家をあとにしたとき、またピアノが鳴りだした。マダム・モローは陽気な曲しか知らないようだった。

27

ハーフムーン街の娼館に着くころには、冷たい風と短時間の霰によって不思議と気分がすっきりしていた。熱にうなされる長い眠りからようやく目がさめたように。

窓から応接間を覗きこむ。いつもならミセス・ブラフトンがいて、客に挨拶をしているはずのそこには作業員がいた。ふたりがテーブルを解体し、もうひとりがマントルピースの上の鏡をとりはずしている。

窓を叩くとひとりが気づいて顔をあげ、誰かを呼んだ。用心して階段の下までさがったが、その必要はなかった。扉をあけたのはオードリーだった。「あら、あなたなの、ミスター・スタンホープ。悪いけど閉まってるのよ。お得意さまだから入れてあげてもいいけど」オードリーが魅惑的に眉を持ちあげてみせたが、そんなことは毛頭考えていなかった。

「いや、いいよ」

「あらそう」

刷毛（はけ）を手にした職人と、ベッドの枠組をかかえて階段を曲がろうとするべつの職人のために脇によけた。台所からのこぎりの音が聞こえてきた。

「何が起きてるんだい」

「聞いたでしょ、ミスター・ベンティンクが自分の家で殺されたこと。ヒューゴがやったって言われてるけど、信じられないわ。あの人はミスター・ベンティンクをあがめてたんだから。エスターは熊に襲われたんだって言うんだけど、そんなわけないわよね？」

「それはないだろうね」

「気の毒なミセス・ブラフトンは、その話を聞いたとき紙みたいに真っ白になって、家じゅうに響きわたるような悲鳴をあげたの。お客さんがみんなズボンも穿かないで部屋から飛びだしてきたわ。あんなのはじめて見たわよ。ところでなんの用？」

「マリアのことなんだ」

オードリーがため息をつき、ちらりと不機嫌そうな表情を浮かべた。「いつもそればっかりね」それから首を振って無理に笑顔をつくる。「ごめんなさい、あなたがマリアを好きだったのは知ってるわ。ただ、いつもみんながマリアのことで大騒ぎするもんだから。生きていたころからそう」

驚いた。ふたりは仲がいいとばかり思っていた。

「マリアは楽をしてたと、そういうことかい？」

「あの子は売れっ子だったでしょ？」オードリーがじっと手を見た。「この仕事は楽じゃないわ。手加減しすぎたら文句を言われるし、荒っぽすぎたら怪我させちゃうし。それでもそのおかげでわたしはここにいられて、きれいな服も着られる。ありがたいと思うべきなのよね」

「きみは生きてるからね。マリアと違って」

よかれと思って言ったつもりだったが、オードリーがきっとこちらを見た。「わたしはほかの子たちが思ってることを言ってるだけ。マリアはちょっと偉そうだった。いつもこれ見よがしにミスター・ベンティンクとおしゃべりしたりして」

「ほかにマリアがとくに親しかった子はいるかな」

「言ったでしょ、マリアはほかの子と仲よくしたりしなかった」

ペンキの壺を両手に持った男が、足の置きどころに気をつけながら階段をおりていく。階段には上の部屋のものが所狭しと置かれていた。タオルに水差し、外套かけ、鳶色のかつらまである。絵が斜めに傾いて吊られていて、それがなぜか一番わびしい印象を与える。

「ミセス・ブラフトンは？」

「ずっと泣いてるわ。ミスター・ベンティンクが好きだったから、こんなことになってふさぎこんじゃって。これからはミス・ゲインズフォードがとりしきることになったんだけど、もっと部屋を増やしてたくさん使うようにすれば儲かるって。三十分でも、それどころか十五分でもいいお客もいるっていうの。昔来てたような貧乏学生とか泥さらいとかね。この人たちは応接間を寝室に改装して、あと、奥にひと部屋と上にふた部屋、新しくつくってるのよ。予約制もやめて、早い者勝ちにするんですって」

オードリーが廊下に出された蛇腹巻きあげ式の机を指さした。見ると予約帳が鉛筆やペンやインク壺などと一緒に放りだされている。ミセス・ブラフトンがつけていた黒石の首飾りもある。机の横には、応接間にあったさまざまなものが無造作に入れられたバケツが置かれ、ろうそくや飾り、半分に割れた柳模様の鉢が見える。

「できれば呼んできてくれないかな」

オードリーが首を振った。「呼んでみてもいいけど来ないと思うわよ。こんな騒ぎのなかでも閉じこもったきりなんだから」そして、ちらりと狡猾そうな目を向けてきた。ミス・ゲインズフォードにここをまかせてもらえるのではないかと期待しているのだろう。なかなかの野心家だ。「ミセス・ブラフトンはもとのマリアの部屋に移ったの。行きたければ行ってみてもいいわよ」

ぼくはマリアの部屋の外に立って身震いした。最後にここに来たときは、わざと間を置き、マリアがぼくの首に腕を回してキスする瞬間を少しだけ先のばしにするのを楽しんだ。もう二度とそれは味わえない。

ノックしたが返事がないので、扉をあけてなかに入った。

マリアの持ち物はすべてなくなっていた。ベッドは乱れ、毛布が床に落ちている。ミセス・ブラフトンはドレッサーに向かってすわり、その上には瓶がふたつ置いてある。香水の瓶ではなく、ジンの瓶だ。一本は空で、もう一本は半分ほどに減っている。

彼女が振り向き、無表情な顔をこちらに向けた。「なんの用？」はっきりした口調で、みじんも酔っているふうはない。

「だいじょうぶですか、ミセス・ブラフトン」

「もちろんよ。すべてはただの商売だもの。ジェームズはいつもそう言っていたわ。

ただの商売だと」彼女がぼくから顔をそらし、そのまま続けた。「偉大な人だったわ。商業を通じて世のなかをよくできると信じていた。その彼がもういない」

「マリアのことで話があるんです。すぐすみますから」

下から重い家具を壁にぶつける音がした。漆喰が高価な戸棚の角でえぐれるところが頭に浮かんだが、ミセス・ブラフトンは気にもとめず、ままごとに使うような小さなグラスにジンを少しついだ。

「ふだん、お酒は飲まないんだけれど。人はこうやって悲しみをお酒でまぎらわすものでしょ？　味も好きじゃないし、まったく効かないけれどね。あなたは飲むの？　お酒は女だということを忘れさせてくれる？」

「ぼくは何も忘れる必要なんてありませんよ。でもときどきウイスキーを飲みます」

「悪いけどウイスキーはないわ」

「いいんです。お気遣いなく」

「前はなんて名前だったの？　エルシー？　ミルドレッド？　いいえ、あなたは教養があるから、きっと育ちがいいのよね。じゃあアンかヴィクトリアか、そんなところ？　ヴィクトリア・スタンホープならそれらしいわね。歳はいくつ？」

「どうしてそんなことを？」

ミセス・ブラフトンが小さなグラスを干して、まずそうに顔をしかめた。「あなたみたいな人がまだ生きていて、ジェームズ・ベンティンクのような人が死んでしまった理由が理解できないだけ」

彼女の言葉に意味はない。まとっていた皮をぬぎすててしまった人間をついて痛がらせようとしても、ほぼ無理だ。それでも、真実を告げなくていい理由にはならない。

「彼は下劣な人間でした。卑怯者で、あなたのことも、誰のことも気にかけていなかった。死んで当然です。彼がいなくなって世のなかはよくなった」

「オードリー！」ミセス・ブラフトンが大声で呼んだ。階段をのぼってくる足音が聞こえ、戸口に顔があらわれた。

「何？」オードリーがぞんざいな口調で尋ねた。

「いますぐ警察を呼んで。ここに犯罪者がいるといって」

「警察？　ここに？」

「言ったとおりにして。男の格好をして、男のふりをしているおぞましい女がいると伝えるのよ。その女はレオ・スタンホープと名乗っているとも伝えなさい。何もかも伝えるのよ！　早く！　何をぐずぐずしてるの？」

オードリーがあわてて階段をおりていった。追いかけようかとも思ったが、つかまえてどうしようというのだろう。だいたい勝ち目がない。男を棒で叩く練習を何年もしてきた相手だ。

ミセス・ブラフトンが何ごともなかったようにドレッサーのほうに向きなおり、またジンを少しだけついだ。「ナンシー・ゲインズフォードよ。あの女が殺したに決まってるわ」

「警察はヒューゴがやったと言っています」

「ありえないわ。ヒューゴがジェームズを傷つけるはずがないもの。長年あの人の下で働いてきたのよ。万一それが本当だったとしても、あの女がそそのかしたのよ。手下に裏切らせたの。あの女はジェームズの成功をずっとねたんでいたし、わたしたちの親しさを面白く思ってなかったのよ。それはわかってたわ。あの人にとってかわるためには殺すしかなかった。だから殺したのよ」

「ミス・ゲインズフォードが商売を引き継いだんですね」

「わたしがここにどれだけの時間をつぎこんだと思ってるの。それなのに、ジェームズが死んで丸一日もしないうちに、あの女は勝ち誇ったように大きな顔をして、あの気味の悪い港の労働者を連れてここへ来て、わたしに荷物をまとめて明日までに出ていけと偉そうに命令したのよ」

ミセス・ブラフトンは強い人だが、いまにも参ってしまいそうだ。その前に聞きださなければならないことがある。

「マリアにはとくに親しい子がここにいましたか」

「まあヴィクトリア、やきもち？　嫉妬でおかしくならないでちょうだい」

「ぼくは誰がマリアを殺したのか突きとめようとしてるんです。マリアはここの娘たちの誰かと親しかったですか。お客はどうです？　お客のなかに女はいましたか？」

ミセス・ブラフトンがまたジンを飲みほして唇をなめた。今度は顔をしかめなかったので、慣れてきたのだろう。「ナンシー・ゲインズフォード。あの女はマリアに夢中だった。あのふたりは……まあよくある馬鹿なことね」

「ナンシー・ゲインズフォード？　ミス・ゲインズフォードとマリアが恋仲だったと？」

まさかと思ったが、葬儀でミス・ゲインズフォードがマリアとどれだけ親しかったかを打ち明け、自分のことをマリアが話していなかったかと尋ねてきたのを思いだした。

ミセス・ブラフトンがまたジンをついだ。手はまったく震えていない。「マリアをジェームズの家に行かせることがあったけれど、それはジェームズのためじゃなくて、本当はナンシーのためだったのよ。あの女はマリアにドレスや宝石をあげたり、何時間もマリアの髪をとかしてやったりしていたわ、姉妹みたいに。哀れで滑稽だった」

「どうして信じられますか？　あなたは明らかにあの人を嫌ってるでしょう」

「あなたに信じられようが信じられまいがどうでもいいわ。あの女はマリアにのぼせあがっていた。そしてジェームズを殺したのよ。でも、ジェームズがいなきゃあの女なんて何者でもないわ」

ぼくは窓際へ行った。マリアはここに立ってぼくに投げキスをしてくれた。そのキスが何日も生きる力になったし、夢にも出てきた。でも、彼女は投げキスをしながら、べつの人物を思い浮かべていたのかもしれない。

「ミセス・ブラフトン」この期におよんでも礼儀を忘れない自分がいやになる。「どうか彼女の住んでいるところを教えてくれませんか」

「メリルボーンよ。でもそこにはいないわ」

「じゃあどこにいるんですか」

「ボートがあるのよ。貿易に使ってるボート。ブラックフライアーズのパドル埠頭にあるわ。そこにいるはずよ」

ぼくは走りだした。階段を一段飛ばしで駆けくだり、下でつんのめりそうになる。裏庭から冷たい風が吹いていた。裏口の扉が作業員のためにあけられていた。そこにオードリーがあらわれ、ぼくはほとんど叫ぶように言った。「警察を呼んできたのか」

「まさか」オードリーが目をみはる。「もうミセス・ブラフトンの言うことなんて聞かないわよ」

裏口を出て、ヒューゴの蜂の巣箱が小さな城のようにそびえる草むらを通り、表の門をくぐる。

男がどこから出てきたのかわからなかった。肩に手がかけられたと思うと、振り向かされた。

目の前にイタチ男の顔があった。川のにおいをさせている。

「ご婦人がおまえを待ってる」

脇腹に殴られたような痛みが走った。そこに手をやると濡れていた。誰かに何かを投げられ、それがシャツにかかったのだと思った。でも下を見ても何もなく、ただ赤いものが点々と散っているだけだ。てのひらを開くと、そこにも赤いものがついていた。

イタチ男が拳を引いた。

28

浮いているような揺れを感じて目をさました。頭上には日よけの防水帆布がかけられ、ぼくは甲板で鉄柵に寄りかかってすわっていた。

脇腹が痛む。するどいと同時に鈍いような痛みが腰から胸にかけて広がっている。身体が震えているが、ひょっとするとエンジンの振動かもしれない。轟音とともに吐きだされた煙がボートの横腹にそって後ろに流れていく。ぼくは咳きこみ、痛みに悲鳴をあげそうになった。少なくとも肺は傷ついていないようだった。

両手を前で縛られ、荒縄が手首に食いこんでいた。上着がぬがされている。どうにかシャツを持ちあげてみると、赤ん坊の口くらいの浅い傷から血がしみだしている。人はどのくらいの血を失うと死ぬのだろうか。三パイントか、もっとか。

旗竿にとまっていた一羽のカモメが飛びたったと思うと、人の姿が目に入った。ナンシー・ゲインズフォードだ。落ち着きはらった様子で、地味な茶色のドレスに肩からショールをはおっている。それでも目を惹くのは避けようがない。

彼女が腰をかがめて何かを覗きこみ、指で端をさわってたしかめている。それが何か気づいた。

棺桶だ。

ぼくのそばの帆布の下に同じものがもうひとつあり、あとふたつが船尾に重ねて置いてある。安物の薄くて軽い木でできているようだ。足でつついてみると、何か重いものが入っているようで動かなかった。さらに強く押そうとしたら、刺すような痛みが走った。

下から男があがってきた。後ろ姿でもそれがイタチ男だとわかった。勝手知ったる様子でエンジンをいじり、スパナで何かを調整すると、盛大な音を立てはじめた。イタチ男は満足げに親指を立て、ぼくのほうを指さした。

ナンシー・ゲインズフォードが顔をあげた。船に慣れた様子で、よろけることもなくこちらへ歩いてくる。その喉はほっそりとして白い。喉笛も驚くほど細く、とうもろこしの芯とさほど変わらない。絞めるのにたいした力はいらないだろう。ぼくでも腕を回して締めあげれば、レモンの種を絞りだすくらいたやすく命を奪えそうだ。イタチ男がそばにいなければ、そしてぼくが立ちあがることができればの話だが。

「待ってたわ、ミスター・スタンホープ。あの間抜けはもうあなたを捕まえられないんじゃないかと思いはじめてたところだったの。ほとんど諦めてたのよ。でもこうして連れてこられた。正直、感心したわ」彼女はいままでとだいぶ印象が違う。ずっと粗野で自信たっぷりに感じられる。

「棺桶には誰が入ってるんだ。さらってきた犠牲者か」自分の声が震えているのがわかる。

「仕入れてきた商品と言ってほしいわ。ふたりの姉妹よ。とてもかわいくて、とても若くて、まだ手つかずの。借金を返せなくなったサリー州の鉄道員の娘を買いとったの。ブリュッセルで高く売れるはずよ。クロラールを飲ませてあるから何時間かは目をさまさないわ。棺桶のおかげで税関を通しやすいの。誰も棺桶なんてあけたがらないでしょ？」

「なんて非道な商売を」

「ほんとにロマンチックなのね、ミスター・スタンホープ。あなたのことをこれっぽっちも気にかけてなかった娘のためにここまでするなんて。あなたたちの誰のことも、これっぽっちも気にかけてやしなかったのよ」

「でもマリアはあなたとは愛しあっていたと？」

ミス・ゲインズフォードが目をぐるりとさせた。「男にはわからないわ。男の器官だけが女の心をつかむ唯一のものだ、そういう単純な話だと思ってるんでしょう」

ぼくは立ちあがろうとしたが、足に力が入らず、甲板に尻もちをついた。彼女はほんの六フィートのところにいる。その邪悪さが外にあふれでていないのが信じられない。毛穴からしみだしてボートを燃やし、下の水に落ちてジュッと音を立ててもおかしくないのに。

「参考になるよ」

イタチ男はエンジンのハッチにすわって煙草を吸っている。ミス・ゲインズフォードが男を手まねきし、指を鳴らした。

男が飛びあがる。「もう準備は万端です、舵もエンジンも。嵐だって抜けられますぜ」

「そうならないよう祈りましょ」彼女がつぶやき、男に向かってより大きく声をあげた。「ラドゲートヒルのパイ屋に行ってフラワーズの女房をここへ連れてきて。なるべく早く。ただし、今度はもう少しうまくやりなさいよ」それからまたこちらに顔を向ける。「あなたとミセス・フラワーズはティルバリーへ向かう途中で事故にあうの。恋人どうし、最後まで抱きあったまま一緒に溺れ死ぬというわけ。素敵でしょ。ペルメル・ガゼット紙の一面になれば、ロンドンじゅうの女が泣くわよ」

けだるいいっぽうで心臓の動悸が激しい。まぶたがそれに合わせてどくどくと脈打っている。甲板に何かがある。厚板にしみついている黒ずみ。それがなんだかたぶんわかる。マダム・モローの診察室の台に射していた台形の光と、それが残していた暗いしみが頭に浮かぶ。

「ところで、ジェームズを殺してくれたことにお礼を言うべきかもしれないわね。彼のことは嫌いじゃなかったけれど、もう潮時だったから。近ごろのあの人は身勝手に自分の気まぐれを満足させることにばかり気をとられて」

ぼくは棺桶に顎をしゃくった。「男の気まぐれを満足させるのがあなたの商売では？」

「そのとおり、商売よ。もうわたしの商売」

「どうしてヒューゴがベンティンクを殺したと警察に言ったんだ。そうでないことはわかってるだろう」

「誰か犯人が必要でしょ、ミスター・スタンホープ。警察に訊かれても本当のことを言うわけにいかないじゃない？　あなたたちがどうして屋根裏部屋にいたのか、わたしたちがあなたたちをどうするつもりだったかなんて。ヒューゴがうってつけだったわ。雄牛並みにおつむが鈍くて、クロラールを持っていて、暴力的なことも知られていて、あなたとミセス・フラワーズについてわけのわからないことを言って」

「あなたたちには忠実だったのに」

「ええ、いま言ったように雄牛並みのおつむだから。そんなに同情する必要はないわ。

ヒューゴはジャック・フラワーズを殺してるんだし」

「ベンティンクに命じられたからだろう。ヒューゴが警察にあなたの商売のことを言わないか心配じゃないのか」

ミス・ゲインズフォードが肩をすくめる。「何を言っても自分の悪事も告白することになるでしょ。それにどのみち、警察はヒューゴをクロラール中毒だと思ってるわ」

「じゃあこれからも子供をさらいつづけるのか」

「何さまのつもりでわたしを裁こうっていうの。わたしがどんなふうに生きてきたか何も知らないくせに。ずっとこんなふうだったと思ってるの？」

「誰にだって過去はある」

ぼくを殴ろうとするかに思えたが、彼女は両手を握りしめて自分をおさえた。「あなたが学校に行っているころ、わたしは淫売にさせられた。九歳でね。驚いた？　ゲインズフォードというのは本当の姓じゃないし、本当の姓がなんだったのかも知らない。わたしが物乞いをしてた通りの名前をとって、アイルランド人の淫売につけられたのよ」

アイルランド人の淫売。それでぴんときた。「ミセス・オリアリーだね。ミセス・ブラフトンの前に娼館をまかされていた女だ。酔っぱらって死んだという」

「マギーって名だったわ。ジェームズはおぼえてもいなかったでしょうけど。マギーはわたしがお腹をすかせてたときに食べ物をくれて、寝床まで分けてくれた。そして多少の読み書きと計算を教えてくれた。とくに計算が重要だった。わたしはお金を勘定し、もっとそれを生みだす方法を学んだ。わたしがせっせと仕事をしたおかげでジェームズはお金持ちになった。あの人の家を見たでしょ。バークシャーにもう一軒持ってるのよ。それに引きかえ、わたしはメリルボーンの地下室ずまい。いまがチャンスなの。ジェームズもエリザベスも普通の男がわかってない。あそこにいるのが王様や女王様みたいな扱いをしてた。でももう終わり。しょせん、紳士クラブじゃなくて淫売宿なのよ。男たちの目的はたったひとつ。それにあの連中ときたら、ボンネットをかぶってれば羊とだってやるんだから」

彼女がつんと顎をあげると、顎の線にそって走る白い傷跡が見えた。そのぎらぎらした目に、かつての彼女の姿が垣間見えた。ナンシー・ゲインズフォードとなって貴婦人のような話しかたを身につける前の姿が。

「あなたはマリアを愛してたんだ。マリアがいろんな男といるのを見るのがつらかったんだろう」

彼女が笑い声をあげたが、それはうつろに響いた。「馬鹿なことを。あの子はあなたたちみんなをうまくだましてたのよ。ある人の前では小さな女の子、ある人の前では口やかましい母親、またある人の前では淫らな妖婦……それをこうやって切りかえられたのよ」と言って、指をぱちんと鳴らす。「だけど、いつも最後に戻ってくるのはわたしのところだった」

ここにもいた。哀れな道化がもうひとり。ぼくたちはみな自らつくりだした世界でうろうろと行ったり来たりしている。他人の頭のなかで起きていることを誰が本当に理解できるだろう。

「でもあなたはマリアが身ごもっていることを知っていた」

「まあ、ミスター・スタンホープ、まさか自分の子だと思ってるんじゃないでしょうね？」彼女がまた声をあげ、頭をのけぞらせて笑ったので、首がさらにあらわになった。

「それが理由？　まったくあなたたち男って、思いあがりもはなはだしいわね。自分の精力が誰よりも強いつもり？　女に起こることは全部自分と関係があると思ってるの？　そんな確率は五十分の一以下よ。百分の一かもしれない」

もっと低いよ、知らないだろうけど、と心のなかで思う。「マリアはあの暮らしにうんざりしてたんだ。もうほとほといやになったんだろう。ベンティンクにソープ少佐を紹介されてチャンスだと思った。それでわざと身ごもって、自分の子だと信じこませた。そうすれば結婚して将校の妻になれると思ったんだろう」

「あの少佐もほんとに馬鹿な男」ミス・ゲインズフォードが吐き捨てるように言った。そう、なぜなら本物の狂人でもなければ娼婦に恋をしたりはしないからだ。

縛られた手で目もとを拭う。指先が麻痺していた。「マリアが結婚しようとしていることをなんとも思わなかったのか」

「あなたも娼館に通ってたならわかるでしょう。結婚したからって何が変わるっていうの？　まあいいわ、続けて」

「結婚の話がだめになって、マリアは絶望した。逃げだすチャンスが消えてしまったと思った。だが思いがけない運が転がりこんできた。ベンティンクの金庫をあける方法がわかったと、ジャック・フラワーズから聞いたんだ。ただ、その文字の並びはジャックも言わなかった。ちなみにそれは〝MERCY〟だ。ベンティンクの亡き妻の名前の」

「それ本当？　まあセンチメンタルだこと。それでジャックはマリアと逃げようと考えたのね。あのがみがみ屋の女房よりずっとかわいくてやさしく思えたんでしょう。やっぱり馬鹿ね。男ってよくそれでやっていけるものだわ。つくづく不思議」

「マリアは霊安室に忍びこみ、自分でその文字の並びを見つけた。そしてベンティンクの金庫から金を盗んだんだ。新しい生活を始めるために。あなたたちはそのためにマリアを殺した。頭を殴って」

また雨が降ってきて、甲板の黒っぽいしみがさらに黒みを増しててかっている。だが、あれはただの一部だ。本物のマリアじゃない。眠っている彼女の髪がぼくの顔をくすぐり、呼吸にあわせて胸が上下していた、あのマリアじゃない。ただの一部だ。マリアの血だけだ。

何を感じるべきなのかわからなかった。これだけいろいろあったのだ、きっと何かを感じるべきだろう。怒りか、憎しみか、新たに湧きあがる悲しみか。自分のなかに煮えたぎる怒りを探して、甲板のしみをみつめ、心に焼きつける。あそこまで這っていって、あの上で死のうか。きっとロマンチックだろう。

でも実際のところ、あのしみがその場所とはかぎらない。マリアとはまったく関係ないかもしれない。ボートの上ではしょっちゅういろいろなものがこぼれている。ぼくはコーヒーポットを落とした跡の上で死ぬことになるのかもしれない。

ミス・ゲインズフォードが川の向こう岸に視線をやり、街から離れて南に向かう小道にしばらく目をとめていた。風が強まり、波が高くなってきて、彼女が手すりにつかまる。

ふたたび口を開いたとき、彼女の声は小さかった。「ひとつ間違ってるわ。あなたがどう考えてようとどうでもいいんだけれど……」その目に涙が浮かび、ミス・ゲインズフォードがゆっくり息を吐いた。「マリアは川で死んだんじゃないわ。あの家で死んだのよ」

ぼくの視界もぼやけてきた。目もとを拭おうとしたが、手が血でべたついている。

「ベンティンクの家ということか」

「そう。マリアは金庫をあけたあと、わたしが入ってくる音を聞きつけたのね。朝で、ジェームズは出かけていた。たぶん……たぶんマリアは音を聞いて上に逃げた。わたしは仕事があって動きまわっていたんだけれど、マリアはそのあいだ隠れてたんだと思うわ。たぶん何時間か」

「じゃあ、マリアを家で殺して、死体を川まで引きずっていったのか？」

ミス・ゲインズフォードが首を振った。「いいえ、あなたはわかってない。家にいたら、突然マリアの声が聞こえたの。どこにいたってマリアの声はわかるわ。何か叫んだけれど、なんと言ったのかはわからなかった。痛くて悲鳴をあげたような感じだったわ。はじめは外にいるのかと思ったんだけど、やがて上にいると気づいた。あわてて廊下に出てみると、その瞬間、マリアが階段の上から落ちてくるのが見えた。でも上には誰もいなかった。家じゅうどこにも、ほかの誰もいなかった。マリアは自分で落ちたの。階段の上にいて、わたしが見あげた瞬間落ちてきたのよ」

彼女が何を言っているのかわからなかった。それでは筋が通らない。「まさかマリアが……いや、そんなはずない。自分でそんなことをするわけがない」

「マリアは手すりの球飾りに頭をぶつけて、駆け寄ったときにはもう死んでいた。どうすればいいのかわからなかった」彼女が両手を強く握りあわせ、風のなかでも関節が鳴るのが聞こえた。「あの子はお金の入った鞄を持っていた。わたしはそれをとった。もらって当然だと思ったから。だけど、いまここにマリアがいてくれるなら、その百倍だって払うわ。ヒューゴとわたしで後始末をして、ヒューゴが死体を川に運んで流したの。でもわたしには想像しただけでも耐えられなかった。マリアにはきちんとした葬儀をしてやりたかった。だから人をやって警察を呼びにいかせて、死体が引きあげられるのを見ていた。あとは知ってのとおりよ」

ガスが残り少なくなってちらつくランプのように、脳裏にある光景がひらめく。解剖台の上で冷たくなったマリアの目。結膜の充血が認められる、とハースト先生は言ったが、理由を突きとめようとはしなかった。急いでいたからだ。

そして不意に、すべてがわかった。何があったのかはっきりと理解した。自殺ではない。あの生命力にあふれたマリアが自ら死を選ぶことはありえない。真相はもっとべつだ。のしかかるその重みに押しつぶされそうになる。

〝子供はいないんでしょう。だからわからないわよね〟

遠くで叫び声がした。

ミス・ゲインズフォードの視線がぼくを通りすぎ、その目が細められた。船尾へ行って手早く最後の縄を解くと、ボートがゆっくり川面を動きだす。戻ってきた彼女は小瓶を手にしていた。そのにおいが鼻に届き、味まで口に広がるような感じがした。親指と人さし指で鼻をつままれ、頭を後ろに引っぱられる。驚くほどの力強さで。

「おしゃべりはもう充分。ぐっすり眠りなさい」

ミス・ゲインズフォードが瓶を傾け、黒い水が口に入ってきた。怖くはなかった。一縷の望みにしがみつくことも、祈りを唱えることもなかった。苦しむこともないだろう。目を閉じる前に最後に頭に浮かんだのは、この眠りから目ざめることはないのだということだった。

声がさらに大きくなった。

「レオ！　レオ！　レオ！」

29

もう少しで飲みこむところだった。喉の奥に苦みを感じた。身体がそれを欲していた。飲みこむのは簡単だ。一瞬で終わる。

だが、ロージーの声がまだ聞こえている。

「レオ！」また叫ぶ声がした。

飲みこんだように見せ、気を失って倒れたようなふりをする。ミス・ゲインズフォードは船尾へ移動し、立って舵を握っている。その目は埠頭から川へ出る出口に据えられている。エンジン音が大きくなって煙が立ちのぼり、ボートが前に進みだそうとするようにがくんと揺れた。

ぼくは身体を起こしてクロラールを吐きだした。シャツが濡れ、頭がふらつく。脇腹の傷に指を入れて意識をはっきりさせようとしたが、痛みにはするどさが欠けていた。ぼんやりしてどこか遠くの苦痛に感じられる。

岸壁では人が走っている。先頭にいるのはイタチ男だ。埠頭に通じる道をまっすぐやってくるので、その赤い顔とはためく外套がよく見える。イタチ男は何度も後ろを振りかえっている。そのあとを追ってくるのはロージーだ。片手でスカートを持ちあげ、もういっぽうの手に靴を持って、髪を風になびかせている。だが、イタチ男が恐れているのはロージーではない。パレットが角を曲がり、大股で坂をくだってくる。ヘルメットがぬげて宙を舞い、地面に落ちて転がった。

イタチ男は全速力でこちらに向かって走りながら、ミス・ゲインズフォードに手を振って戻ってくるよう合図した。だが、彼女はエンジンをふかし、舳を川に向けた。ボートはゆっくりとしか進まないが、それでも岸壁との距離が開いていく。イタチ男は岸壁の端に達すると跳んだが、飛距離が足りなかった。目が合い、口が大きくあき、男は川に落ちて視界から消えた。

ぼくはどうにか立ちあがり、手すりにつかまった。手首を縛られている状態ではバランスがとりづらく、ボートは思った以上に揺れている。

いま何かしなければぼくは確実に死に、鉄道員の娘たちはベルギーで奴隷のように売られる。行動しなければ。だが、腕は濡れた紐のようで、ありったけの力を振りしぼってもがくがく震えて止められない。

ぼくは勇敢なのか。これが英雄的な勇気というやつなのだろうか。だとしても、まったくそうとは感じない。むしろ怖くてたまらない。ぼくは勇気に突き動かされているのではなく、ただただ死にものぐるいなだけだった。

ミス・ゲインズフォードは岸のほうを振りかえっている。ジャンプして飛びかかろうとしたがボートの揺れを見誤り、転んで索止めにぶつかった。彼女がこちらを見て何か叫ぶ。立ちあがろうとしたが、ボートが回転していて、膝立ちでじりじり近づくことしかできない。

ミス・ゲインズフォードがずっしりしたスパナを手にし、振りあげながらこちらに近づいた。これが最後のチャンス、いや最後のひと息だ。

ボートが横を向き、ぼくはスパナをよけて、彼女に飛びついた。彼女は重さがないに等しく、ぼくたちは一瞬ともに宙ぶらりんになって腕を振りまわしたと思うと、次の瞬間にはボートの横腹を乗りこえて水に落ちていた。

水の冷たさに肌が収縮したと思うと、頭を押さえつけられた。ミス・ゲインズフォードを押しのけ、縛られた手で懸命に水を掻き、どうにか顔を出して一度だけ息を吸う。また頭をおさえられる。ぼくを溺れさせようとしてやっているのか、自分が助かろうとしてやっているのかはよくわからない。

ぼくたちはまだボートの陰にいて、とどろくようなエンジン音が耳に痛い。舵を握る者のないボートは狭い埠頭で円を描いている。足で水を蹴ってその航跡から逃れようとするが、息ができず、次の瞬間には後頭部に大きな衝撃を受けた。

まっさかさまに船体の下に沈み、闇と水を掻きまわす轟音のなかへ落ちていく。何か硬いものが強い力であたり、さらに深みに沈んでいこうとするぼくは必死でそれをつかもうとした。

やがてほとんど静寂に包まれ、あたたかく麻痺したような感覚にとらわれた。もう泳ぐ体力もなく、ぼくは身体の力を抜いた。沈んでゆくぼくをやさしい流れが包む。

と、何かが髪をかすめ、力強い手がぼくの襟をつかんで引きあげた。水面から顔を出し、水を吐きながらあえぐ。臭くしょっぱい水に吐き気がこみあげた。

「暴れるのをやめないと、鼻にパンチを食らわせるわよ」

目をあけるとロージーがいた。隣で水につかり、岸壁のほうへぼくを引っぱっていこうとしている。ボートは回転して岸に近づき、それに何かしがみついている。ナンシー・ゲインズフォードだ。

ぼくはロージーと目を合わせた。まだ岸までは二十ヤード以上あった。流れがぼくたちを押しもどそうとしていた。

ロージーはぼくをつかみながら顔を出していることができず、水に沈んだ。必死に手を伸ばした。ロージーはまた浮かんできて顔を出し、ぼくの手をつかんであおむけになった。歯を食いしばっているが、掻く力は弱まり、岸壁はますます遠ざかりつつあった。埠頭の入口を過ぎてテムズの本流に入ってしまったら、流されるのは確実だ。

ロージーもそれをわかっているのが表情から伝わってきた。それでも、ぼくの手を離さずに水を蹴りつづける。

埠頭の突端に水中まで伸びる梯子がついていた。それにつかまれなければ終わりだ。そこまであと十フィート。リプリーがその上で叫んでいた。パレットも上着をぬいで身を乗りだしている。ロージーがさらにひと蹴りして梯子に手を伸ばし、ぼくは息をこらした。四フィート。すべってつかめない。距離が五フィートに開く。さらに六フィートに。

ロージーがぼくの手を引っぱったが、それを振りはらった。

ふたりの目が合った。

「レオ！　だめ！」

ぼくはありったけの力でロージーを梯子のほうに押しやった。反対に、自分は後ろ向きに川のほうに押しやられ、スカートの生地が指をかすめて、身体が流されていく。もう手で掻くのも無理だった。もう一度ロージーがぼくの名前を叫ぶのが聞こえたあと、口が水で満たされた。


むせながら目をさました。

ありがたいことに下の地面は固い。

ぼくは岸壁に横向きに寝ていた。誰かが背中を叩いている。そのたびに脇腹の傷から痛みが全身に波のように広がる。

「もういい、やめてくれ」

ロージーが手を止め、ぼくの胴に巻かれた包帯の位置をなおしはじめた。ばれてしまったのかとあわてたが、一瞬ののちそれはずり落ちてきた毛衣だと気づいた。ロージーが慎重にシャツの下でそれを結び、毛布を肩にかけて隠してくれている。

しゃべることができないが、だいじょうぶだ。ロージーが充分なことをしてくれていた。

「ほんとに馬鹿なんだから。あなたを助けられなかったら、助けようとした意味がないじゃない。こちらのハンサムな巡査が飛びこんでくれなかったら、あなたはどこともわからないところに死んで打ちあげられて、わたしはとんだ間抜けになるところだったわ」

褒められたパレットが顔を赤くする。彼は埠頭の塀に寄りかかってすわり、イタチ男の背中に片足をのせている。

リプリーが笑い声をあげた。シャツ姿で煙草をふかしながら、ナンシー・ゲインズフォードの片腕をつかんでいる。彼女はびしょ濡れでブラウスが肌に張りつき、死んだムクドリのように痩せた身体の線があらわになっている。

「ぼくがここにいるとどうしてわかったんですか」

リプリーが火のついたままの煙草を投げ捨てた。まったく度しがたい男だ。みんながやっているように踏み消すのがそんなにむずかしいことだろうか。

「ミセス・フラワーズのパイはロンドン一だからな」リプリーがうなずきかけると、ロージーは当然とばかりに肩をすくめた。「ビールにパイの昼めしを食いに店に行ったのさ。帰るとき、こいつがちょうど店に入っていくのが見えた」と、イタチ男を指さす。「だから見張ってたんだ」

「この男はわたしたちをふたりとも殺すって言ったのよ」とロージー。

「おれは何もしてない」イタチ男が言った。「なんの証拠があるってんだ」

パレットがより強く男の背中を踏みつけた。

「すると」リプリーが続けた。「こいつがナイフを手にカウンターのなかに入っていって、ミセス・フラワーズに声をかけた。ミセス・フラワーズは棍棒でこいつの口をぶん殴った。なかなかみごとだったよ。で、こいつが一目散に逃げたもんだから、ここまで追いかけたってわけだ」それから腰を伸ばして顔をしかめる。「パレット巡査のほうがちょっとばかり速かった。おれも歳だな」

パレットが眉を持ちあげてみせた。

「よかったわ」ロージーが言った。「この子たちのためにも」

ふたりの少女はリプリーの上着をかけられ、まだぐっすりと眠っている。クリーム色のキャラコのフロックを着た姉妹はどちらも十一歳より上には見えない。とくに怪我もしていないようだ。

「まあとにかく、これでおしまい」ロージーが言った。「もう全部終わったのね」

「ほぼ終わった」ぼくは言った。

ロージーとぼくは、日が射している埠頭の入口近くにすわって毛布を分けあい、艀（はしけ）がベンティンクのボートを曳（ひ）いていくのを見ていた。鉄道員の娘たちは目をさまし、混乱と空腹を訴えて病院に運ばれた。パレットとリプリーは捕まえた者たちを乗せた警察の馬車で去っていった。

「ねえ、なんなの」ロージーが尋ねた。「どうしたの？　早く診療所に行かないと」

「真実が知りたいんだ、ロージー。ジャックのことで」

「真実？」

「彼はきみを殴っていた。子供たちも。そう言っていたね」

ロージーがぼくをじっと見ると、目を伏せた。「ジャックはろくでなしだった。最初はわたしだけだったし、酔ったときやカードで負けたときだけだったけど、だんだんひどくなったの。いつも自分よりお金持ちの人たちのそばにいて、それが面白くなくてむしゃくしゃしてたのね。わたしを殴ることが増えて、そのうち小さなロビーやリリアンにまで手をあげるようになった。はじめは手の甲だったけど、やがて拳になって、ベルトになった。一度なんてナイフを握ったこともあったわ。子供たちの前に立ってかばったら、あの人は逆上してわめきちらして。いつかわたしも子供たちも殺されると思った」

「もう限界だったんだね」

「何年も我慢してきたのよ。わたしだけならよかった。でも子供たちまで……末っ子のサムまであの人に殴られたときは」ロージーが涙声になる。「たった二歳の子よ。そのことがあってわかったの。わたしたちが死ぬまであの人はやめないって」

艀が盛大に水を切りながら、より大きなボートを岸壁へと押していく。つかの間、話ができないほどその音が大きくなったものの、だんだん静かになり、川岸で鳴くカモメの声もまた聞こえるようになった。

「だから彼を殺すことにしたんだね」

ロージーが目もとを拭う。「どうしてわかったの」

「病院ではじめて話をしたとき、きみはジャックの鞄のことをずいぶん気にしていた。そしてベンティンクのところでもまた。鞄に入っていた何かのことが気になっていたんだろうと思った」

ロージーがうなずいた。もう落ち着きをとりもどしている。告白できてほっとしているようにさえ思える。「店に鼠退治用の砒素があるの。それを味がわからないように砂糖漬けのプラムにまぜて、プラムのパイを焼いた。それを昼に持たせてあの人を送りだしたの」

「殺せるだけの量の砒素を？」

「ええ。中途半端じゃ意味がないもの。わたしが捕まって絞首刑になったとしても、子供たちは少なくとも無事だわ。アリスとアルバートが面倒を見てくれる。ジャックが死んだあと、病院であなたとあの若い警官に会ったとき、きっとばれたんだと思った。あなたに何があったか聞かされて、生涯であれほど感謝したことはなかったわ。ジャックはあのパイを食べる前に溺れ死んだ。パイには手も触れなかったんだって」

そのとおりだ。でもマリアは違った。

ハースト先生は急いでいたし、死因は明らかだった。だからマリアの結膜の充血を見すごした。砒素中毒の症状である結膜の充血を。粒状亜鉛と硫酸を使って胃の内容物の簡単な検査をしていればわかっただろう。だがどうしてそんな手間をかける必要があるのか。たかが娼婦のために。

あきれるほど簡単なことだったのだ。ロージーはジャックに食べさせるために毒入りのパイをこしらえて鞄に入れた。ジャックはベンティンクの家に盗みに入ったとき、金を入れるために鞄を持っていった。そのなかにはまだ食べていない昼食が入っていた。ベンティンクらはジャックをとらえたあと、鞄をそのまま金庫に戻した。なかに入っていた金とプラムのパイごと。

それをマリアが見つけた。マリアは金を盗み、上でミス・ゲインズフォードから隠れているあいだにパイを食べた。砒素の毒に苦しみ、もうろうとしたマリアは階段から落ちて手すりの球飾りに頭をぶつけた。

ずっと何があったのか知りたかったが、知ってしまったいま、できることなら知らないでいたかったと思う。

ぼくは目を閉じた。

暑かった去年の夏、ぼくたちは窓から強い日ざしが射しこむベッドの上にいた。マリアは指を果汁まみれにしながら、心から楽しそうな顔をして、ぼくの口にプラムを入れるふりをして寸前で自分が食べ、くすくすと笑い、笑いながら謝り、もう一度同じことをして笑っては謝り、ふたりとも食べることもしゃべることも息をすることもできないほど笑いころげるまでそれを繰りかえした。マリアの髪も手も、鼻の線も、顔のあざも、あらゆるところが動いていた。ぼくのマリアはいつだって動いていた。

マリアは何よりプラムが好物だったのだ。

30

雨はあがり、アルフィーが店の前の歩道にテーブルと椅子を出すくらいにはあたたかい。ぼくは新しい山高帽のつばを目深におろし、脇腹のこわばりを無視しようと努めた。あとでチェス・クラブへ行って、この怒りをジェイコブ相手に発散させ、駒を全部とってやるためにも、なるべく万全の状態でいたい。

「いびきをかいてるわよ」

ロージーの緑の目が見おろしている。隣の椅子に腰をおろした彼女がスカートをなおす。あの日の埠頭以来、会ったのは彼女がここへ訪ねてきた一度だけで、そのときはアルフィーがそばにいたので話ができなかった。

「だいぶよくなったみたいね。まあ運よく傷は浅かったし、大騒ぎすることでもないわ」

「怪我は治ってきてるよ。ただ眠いだけさ」

ロージーがうなずき、太陽を見あげた。きれいな横顔だった。

そのとき薬局から若い女が出てきて、扉のベルが音を立てた。歯の治療用の前かけをつけたアルフィーもそのあとから姿を見せた。

「信じられない。予約でいっぱいだ。あのご婦人がたがみんな歯の治療をしてほしいと言ってきて、時間が足りないよ」

店のなかでスツールにすわるコンスタンスに視線をやり、アルフィーが声をひそめた。「文句を言うつもりはない。きみには感謝してるんだ、レオ。わかってくれるといいんだが。それにしても、自分が娼婦の歯医者になるとはな」

オードリーは大喜びしている。エリザベス・ブラフトンが引退を決めてから、娼館をまたあの上品な路線に戻して、自分が切り盛りしていくことになったからだ。新たな女主人は、お返しにしてほしいことはないかと、腰をぐっと片方に持ちあげてぼくに訊いた。その返事には心底驚いたようだったが、ロンドンじゅうの娘たちに評判を広めてくれた。おかげでいま、アルフィーは二週間休みなしで歯の治療をし、ついでに娘たちにフェイスクリームやおしろいなどを売りつつ、彼女らに向けられる隣人たちの視線にコンスタンスが気づかないよう願っている。

じつのところ、新たにぶちの仔猫の飼い主となったコンスタンスは、忙しくてそんなことに気づくどころではない。するどい歯を持ち、愛らしく糸巻きにじゃれつくその猫は、甲虫にちなんでコリーと名づけられた。ちなみに甲虫の粉末が効くのは……なんだったか。できものでないことはたしかだ。

アルフィーは感謝のしるしに、ただで部屋を貸すと言ってくれた。少なくとも商売が繁盛していてぼくが回復するまでのあいだは。でもうまくいけば、もうすぐまた家賃も払えるようになるだろう。今朝、セントトーマス病院の会計係のミスター・スウィーティングから手紙の返事が届き、小使いの職の面接にぜひ来てほしいと書かれていたのだ。グレートレックスはすぐに紹介状を書くと言ってくれたが、その前にぼくの怪我の具合を自らたしかめにくると言って聞かなかった。アルフィーとぼくが、病院に戻る前にぜひエールを一杯と彼を説き伏せたのは言うまでもない。

アルフィーが次の客のために店に戻っていくと、ロージーが椅子で居心地悪そうに身じろぎした。

「うちに……うちの店におしゃべりしにきてもいいわよ、怪我がちゃんと治ったら。たまには話し相手がいるのも悪くないし。ただし、パイの代金は払ってよ」

すぐに返事をしないでいると、ロージーがそっぽを向き、その首がピンク色に染まるのが見えた。うんと言いたいのはやまやまだし、あのパイ店で午後をすごし、生地をこねたりリンゴを切ったりする彼女とあれこれおしゃべりするのは楽しいだろう。でもできない。裏切りになってしまうから。

「気持ちは嬉しいけど……行けるかどうかわからない。すごく疲れてるんだ。悪いね」

ロージーが立ちあがり、何か言おうとして、思いなおしたように見えた。

「そう、わかったわ。好きにして。ここでいつまでも油を売ってられないの。パイはひとりでに焼きあがったりしないから」

「ロージー……いつか、行けるときが来たら行くよ。いまはまだ無理だけど」

彼女がうなずき、こわばった笑みを小さく浮かべて去っていった。そのボンネットが人波のなかで上下し、やがて角を曲がって見えなくなるまで見送った。ロージーには真実を告げないことに決めた。マリアを殺したのが自分だと知ったところで彼女になんの得があるだろう。知らないまま幸せに暮らすほうが、その重荷を背負って生きるよりずっといいはずだ。

リプリーはマリアを殺した罪でナンシー・ゲインズフォードを逮捕した。それはふさわしく思える。彼女もヒューゴもそれだけのことはした。ただ絞首刑に問われることになった罪そのものは犯していないというだけだ。不完全な裁きではあるが、リプリーが前に自分で言っていたように、そもそもこの世は不完全なのだ。

ふたたび目をつぶり、顔にあたる日のぬくもりを楽しむ。きのう、馬車を拾ってマリアの墓へ行った。教会の鐘が鳴っていて、それは街の中心部を離れるとともに小さくなったが、やがて次の鐘が大きく聞こえてきた。それが遠ざかるとまたべつの鐘が聞こえてきて、その調子でずっと鐘の音がついてきた。

ぼくはマリアのそばに一時間ほどいた。

そして何も言わず、ただ木の上で鳴く鳥の声と、マリアの声、そしてベッドの枠に足を打ちつけるとんとんという音を聞いていた。

謝辞

わたしはたくさんの人にたくさんのことで恩を受けた。ここで名を挙げて感謝されてしかるべきなのに、挙げられていないというかたがいれば、心からお詫びする。次回こそ、わたしの綿密な基準のもとで、きっと挙げると約束する。

最高のエージェントであるキャリー・プリット、そのサポートと励まし、専門家としてのアドバイス、レオと彼の物語への信頼に、限りない永遠の感謝を捧げる。

ブルームズベリー社のレイヴン・ブックスのチーフ、アリスン・ヘネシー、本書をいまあるようにしてくれたことに深く感謝する。アリスンがレオのセラピスト役も務めてくれたおかげで、〝このとき彼はどう感じた？〟という疑問の壁にぶつかったときに時間を節約できた。レイヴン・ブックスのチームのみんなはただただすばらしかった。とくにマリゴールド・アトキー、サラ＝ジェーン・フォーダー、カラム・ケニー、フランチェスカ・ストリアーレには、そのプロフェッショナリズムと熱意と全般的な有能さに本当に感謝している。これだけ本に対する情熱を持ったチームはどこにもない。

グレッグ・ハイネマン、素敵なカバーデザインをどうもありがとう。

ボーモント・ソサエティのドクター・ジェーン・ハムリンには、すばらしいフィードバックと知見、そして忍耐にとても感謝している。ボーモント・ソサエティは、トランスジェンダーのコミュニティのサポートとトランスジェンダーにまつわる問題へのアドバイスに重要な役割を果たしている。ウェブサイト（www.beaumontsociety.org.uk）も参考にしてほしい。

キャス・ハリス、人間に見えるわたしの写真を撮ってくれて本当にありがとう。すごい偉業だ。

それからジョー・アンウィンも惜しみないサポートとアドバイスをくれた。

ここで母親に感謝を捧げるのはわざとらしく余計に思えるかもしれないが、母はいつか小説を書くべきだとずっとわたしに言ってくれていた。書いたよ、母さん。ありがとう。それと産んでくれたことやなんかももちろん。

ふたりの息子、セスとケイレブは素敵なアイデアをたくさんくれた。残念ながらゾンビとエイリアンの対決は今回の最終稿からははずれてしまったが、次回作ではレオがアンドロイドになるという案を考えてみるよ。

最後にミシェル、この小説に対しても、そのほか人生のすべてに対しても、きみの貢献への感謝を言葉で言いあらわすことはとてもできない。だから手を握って軽くうなずくだけでいいことにして、洗濯をすませてしまおう。

訳者あとがき

満園真木

時はヴィクトリア朝後期の一八八〇年。二十五歳のレオ・スタンホープはロンドンの病院で解剖医の助手として働いている。ソーホーの薬局の二階に下宿する独り者の彼には、人に言えない秘密がある。じつは、レオは生まれながらの男ではなく、シャーロット（ロッティ）という名の女の子としてこの世に生を享けたのだ。

厳格な牧師の家庭で生まれ育ったロッティは、幼いころから自分の性別に違和感をかかえてきた。人形遊びが嫌いで男の子の遊びにあこがれ、女の子に淡い恋心を抱き、こっそり兄の服を着て外を歩いてみることもあった。そして両親が婿候補を探しはじめた十五歳のとき、もはや耐えられないと家を飛びだしてロンドンに来た。その日からレオ・スタンホープという名の男となって、十年間暮らしてきた。

胸をさらしで押しつぶして男物の服を身につけ、肉がついて丸みを帯びた体型にならないよう食事を制限し、努めて低い声で話し、そうやって日々細心の注意を払って生活するレオの唯一の楽しみは、毎週水曜日に愛しのマリアに会いにいくことだった。レオの秘密を知りながら、奇異の目で見ることも嗤うこともなく受けいれてくれた、ただひとりの女性マリア。レオは彼女に夢中で、いつかふたりで暮らす日々を夢見ていた。

レオはある日、マリアを芝居見物に誘う。だが、約束の土曜日、彼女は劇場にあらわれなかった。その理由がわかったのは週明けの月曜日のことだった。レオの職場である解剖室に変わりはてた姿のマリアが運ばれてきたのだ。ロンドン橋近くのテムズ川の岸辺に打ちあげられていたマリアの死体には、頭部に無残な傷があった。何者かに殴られ、川に投げこまれたものとみられた。

ショックと悲しみで寝こんでいたレオだが、刑事がやってきて警察署へ連れていかれる。なんと、レオがマリア殺しの第一容疑者だというのだ。身に覚えのない彼はもちろん否定するが、幾人もの男たちとともに留置場に放りこまれてしまう。殺人で有罪となれば待っているのは絞首刑。しかしそれ以前に、留置場や監獄ですごすことになれば、秘密がばれてしまうのは時間の問題だ。

絶体絶命の窮地に追いこまれたレオ。はたして、彼は自分にかけられた疑いを晴らせるのか。そして愛するマリアを殺した真犯人は誰なのか。レオは自ら真相を突き止めるべく、事件のことを調べはじめるのだが――

本書は、女の身体に男の心を持つトランスジェンダーの若者が主人公のきわめてユニークな歴史ミステリーだ。

女に生まれながら男として生きる人物といえば、日本では「男装の麗人」という言葉でもおなじみであり、『リボンの騎士』のサファイアや『ベルサイユのばら』のオスカルなどよく知られたキャラクターも数多くいるものの、やはりフィクション、それも漫画やアニメのなかでしか成立しえない荒唐無稽な存在と思われる読者が多いのではないだろうか。

しかし、著者によれば本作の主人公レオ・スタンホープには実在のモデルがいるという。それはジェームズ・バリーというヴィクトリア時代の軍医だ。

一七八九年にアイルランドのコークで生まれたマーガレット・アン・バルクリーは、一八〇九年にスコットランドのエジンバラ大学の医学部にジェームズ・バリーという男子として入学する。当時、父親の失職でバルクリー家は生活に困っており、女子の入学が認められていなかった医学校へ入って医師として生計を立てるためにバリーは性別を偽ったのではないかとされる。卒業後、バリーは軍医となって南アフリカのケープタウンやモーリシャス、ジャマイカ、マルタなど大英帝国の海外領土のあちこちに赴任し、四十六年間働いて一八五九年に退役した。その際には、英陸軍の軍医としては二番目に高い階級にまでのぼりつめていた。バリーは職場ではもちろん、プライベートでも一貫して男として生き、七十六歳で自宅で死亡したあと、遺体の処置をした使用人がその身体を目にしてはじめて事実が明らかになった。著名な元軍医の秘密は大スキャンダルとなって当時の新聞をにぎわせたという。

ジェームズ・バリーが男性として暮らしたのはおそらく医師という職業に就くためであって、本作の主人公レオのように現代で言うところの性同一性障害やトランスジェンダーではなかったと思われるが（ただし、バリーが実際にトランスジェンダーであったとする説も一部にはある）、それにしても死亡するまでの五十年以上にわたって男として生きとおしたというのは驚くべき話である。

ちなみに、二〇一六年に女優のレイチェル・ワイズがこのジェームズ・バリーの伝記映画をプロデュースし、自ら主演も務めると発表した。これにより、十九世紀に生きたこの軍医の存在には今まさに新たな脚光があてられている。

このジェームズ・バリーのほかにも、著者はヴィクトリア時代の新聞記事や裁判記録を調べた結果、多くのトランスジェンダーが当時存在していた証拠を見つけたという。たとえば、女性としてアイルランドを発ち、男性としてオーストラリアに到着した人物や、公共の場で女装していた罪に問われて裁かれた男性（当時の英国では異性装そのものが犯罪だった）などがいたことがわかっているそうだ。

しかし、ヴィクトリア時代に書かれた小説はもちろん、現代の作家の手になるネオ・ヴィクトリア小説と呼ばれる作品群のなかにも、同性愛を扱ったものはあっても、トランスジェンダーが登場するものはほとんどない。存在していながら見えないことにされ、抑圧されていた人々に声を与えたい。そう思ったことが、ヴィクトリア朝を舞台にレオ・スタンホープというトランスジェンダー男性を主人公にした小説を書こうと著者が決意するにいたった理由だという。

とはいえ、トランスジェンダーではない自分がこのような作品を書くことは「文化の盗用」ないし「アイデンティティの盗用」にあたるのではないかという不安もあったそうだ。そこでトランスジェンダーの当事者団体に原稿を見せて意見を求めることもしたという。その甲斐あってか、本作はイギリスの優れたLGBT文学に与えられる賞であるポラーリ賞の二〇一九年の候補となった。これはトランスジェンダーの登場人物が偏見や誇張なくきちんと描かれていると多くの当事者からも認められた証しだろう。

賞といえば、本書は著者アレックス・リーヴのデビュー作にもかかわらず、二〇一九年の英国推理作家協会（CWA）ヒストリカル・ダガー賞の最終候補にも選出された。惜しくも受賞はならなかったものの、第一作にしてこの権威ある賞の候補となったことは、イギリス・ミステリー界における高い評価を裏づけるものだ。

なお、この『ハーフムーン街の殺人』の続編が本国ではすでに発表されており、さらにシリーズが続くことも決定している。刊行済みの第二作に加え、著者は三作めの執筆をほぼ終えているとのことだ。本作の一年後を舞台にした続編の*The Anarchists' Club*は、十九世紀末にヨーロッパで広がりを見せていた無政府主義（アナーキズム）の運動を背景に、レオのもとを訪ねてきた直後に殺されたある女の事件が描かれる。レオ・スタンホープという個性的な主人公の今後の活躍が楽しみだ。

二〇一九年十一月

本書のプロフィール

本書は、二〇一八年五月にイギリスで刊行された小説『THE HOUSE ON HALF MOON STREET』を、本邦初訳したものです。

小学館文庫

ハーフムーン街の殺人

著者　アレックス・リーヴ

訳者　満園真木

二〇二〇年三月十一日　初版第一刷発行

発行人　飯田昌宏

発行所　株式会社 小学館

〒一〇一-八〇〇一

東京都千代田区一ツ橋二-三-一

電話　編集〇三-三二三〇-五一三四

販売〇三-五二八一-三五五五

印刷所――凸版印刷株式会社

この文庫の詳しい内容はインターネットで24時間ご覧になれます。

小学館公式ホームページ　https://www.shogakukan.co.jp

ISBN978-4-09-406610-4